JOSÉ LUIS SAMPEDRO
Das etruskische Lächeln

Buch

Von einer ersten und einer letzten Liebe, sagt José Luis Sampedro, handle dieser Roman. Er erzählt vom alten Salvatore Roncone, einem Bauern aus dem kalabrischen Süden Italiens. Da sein Krebsleiden ihm nicht mehr viel Zeit lässt, macht sich der Haudegen, Widerstandskämpfer und Macho Salvatore widerwillig auf zu seinem Sohn in die Großstadt Mailand. Doch schon auf dem Weg dorthin, bei einem Zwischenstopp in Rom, widerfährt ihm etwas Seltsames: Während er in einem Museum auf seinen Sohn wartet, versinkt er in der Betrachtung der Tonfiguren eines etruskischen Ehepaares. Ein eigentümliches Lächeln spielt um die Lippen der Statuen, ein Lächeln, das Salvatore nicht mehr loslässt. Neben der Auseinandersetzung mit seinem Sohn erwartet den alten Mann in Mailand aber auch eine völlig unvorhergesehene neue Erfahrung: die Liebe zu seinem Enkelsohn Bruno und seine Gefühle für die verwitwete Hortensia – überrascht und überwältigt lernt er am Ende seines Lebensweges neue und tief gehende Seiten an sich und dem Leben kennen ...

Autor

José Luis Sampedro wurde 1917 in Barcelona als Sohn eines kubanischen Vaters und einer algerischen Mutter geboren. Seine Kindheit und Jugend verbrachte Sampedro vor allem in Tanger/ Marokko. Sein Studium führte ihn – unterbrochen vom Bürgerkrieg – schließlich nach Madrid. Dort war er an der Universität tätig sowie in Wirtschaft und Politik. Seit 1990 ist Sampedro Mitglied der Real Academia Española. Neben Romanen schreibt er auch Theaterstücke. Er gilt als einer der wichtigsten und erfolgreichsten spanischen Autoren der Gegenwart.

José Luis Sampedro

Das etruskische Lächeln

Roman

Aus dem Spanischen
von Roberto de Hollanda

GOLDMANN

Die Originalausgabe erschien 1985
unter dem Titel »La sonrisa etrusca«
bei Ediciones Alfaguara, Madrid

Der Goldmann Verlag ist ein Unternehmen
der Verlagsgruppe Random House GmbH.

2. Auflage
Neuveröffentlichung April 2004
Copyright © der Originalausgabe 1985
by José Luis Sampedro
Copyright © der deutschsprachigen Ausgabe 2004
by Wilhelm Goldmann Verlag, Müchen,
in der Verlagsgruppe Random House GmbH
Umschlaggestaltung: Design Team München
Umschlagfoto: Zefa/Rossenbach
Satz: IBV Satz- und Datentechnik GmbH, Berlin
Druck: GGP Media GmbH, Pößneck
Verlagsnummer: 45621
Redaktion: Claudia Fink
An · Herstellung: Sebastian Strohmaier
Made in Germany
ISBN 3-442-45621-5
www.goldmann-verlag.de

Für
Miguel und Pita Paflo

Im Etruskischen Museum Villa Giulia dreht der Wärter in Abteilung V seine Runde. Der Sommer ist vorbei, die Touristenströme sind verebbt, die alte Eintönigkeit hält wieder Einzug. Heute aber hat ein bestimmter Besucher seine Aufmerksamkeit geweckt, und er kehrt mit wachsender Neugier zu dem kleinen Raum mit dem »Ehepaar« zurück. Ob er noch da ist? Er beschleunigt den Schritt und wirft einen Blick hinein.

Da ist er. Er sitzt immer noch auf der Bank vor dem etruskischen Sarkophag aus Terrakotta in der Mitte der Grabanlage. Das Prachtstück des Museums, ausgestellt wie in einem Schmuckkästchen in dem ockerfarbenen Raum, der der ursprünglichen Grabkammer nachempfunden ist.

Ja. Da ist er. Seit einer halben Stunde sitzt er reglos da, genau wie die beiden aus Feuer und Zeit gebrannten Figuren. Der braune Hut und das wettergegerbte Gesicht erinnern an eine Büste aus Ton. Diese ragt aus einem weißen, krawattenlosen Hemd, wie es bei den Alten im Süden Brauch ist. In den Bergen von Apulien, oder vielleicht auch in Kalabrien.

›Was sieht er bloß in der Statue?‹, fragt sich der Wärter. Da er es nicht versteht, bleibt er unschlüssig stehen, falls plötzlich etwas passiert an diesem Morgen, der wie ein gewöhnlicher Morgen begann und doch ganz anders ist. Aber hinein wagt er sich auch nicht, zurückgehalten von einer unerklärlichen Scheu. So steht er am Eingang und beobachtet den Alten, der, ohne ihn wahrzunehmen, den Sarkophag mit dem menschlichen Paar betrachtet.

Die Frau liegt auf den linken Ellbogen gestützt, ihr Haar ist zu zwei Zöpfen geflochten, die über ihre Brust fallen. Die rechte

Hand ist anmutig dem Gesicht mit den vollen Lippen zugewandt. Hinter ihr ruht in derselben Pose ein spitzbärtiger Mann mit lüsternem Mund und hat seinen rechten Arm um ihre Schulter gelegt. Die rötliche Färbung der beiden Terrakottakörper reflektiert den dunklen Hintergrund, dem die Jahrhunderte nichts anhaben können. Unter den schmalen, schräg stehenden Augen leuchtet in beiden Gesichtern dasselbe unbeschreibliche Lächeln. Weise und geheimnisvoll, sanft und sinnlich.

Verborgene Lichtquellen setzen die beiden Figuren kunstvoll in Szene; durch das Spiel von Licht und Schatten wirken sie faszinierend lebendig. Dagegen erscheint dem Wärter der versteinerte Alte im Halbdunkel wie eine Statue. ›Wie verzaubert‹, denkt er unwillkürlich und redet sich dann schnell ein, alles sei ganz normal, um sich zu beruhigen. Der Alte ist nur müde, und da er für den Eintritt bezahlt hat, will er sich auch hinsetzen. So sind die Leute vom Land nun mal. Nachdem eine Weile nichts passiert, geht der Museumswärter weiter.

Die Atmosphäre schließt sich noch dichter um die drei Gestalten in der Grabanlage, den Alten und das Paar. Die Zeit vergeht.

Bis die Verzauberung von einem jungen Mann aufgelöst wird, der auf den Alten zugeht.

»Endlich, Vater! Gehen wir. Tut mir Leid, dass Sie warten mussten, aber dieser Direktor ...«

Der Alte sieht ihn an. ›Der arme Junge‹, denkt er, ›immer nur Hetze und Entschuldigungen! Und das soll mein Sohn sein?‹

»Warte mal! Was ist das?«, fragt er ihn.

»Das da? Das ›Ehepaar‹. Ein etruskischer Sarkophag.«

»Ein Sarkophag? Eine Kiste für die Toten?«

»Ja, aber jetzt müssen wir wirklich gehen.«

»Hat man sie tatsächlich in dem Ding beerdigt, das wie ein Diwan aussieht?«

»Ein Triklinium. Die Etrusker haben im Liegen gegessen, wie

die Römer. Eigentlich wurden sie auch nicht beerdigt. Man hat ihren Sarkophag in eine Grabkammer gestellt und sie von innen bemalt, wie ein Haus.«

»Wie die Gruft der Grafen Malfatti in Roccasera?«

»Ja, genau. Andrea kann es Ihnen sicher besser erklären. Ich bin kein Archäologe.«

»Deine Frau? Gut, ich werde sie fragen.«

Sein Sohn sieht ihn überrascht an. »So sehr interessiert es Sie?« Er wirft erneut einen Blick auf die Uhr.

»Bis Mailand ist es weit, Vater. Bitte.«

Der Alte steht langsam von der Bank auf, ohne den Blick von dem Paar zu wenden.

»Beim Essen hat man sie beerdigt!«, murmelt er verwundert und folgt widerwillig seinem Sohn.

Am Ausgang wechselt der Alte das Thema.

»Es ist nicht besonders gelaufen beim Direktor, stimmt's?«

Sein Sohn schneidet eine Grimasse.

»Na ja. Das Übliche, Sie wissen schon. Große Versprechungen, und dann … Er hat Andrea sehr gelobt, das ja. Er hatte sogar ihren letzten Artikel gelesen.«

Der Alte erinnert sich, wie er kurz nach Kriegsende mit Ambrosio und einem anderen Partisanen (wie hieß er noch, der Albaner, der so gut schießen konnte? Verfluchtes Gedächtnis!) nach Rom kam, um einen Parteifunktionär von der Agrarreform für die Region der Kleinen Sila zu überzeugen.

»Hat er dich zur Tür gebracht und dir auf die Schulter geklopft?«

»Ja, sicher. Er war wirklich sehr nett.«

Sein Sohn lächelt, während der Alte die Stirn runzelt. ›Wie damals‹, sagt er sich. ›Erst nachdem es drei Tote gegeben hatte bei dem Protestmarsch von Melissa, in der Nähe von Santa Severina, sind die Politiker in Rom aufgewacht und haben etwas unternommen.‹

Sie kommen zum Parkplatz und steigen in den Wagen. Der Alte legt den Sicherheitsgurt an. »Alles nur Geldmacherei«, brummt er leise vor sich hin. »Nicht mal mehr sterben kann man, wie man will!«

Sie verlassen Rom auf der Autostrada del Sole. Kurz nachdem sie die Autobahngebühr bezahlt haben, dreht der Alte sich gemächlich eine Zigarette und kommt auf sein Thema zurück.

»Hat man sie tatsächlich zusammen beerdigt?«

»Wen, Vater?«

»Dieses Paar. Die Etrusker.«

»Keine Ahnung. Kann sein.«

»Wie denn? Sie sind doch nicht gleichzeitig gestorben, oder?«

»Nein, das wohl nicht. Ich weiß es nicht. Wenn Sie auf den Knopf da drücken, springt der Anzünder raus.«

»Ach, hör mir auf mit deinem Anzünder! Wo bleibt denn da der Reiz?«

In der hohlen Hand zündet er fachmännisch ein Streichholz an, wirft es aus dem Fenster und nimmt langsam den ersten Zug. Die Stille wird nur vom Geräusch des Motors, dem Summen der Reifen und hin und wieder einem aufdringlichen Hupen unterbrochen. Der Geruch nach schwarzem Tabak, der sich im Wagen ausbreitet, weckt in seinem Sohn Erinnerungen an die Kindheit. Unauffällig lässt er das Fenster ein wenig herunter. Der Alte sieht ihn an. Er hat sich nie an die feinen Gesichtszüge seines Sohnes gewöhnt, ein mütterliches Erbe, das mit den Jahren immer deutlicher hervortritt. Er ist ein verantwortungsvoller Fahrer, ganz auf die Straße konzentriert. O ja, verantwortungsvoll war er schon immer.

»Warum haben sie nur so ... na ja, so komisch gekichert? Noch dazu auf ihrem eigenen Grab?«

»Wer?«

»Na, wer schon! Die Etrusker, Junge, die aus der Grabkammer! Was hast du denn gedacht?«

»Mein Gott, die Etrusker! … Woher soll ich das wissen! Außerdem haben sie nicht gekichert.«

»Und ob! Als wollten sie sich über etwas lustig machen. Hast du es nicht gesehen? Auf eine ganz seltsame Art … mit geschlossenen Lippen, aber gekichert haben sie. Und was für Münder! Vor allem sie, wie …« Er hält inne, um nicht den Namen zu nennen, der sich plötzlich mit Macht in sein Bewusstsein drängt, Salvinia.

›Was für eine Manie‹, denkt sein Sohn gereizt. ›Ob die Krankheit sein Gehirn schon angegriffen hat?‹

»Sie haben nicht gekichert, Vater. Nur gelächelt. Selig gelächelt.«

»Selig? Was soll das denn heißen?«

»So wie die Heiligen auf den Bildchen, wenn sie zu Gott aufblicken.«

Der Alte lacht laut.

»Heilige, die zu Gott aufblicken? Die Etrusker? Schwachsinn!«

Seine Überzeugung duldet keinen Widerspruch. Ein großer schneller Wagen mit einem Chauffeur in Livree überholt sie. Auf dem Rücksitz das flüchtige Profil einer eleganten Frau. ›Wann wird mein Sohn endlich erwachsen‹, denkt der Alte.

»Die Etrusker haben gekichert, glaub mir. Sie haben sich noch auf dem eigenen Sargdeckel amüsiert. Ist dir das nicht aufgefallen? Was für Schlawiner!«

Er zieht an seiner Zigarette.

»Was ist eigentlich aus diesen Etruskern geworden?«

»Die Römer haben sie unterworfen.«

»Die Römer! Die müssen wohl immer ihre Hand im Spiel haben«

Sie fahren weiter Richtung Norden. Der Alte versinkt in Gedanken an alte Zeiten, die Diktatur, den Krieg und die Politiker, die danach kamen.

Die Sonne steht im Zenit und wärmt die herbstlichen Felder. Auf einem der Hügel ist die Weinlese noch im Gang, während in Roccasera längst der Most gärt. Dem Alten fallen die unregelmäßigen Furchen der Äcker auf. ›Wenn einer meiner Leute so schlampig arbeitete, würde ich ihn im hohen Bogen rauswerfen‹, denkt er. Jedes noch so kleine Detail der Landschaft verrät ihm etwas, obwohl sie hier im fremden Norden sanfter und grüner ist als zu Hause.

»Das ganze Land hier gehörte früher den Etruskern«, erzählt der Junge, als wollte er seinen Vater aufmuntern.

Dem Alten kommen die Felder plötzlich fruchtbarer vor, als sie sind. Nach einer Weile sagt er:

»Kannst du bei nächster Gelegenheit kurz anhalten, mein Junge? Ich muss mal. Du weißt schon, die Schlange.«

Bekümmert denkt der Sohn an die schwere Krankheit seines Vaters. Ihretwegen bringt er ihn zu den Ärzten nach Mailand. Er macht sich Vorwürfe, weil er sie über seinen eigenen Sorgen einfach vergessen hat. Sicher, die mögliche Versetzung seiner Frau nach Rom ist wichtig, aber immerhin geht es mit seinem Vater zu Ende. Liebevoll wendet er sich an den Alten.

»Natürlich, sobald es geht. Ich könnte auch einen Kaffee vertragen, damit ich nicht einschlafe.«

»Ich kann warten. Lass dir ruhig Zeit.«

Sein Sohn sieht ihn von der Seite an. Das Profil eines Adlers mit deutlich sichtbarem Adamsapfel, als hätte er einen Kieselstein verschluckt, und tief in den Höhlen liegenden Augen. Wie lange noch wird er dieses unverwundbare Gesicht betrachten können, das ihm immer das Gefühl von Geborgenheit vermittelt hat? Das Leben hat sie voneinander entfernt und in verschiedene Welten verschlagen, und doch wird er den schützenden Schatten dieser alten Eiche vermissen. Die Furcht ist wie ein stechender Schmerz. Doch wenn er jetzt spräche, könnte der Vater seine Angst bemerken, und das würde ihm nicht gefallen.

Sie halten an einer Tankstelle an. Als der Sohn den Wagen geparkt hat und in die Bar kommt, sitzt sein Vater bereits vor einer dampfenden Tasse.

»Aber Vater! Hat der Arzt es nicht verboten?«

»Und wenn schon! Man muss ja schließlich noch leben.«

»Eben!«

Der Alte lächelt wortlos und nippt genüsslich seinen Kaffee. Dann dreht er sich eine neue Zigarette.

Kurz nachdem sie weitergefahren sind, sehen sie einen Hinweis. Die nächste Ausfahrt ist Arezzo.

»Das war eine bedeutende etruskische Stadt«, erklärt der Sohn, als sie an der Beschilderung vorbeifahren.

Arezzo, merkt sich der Alte.

In einer Raststätte essen sie eine Kleinigkeit und kehren dann auf die Autobahn zurück. Wie ein Vorbote der Nacht senkt sich der Nebel über die Poebene und verhüllt mit seinen dichten Schwaden die schnurgeraden Pappelreihen. Der Alte nickt allmählich ein. Diese immer gleiche sanfte Landschaft und die abgezeichneten Felder langweilen ihn.

›Armer Vater‹, denkt sein Sohn, ›er ist völlig erschöpft. Ob er hofft, wieder gesund zu werden? Und wenn nicht, warum ist er dann gekommen? Dass er sein geliebtes Roccasera verlassen würde, hätte ich nie gedacht.‹

Als der Alte aufwacht, ist es Nacht. Die grünlich leuchtende Uhr auf dem Armaturenbrett zeigt zehn nach zehn. Er schließt erneut die Augen, als wollte er es gar nicht wissen. Es ärgert ihn, dass er nach Mailand zurückkehren muss. Das vorige Mal, kurz nach dem Tod seiner Frau, hat er es keine zwei Wochen ausgehalten, obwohl die Kinder ihn für ein paar Monate eingeplant hatten. Alles war unerträglich: die Stadt, die Mailänder, die winzige Wohnung, seine Schwiegertochter. Und jetzt, wieder! ›Ich würde viel lieber zu Hause sterben‹, denkt er. ›Verfluchter Cantanotte! Warum hat es nicht ihn erwischt?‹

»Sie sind eingeschlafen?«, fragt sein Sohn, als der Alte sich schließlich regt. »Es ist nicht mehr weit, wir sind gleich da.«

Ja, richtig, gleich schnappt die Falle zu. Für den Alten waren Städte schon immer gefährliche Fallen für ahnungslose Menschen. Bürokraten, Polizisten, Bonzen, Geschäftemacher und andere Parasiten haben es hier auf die Armen abgesehen, und das Mauthäuschen an der Ausfahrt, wo man den Wisch abgibt, ist die Falltür.

Als sie durch die Vorstädte fahren, sieht sich der Alte argwöhnisch um. Mauern, Fabrikhallen, geschlossene Werkstätten, schäbige Behausungen, unbebaute Grundstücke, Pfützen … Rauch und Dunst, Schmutz und Schutt, vereinzelte trübe Straßenlaternen. Alles trostlos, schmutzig und abweisend. Als er das Fenster einen Spalt öffnet, steigt ihm ein muffiger Gestank nach Müll und Chemierückständen in die Nase. Erleichtert löst er den Gurt. Jetzt ist er wenigstens nicht mehr so eingezwängt und kann auf Gefahren schneller reagieren.

›Zum Glück ist die Rusca heute friedlich‹, tröstet er sich. Die Krankheit, die ihn von innen zerfrisst, nennt er Rusca, nach einem Frettchenweibchen, das ihm sein Freund Ambrosio nach dem Krieg geschenkt hatte. Im ganzen Dorf gab es keinen besseren Kaninchenjäger. ›Du nimmst Rücksicht auf mich, was, Rusca? Du verstehst, dass Mailand schon schlimm genug ist. Du kannst mir glauben, wenn es nicht sein müsste, wären wir beide auf unserem Fleckchen Erde geblieben.‹

Er erinnert sich an das weiche Schnäuzchen, hinter dem sich messerscharfe Reißzähne verbargen. Einer von Cantanottes Hunden hatte das Frettchen getötet. Bei der Erinnerung muss der Alte grinsen. Aus Rache hatte er dem Hund den Schwanz abgeschnitten, und dem Cantanotte war nichts anderes übrig geblieben, als die Beleidigung zu schlucken. Kurz darauf hatte er obendrein die Nichte seines alten Rivalen entjungfert. Concetta.

Mittlerweile drängen sich Häuser und Mauern dicht an dicht, als wollten sie den Wagen immer tiefer in die Falle locken.

Die Ampeln regeln stur den kaum vorhandenen Verkehr. Leuchtreklamen blinken mechanisch wie zum Hohn. Hin und wieder eine unangenehme Überraschung: das grelle Läuten einer Klingel, die niemanden erschreckt, das plötzliche Rattern eines Zuges auf der eisernen Überführung, unter der sie gerade hindurchfahren, das Brüllen eines Rinds oder der unerklärliche Gestank nach Dung – hier, mitten in der Großstadt.

»Der Schlachthof«, sagt sein Sohn und zeigt auf die Mauern rechts von ihnen. »Da kaufen wir Innereien für die Fabrik.«

Also auch für Tiere eine Falle.

Sie biegen in eine breite Straße ein. Was leuchtet da drüben so hell, und was machen diese Frauen ringsum? Sie sehen aus wie Hexen um einen Scheiterhaufen.

Der Wagen hält an einer roten Ampel. Eine der Frauen kommt auf den Wagen zu, reißt ihre Jacke auf und zeigt ihre nackten Brüste.

»Na, wie wär's, Jungs? Habt ihr Lust? Die reichen für zwei!«

Die Ampel springt auf Grün; sie fahren weiter.

»Eine Schande!«, murmelt der Sohn, als wäre es seine Schuld.

›Nicht übel‹, denkt der Alte verschmitzt. ›Wenigstens haben sie hier richtigen Speck in der Falle.‹

Das Labyrinth schließt sich immer dichter um sie. Wenig später parkt der Sohn seinen Wagen zwischen den anderen am Straßenrand schlafenden Autos. Verwundert liest der Alte das Schild an der Ecke: Viale Piave.

»Ist es hier?«, fragt er. »Ich kann mich gar nicht erinnern.«

»Die andere Wohnung war zu klein für uns drei geworden«, erklärt sein Sohn und öffnet den Kofferraum. »Das Viertel hier ist besser. Aber wir können uns die Wohnung nur leisten, weil sie nach hinten geht, auf die Via Nino Bixio. Andrea ist begeistert.«

›Das Kind, natürlich‹, denkt der Alte und schämt sich, dass er nicht selbst darauf gekommen ist. Aber seit dem Tod seiner Frau und dem Ausbruch seiner Krankheit muss er an so vieles denken …!

Sie gehen durch die Eingangshalle mit Sitzgruppe und Spiegel und bleiben vor dem Aufzug stehen. Der Alte hasst Aufzüge, verzichtet aber darauf, die Treppe zu nehmen, als er hört, dass die Wohnung im achten Stock liegt. ›Rusca würde in die Luft gehen‹, denkt er.

Oben schließt sein Sohn behutsam die Tür auf, schaltet eine schwache Lampe an und bittet den Alten, leise zu sein, weil der Kleine schläft. Am Ende der Diele taucht eine Silhouette auf.

»Renato?«

»Ja, Liebling. Wir sind es.«

Der Alte erkennt Andrea wieder. Den schmalen, strengen Mund, die hervorstehenden Wangenknochen, den grauen Blick. ›Hatte sie nicht früher eine Brille?‹

»Willkommen zu Hause, Papa.«

»Hallo, Andrea.«

Er umarmt sie. Ihre Lippen streifen seine Wange. Ja, sie ist es. Er kann sich noch an die knochigen Schultern und die flache Brust erinnern. ›Und sie nennt mich immer noch Papa, auf ihre geschraubte Art‹, sagt sich der Alte missmutig. Er ahnt nicht, wie schwer es ihr gefallen ist, diese heilige Begrüßungsformel auszusprechen, um die Renato sie inständig gebeten hat, denn sie erinnert sie an die beiden schrecklichen Wochen, die sie kurz nach der Hochzeit in der kalabrischen Wildnis verbrachten, wo jeder sie wie ein Insekt unter die Lupe nahm. Die Frauen waren sogar unter irgendwelchen Vorwänden in den Innenhof gekommen, um die feine Unterwäsche *der Mailänderin* zu inspizieren, die zum Trocknen auf der Leine hing!

»Warum habt ihr so lange gebraucht?«

Er erkennt auch ihren scharfen Ton wieder. Renato gibt die Schuld dem Nebel, aber sie hört schon gar nicht mehr hin, sondern geht den Flur entlang, in der Gewissheit, dass sie folgen werden. Sie schaltet das Licht an, lässt den Alten in das Zimmer vorgehen und zeigt auf den Wandschrank, wo sie die Wäsche für die Bettcouch aufbewahren.

»Ich hatte keine Zeit, das Bett zu machen. Der Kleine wollte einfach nicht einschlafen. Entschuldigen Sie mich bitte, Papa, ich muss morgen sehr früh im Seminar sein. Gute Nacht.«

Der Alte bedankt sich, und Andrea verlässt das Zimmer.

Während Renato den Schrank öffnet, schweift der Blick des Alten durch das winzige Zimmer. Verspielte Gardinen vor dem Fenster, ein Nachttischchen mit Lampe, ein abstruses Bild an der Wand, das offenbar Vögel zeigt, ein Stuhl …

Nichts sagt ihm etwas, aber das überrascht ihn nicht weiter.

Er zuckt im Geist die Achseln. Es ist nicht sein Haus, also ist es ihm egal.

Die Bettcouch lässt sich nicht aufklappen. Sein Sohn versucht es mit Gewalt, und der Alte weiß nicht, wie er ihm helfen soll. Außerdem will er nichts zu tun haben mit diesem Mechanismus, der so ganz anders ist als das hohe, massive Bett, in dem er seit seiner Hochzeit schläft. Wie ein Berg beherrscht es das Schlafzimmer. Das Kopfende aus poliertem Kastanienholz ist der Gipfel, die beiden weichen Matratzen aus Wolle auf einer Rosshaarmatratze, wie es sich für einen ordentlichen Haushalt gehört, sind die Wiesen. Klar und eindeutig zum Lieben, Gebären, Schlafen und Sterben bestimmt! Er denkt an andere Nachtlager seines bewegten Lebens. Den harten Boden der Schäferhütten, die Strohsäcke in der Kaserne, das trockene Heu in den Scheunen, das über dem steinigen Boden der Höhlen ausgestreute Gras, als er bei den Partisanen war, die Bauernmatratzen aus Maisstroh, die beim wilden Liebesspiel rasselten wie Schellen. Eine völlig andere Welt als diese Zelle hier mit dem Zwitterding, dessen gespannte Federn an Wolfsfallen erinnern.

Endlich gibt der Mechanismus nach, und die Bettcouch klappt fast ruckartig auf. Der Sohn breitet die Laken aus und legt nur eine Decke auf das Bett – weil das Haus eine Heizung hat, erklärt er. Dem Alten soll es egal sein. Er hat seine eigene Decke dabei, die nach einem halben Jahrhundert Gebrauch ziemlich zerschlissen ist. Er konnte sie unmöglich zu Hause lassen, sie ist seine zweite Haut. Sie hat ihn vor Regen und Schnee geschützt, die schönsten und schrecklichsten Stunden seines Lebens mit ihm durchschwitzt und ist sogar mit einem Einschuss ausgezeichnet worden. Eines Tages wird sie sein Leichentuch sein.

»Brauchen Sie noch etwas?«, fragt Renato schließlich.

Brauchen, brauchen … Alles und nichts! Was er sieht, braucht er nicht, trotzdem würde er sich vieles wünschen! Vor allem sehnt er sich nach einem ordentlichen Schluck Rotwein, aber es müsste der starke, herbe aus dem Süden sein, einer für Männerkehlen. Der aus Mailand ist bestimmt nur Chemie. Womit könnte er den schlechten Geschmack im Mund loswerden? Etwas Natürliches. Er hat eine Idee.

»Hast du Obst im Haus?«

»Wunderbare Birnen. Aus Jugoslawien.«

Sein Sohn verlässt das Zimmer und kehrt mit zwei prächtigen Birnen und einem Messer auf einem Teller zurück, die er auf den kleinen Nachttisch stellt. Danach zeigt er seinem Vater vom Gang aus die Küche – »im Kühlschrank finden Sie alles« – und etwas weiter, das Bad.

»Versuchen Sie, leise zu sein, wenn Sie sich waschen und der Kleine noch schläft. Sein Zimmer ist direkt nebenan. Sie können ihn morgen sehen. Sonst wecken wir ihn noch auf. Er ist ein süßer kleiner Kerl und sieht Ihnen sehr ähnlich.«

»Ja, lieber morgen«, sagt der Alte und ärgert sich über die Schmeichelei. ›Unsinn! Neugeborene sehen niemandem ähnlich. Es sind bloß Säuglinge, nichts als plärrende Bündel.‹

»Gute Nacht, Vater, fühlen Sie sich wie zu Hause.«

Sobald der Alte allein ist, reißt er die Gardinen auf. Er hasst dekorativen Firlefanz vor dem Fenster. Er sieht auf den Hof und die geschlossenen Fenster der Hauswand gegenüber. Dann öffnet er das Fenster und lehnt sich hinaus. Über ihm ein niedrig hängender Himmel, das, was in Mailand der Nachthimmel ist: ein Baldachin aus Nebel und Rauch, in dem sich das kalte violette Neonlicht der Straße spiegelt. Unter ihm ein schwarzes Loch, aus dem der Geruch nach kaltem Essen, feuchter Wäsche, Abflussrohren und Abgasen aufsteigt.

Als er das Fenster schließt, wird ihm bewusst, dass er es

instinktiv, aus einem Reflex heraus geöffnet hat, wie damals im Krieg, wenn er einen Fluchtweg suchte. Ergebnis: negativ. ›Wie bei der Gestapo in Rimini ... als sie mich um ein Haar an die Wand gestellt hätten, wenn ich sie nicht hinters Licht geführt hätte, damit sie mich laufen lassen. Gott sei Dank hat Petrone dichtgehalten und kein Wort gesagt, trotz der Folter! Armer Petrone!‹

Birnen auf dem Nachttisch gab es allerdings nicht im Gefängnis von Rimini. Er nimmt eine und zieht sein Klappmesser aus der Tasche, ohne das andere zu beachten. Dann fängt er an, sie zu schälen. ›Nichts, kein Aroma!‹ Er probiert. Die prächtige Frucht ist eiskalt und schmeckt nach nichts. ›Diese Eiskisten verderben sie.‹ Er schält auch die zweite, ohne sie zu probieren, nur damit Renato morgen die Schalen sieht. Dann öffnet er das Fenster und wirft die Birnen in die Tiefe. Er hört, wie sie unten nacheinander auf ein Blechdach prallen.

›Nicht zu glauben, dass sie aus Jugoslawien sein sollen!‹, staunt er und schließt das Fenster. Bei Jugoslawien muss er an Dunka denken. ›Dunka! Ihr Körper duftete wirklich so süß wie eine Frucht!‹ Ihre Haut war nie kühl, sondern warm und lebendig, unvergessliche Gefährtin des Kampfes und seiner Lust ... ›Ach Dunka, Dunka!‹ Die Erinnerung an ihren Körper ist in der letzten Zeit verblasst, aber sie hat nach wie vor einen wichtigen Platz in seinem alten Herzen inne, und jedes Mal, wenn sie aus der Vergangenheit auftaucht, schlägt es schneller.

Während er sich auszieht, streichelt er wie jeden Abend den kleinen Brustbeutel mit seinen Amuletten, die ihn vor dem bösen Blick schützen sollen. Dann breitet er seine Decke aus und klettert ins Bett. Er schaltet das Licht aus und stopft sich das unter der Decke liegende Betttuch um den Hals, bis er daliegt wie in einem Schlafsack.

›Ich bin auch lebendig, Dunka ... lebendig!‹, wiederholt er und lässt das Wort im Mund zergehen. Dann fällt ihm das Erlebnis von heute Morgen ein. ›So lebendig wie das Pärchen im Museum. Tolle Idee, ein Sarg aus gebranntem Ton, statt Holz, das verfault doch nur! Etwas Dauerhaftes, wie das Öl in meinen Tonkrügen.‹

Er überlässt sich ganz der Erinnerung an Dunka und treibt auf einem Meer von Bildern.

›Nicht auf einer Bettcouch, nein, in einem richtigen Bett haben wir zu Abend gegessen, genau wie das Paar von heute Morgen. Sie und ich und der Mond als einzige Beleuchtung aus Angst vor den Flugzeugen und den Patrouillen der Gestapo. Der Mondschein lag über dem Meer wie ein gerader Weg zu uns. Mehr Licht brauchten wir nicht, um uns zu umarmen und zu küssen! Und wie wir uns geküsst haben, Dunka!‹

Und noch während er in Erinnerung daran lächelt, umfängt ihn der Schlaf.

Wie immer wird der Alte vor dem Morgengrauen wach. Zu Hause würde er sofort aufstehen und seinen morgendlichen Rundgang machen. Er würde über die vom Tau der Nacht benetzte Erde gehen, die kühle Luft einatmen, zuschauen, wie sich die Morgenröte am Himmel ausbreitet, den Vögeln lauschen. Zu Hause, ja, aber hier …

›Wahrscheinlich steht Rosetta auch gerade auf. Eine Menge Tränen hat sie gestern beim Abschied vergossen, aber ihr Mann wird sie bestimmt getröstet haben, der Taugenichts. Ein Schlappschwanz, dieser Nino, und falsch wie Zigeunergold! Wie konnte meine eigene Tochter sich so hoffnungslos in diesen Kerl verlieben? Was findet sie an ihm? Frauen, Frauen! Gott sei Dank haben sie keine Kinder, sie würden sie nur verziehen. Meine Rosa hat mir nur wenige geschenkt. Dass sie aus einer reichen Familie kam, hat sie nicht gerade fruchtbar gemacht. Fehlgeburten, ja. Jedes Jahr eine, aber nur drei gesunde Kinder. Und Francesco zählt nicht, der ist so gut wie verloren, seit er in New York lebt. Ich habe nur Renatos Sohn, wie hieß der Kleine noch? Sie haben mir die Einladung zur Taufe geschickt, aber damals hatte ich keine Zeit und habe es vergessen, so sehr hatte ich mit der Gerichtsverhandlung gegen den Cantanotte wegen Soto Grande zu tun. Bestimmt Maurizio oder Giancarlo, irgendein hochgestochener Name, der Andrea gefällt. Na ja, wenigstens hat sie mir einen Enkel geschenkt, während Nino …‹

Über den Flur hört er das Weinen eines Kindes, als hätten seine Gedanken es geweckt. Es klingt weder zornig noch jammernd, eher rhythmisch und gleichmäßig, wie das Leben selbst. ›Gefällt mir‹, denkt der Alte. ›Wenn ich weinen würde, dann so. Und die Schritte? Andrea? Nein, sie hat nicht eine so sanfte Stimme, es ist Renato ... Komisch! Sonst wird man im Alter taub, mein Gehör dagegen wird immer feiner. Ich kann jetzt besser hören als früher, als ich im Spähtrupp bei den Partisanen war. Und Renato spielt Kindermädchen, was für eine Schande! In Mailand gibt es keine richtigen Männer, und jetzt hat Andrea auch aus meinem Sohn einen Schlappschwanz gemacht.‹

Die Schlange regt sich in seinem Innern und besänftigt ihn. ›Ja Rusca, du hast ja Recht, jetzt ist sowieso alles egal. Du hast Hunger, nicht wahr, Geduld! Was für einen kräftigen Biss sie hatte, die andere Rusca, die tote! Wenn Renato wieder in seinem Zimmer ist, werde ich uns etwas zu essen machen. Vielleicht schreit das Kind, weil es Hunger hat. Wird auch Zeit, dass Andrea aufsteht und ihm die Flasche gibt, etwas anderes wird diese Frau ja nicht zu bieten haben.‹

Das Weinen verstummt, und er hört, wie Renato sich wieder ins Bett legt. Der Alte steht auf, zieht die Hose an und geht in die Küche. Er will nicht entdeckt werden und begnügt sich deshalb mit dem schwachen Licht der Straße. Er öffnet den Schrank. Aus seiner Vorratskammer zu Hause schlüge ihm jetzt eine Woge von Gerüchen entgegen, nach Zwiebeln, Salami, Öl und Knoblauch. Hier gibt es nur Einmachgläser, Dosen, Schachteln mit bunten Etiketten, manche auf Englisch. Er nimmt eine Packung. Die Aufschrift verspricht Reis, aber sie enthält nur halb geröstete Körner, die nach nichts schmecken.

Der gelbe Käse im Kühlschrank ist weich und ebenfalls ohne Geschmack. Zum Glück kann er ihn mit einigen Zwiebelstückchen zubereiten, die er in einer luftdicht verschlossenen Plastikschachtel gefunden hat. Der Wein stammt aus der Toskana und ist obendrein eiskalt. Und das Brot aus der Fabrik: *panetto* ... Was würde er jetzt für eins von Marios Broten geben, frisch aus dem Ofen! Statt dieser ungenießbaren Pampe! Und das Schwarze in dem durchsichtigen Zylinder muss Kaffee sein. Aber wie macht man ihn heiß?

Plötzlich klingelt der Wecker in einem der Zimmer. Das Haus erwacht. Renato kommt in die Küche und sagt leise »Guten Morgen«. Er schaltet die Kaffeemaschine ein und holt ein weiteres Wunderding aus dem Schrank, steckt den Stecker in die Dose, wirft zwei Scheiben *panetto* hinein und verschwindet im Bad. Man hört, wie das Wasser läuft. Schließlich taucht Andrea auf und fragt unfreundlich:

»Aber Papa! Wieso sind Sie schon so früh auf?«

Ohne eine Antwort abzuwarten, verlässt sie die Küche wieder und trifft im Korridor auf ihren Mann. Die beiden flüstern miteinander. Die Geräusche vervielfältigen sich: Wasserhähne rauschen, Abflüsse gurgeln, Fläschchen klirren, der Rasierer summt, die Dusche. Dann kommen die beiden in die Küche und behindern sich gegenseitig bei der Vorbereitung des Frühstücks. Der Alte trinkt eine Tasse von dem dünnen Kaffee, den sie ihm anbieten, und verschwindet im Bad, um sich zu waschen. Kurz darauf kommt Renato ins Bad.

»Aber Vater, wir haben doch warmes Wasser!«

»Ich will kein warmes Wasser. Es macht nicht frisch.«

Er erklärt seinem Sohn nicht, dass kaltes Wasser ihm von Bergbächen erzählt, vom Duft eines frisch angezündeten Holzfeuers, von Ziegen, die das vom Raureif bedeckte Gras knabbern. Die beiden gehen leise zwischen Küche und Schlafzimmer hin und her, ziehen sich an und essen dabei ihren Toast.

»Kommen Sie, Vater, und sehen Sie sich den Kleinen an. Wir wickeln und füttern ihn jetzt.«

›Ob aus Andreas Brustwarzen tatsächlich Milch kommt?‹, fragt sich der Alte. Er hat nicht gesehen, dass sie eine Flasche bereitet hätten. Neugierig und skeptisch folgt er Renato in das kleine Zimmer, wo Andrea das Kind auf einem weich gepolsterten Wickeltisch gerade fertig angezogen hat.

Der Alte bleibt verblüfft stehen, starr vor Staunen. Das ist kein Baby, sondern ein richtiger Junge, der bereits sitzen kann und seinerseits von dem Mann, der eben das Zimmer betreten hat, fasziniert ist. Mit beiden Händen wehrt er den Löffel voller Brei ab, den seine Mutter ihm hinhält, und starrt aus runden dunklen Augen den Alten an. Der Kleine quengelt, fuchtelt noch ein wenig mit den Händchen herum und lässt sich schließlich herab, den Mund zum Essen aufzumachen.

»Schon so groß ist er!«, sagt der Alte schließlich.

»Ja, nicht wahr, Papa!«, erwidert seine Schwiegertochter voller Stolz. »Und erst dreizehn Monate alt!«

›Dreizehn Monate schon‹, denkt der Alte, der sich noch nicht von seiner Überraschung erholt hat. ›Mein Enkel, mein Blut, so plötzlich. Wieso habe ich es nicht früher erfahren? Ein prächtiges Kerlchen! Und wieso sieht er mich so ernst an und fuchtelt dabei mit den Händen? Was will er mir sagen? Waren meine Kinder auch so, Renato und die anderen? Jetzt lächelt er. Was für ein Schlitzohr!‹

»Schau, Brunettino, dein Großvater. Er ist gekommen, um dich kennen zu lernen.«

»Brunettino?«, fragt der Alte noch überraschter und fährt mit der Hand zu seinem Brustbeutel, der einzigen Erklärung für dieses Wunder. »Wieso habt ihr ihn Brunettino getauft? Warum?«

Sie sehen ihn betreten an, während der Kleine lächelt. Renato entschuldigt sich.

»Verzeihung Vater! Ich weiß, dass der Erstgeborene immer nach seinem Großvater genannt wird. Ich hatte auch vor, ihn Salvatore zu nennen, wie Sie. Dann hatte Andrea diese Idee, und der Pate, mein Kollege Renzo, wollte partout nicht davon ablassen. Er meinte, Bruno klingt kraftvoller, ernster … Verzeihung, es tut mir Leid.«

Der Alte ist gerührt und sagt mit brüchiger Stimme:

»Da gibt es nichts zu verzeihen! Ich finde das großartig. Ihr habt ihn tatsächlich nach mir benannt!«

Andrea sieht ihn erstaunt an.

»Renato, du müsstest doch wissen, dass mich die Partisanen Bruno nannten. Hat Ambrosio es dir nicht tausendmal erzählt?«

»Ja, aber Sie heißen doch Salvatore.«

»Blödsinn! Den Namen Salvatore haben mir andere verpasst, aber Bruno habe ich selbst ausgesucht. Das ist mein Name … Brunettino!«, flüstert der Alte und lässt sich die Koseform auf der Zunge zergehen. Was für ein guter Stern, der Andrea auf diese Idee gebracht hat. Wenn er den verschmitzten Ausdruck des Kleinen sieht, hat er das Gefühl, das Kind verstünde alles. Wieso auch nicht? Alles ist möglich, wenn einem das Glück hold ist!

Er streicht mit dem Finger schüchtern über die Wange des Kleinen. Er kann sich nicht erinnern, jemals die Haut eines so kleinen Wesens berührt zu haben. Wenn er seine eigenen Kinder auf den Arm nahm, dann nur, wenn sie hübsch herausgeputzt waren, um sie seinen Freunden zu zeigen.

Das winzige Fäustchen greift wie ein gieriges Adlerjunges im Nest nach dem rauen Finger und führt ihn zum Mund. Der Alte lächelt beglückt. Was ist der kleine Gauner kräftig! Verwundert stellt er fest, dass der Junge Muskeln und Nerven hat. ›Die Welt steckt voller Überraschungen‹, denkt er.

Der Kleine lässt den Finger los. Er ist von dem Alten so fasziniert, dass er sich nicht füttern lassen will.

»Komm schon, Schätzchen, iss noch etwas«, bettelt die Mutter und sieht auf die Uhr. »Für den Großvater.«

Dieser Morgen steckt wirklich voller Überraschungen. Sogar Andreas Stimme ist zärtlich! Trotzdem wendet der Kleine energisch den Kopf ab und spuckt plötzlich eine weiße Flüssigkeit aus.

»Ist er krank?« fragt der Alte besorgt.

»Aber Vater!«, lacht Renato. »Nur Luft, ein Bäuerchen. Sehen Sie. Schon isst er weiter. Haben Sie nicht selbst Kinder gehabt?«

›Nein, ich hatte keine‹, sagt sich der Alte, weil ihm klar wird, dass er niemals das erlebt hat, was er jetzt sieht. ›Auf dem Land haben wir Männer keine Kinder. Wir haben Neugeborene, mit denen wir bei ihrer Taufe angeben, vor allem, wenn es Jungen sind, aber danach verschwinden sie bei den Frauen. Obwohl sie in unserem Zimmer schlafen und weinen, geht es nur die Mutter etwas an. Später sind sie einem lästig, wenn sie auf allen vieren durchs Haus krabbeln, sie zählen erst, wenn wir sehen, wie sie den Esel am Strick zur Tränke führen oder die Hühner im Hof füttern. Dann fangen wir an, sie zu lieben: aber nur, wenn sie weder vor dem Esel noch vor dem Hahn Angst haben. Schlimmer noch die Töchter. Die werden einem erst geboren, wenn sie jeden Monat bluten, und dann muss man mit Luchsaugen auf ihre Ehre aufpassen. Und du, Brunettino, bist der Erstgeborene und stehst im Rampenlicht, sogar deine Eltern vergessen ihre Eile.‹

»Wollen Sie ihn mal halten?«

»Jetzt gleich?«

Ehe der Alte sich versieht, spürt er das Federgewicht in den Armen, aber es ist schwer, den Kleinen zu halten. ›Madonna, wie packt man so was an?‹

»Nehmen Sie ihn etwas höher, so.« Sie legen ihm den Kleinen in die Arme. »Aber nein, halten sie die Arme locker!« Der Alte kommt sich wie ein Tollpatsch vor. »Den kleinen Kopf auf Ihre Schulter.« Wie beim Tanzen, Wange an Wange. »So kann er aufstoßen, und hier, das Handtuch auf Ihre Jacke, damit sie keine Flecken bekommt. Nicht weinen, mein Schatz. Das ist dein Großvater, und er hat dich lieb. Bewegen Sie sich vor und zurück, Vater. Sehen Sie, wie er sich beruhigt?«

Der Alte wiegt sich vorsichtig hin und her. Andrea ist bereits verschwunden. Renato geht aus dem Zimmer – die alte Hektik ist wieder da –, und der Alte ist völlig verwirrt. Was für seltsame Gefühle. Zum Glück sieht ihn niemand aus dem Dorf, man würde ihn auslachen. Aber was macht ein Mann in so einem Fall, ganz allein?

Er nähert seine Wange der des Kleinen, doch der schreckt zurück. Aber die kurze Berührung genügt, um zu spüren, dass seine Haut weicher ist als die einer Frau. Und was für ein unbeschreiblicher Geruch den Alten einhüllt. Weich, milchig, warm, ein süßsaurer Hauch nach lebendiger Gärung, wie die Kelter aus der Ferne. Ein feiner Duft, süßlich und dennoch berauschend, ja Besitz ergreifend!

Von sich selbst überrascht, drückt er den winzigen warmen Körper an die Brust und lockert dann erschrocken die Umarmung, aus Angst, ihn zu ersticken, um ihn gleich wieder an sich zu pressen. Nicht dass er ihm runterfällt. Das Lämmchen hier zittert nicht, aber es ist so schwer wie der kleine Jesus auf den Schultern des heiligen Christophorus. Einer der wenigen Heiligen, die dem Alten gefallen, weil er groß und stark war und durch die Flüsse gehen konnte.

Plötzlich strampelt der Kleine und tritt dem Alten leicht in den Magen. Dieser wird von abergläubischer Furcht gepackt, denn es ist genau die Stelle, wo die Schlange ihn immer beißt. Ob der Kleine auch das versteht? Er wendet hastig den Kopf, um sein Gesichtchen zu sehen, streift dabei erneut die Wange des Kleinen und ist ganz durcheinander, als das Kind zu weinen anfängt.

»Es ist Ihr Bart, Signore«, hört er eine unbekannte Stimme, und zugleich wird er von der leichten Last befreit. »Ich bin Anunziata, die Haushälterin. Die Signori sind gerade gegangen.«

Die Frau legt das Kind geschickt in sein Bettchen.

»Er ist müde. Gleich schläft er ein. Wenn Sie erlauben, werde ich jetzt weiterputzen.«

Etwas stimmt nicht. Ach ja. Wieso ist er nicht schon vorher darauf gekommen?

»Schläft der Kleine hier?« Die Frau nickt. »Auch nachts?«, fragt er entsetzt. »Schlafen in Mailand die Kinder denn nicht bei den Eltern? Wer passt auf sie auf?«

»Das war früher, als ich noch Kindermädchen war. Heute raten die Ärzte dazu, die Kleinen allein schlafen zu lassen.«

»Wie grausam! Und was ist, wenn sie weinen oder ihnen etwas passiert?«

»In diesem Alter nicht mehr ... Wirklich, besser als die Signora kann man sich gar nicht um ein Kind kümmern. Sie misst es, wiegt es, bringt es zum besten Arzt. Und außerdem hat sie ein Buch mit lauter Bildern, wo alles erklärt wird!«

›Ein Buch‹, denkt der Alte verächtlich, während die Frau das Zimmer verlässt. ›Wenn man dazu Bücher braucht, wie sollen dann all die guten Mütter, die nicht lesen können, ihre Kinder großziehen? Die werden ja gerade deshalb nicht zu Rabenmüttern.‹

Das schläfrige kleine Gesicht und die Hand, die sich am Zipfel des Lakens festklammert und unruhig zuckt, erregt sein Mitleid. ›Wie schutzlos er da liegt!‹ Der Alte reibt sich die Wange. Der Bart kratzt tatsächlich.

›Armes Kerlchen, die ganze Nacht allein! Er kann doch noch nicht sprechen! Was, wenn sie ihn nicht weinen hören? Was, wenn er Bauchweh bekommt und niemand da ist oder er unter der Decke keine Luft kriegt? Was wäre, wenn er von einer Schlange oder einer Ratte gebissen würde? Wie der Große von Piccolitti? Na schön, hier gibt es keine Schlangen, die können in Mailand gar nicht überleben, dafür aber eine Menge anderer Dinge. Wahrscheinlich wimmelt es hier nur so von Hexen mit dem bösen Blick! Armes verwaistes Kerlchen.‹

Er starrt auf dieses wundervolle Geheimnis, das in dem Bettchen schläft. Nach so vielen Jahren, nach drei eigenen Kindern zu Hause und wer weiß wie vielen in fremden Nestern, wurde ihm der erste Sohn geboren. Und nun?

Mit einem Mal schlägt Brunettino die Augen auf und sieht ihn aufmerksam an. ›Ob er meine Gedanken lesen kann? Unsinn, aber dieses Kerlchen…‹ Die beiden dunklen Knopfaugen schüchtern den Alten ein, der sich vor diesem drohenden Finger des Schicksals zurückzieht. Dann fallen dem Kleinen langsam die Äuglein zu, und er lächelt. Er hat Vertrauen gefasst und schläft ruhig ein.

Erleichtert atmet der Alte auf. Er ist immer noch überrascht, dass Andrea nichts wusste und trotzdem unter so vielen Namen ausgerechnet diesen ausgesucht hat.

»Du bist also Brunettino«, flüstert er. »Und bald wirst du Bruno sein.«

Am folgenden Tag geht der Alte aus dem Haus.

»Werden Sie auch zurückfinden, Papa? Merken Sie sich: Viale Piave 82.«

Er antwortet nicht. Hält sie ihn denn für einen Trottel? Eher würde sie sich in den Bergen verirren!

Am Ende der Straße gelangt er zu einem belebten Platz mit dichtem Verkehr. Auf der anderen Seite liegt ein großer Park. Hier wird er das, was er sucht, nicht finden. Auf Umwegen kehrt er durch die engen, vielversprechenderen Gassen zurück. Wie die Hirten zu Hause merkt er sich alle Details – Schaufenster, Portale, Firmenschilder –, um sich den Weg einzuprägen. In Mailand kann man sich nicht nach der Sonne richten, man sieht sie ja nicht. Schließlich findet er in einer Gasse einen Barbier. Via Rossini. Ein gutes Omen, der Name. Seine Taktik ist aufgegangen.

Von wegen gutes Omen! Im Gegenteil. Schon die aufwändige Einrichtung lässt ihn stutzen, und diese falsche Freundlichkeit und das Getue und ständige Gesäusel, um ihm irgendwelche Wässerchen anzudrehen, gehen ihm gegen den Strich. Obwohl er alles ablehnt, knöpfen sie ihm am Ende auch noch sechstausend Lire ab für eine lächerliche Rasur.

Sechstausend Lire! Und nicht halb so feinfühlig und geschickt wie Aldu in Roccasera, der ihm mittwochs und samstags für ein Viertel der Summe auch noch das Gesicht mit einem Alaunstein behandelt, so dass es glatt wird wie ein Jaspis.

»Hier haben Sie fünftausend, das ist mehr als genug«, sagt er schroff und wirft den Schein auf den Tresen mit den Cremes und Pomaden. »Das Wechselgeld können Sie behalten, ich will keinen Augenblick länger als nötig mit Halsabschneidern zu tun haben. Nicht mal, wenn sie Fra Diavolo hießen, und der hat wenigstens sein Leben riskiert! Irgendwelche Einwände?«

»Hören Sie, Signore«, fängt der Meister an und verstummt, als er sieht, wie der Alte resolut die Hand in die Hosentasche steckt.

»Lassen Sie ihn, Chef«, flüstert ein affektierter junger Mann im grünen Kittel.

Um den versteinerten Alten, an dem alle Blicke abprallen, wird es ganz still. Schließlich verlässt er langsam den Laden. Auf dem Heimweg kauft er sich einen einfachen Rasierapparat und Klingen. Renato hat ihm seinen elektrischen Rasierer angeboten, aber er weiß, dass so mancher an einem tödlichen Stromstoß im Bad gestorben ist. Außerdem macht sein Apparat keinen Lärm, und er will sich täglich rasieren können, ohne jemanden zu wecken.

›Was für ein Reinfall, dieser Barbier!‹ Kein Wunder, der Tag hatte schlecht angefangen. Während Andrea noch unter der Dusche stand, hatte er Renato beim Frühstück gefragt, warum das Kind nicht bei seinen Eltern schlief, so wie er selbst bei ihnen geschlafen hatte. Renato hatte nachsichtig gelächelt.

»Heute fängt man früher mit der Erziehung an. In diesem Alter sollen sie allein schlafen, Vater. Damit sie keine Komplexe kriegen.«

»Komplexe? Was ist das? Stecken sie sich bei den Erwachsenen damit an?«

Nachsichtig hatte Renato sich zurückgehalten und nicht gelacht, sondern ihm mit klaren Worten, die auch ein einfacher Bauer versteht, erklärt, worum es geht. Fazit: Man muss verhindern, dass sie allzu abhängig von den Eltern werden. Der Alte hatte ihn fest angesehen.

»Von wem sollen sie denn sonst abhängig sein? Sie können weder gehen, sprechen noch sich selbst helfen.«

»Von den Eltern natürlich. Aber ohne zu übertreiben. Machen Sie sich keine Sorgen, Vater. Das Kind ist bestens versorgt. Andrea und ich haben uns über alles informiert.«

»Ja, ich weiß, aus diesen Büchern natürlich.«

»Selbstverständlich. Wir halten uns genau an die Anweisungen des Arztes. Es ist so, Vater, in diesem Alter darf man nicht zu viel Bedürfnis nach Liebe wecken.«

Der Alte hatte geschwiegen. ›Das ist nichts Halbes und nichts Ganzes. Was ist das für eine Liebe? Eine auf Raten?‹ Er hatte nichts weiter gesagt, schließlich sind sie die Eltern. Aber so hatte der Tag bereits schlecht angefangen. Schon am Morgen hatte er üble Laune, und nach diesem Wucherer von Barbier musste er ja platzen.

Zum Glück versöhnt ihn ein anderer Laden mit dem Viertel. Während er durch die Via Salvini schlendert, eine der vielen kleinen Gassen hier, entdeckt er den unscheinbaren Eingang eines Lebensmittelgeschäftes. Soeben ist eine Frau hineingegangen, die aussah, als verstünde sie etwas vom Einkaufen. All das verspricht einen Laden, wie er sich gehört.

Sobald er eintritt, umgeben ihn Düfte vom Land: würziger Käse, eingelegte Oliven, Kräuter und Gewürze, Obst, das nicht in Plastik oder Pappkarton verpackt ist, um das Gewicht zu erhöhen. Und als wäre das nicht genug, auch noch eine richtige Frau hinter der Theke! Was für ein Weib!

In den Vierzigern, ein gutes Alter. So frisch wie ihre Äpfel. Sie entschuldigt sich bei der Stammkundin, die sie gerade bedient hat, und strahlt den neuen Kunden mit lebhaften Augen und sinnlichem Mund an.

»Signore wünschen?«

Was für eine Stimme! Wie von einer richtigen *stacca*, einer guten kleinen Stute.

»Am liebsten alles!«, grinst er zurück und macht eine ausholende Bewegung.

Das Geschäft ist eine wahre Fundgrube. Es hat alles, was er sich wünscht, und noch viel mehr, was er in keinem Schaufenster sonst gesehen hat. Sogar richtiges Brot haben sie: rundes, langes, Ringe und sogar das spezielle Brot, das man mit würziger Tomatensoße füllt, die beim Hineinbeißen herausquillt. Und so lautet auch ein Sprichwort aus Catanzaro: »Mit dem *morzeddhu* kann man essen, trinken und sich das Gesicht waschen.«

Die Frau kommt um die Theke herum, um ihn zu bedienen. Runde Hüften, aber nicht dick. Kräftige Waden, schlanke Fesseln. Und ein Akzent, bei dem er nicht umhin kann zu fragen:

»Sie kommen bestimmt aus dem Süden, nicht wahr, Signora?«

»Wie Sie. Aus Tarent.«

»Ich komme aus der Nähe von Catanzaro. Aus Roccasera, in den Bergen.«

»Das ist dasselbe!«, lacht sie. »Apulien und Kalabrien, nicht wahr? Eins wie das andere.«

Sie legt die beiden Zeigefinger aneinander und zwinkert ihm leicht zu. Die Geste, mit der sie die beiden Regionen verbindet, scheint auch sie selbst zu heimlichen Komplizen zu machen.

Der Alte sucht in Ruhe einige Lebensmittel aus, spricht über Qualität und Preise. Sie lacht über seine Scherze, ohne allzu vertraulich zu werden, bis sie ihre Neugier nicht mehr zügeln kann.

»Warum kaufen Sie ein? Leben sie allein?«

»Nein, ich wohne bei meinem Enkel! Na ja, und seinen Eltern.«

Den zweiten Satz hat er rasch hinzugefügt, und jetzt denkt er über diese Worte nach, ich wohne bei meinem Enkel, die er noch nie zuvor ausgesprochen hat. ›Stimmt‹, stellt er überrascht fest. ›Er ist mein Enkel. Und ich bin sein *nonnu*.‹

»Er ist bestimmt ein hübscher Junge«, schmeichelt sie ihm und beobachtet, wie er darauf reagiert.

›Hübsch? Ist Brunettino hübsch? So kann nur eine Frau denken! Brunettino ist etwas anderes. Brunettino ist … der Junge. Und basta.‹

»Na ja«, sagt er ausweichend und denkt: ›Die weiß, wie man verkauft. Wenn ich nicht aufpasse, dreht sie mir alles Mögliche an, aber mich wickelt keine so leicht um den Finger. Nun, das ist ihr Geschäft, sie lebt von den Kunden.‹

Er erinnert sich an Beppos Frau, die in seinem Café kellnert und ihre üppigen Brüste präsentiert. »Du machst Geschäfte mit dem Busen deiner Frau«, sagen Freunde, die ihn gut kennen. Beppo geht auf den Spaß ein und tut nur so, als würde er sich darüber ärgern; seine Giuletta ist nämlich sehr anständig, und jeder weiß es. Die Neckereien sind nicht böse gemeint. Außerdem stimmt es. Der Mann hatte eben Glück, so wie andere auf andere Art Glück haben. Aber die Frau hier im Laden ist feiner. Ja fein, was für Hände, die alles einpacken und ihm das Wechselgeld reichen.

›Ob sie auch so anständig ist?‹ Der Alte bezweifelt es, er hat eine Nase für so etwas. Hier in der Stadt lebt man anders. Plötzlich fällt ihm die Frage ein, die ihm auf den Nägeln brennt.

»Entschuldigen Sie, Signora. Aber es geht um meinen Enkel. Bis zu welchem Alter haben Ihre Kinder bei Ihnen im Zimmer geschlafen?«

»Oh, wir hatten keine Kinder! Gott hat uns keine geschenkt.«

›Wo Gott wohl seinen Kopf hatte, als er dieses Weib erschuf?‹, fragt sich der Alte und entschuldigt sich verlegen. Sie geht nachsichtig darüber hinweg, und um das Schweigen zu brechen, wechselt sie das Thema.

»Leider kann ich Ihnen die Einkäufe nicht nach Hause bringen lassen. Der Junge, der es sonst macht, ist heute krank. Und mein Mann ist unterwegs, um neue Ware einzukaufen.«

Eine aufmerksame Frau. Sie weiß, dass es sich für einen Mann nicht schickt, mit Einkäufen beladen durch die Straßen zu spazieren. Der Alte verabschiedet sich.

»Leben Sie wohl, Signora. Signora …?«

»Maddalena, stets zu Diensten. Aber kein Lebewohl! *Arrivederci!* Sie werden doch wiederkommen, nicht wahr? Hier finden Sie alles.«

»Wer würde Sie nicht wieder sehen wollen? Ganz bestimmt. *Arrivederci.*«

Auf der Straße lächelt der Alte immer noch. ›Wie ist es möglich, dass eine solche Frau keine Kinder hat? Mit so einer Figur, und obendrein aus dem Süden. Tja, nicht mein Problem. Der Laden ist meine Rettung, und außerdem macht es Spaß mit ihr. Sie führt alles und zu erschwinglichen Preisen. Ab jetzt wird sie für mein Wohl sorgen, so wie es sich gehört.‹

Das hatte er beschlossen, nachdem Andrea sein Frühstück, den Ziegenkäse und die Zwiebeln mit den Worten »Mein Gott, Papa, das ganze Zimmer stinkt danach« aus dem Schrank genommen, und alles in ihren luftdicht verschlossenen Särgen im Kühlschrank begraben hatte. Er wird seinen Proviant zwischen der komplizierten Mechanik unter seiner Bettcouch verstecken. In Plastiktüten wegen des Geruchs, da kann er auch seinen Tabak reintun. Andrea hat sich damit abgefunden, dass er raucht, allerdings nur in den Räumen, in denen sich das Kind nicht aufhält. Zum Glück haben seine Schwiegertochter und die Haushälterin keine besonders gute Nase. Kein Wunder, das Mailänder Leben tötet die Sinne.

Ab jetzt wird er wie ein richtiger Mann frühstücken, mit dem echten Geruch und dem typischen Geschmack, mit dem eigenen Klappmesser, gutem Brot und einem noch besseren Schluck Rotwein, der in der Kehle brennt, um alles hinunterzuspülen. Noch hat Andrea keinen Vorwand gefunden, um seinen Wein aus der Küche zu verbannen.

›Wenigstens am Morgen werde ich mir ihr *panetto,* ihre aufgewärmten Fertignudeln, ihre Tiefkühlkost und den ganzen Dosenfraß schenken. Du und ich, Rusca, wir werden wenigstens einmal am Tag ordentlich essen!‹

Er setzt sich auf eine Bank auf dem großen Platz und dreht sich eine Zigarette, um sie im Freien zu rauchen. Ein Passant beobachtet ihn neugierig. Als er die Zunge über den gummierten Rand des Blättchens führen will, fällt ihm etwas ein, und er hält mitten in der Bewegung inne.

>Was, wenn Andrea Recht hat und der Rauch dem Kleinen tatsächlich nicht bekommt …? Was glaubst du, Rusca? Dich beruhigt der Rauch ja, aber der Arzt meint, dass er mir nicht gut tut. Und jetzt muss ich nicht nur wegen Cantanotte am Leben bleiben, sondern auch wegen Brunettino. Du musst dich damit abfinden, Rusca, der Rauch ist schlecht für den Kleinen, auch wenn wir nur in meinem Zimmer rauchen.<

Er feuchtet das Blättchen an, dreht die Zigarette und zündet sie mit einem Streichholz an. Er inhaliert bedächtig, aber die Zigarette schmeckt ihm nicht wie sonst. Er fühlt sich schuldig. Als wäre es Verrat an Brunettino.

Es ist eine Qual, weniger zu rauchen. Aber heimlich zu frühstücken macht wirklich Spaß, vor allem drei Tage später, als er nichts essen soll. Um neun Uhr werden sie ihm Blut abnehmen für die Untersuchungen, die der berühmte Arzt angeordnet hat, zu dem Andrea ihn am Tag zuvor geschleppt hatte. Eigentlich wurden sie von dessen Assistentin angeordnet, oder was immer sie ist – jedenfalls ist sie so dick wie Andrea dünn und genauso eine Schwätzerin. Denn nach dem ganzen Theater bei der Aufnahme, der Warterei, den endlosen Gängen und den vielen anderen Ritualen konnten sie trotzdem nicht bis ins Allerheiligste des Arztes vordringen. Der Alte lacht, wenn er daran denkt, wie froh Andrea sein wird, wenn sie in die Küche kommt und sieht, wie folgsam er fastet.

›Dass man vor den Untersuchungen nüchtern sein soll, ist Quatsch‹, denkt er und lässt sich seinen Käse mit Zwiebeln und Oliven schmecken. ›Ein Trick der Ärzte, um mehr zu kassieren. Analyse, wozu? Die fällt sowieso schlecht aus. Nicht wahr, Rusca? Du sorgst schon dafür.‹

Das Blut wird ihm nicht in der Praxis der Koryphäe abgenommen, sondern im Zentralkrankenhaus. Renato fährt ihn hin. Er hat Zeit, und es liegt auf dem Weg in seine Fabrik im Industriegebiet von Bovisa. Er parkt den Wagen und führt ihn durch die Gänge an den Schaltern der Verwaltung vorbei zum Wartezimmer, wo er ihm nochmals einschärft:

»Sie wissen schon, direkt am Eingang nehmen Sie ein Taxi nach Hause, Vater.«

Der Alte tut so, als würde er zuhören, aber sobald Renato gegangen ist, grinst er verächtlich. ›Diese jungen Leute von heute hätte ich im Krieg sehen wollen, wie sie in einer fremden Stadt vor den Deutschen flüchten. Ein Taxi nehmen! Als hätte ich nichts Besseres zu tun! Mindestens zehntausend Lire!‹

Signora Maddalena – diese Frau löst alle seine Probleme – hat ihm gestern Abend erklärt, dass die Buslinie 51 am Krankenhaus vorbeifährt und an der Piazzale Biancamano hält. Von da braucht er nur noch durch die Via Moscova zu gehen, den Park zu durchqueren, und schon ist er zu Hause. Deshalb hört er gar nicht hin, was Renato sagt, und deshalb wirft ein anderer Patient in seinem Alter, der alles mitbekommen hat, ihm einen verständnisvollen Blick zu.

Wenn es nach dem Alten ginge, würde er, auch ohne Blutabnahme, wieder nach Hause gehen, aber der berühmte Doktor wird auf der Analyse bestehen, schon wegen der Routine. ›Routine und Theater sind Gift für mich. Halten die mich für senil? Glauben sie, ich wäre hier, um geheilt zu werden? Diese Idioten! Nur weil der Cantanotte noch atmet, dieser verfluchte Hundesohn, war ich bereit, das Dorf zu verlassen, wo ich im eigenen Bett gemütlich hätte sterben können, umgeben von Freunden und mit Blick auf meinen Berg, die *Femminamorta*, wie sie unter der Sonne und den Wolken ruht.‹

Weil der Cantanotte immer noch atmet, auch wenn er sich nicht mal mehr auf den Beinen halten kann, seit er von der Hüfte abwärts gelähmt ist. Schnaufen aber tut er immer noch hinter seiner faschistischen Sonnenbrille, die er sein Leben lang getragen hat. Diesen Anblick musste der Alte am Tag seiner Abreise ertragen, weil der Hundesohn sich vor Sonnenaufgang von seinen beiden Söhnen in einem Sessel auf die Piazza hatte tragen lassen. Dort, vor der Tür des Casinos versammelten sich dann seine Vasallen, um ihn zu unterhalten, während sie auf das große Spektakel warteten.

Das große Spektakel, den Abschied des Alten, der jetzt alles noch einmal durchlebt, während er darauf wartet, dass die

Krankenschwester ihn aufruft. Die Piazza, wie auf einem vergilbten Foto, und in der Mitte Renatos Wagen, umdrängt von Kindern. Um den holprigen Boden des Platzes ein unregelmäßiges Geviert von neugierigen Häuserfassaden, hinter deren scheinbar geschlossenen Türen und Fenstern sich wie von Beobachtungsposten aus das gesellschaftliche Leben im Dorf gnadenlos unter die Lupe nehmen lässt. Und heute lauert man auf den endgültigen Abgang des alten Salvatore. Die beiden langen Seiten des Rechtecks stehen sich wie immer unversöhnlich gegenüber. Auf der einen die Kirche und das Casino, in denen die Cantanotti das Sagen haben, und auf der anderen Beppos Café und das Rathaus, das Revier des Alten und seiner Kumpel. Direkt neben dem Café steht auch das Haus, das Salvatore von seinem Schwiegervater geerbt hat.

Die Morgendämmerung wurde heller. Der Alte hatte versucht, Zeit zu schinden, in der verrückten Hoffnung, dass die Lähmung seines Todfeindes wie Sprudelwasser aufschäumen und das verhasste Herz ersticken würde. Vergeblich hatte er sein Beutelchen mit den Amuletten unter dem Hemd berührt und um das Wunder gebeten. Er hatte seine Decke und sein Klappmesser bereits eingesteckt und stritt noch mit seiner Tochter, ob er auch seine *lupara* mitnehmen sollte, die alte abgesägte Schrotflinte, seine erste Waffe und diejenige, die ihn zum Mann gemacht hatte. Renato war ungeduldig, weil er an Andreas Auftrag in Rom dachte, der nochmals Zeit kosten würde. Kurz vor Sonnenaufgang hielt er es nicht länger aus.

»Vater, soll ich den Wagen nicht vor das hintere Hoftor fahren, damit wir endlich loskönnen?«

Der Alte war wütend über den ehrenrührigen Vorschlag und warf seinem Sohn einen eisigen Blick zu. Dann aber legte er die Flinte weg, küsste Rosetta, machte eine vage Handbewegung in Richtung seines Schwiegersohns und erklärte heftig:

»Gehen wir, aber durch den Vordereingang! Und Rosetta,

wenn du auf dem Balkon stehst und anfängst zu heulen, komme ich höchstpersönlich hoch und hau dir eine runter. Wenn du dich nicht beherrschen kannst, dann lass dich lieber erst gar nicht blicken.«

Stolz und lärmend, wie es einem Patrone geziemt, war der Alte die Treppe hinuntergestiegen und aufrechter als sonst aus dem Schatten des Eingangs aufgetaucht. Seine Freunde waren aus dem Café geströmt, um ihn wie richtige Männer zu begrüßen. Sie hatten gelächelt und Pläne für den Tag geschmiedet, an dem Salvatore geheilt nach Hause zurückkehrte. Renato hatte sich ans Steuer gesetzt und ungeduldig gewartet.

Endlich riss sich der Alte von seinen Freunden los und ging allein zum Wagen. Er schritt am Casino vorbei und ließ dabei seinen Feind im Sessel, die beiden Söhne, die neben ihm standen, und die finstere Truppe von Vasallen nicht aus dem Auge.

»Leb wohl, Salvatore!«, spöttelte der eingefallene Mund unter der dunklen Brille.

Der Alte blieb wie angewurzelt stehen, aufrecht, die Beine leicht gespreizt, die Armmuskeln gespannt.

»Wie, du kannst noch sprechen, Domenico?«, entgegnete er mit fester Stimme. »Lange her, dass ich den letzten Mucks von dir gehört habe.«

»Da siehst du mal! Wer noch Leben hat, der kann auch sprechen.«

»Dann warst du also tot, als ich deinem Hund Nostero den Schwanz abgeschnitten habe, was? Keinen Laut hast du von dir gegeben!«

»Oh, das habe ich erledigt, bevor ich deine Rusca getötet habe. Gute Kaninchenjägerin, das war sie, bei Gott!«, erwiderte der Gelähmte, worauf seine Vasallen in lautes Gelächter ausbrachen.

»Und als ich deine Cousine Concetta entehrt habe, da warst du wohl auch tot. Genauso tot und verfault wie jetzt!«, rief der

Alte, spuckte wütend auf den Boden und umklammerte das Klappmesser in seiner Tasche. In diesem Moment hätte er um ein Haar allem ein Ende gesetzt: sterben und den anderen mitnehmen.

Das plötzliche Schweigen auf dem Platz war zum Schneiden dick. Doch Cantanotte hatte gerade noch rechtzeitig die Hand auf die nervös zuckenden Arme seiner Söhne gelegt und anschließend, unterstrichen von einer abfälligen Bewegung seiner fetten, beringten Hand, erklärt:

»Die Zeit hat ihre Ehre längst wiederhergestellt. Besser als die Ärzte dich je wiederherstellen werden. Na los, jetzt geh endlich, und gute Reise!«

Mehr war nicht geschehen.

›Es ist alles gesagt‹, war es dem Alten in diesem Augenblick durch den Kopf geschossen. ›Hier weiß jeder Bescheid. Dass Concetta nur dank ihres Geldes diesen Kriegsgewinnler heiraten konnte und jetzt eine feine Dame in Catanzaro ist. Dass meine Reise auf den Friedhof führt und er bald nachkommen wird. Dass mir immer noch Zeit bliebe, ihn abzustechen und zu sehen, wie er verreckt, worauf seine Söhne mich umbringen würden. Aber wozu? Alles ist gesagt.‹

Außerdem konnte er stolz und langsam in den Wagen steigen, nachdem die Gegenseite seine Herausforderung nicht angenommen hatte. Als sie losgefahren waren, hatte der Wagen die Cantanotti in eine Staubwolke gehüllt.

»Gut gemacht, Renato«, beglückwünschte er zufrieden seinen Sohn. »Und dass du aus dem Wagen gestiegen bist, hat mir auch gefallen. Aber mit diesem Pack wäre ich auch alleine fertig geworden.«

Trotzdem gab es etwas, das ihm Kummer machte. Er konnte sich nicht erklären, warum Ambrosio nicht gekommen war, um sich wie die anderen von ihm zu verabschieden. Niemand hatte gewusst, wo sein Partisanenbruder steckte, der ihn damals, nach dem Handstreich gegen die Deutschen in Monte Casiglio aus den Fluten des Crati gerettet hatte, wo er sonst verblutet wäre.

Aber Ambrosio war auf seinem Posten gewesen, wie nicht anders zu erwarten. Nach der ersten Kurve bergab wartete er unter der Ulme neben der Kapelle mit dem unvermeidlichen Grashalm im Mund. Der Alte ließ den Wagen anhalten und stieg aus.

»Bruder!«, rief er fröhlich. »Ambrosio, mein Freund. Willst du etwa auch wissen, warum ich gehe?«

»Für wie dumm hältst du mich eigentlich?«, entgegnete Ambrosio mit gespielter Empörung. »Ist doch klar! Du willst nicht, dass der Cantanotte zu deiner Beerdigung kommt, falls es dich erwischt!« Zugleich machte er mit der linken Hand das Zeichen gegen den bösen Blick.

Beide lachten laut auf.

»Du musst durchhalten«, setzte Ambrosio ernst hinzu, »damit du an seiner teilnehmen kannst. Und danach lade ich dich sogar zu meiner eigenen ein.«

Er zog sein Clownsgesicht – eine Marotte, immer wenn es brenzlig wurde – und sagte:

»Halt durch Bruno, wie damals. Du weißt schon.«

»Ich werde mir Mühe geben«, versprach der Alte, »wie damals.«

Und dann umarmten sie sich, einer plötzlichen Eingebung folgend, sie umarmten und umarmten sich. Drückten Brust an Brust, bis sich ihre Herzen küssten. Sie fühlten sie schlagen und lösten sich voneinander. Dann stieg der Alte wortlos in den Wagen. Ihre Blicke umarmten sich noch durch die Scheibe, als Renato losfuhr.

Ambrosio hatte die Faust gehoben und das alte feurige Partisanenlied angestimmt, während seine Gestalt in der Ferne immer kleiner wurde.

Als er nach einer Kurve verschwand, hallten die glorreichen Worte von Kampf und Hoffnung noch lange in der Brust des Alten nach.

Es schneit!
Glücklich wie ein Kind spring der Alte aus dem Bett. Wo er herkommt, ist Schnee ein Wunder und ein Spaß, er verspricht saftige Weiden und fettes Vieh. Er sieht die Flocken fallen und geht zum Fenster, aber der Hof unten ist nicht weiß. Die Stadt verdirbt alles, sogar der Schnee verkommt zu matschigen Pfützen. Er beschließt, zu Hause zu bleiben, und ändert dann seine Meinung. Im Park bleibt der Schnee vielleicht doch liegen. Außerdem wird er auf die Weise Anunziata los, die heute früher kommt, weil Andrea zeitig in die Uni muss.

Nicht dass er sich mit ihr nicht versteht. Nur hat Anunziata einen Putzfimmel und erinnert ihn an die Deutschen, so wie sie mit dem Staubsauger durch die Räume marschiert. Wie ein Panzer! Der Alte muss von Zimmer zu Zimmer ausweichen und sogar seinen Proviant aus dem Versteck unter der Bettcouch nehmen, wenn sie sein Zimmer macht. Als wäre das nicht genug, lässt sie nichts, wie sie es vorgefunden hat, sondern stellt alles nach ihrem Geschmack um. Zum Glück redet sie nicht viel, sondern hört lieber ihrem Transistorradio zu, das sie überall mit sich herumschleppt.

>Und was für ein Mist der Kasten von sich gibt!<, denkt der Alte und beobachtet durch das Fenster im Kinderzimmer, wo der Kleine schläft, die tanzenden Schneeflocken. >Ein bürokratisches Kauderwelsch, das man unmöglich verstehen kann. Dasselbe wie im Fernseher in Beppos Café, klar, nur auf dem Bildschirm macht es nichts aus, weil man die Sprecher sieht und dann doch versteht.<

Aber das Schlimmste an Anunziata ist, dass sie auf hinterhältige Weise den Alten vom Kleinen fern hält. Der Alte vermutet, dass es eine Vorsichtsmaßnahme Andreas ist, um zu vermeiden, dass sich der Kleine bei einem Kranken, der auch noch qualmt, ansteckt. ›Dabei rauche ich jeden Tag weniger‹, ärgert er sich. ›Dass man den Kleinen nicht wecken soll, versteht sich von selbst, aber jetzt fängt er doch gerade an, von selbst herumzuzappeln, und schlägt die kleinen Fuchsaugen auf.‹

»Nehmen Sie ihn nicht auf den Arm, Signore Roncone!«, ermahnt ihn Anunziata plötzlich von der Tür aus. »Die Signora will das nicht.«

»Warum denn nicht? Alter ist nicht ansteckend!«

»Aber Signore, was reden Sie da? Es ist, weil man Kinder nicht auf den Arm nehmen soll. Sie gewöhnen sich sonst daran, verstehen Sie? So steht es im Buch.«

»Und woran sollen sie sich sonst gewöhnen? Dass niemand sie berührt? Bücher! Wissen Sie, was ich damit mache? Ja, genau das, Signora! Bücher! Sogar neugeborene Lämmer, die von allein die Zitzen der Mutter finden, werden den ganzen Tag von ihr abgeschleckt. Und es sind Tiere!«

»Ich sage nur, was man mir aufgetragen hat«, entgegnet die Frau würdevoll und geht.

Der Kleine kuschelt sich in seine Arme, lacht und versucht, nach seinen grauen Locken zu greifen. Der Alte drückt das pulsierende kleine Leben fest an sich.

In den ersten Tagen hatte er Angst, es wie ein rohes Ei zu zerdrücken. Mittlerweile weiß er, dass es nicht so zerbrechlich ist. Winzig, ja; hilfsbedürftig, auch; aber zugleich fordernd und gebieterisch. Was für eine Energie, wenn es plötzlich losschreit, mit den Armen um sich schlägt und strampelt! Der eiserne Wille, die feste Entschlossenheit, dieses geballte Leben faszinieren den Alten.

Genauso hat er als Hirtenjunge Lambrino gehalten, aber das Verhalten seines Lieblingslämmchens war vorhersehbar. Das

Kind hingegen überrascht ihn immer wieder, es ist ein ewiges Rätsel. Warum will es heute nicht, was es gestern wollte? Warum interessiert es sich plötzlich für etwas, das es zuvor langweilte? Neugierig untersucht es alles: betastet es, grapscht mit den kleinen Händen danach, nimmt es in den Mund, prüft seinen Widerstand, riecht daran. Es schnuppert wie ein junger Hund. Und mit welchem Genuss!

Der Kleine ist ständig auf der Suche. Wenn er sich selbst nicht gesucht fühlt, muss er doch denken, dass die Welt ihn zurückweist! Deshalb umarmt ihn der Alte zärtlich, küsst ihn, nimmt seinen Geruch mit derselben animalischen Lust auf wie der Junge, als wollte er sich in ihn hineinversetzen. >Wer braucht schon Bücher, um Kinder aufzuziehen! So lernt man nicht zu leben, sondern mit Händen und Küssen, mit Körper und Stimme ...! Und mit anfassen! Schau mal, Kleiner, ich habe meinen Lambrino genauso gehätschelt wie meine Mutter mich; ich habe gelernt zu schlagen, als ich geschlagen wurde, und ich habe eine Menge einstecken müssen!< Er lächelt, während er sich an eine andere Lektion erinnert. >Aber später habe ich geliebt, so wie ich geliebt wurde. Ich hatte gute Lehrerinnen! Auch du sollst lieben können, dafür werde ich schon sorgen.<

Plötzlich zieht die kleine Hand absichtlich kräftig an seinem Haar, und obwohl es schmerzt, lacht der Alte fröhlich.

Er spürt, wie sich der kleine Körper anspannt. >Der Junge versteht!< Er nimmt es auf. Das Kind kann zwar noch nicht denken oder sprechen, aber es erlebt diesen Augenblick so tief, als seien beide Körper eins, diesen geheimnisvollen Austausch, bei dem der Alte von dem lebendigen grünen Zweig in seinen Armen neues Leben aufnimmt, während er ihm die Sicherheit seines alten Stammes vermittelt, der fest in der ewigen Erde verwurzelt ist.

So besessen ist er, aus dem Jungen, um den man sich nicht richtig kümmert, einen Mann zu machen, dass er sogar Rusca vergisst. Der Kleine soll nicht so werden wie diese unsicheren Mailänder, die ständig vor allem und jedem Angst haben, trotz ihrer Überheblichkeit. Angst, dass sie zu spät zur Arbeit kommen, dass man ihnen ein Geschäft vor der Nase wegschnappt, dass der Nachbar sich einen teureren Wagen kauft, dass die Frau im Bett zu viel verlangt oder sie schlapp machen, wenn sie am meisten Lust hat. Der Alte sieht es auf seine Art. ›Sie sind nie sie selbst, hängen ständig in der Luft. Sind weder richtige Männer noch richtige Frauen, weder erwachsen noch Kinder‹, denkt er, wenn er sie mit seinen Freunden auf dem Land vergleicht. ›Es gibt auch Schlappschwänze bei uns, aber die meisten sind gestandene Männer, und ich weiß, wovon ich rede.‹

Natürlich kann man kein richtiger Mann werden, wenn man nichts Richtiges zu essen bekommt. All die Gläser aus der Apotheke für das Kind, reine Medizin, auch wenn »Kalbfleisch« oder »Hühnchen« drauf steht! Die Milch bildet keinen Rahm. Und so weiter … Als der Alte Andrea fragte, ob sie dem Jungen denn nicht hin und wieder Kastanienabsud mit Brombeerschnaps einträufelt, weil es den Darm reinigt und ordentlich Kraft gibt, wäre sie fast in die Luft gegangen. Ihre grauen Augen wurden hart, und sie bekam kein Wort heraus. ›Dabei weiß jedes Kind, dass man einem Säugling sein Brombeerschnäpschen geben soll, damit er nicht krank wird. Aber vom Echten, nicht dieses Zeug aus der Apotheke.‹

›Da war Andrea sprachlos, obwohl sie sonst nie um Worte

verlegen ist. Im Gegenteil, auf den Kleinen redet sie ein wie ein Wasserfall, obendrein in diesem Italienisch aus dem Radio. Das ist nichts für Männer.‹ Wie der junge Lehrer damals, erinnert sich der Alte, der nach Roccasera versetzt wurde, als der gute Don Piero gestorben war. Die Kinder haben ihn nicht verstanden, kein Wunder, was sollten sie auch mit all den Geschichten anfangen über alte Könige oder Länder, in die man ohnehin nie kommt? Rechnen ja, das sollte man können, damit der Patrone einen nicht bescheißt oder man auf dem Markt nicht übers Ohr gehauen wird. Nur wenn sie irgendwelchen Unsinn angestellt hatten – und darin war der Alte ganz groß, wenn er im Winter in die Schule gehen konnte –, schimpfte der neue Lehrer im Dialekt los, und dann verstanden sie ihn auch. Er stammte nämlich aus Trizzino bei Reggio, obwohl dieser Dummkopf sich alle Mühe gab, es zu verheimlichen.

Bei all dem verweichlichten Geschwätz schläft das Kind natürlich sofort ein. Wie jetzt. Höchst zufrieden setzt sich Andrea an ihren Schreibtisch, verschanzt sich hinter ihren Büchern, schaltet die Lampe an und schreibt und schreibt und schreibt. Ohne Brille, dem Alten ist nicht entgangen, dass sie auf Kontaktlinsen umgestiegen ist.

Er nutzt dies aus, setzt sich nachdenklich neben das Bettchen und grübelt vor sich hin. Kurz darauf kommt sein Sohn nach Hause, küsst das Kind und geht in sein Zimmer, um sich umzuziehen. Der Alte folgt ihm, getrieben von seiner fixen Idee, obwohl er das eheliche Schlafzimmer bislang gemieden hat. Er darf nicht locker lassen, er muss sie überzeugen. Sein Sohn wird ihn schon verstehen.

Renato zieht sich gerade den Hausanzug an und ist überrascht, den Alten im Zimmer zu sehen:

»Wollten Sie etwas von mir, Vater?«

»Nein, nichts … Aber sieh mal, hier hättet ihr doch noch Platz für das Kinderbett.«

Renato lächelt nachsichtig, aber doch schon ungeduldig.

»Das ist keine Frage des Platzes, Vater. Es geht um sein Wohl.«

»Wessen Wohl?«

»Das des Kleinen natürlich … Ich habe es Ihnen doch schon neulich erklärt: So verhindert man Komplexe. Es ist eine Frage der Psychologie, des Kopfes. Man soll sie nicht auf Zärtlichkeit fixieren, verstehen Sie? Man darf nicht klammern, man muss loslassen. Es ist etwas kompliziert, Vater, aber glauben Sie mir: Die Ärzte wissen Bescheid.«

Jedes Wort stößt bei dem Alten auf Ablehnung. ›Kompliziert? Das Ganze ist doch kinderleicht: Man muss sie nur lieben! Loslassen? Die Mailänder sind doch selbst die größten Hasenfüße! Bescheid wissen? Was ist das für ein Wissen, das die Liebe der Eltern verhindert? Wen soll man denn lieben, wenn nicht die eigenen Kinder? Sind es vielleicht die Eltern, die nicht geliebt werden wollen?‹

Trotz seiner Empörung hat er keine Zeit, seinem Sohn Paroli zu bieten. Das Kind ist gerade aufgewacht, und es ist Zeit für das Bad. Das Bad. Der Lichtblick des Tages!

Beim ersten Mal war es ihm peinlich, als würde er die Intimsphäre eines anderen verletzen. Später begriff er, dass der Kleine sich im Wasser nicht nur wohl fühlt, sondern gern im Mittelpunkt der Zeremonie steht. Und seit der Alte sich täglich rasiert und weniger raucht, hat er seine Zärtlichkeiten gern und lässt sich sogar küssen, wenn sein Großvater es wagt, weil die Mutter gerade nicht dabei ist. Jedenfalls hat das Baden dem Alten gezeigt, dass Brunettino nicht nur viel versprechende Genitalien besitzt, sondern auch schon richtige Erektionen bekommt. Er fummelt an sich herum, schnuppert an seinen Fingerchen und lächelt selig. ›Bravo, Brunettino!‹, sagte sich der Alte, als er diese Entdeckung machte. ›Du bist ein ganzer Mann, genau wie dein Großvater!‹

Deshalb wächst seine Angst, dass die Bücher und Ärzte Brunettino schaden könnten, weil sie das Kind in der Nacht Albträumen, Unfällen und bösen Mächten schutzlos ausliefern wollen. >Wenn das so weiter geht, wird man noch verlangen, dass Männer und Frauen in getrennten Zimmern schlafen, damit sie sich nicht mehr lieben.<

>Brunettino! Eine von da unten bräuchtest du, die sich mit Männern auskennt. Wie meine Mutter oder die Tortorella, die elf Kinder hatte oder die *zia* Panganata, die dreimal verheiratet war. Aber keine Sorge, ich bin ja da. Ich werde dir helfen! Ich werde dich schon an den Klippen des Lebens vorbeischiffen, das hart ist wie ein Gebirge, aber dein Herz mit Glück erfüllt, sobald du den Gipfel erreichst!<

Sehen Sie, Signore Roncone! Sehen Sie!«
Der Alte setzt den Kleinen auf den Teppichboden neben neben dem Bettchen und dreht sich zu Anunziata um, die triumphierend an der Tür steht.

»*Zio* Roncone, wenn ich bitten darf! Und was soll ich sehen?«

»Dass die Signora Recht hat. Dass man den Kleinen nicht auf den Arm nehmen soll. Er selbst wollte runter. Ich hab's doch gesehen!«

Tatsächlich hatte der Kleine von den Armen des Alten aus wie ein römischer Kaiser mit dem Finger auf den Boden gezeigt, ah, ah, ah geschrien und gestrampelt, um sich zu befreien.

»Und schon ist er unten, oder etwa nicht?«

»Wär' ja noch schöner! Und das heißt, dass die Signora Recht hat!«

»Nein, das heißt, was Don Nicola immer gesagt hat, der einzige anständige Pfarrer, den es in Roccasera je gab. Kein Wunder, dass er nur so kurz blieb.«

»Hat man ihn in eine bessere Pfarrei versetzt? Denn überall wäre er besser aufgehoben gewesen als da.«

Der Alte geht nicht auf die Stichelei ein.

»Nein. Er hat die Soutane an den Nagel gehängt, weil er den Papst nicht mehr verstand und es satt hatte. Jetzt verdient er sein Leben als Lehrer in Neapel.«

Der Kleine sitzt auf dem Teppichboden und lauscht entzückt dem Hin und Her der sich streitenden Stimmen, als würde er ihre allmorgendlichen freundschaftlichen Scharmützel verstehen.

»Ja, ja. Und was hat dieses Vorbild an Tugend für Ungeheuerlichkeiten von sich gegeben?«

»Ungeheuerlichkeiten aus dem Evangelium. ›Sie haben Augen und sehen nicht, sie haben Ohren und hören nicht‹, oder so ähnlich. Genau so ist es mit meiner Schwiegertochter und mit Ihnen. Und vielen anderen auch, Ärzte hin, Ärzte her!«

Anunziata ist verwirrt. Schließlich antwortet sie und betont dabei spöttisch die Anrede:

»Gegen Sie kommt aber auch wirklich niemand an, *zio* Roncone!«

Dann zieht sie sich würdevoll wie eine moralische Siegerin zurück.

In der Zwischenzeit hat der Kleine eine Kiste, die in seiner Reichweite lag, umgeworfen und konzentriert sich auf die verstreuten Spielsachen. Pädagogisches Spielzeug zum Zusammenstecken, Plüschtiere, ein Stehaufmännchen mit Glöckchen und ein Schaukelpferd, das ihm sein Großvater geschenkt hat und das sofort auf große Begeisterung stieß. Danach geriet es in kindliche Vergessenheit, und jetzt scheint es wieder zum Lieblingsspielzeug zu avancieren, zur großen Freude des Alten, der sich neben das Kind setzt und ihm zuflüstert:

»Natürlich kommt niemand gegen mich an! Was haben die beiden denn geglaubt? Die Anunziata ist eine gute Frau, Brunettino, und sie liebt dich sehr, aber sie ist eine alte Jungfer und hat keine Ahnung, genau wie deine Eltern. Sie meinen, du willst nicht auf meinen Arm, aber genau das Gegenteil ist der Fall. Zum Glück habe ich dich verstanden, und seit ich hier bin und dich verwöhne, gewinnst du immer mehr Selbstvertrauen. An meiner Seite wirst du zum Mann, und natürlich wagst du jetzt auch viel mehr, mein kleiner Engel. Du krabbelst herum und bewegst dich.«

Genau das passiert seit zwei Wochen. Brunettino zeigt immer mehr Lust, seinen Erfahrungshorizont zu erweitern. Wenn er sich im Bettchen aufrichtet und man ihm Spielsachen gibt, wirft er sie weg und zeigt auf sie. Nicht damit man sie ihm zurückgibt wie früher, sondern damit man ihn zwischen sie setzt. Manchmal klammert er sich an das Gitter des Bettchens und beugt sich so weit vor, dass man Angst haben muss, er könnte kopfüber herausfallen.

»Deine Mutter wird behaupten, dass du auf diese Weise selbstständiger wirst. Die Arme! Das ist es nicht! Da sie nicht weiß, dass ich dir zeige, wie man sich durchsetzt, kriegt sie auch nicht mit, dass du Fortschritte machst, weil du allmählich lernst, was das Wichtigste im Leben ist, mein Junge. Dass jeder auf dir herumtrampeln wird, wenn du nicht stark wirst. Deshalb sage ich immer, wenn ich dich auf dem Arm habe, dass du dir die Welt untertan machen musst und dich nicht rumschubsen lassen sollst. Und natürlich, du stürzt dich hinein, um zu üben. Merk dir: Werde hart, aber genieß die Zärtlichkeit! So wie mein Lambrino, der nichts als Stoßen und Saugen im Kopf hatte. Bloß war er ein Lämmchen und durfte nicht richtig stark werden. Aber du bist ein Mensch!«

Der Kleine übt tatsächlich immer eifriger. Nach anfänglicher Mühe krabbelt er nun auf allen vieren durch Kinder- und Wohnzimmer. Gerade setzt er sich in Bewegung, angelockt von der Hose des Alten, als plötzlich ein anhaltendes lautes Brummen zu hören ist. Er hebt den Kopf und sieht sich aufmerksam um.

›Hat ein feines Gehör, wie ich‹, denkt der Alte, der Anunziatas Staubsauger erkennt. »Was machst du bloß für ein Gesicht, Junge! Erinnerst mich an Terry, den englischen Militärexperten, den sie uns mit dem Fallschirm schickten, der hat auch so die Stirn gerunzelt, wenn er darüber nachdachte, wie man sich in der Nacht den deutschen Stellungen am besten näherte. Ich weiß noch, was für buschige Augenbrauen er hatte!«

Der Kleine krabbelt zielstrebig bis zur Tür und streckt das Köpfchen hinaus. Er sieht erst nach rechts, dann nach links: Der Gang muss ihm wie ein endloser Tunnel vorkommen. Doch das schreckt ihn nicht ab, und er krabbelt weiter auf das faszinierende

Geräusch zu. Vom Alten gefolgt, der begeistert an seinem Abenteuer teilnimmt, nähert er sich dem Zimmer, in dem Anunziata mit dem Rücken zur Tür den Teppich saugt.

»Genau, so rückt man vor, mein Junge! Lautlos wie eine Katze, wie die Partisanen! Der Überraschungseffekt! Ein überraschter Feind ist ein toter Feind!, hat unser Lehrer immer gesagt. Na ja, er sagte verlorener Feind, schließlich hatte er seine Anweisungen, aber unsere Version kam der Sache näher. Ja, so, und jetzt greif an!«

»Huch!«

Der Alte muss laut lachen, als Anunziata die Hand am Knöchel spürt und vor Schreck aufschreit. Sie macht einen Satz und lässt dabei den Griff des Staubsaugers fallen, der auf dem Boden weiter vor sich hin brummt.

Jetzt, da die feindlichen Verteidigungslinien durchbrochen sind, rückt der Kleine unaufhaltsam auf sein Ziel vor und umarmt mit glücklichem Lächeln die vibrierende Maschine.

»Er wird sich verbrennen, er wird sich wehtun!«, schreit Anunziata und schaltet das Gerät hastig aus. In der plötzlichen Stille wirkt das schallende Gelächter des Alten noch lauter als zuvor, und dazu klopft er sich vor lauter Freude auf die Schenkel, was die Frau noch mehr aufregt.

Der Kleine starrt auf den verstummten Apparat, macht ein enttäuschtes Gesicht und schlägt mit den Händchen auf das Gehäuse. Einen kurzen Augenblick scheint es, als würde er anfangen zu weinen, aber dann macht er sich über die blinkende Maschine her, bis er rittlings darauf sitzt und sie mit Schlägen anzutreiben versucht.

Der Alte nimmt den Griff und drückt auf den Schalter. Der wieder einsetzende Lärm verunsichert den Kleinen einen Moment. Fast wäre er heruntergefallen, doch dann quiekt er fröhlich und lacht über sein vibrierendes Kamel, vor allem, als der Alte ihn an den Schultern festhält, damit er im Sattel bleibt.

»Hören Sie auf, Signore Roncone! Sie sind ja verrückt geworden!«, schreit Anunziata, aber sie muss sich noch eine Weile gedulden, obwohl sie den Staubsauger energisch zurückfordert. Schließlich hat Brunettino das Spielzeug satt, rutscht auf den Boden und krabbelt weiter. Der Alte lässt sich ebenfalls auf alle viere nieder und baut sich vor ihm auf:

»Du bist ein toller Kerl, mein Junge! Du hast den Panzer besiegt, hast ihm den Weg versperrt! Bist du dir klar über deinen Sieg? Wie Torlonio mit seinen Molotowcocktails und seinen selbst gebastelten Bomben! Du bist ein Held!«

Anunziata hört verdattert zu, während der Alte vor Stolz förmlich platzt. Der Kleine bleibt kurz vor dem neuen Vierbeiner stehen und kriecht dann durch die Arme hindurch unter den Alten, dem sofort neue Erinnerungen in den Kopf kommen:

»Ja, jetzt in Deckung gehen, so reglos wie das Lämmchen unter seiner Mutter. Genau wie ich dir gesagt habe, stoßen und saugen.«

Aber der Kleine krabbelt weiter durch seine Beine ins Freie, und der Alte denkt wieder an den Krieg, während sich der Kleine, zufrieden mit seinen Heldentaten, endlich hinsetzt und ausruht.

»Was für ein herrliches Manöver! Sich einfach aus dem Staub zu machen, so wie wir damals durch die Wälder! Sich aus der Umklammerung befreien. Du weißt schon alles! So besiegen wir Menschen, Panzer und Flugzeuge! Einer von uns bist du, ein echter Partisan, der zuschlägt und sich dann zurückzieht!«

Am Ende ruft er:

»Es lebe Brunettino!«

Und dann fällt ihm noch etwas ein.

»Du verdienst eine Ehrenrunde zu Pferde!«

Er hebt das Kind über seinen Kopf, während es vor Schreck und Freude schreit, und setzt es sich rittlings auf die Schultern. Der Junge klammert sich mit den Händchen im lockigen Haar fest. Der Alte fasst nach seinen Beinen und verlässt das Wohnzimmer unter Anunziatas lautem Gezeter, wobei er aus Angst vor dem Türrahmen leicht in die Knie geht, so wie in der Kapelle, wenn sie die heilige Chiara hinaus- und hineintragen.

Dann marschiert der Alte mit dem Jungen auf der Schulter im Flur auf und ab und singt den berühmten Siegesmarsch:

»Brunettino, *ritorna vincitor*… Brunettino, *ritorna vincitor*…!«

Der Alte sitzt in seinem Lehnstuhl am Fenster, mit dem Rücken zu Andrea. »Auf der harten Bank«, wie Anunziata sagt. Sie versteht nicht, warum der Alte so gern auf diesem ungepolsterten florentinischen Möbelstück aus Nussbaum mit geraden Rücken- und Armlehnen sitzt. Aber der Alte mag das Sofa nicht. Er versinkt darin, es bietet keinen Widerstand und ist für die verweichlichten Mailänder gemacht.

»Die Wolkenkratzer gefallen Ihnen, nicht wahr?«, meinte Andrea, als sie zum ersten Mal sah, wie er sich ans Fenster setzte. »Sie sind großartig!«

In den unzähligen Wohnungen des Wolkenkratzers auf der Piazza della Repubblica und im berühmten Pirelligebäude mit dem Profil eines Schiffsbugs flammen die ersten Lichter auf. Aber von gefallen kann keine Rede sein! Kein bisschen! Nicht zu vergleichen mit dem Blick von seinem Haus in Roccasera auf den Südhang. Eine majestätische, mütterliche und zugleich strenge Erscheinung, sein Berg, die *Femminamorta*, die je nach Jahreszeit und Wetter auch die Farbe wechselt.

Die Wohnungstür geht auf. Renato kommt leise herein, um das Kind nicht zu wecken. Er grüßt seinen Vater, geht auf Andrea zu und küsst sie in den Nacken. Während das Pärchen flüstert, hört der Alte, wie sie einen Briefumschlag aufreißt. Bestimmt sind es die Untersuchungsergebnisse. Renato ist am Krankenhaus vorbeigefahren und hat sie abgeholt. Ohne dass er sich umdreht, weiß der Alte, dass sie ihm mitleidige Blicke zuwerfen. Er lächelt in sich hinein, das sind vielleicht zwei.

Renato geht auf seinen Vater zu, erwähnt den Befund nur nebenbei und lässt sich ausgiebig über den Verkehr aus, während Andrea zum Telefonieren in den Flur geht, statt es wie sonst vom Schreibtisch aus zu tun. >Sie haben einen Schreck bekommen<, denkt er, >so wie sie mich abzulenken versuchen. Was haben sie erwartet? Sie sind wirklich naiv, alle beide!<

Andrea kommt wieder herein und verkündet, dass sie für Donnerstag einen Termin beim Arzt gemacht hat. Da hat sie Zeit, um ihn zu begleiten. Das gelassene Lächeln des Alten wirkt wie Hohn angesichts der Betroffenheit des Paares. Das plötzliche Weinen des Kindes rettet die Situation: Andrea verlässt hastig das Zimmer, um das Bad vorzubereiten, und Renato folgt ihr ebenso hastig. Der Alte geht hinterher und freut sich auf die große alltägliche Zeremonie, die heute außergewöhnlich zu werden verspricht.

Als sie den Kleinen bereits abtrocknen, sieht der Alte, dass der Junge wie üblich an seinem kleinen Glied fummelt, jener rosigen Schwellung, die wie eine Kastanienknospe im Frühjahr aussieht. Und dann die große Überraschung! Bevor der Kleine die Finger zur eigenen Nase führt, bietet er sie mit einem einladenden Lächeln zuerst dem Alten an und durchbohrt ihn dabei mit seinen unergründlichen rabenschwarzen Augen.

»Junge!« sagt Renato mit gespielter Entrüstung.

Zum Glück mischt sich die Mutter ein. »Lass ihn! Er überwindet gerade die anale Phase.«

Solches Geschwätz lässt den Alten kalt. Aber die kindliche Geste erinnert ihn an die Legenden über Banditen, die ihr Blut in Riten der Verbrüderung miteinander vermischen, und deshalb versteht er die Botschaft sofort.

Er beugt sich vor und schnuppert gerührt an den dargebotenen Fingerchen. Die Augen des Kleinen leuchten auf, dann riecht er selbst an den gesalbten Fingern. >Damit ist der magische Pakt geschlossen<, sagt sich der Alte.

Später, als er im Bett liegt, ist er erfüllt von heiterer Gelassenheit, bis der Schlaf ihn überwältigt. Weil der Junge sofort verstanden hat. Er hat beschlossen, sich dem Alten anzuvertrauen.

Mehr gibt es nicht zu sagen; es ist alles auf dem besten Weg.

Deshalb wacht der Alte am nächsten Morgen früher als sonst auf. Er konnte schon immer zur gewünschten Stunde aufwachen: im Krieg, bei der Jagd, beim Schmuggeln und für die Liebe.

Die Glocken des Duomo bestätigen ihm, dass es drei Uhr früh ist. Der letzte Schnee hat die Luft gereinigt; jetzt kann man sie besser hören. Der Alte wirft einen Blick aus dem Fenster, die Wand gegenüber im Hof ist silbern wie der Mond.

›Viel zu hell für einen richtigen Überraschungsangriff wie damals, aber genau richtig für diese Art von Krieg. Wie schnell du begriffen hast, dass ich dein Kamerad bin, mein Junge!‹

Er zieht die dicken Socken an und nimmt seine Decke. In der beheizten Wohnung ist es nicht kalt, aber ohne sie fühlt er sich verwundbar. Sie hat ihn bei allen wichtigen Operationen begleitet, und auch das hier ist eine: Er muss den Jungen vor der Einsamkeit retten.

Wie eine Katze schleicht er durch den Flur und bleibt vor der angelehnten Tür des Kinderzimmers stehen. Durch den Spalt leuchtet das rötliche Licht der Nachtlampe. Mit der Hand auf der Klinke fragt er sich, ob die Tür quietschen wird. Doch sie gibt keinen Laut von sich und unterstreicht auf diese Weise ihre Komplizenschaft. Der Alte geht hinein und schließt die Tür leise hinter sich.

Das Fenster ist ein riesiger Mond, der Boden ein versilberter See, das Kinderbett und sein Schatten eine Felseninsel. Auf dem glatten Kopfkissen spiegelt sich heiter als Abbild des Mondes dieses kleine schlafende Gesicht. Sein lauwarmer Atem liebkost das alte Antlitz, das sich herunterbeugt, um seinen Duft aufzunehmen, es zu fühlen und die alten Wangen daran zu wärmen.

»Siehst du?«, flüstert der Alte. »Bruno ist bei dir. Jetzt musst du nicht mehr einsam und allein in die Schlacht. *Avanti* Kamerad, ich kenne das Terrain!«

Von seinem Bettchen aus füllt der Kleine mit seinem Atem und den Schlägen seines kleinen Herzens die Nacht aus. Den Rücken an die Wand gelehnt, sitzt der Alte auf dem Boden und öffnet sich dieser Gegenwart wie ein Baum dem ersten Regen: Mit ihm keimt seine lange Lebenserfahrung, entfaltet sich seine Vergangenheit in Schwindel erregendem Tempo wie ein Samen, und ein dickes Geflecht aus Erinnerungen und Erfahrungen breitet sich als unsichtbarer schützender Baldachin über das Bettchen.

Wie das Klack-klack eines Weberschiffchens verflechten die Minuten den Alten mit dem Jungen im Webstuhl des Lebens. Ihr Raum ist ein Planet aus Mond und Schatten, nur für sie beide: Der Kleine hat ihn im Bad abgesteckt mit seinen gesalbten Fingern, so wie die Wildschweine ihr Revier markieren. Der Alte hat im Frühjahr beobachtet, wie sie ihre Duftstoffe auf Steinen und Büschen hinterlassen.

Was geht in diesen Augenblicken vor, was entsteht, was nimmt Gestalt an? Der Alte weiß es nicht und denkt auch nicht darüber nach, aber er spürt es im Innern. Er lauscht ihrer beider Atem, dem alten und dem jungen: Sie münden ineinander wie Flüsse, umschlingen sich wie Schlangen und flüstern wie zwei Blätter im Wind. Dasselbe Gefühl hatte er vor ein paar Tagen schon einmal, aber jetzt wird es durch dieses instinktive Ritual heilig. Er berührt die Amulette zwischen dem Haar auf seiner Brust und erinnert sich an die bereits abgestorbene Ulme neben der Kapelle, um sich seine Rührung zu erklären: Das Grün verdankt sie dem Efeu, das sie umrankt, und das Efeu kann nur dank des alten Stammes der Sonne entgegenwachsen.

Das Holz und das Grün, die Wurzel und das Blut, der Alte und der Junge schreiten wie Kameraden auf dem Weg der Zeit, die sie verbindet. Schulter an Schulter, am Anfang und am Ende ihres Lebens, liebkost vom Mond, der in der fernen Unendlichkeit der Sterne dahinzieht.

Die junge Krankenschwester ist ein Blickfang.

»Roncone, Salvatore? ... Darf ich bitten.«

Der Alte erhebt sich in dem vornehmen Wartezimmer vom Sofa. Andrea berührt kurz seine Hand und lächelt ihm aufmunternd zu. ›Typisch Frau!‹

Eine andere, nicht mehr so junge Krankenschwester führt ihn in eine Kabine, damit er sich ganz frei macht – aber ja, auch den kleinen Brustbeutel – und einen grünen Kittel anzieht, der sich hinten mit einem Klettverschluss schließen lässt, wie der Alte feststellt, nachdem er vergeblich nach den Knöpfen gesucht hat. ›So sollten sie den Kleinen anziehen!‹

Von da geht es in einen Raum mit verschiedenen Geräten, und ein junger Arzt bittet ihn, sich auf eine Liege zu legen. Anfangs verfolgt der Alte die Untersuchung neugierig, aber bald langweilt er sich und antwortet mechanisch auf die Fragen: »Ja, da tut es weh. Da unten nicht mehr. Es ist wie eine Schlange, die sich in mir windet und ab und zu beißt.« Der Arzt lacht. »Bravo, mein Freund!«, und wirft der Krankenschwester einen verschwörerischen Blick zu.

Sie schleppen ihn von einer Untersuchung zur anderen, von einem Arzt zum nächsten, von einem hellen Saal mit Milchglasfenstern in einen dunklen Raum, wo er geröntgt wird.

»Donnerwetter! Da steckt ja eine Kugel! Haben Sie keine Beschwerden?«

»Nein. Ein Andenken an die Einnahme von Cosenza.«

Eine halbe Stunde muss er reglos liegen, damit sie ihn mehrmals röntgen, und schläft dabei fast ein. Er denkt nicht mal mehr ans Rauchen, als wäre er völlig leer. Trotzdem hat er ein Völlegefühl im Magen: der Brei, den er am Morgen geschluckt hat und der ihn an den verhassten Apothekenfraß erinnert, den sie dem armen Brunettino geben. Am Morgen hatte sich der Kleine hartnäckig geweigert, sich füttern zu lassen. Anunziata hatte schließlich aufgegeben und sich wieder ans Putzen gemacht. Der Alte hatte die Gelegenheit wahrgenommen und dem Kleinen insgeheim ein in Wein getunktes Stückchen *panetto* gegeben, das er zur Freude seines Großvaters gierig verschlang.

Andrea hatte ihn zur Klinik von Professor Dallanotte gefahren. Bestimmt hatte sie sich nur für die Koryphäe so herausgeputzt und sogar einen Rock angezogen. Auf dem Fahrersitz sah man ihre spitzen Knie, und die Sehnen am Fuß, wenn sie auf die Pedale trat. Hosen stehen ihr besser, dachte der Alte. Sie missdeutete seinen Blick und zog den Rock sittsam zurecht.

»Renato hat mir erzählt, dass der Sarg des Ehepaars in Rom Sie sehr beeindruckt hat. Ein wunderbares Werk, nicht wahr?«

»Ja. Sie waren so lebendig!«

Die Worte überraschten Andrea, hinderten sie aber nicht daran, zu einem kleinen allgemein verständlichen Vortrag auszuholen. Am Anfang hörte der Alte noch zu, aber da sie sich in ihrem Italienisch ausdrückte, ließ sein Interesse bald nach. Trotzdem war er froh, dass sie ununterbrochen redete, so brauchte er sich wenigstens nicht mit ihr zu unterhalten.

»Schauen Sie!«, unterbrach sie sich selbst und zeigte auf die Gebäude der Katholischen Universität. »Da unterrichte ich. Professor Dallanotte übrigens auch. Glauben Sie nicht, dass er jeden behandelt. Aber da wir sozusagen Kollegen sind ...«

Ja, sie war nett gewesen, gesteht der Alte, während sie ihn aus der unbequemen Lage befreien, nachdem sie mit dem Röntgen fertig sind. Es folgen weitere Untersuchungen, und nach den vielen Gängen, weiß gekachelten Räumen, chromblitzenden Geräten, Elektroden am Körper, Licht auf den Pupillen, Fragen und Abtasten driftet der Alte schließlich wie ein Korken im

Wasser ab und verliert das Interesse an dem, was um ihn geschieht, und an sich selbst.

Als sie ihn erneut ausziehen und er sich in einem großen Spiegel betrachtet, meint er, einen fremden Körper vor sich zu haben. Dieses Häufchen Haut und Knochen mit dem sonnengebräunten, behaarten Brustkorb, dem weißen Hintern und den bleichen Hüften ist nicht er. Es ist beleidigend, dem alten Genießer, der von so vielen Frauen begehrt und umschwärmt wurde, diese senile Erscheinung gegenüberzustellen. Beleidigend? Nicht mal mehr das. Nur Menschen können sich beleidigt fühlen, und auf dem Fließband dieser Klinik, wo man in Einzelteile zerlegt wird wie im Schlachthof, besteht der Mensch schließlich nur noch aus Gewebe, Eingeweiden, Ohren und Gliedern. Und obendrein diese Heuchelei: Alle biedern sich an und täuschen falschen Optimismus vor.

Wie anders die Untersuchungen bei Don Gaetano! Während der Alte sich anzieht, denkt er an die unumstrittene medizinische Autorität aus Catanzaro in ihrer Praxis am Corso. ›Da geht man rein als der, der man ist, und wenn man rauskommt, ist man noch mehr man selbst.‹ Die Wut auf die Mailänder Klinik gibt ihm die Kraft, wieder zu sich selbst zu finden, bevor er den Umkleideraum verlässt.

Nach der letzen Tür findet sich Seine Eminenz, hinter dem altarähnlichen Schreibtisch thronend, endlich bereit, ihn zu empfangen. Andrea sitzt dem Arzt gegenüber und lächelt mechanisch, als sie den Alten sieht. Der Arzt steht auf und bietet ihm einen Platz an.

»Sehr erfreut, Professor«, sagt der Alte und fügt dann bewusst hinzu: »Ich habe mich schon die ganze Zeit auf Sie gefreut.«

»Wir haben uns bereits kennen gelernt, mein lieber Roncone, aber im Röntgenraum war es dunkel, Sie konnten mich nicht sehen. Dafür ich Sie umso besser.«

›Na Gott sei Dank‹, denkt der Alte bei sich. ›Ich glaubte schon, er würde mich nur auf dem Papier untersuchen.‹ Über den Schreibtisch des Professors verstreut liegen die Befunde. Ein Assistent kommt herein, und die beiden Ärzte tauschen einige Worte aus. Verschlüsselte Sätze, zustimmende und verneinende Gesten, dazwischen zweifelnde Einsilbigkeit, während man nachdenkt. Schließlich schreibt die Koryphäe etwas auf und erteilt dem Assistenten irgendwelche Anweisungen, der daraufhin den Raum verlässt. Dann verschränkt der Arzt die Arme vor der Brust und sieht Andrea und den Alten lächelnd an.

»Nun gut, mein lieber Roncone. Ihre körperliche Verfassung ist fabelhaft und Ihr allgemeiner Gesundheitszustand beneidenswert angesichts Ihres Alters. Bleibt das Problem, das Sie zu mir geführt hat. Was das angeht, wird es keine Überraschungen geben, wirklich, das kann ich Ihnen versichern. In einfachen Worten zusammengefasst: Signore Roncone weist einen Befund auf.«

Da die »einfachen Worte« des Professors dieselben sind wie im Radio, übt sich der Alte in Geduld und versteht trotzdem nur Fetzen: »pathologische Prozesse«, »heutige Möglichkeiten«, »Fortschritte der Medizin«, »alternative Behandlungsmethoden«. Andrea dagegen beugt sich vor und saugt die Worte des Gurus begierig auf, während sie ihm immer wieder Fragen stellt, die ihn zu weiteren ausführlicheren Darstellungen animieren.

›Was hat das Ganze mit mir zu tun?‹, fragt sich der Alte. ›Don Gaetano brauchte man nur anzusehen, um zu wissen, wie der Hase läuft.‹ Schließlich lächelt der Professor gewinnend.

»Haben Sie mich verstanden, lieber Roncone?«

›Will er mich auf den Arm nehmen?‹, fragt sich der Alte und geht sofort zum Gegenangriff über, als wäre er im Krieg.

»Nein, ich habe nichts verstanden. Ist mir auch völlig egal.«

Er hält kurz inne, um den verblüfften Gesichtsausdruck des Professors auszukosten, und fährt fort:

»Das Einzige, was ich wissen muss, Signore Professore, ist, wann ich sterben werde.«

Die taktvolle Atmosphäre aus Verständnis und Effektivität, die die Praxis erfüllt, platzt wie ein Luftballon. Die Koryphäe und Andrea wechseln einen Blick. Andrea wird nervös.

»Was sagen Sie nur für Dinge, Papa!«

Entzückt über die Wirkung, wirft der Alte ihr einen Blick zu. Der Professor murmelt etwas über unvorhergesehene Komplikationen, atypische Entwicklungen und Erwartungen, aber seine Selbstsicherheit ist dahin. Der Alte fällt ihm ins Wort.

»Wochen … Monate? … Ein Jahr vielleicht? … Nein, ein Jahr ist wohl zu viel verlangt.«

»Das kann ich Ihnen nicht beantworten, mein lieber Freund!«, stößt der Professor hervor. »In diesen Fällen kommt eine Prognose einem Ratespiel gleich, und angesichts Ihrer körperlichen Verfassung könnte es gut sein, dass …«

»Geben Sie sich keine Mühe, Professor. Ich habe verstanden. Wir brauchen nicht mehr weiterzureden. Schließlich ist mir meine Rusca lieber, als an einen Stuhl gefesselt zu sein wie ein Bekannter von mir. Bis zur Hüfte ist er gelähmt, und so Gott will, wird die Lähmung bald auch sein Herz erreichen, und dann ist es um ihn geschehen, nicht wahr? Sagen Sie mir eins, Professor. Diese Art von Lähmung verschlimmert sich doch ziemlich rasch, oder? Na ja, wenn der arme Kerl an den Stuhl gefesselt ist, wäre es besser, wenn er nicht mehr leidet!«

»Wie soll ich darauf antworten, wenn ich den Patienten nicht kenne? Sie stellen vielleicht Fragen!«, weicht der Professor aus. Der Alte hat ihn von seinem hohen Ross gestürzt.

»Es sind Fragen, die mich beschäftigen. Mein Tod gehört mir, Professor. Und der Tod des Gelähmten auch! Er müsste vor mir sterben! Sehen Sie, ich werde Ihnen erklären, was er hat, und es wird so sein, als hätten Sie ihn selbst untersucht. Im Juni konnte er noch gehen, aber schon im August …«

Der Alte erzählt alles, was er über den Cantanotte und seine Symptome weiß. Der Arzt hört ein Weilchen zu, geht aber nicht darauf ein. Schließlich steht er höflich auf und erklärt, dass er ihnen den Befund, die Art der Behandlung und die Rezepte mit der Post zustellen wird. Vor diesem Alten verzichtet die Koryphäe auf den üblichen aufmunternden Vortrag und verabschiedet sich nur überschwänglich von der Kollegin Andrea und mit einstudierter Herzlichkeit von dem Patienten, während er beide zur Tür geleitet.

Als sie hinausgehen, weiß Andrea nicht, wie sie anfangen soll, aber der Alte kommt ihr zuvor:

»Der hat keine Ahnung von Lähmungen«, sagt er und seufzt. »Mein Pech, dass die Marletta letzten Januar gestorben ist! Eine echte Freundin! Sie hat mir mit dem Cantanotte sehr geholfen. Fast hätte ich ihn gehabt, aber ...«

»Von wem reden Sie da, Papa?«

»Von Marletta, der Hexe von Campodone. Der besten *magàra* in ganz Kalabrien ... Ganz Italien! Hatte nur Volltreffer bei ihren Prophezeiungen, möge die Madonna sich ihrer erbarmen!«

Endlich hat er ihn: seinen Nachttopf. Oder sein Nachtge-schirr, wie die feinen Leute in Mailand sagen.

Andrea war natürlich dagegen.

»So was benutzt man nicht mehr, Papa.«

»Müssen die Mailänder nachts etwa nicht pinkeln?«

»Ja, doch, aber auf der Toilette. Es ist nicht wie im Dorf; man muss nicht in den Hof.«

Andrea hat den Abort in Roccasera in schrecklicher Erinne-rung. Jedes Mal, wenn sie über den Hof ging, war irgendein Fle-gel oder ein Mädchen da, um darüber zu spekulieren, was sie so lange darin anstellte.

»Die Toilette ist nichts für mich. Ich werde hellwach und kann nicht mehr einschlafen. Mit dem Nachttopf dagegen brauche ich mich nur zur Seite drehen und kann gemütlich im Halbschlaf pinkeln.«

Andrea war strikt dagegen, aber eines schönen Tages erlaubte sie Renato, einen zu kaufen. ›Klar‹, sagte sich der Alte, ›der Arzt hat ihnen gesagt, dass mir nur noch wenig Zeit bleibt, und jetzt müssen sie alles schlucken. Dann war der Besuch bei diesem Arzt wenigstens zu irgendetwas gut. Aber sie täuschen sich. Ich werde länger leben als der Cantanotte. Diesem Schwein werde ich nicht die Freude machen, an meiner Beerdigung teilzunehmen.‹

Seinen Nachttopf hat er nun. Aber warum verstecken sie ihn?

»Signora Anunziata!«, ruft er wütend. »Signora Anunziata!«

»Schreien Sie nicht so«, schimpft die Frau und eilt herbei. »Sie wecken noch das Kind auf.«

»Wo haben Sie meinen Nachttopf versteckt?«, fragt der Alte leise, weil er Angst hat, Brunettino aufgeweckt zu haben.

»Wo wird Ihr Prachtstück schon sein? Unter dem Bett!«

»Wirklich? Sehen Sie selbst, er ist nicht da.«

»Auf der anderen Seite, Signore. Mein Gott, was für ein Mann!«

Die Frau hat Recht.

»Auf der anderen Seite, auf der anderen Seite …!«, murrt er. »Und nennen Sie mich nicht Signore; wie oft soll ich das noch sagen! Ich bin *zio* Roncone! … Und warum auf der anderen Seite? Ich will ihn hier haben; ich halte ihn immer mit der linken Hand. Mit der rechten halte ich … Sie wissen schon.«

»Die Signora meint, dass man ihn auf der anderen Seite von der Tür aus nicht sieht.«

»Wer zum Teufel kommt schon bis zu dieser Tür? Doch nur Sie, und Sie kennen ihn schon! Verdammte Weiber!«

Bevor Anunziata sich murrend davonmacht, verspricht sie, sich daran zu halten, aber der Alte weiß, dass sie es nicht tun wird. Sie wird ihn dahin stellen, wo es ihr passt, so wie immer.

Andrea und sie töten ihm den letzten Nerv. Seine Decke hat er nur zufällig retten können. Andrea wollte sie anfangs wegwerfen und ihm eine neue kaufen. Erst nach seinem Wutausbruch gab sie nach, aber er hörte, wie sie sich bei ihrem Mann beschwerte, dass der alte Lumpen nach Ziege stinke. ›Dabei könnte sie froh sein, selbst so nach Leben zu riechen wie die Ziegen.‹

Der Alte greift sich den Nachttopf und setzt sich auf das Bett. Er ist versucht, sich eine Zigarette zu drehen, um Rusca zu beruhigen, die heute Morgen ziemlich aufgeregt ist und sich scheinbar darüber beklagt, dass er das Rauchen allmählich aufgibt. Er hat die Blättchen schon in der Hand, als das Weinen des Kindes ihn rettet. Er vergisst die Schlange und läuft ins Kinderzimmer.

Anunziata ist bereits da und redet dem Kleinen gut zu, aber es nützt nichts. Sie bittet den Alten um Hilfe. Auch sie hat beobachtet, dass seine tiefe Stimme den Jungen beruhigt. Vielleicht will sie aber nur so schnell wie möglich zu ihrem geliebten Staubsauger zurück. Der Alte summt eine beruhigende Melodie vom Land. Aber eigenartigerweise hört Brunettino dieses Mal nicht auf zu weinen, er ballt die kleinen Fäuste und wird ganz rot vor Wut. Er zieht sogar die Schühchen aus, indem er mit der Spitze des einen Fußes die Ferse des anderen abstreift: ein Trick, den er vor kurzem gelernt hat, um, wie Andrea meint, seine kindliche Macht zu demonstrieren und einen zu »tyrannisieren«, indem er seine Umgebung nötigt, sie ihm wieder anzuziehen. Jetzt pfeffert er den Schuh zu Boden wie einen Fehdehandschuh.

»Wahrscheinlich muss man seine Windeln wechseln«, sagt Anunziata und geht aus dem Zimmer.

Kurz darauf kehrt sie mit einer Waschschüssel voll lauwarmem Wasser, dem Schwamm und diesen Plastikbeuteln zurück, die mit Baumwolle und Mull gefüttert sind. Die zieht man in Mailand den Kindern an. Alles hermetisch geschlossen und eng anliegend. ›Wie soll sich so die Männlichkeit entfalten?‹

Sicher muss man seine Windeln wechseln. Aber könnte es nicht sein, dass er noch aus einem anderen Grund wütend ist?

»Zündet man in Mailand heute keine Kerzen an? Es ist doch Allerseelen«, fragt der Alte.

»Alte Bräuche, das ist längst vorbei.«

»Ach so. Dann bekommen die Kinder auch keine Geschenke mehr?«

»Zu Allerseelen? Wer kommt denn auf so was?«

»Wir aus dem Mezzogiorno, wie ihr sagt. Ja, die Verstorbenen bringen unseren Kindern Geschenke.«

»Komisch. Hier kriegen die Kinder ihre Geschenke vom Weihnachtsmann oder den Heiligen Drei Königen.«

»Komisch? Komisch sind die Könige und der Weihnachtsmann. Was haben die mit den Kindern zu tun? Außerdem sind es Erfindungen. Die Toten hingegen, sie gehören zu uns. Verstehen Sie das nicht? Sie sind wirklich. Sie sind die Großeltern der Großeltern der Kinder. Und sie lieben sie, weil sie ihr eigenes Fleisch und Blut sind.«

>Sie sind wirklich<, wiederholt der Alte für sich, froh darüber, dass er an diesem Tag die Verstorbenen verteidigt hat, indem er ihnen Tribut zollt. >Sieh einer an, werden sie sich sagen, dieses Jahr hat sich in Mailand tatsächlich jemand an uns erinnert. Ja, natürlich, der Bruno aus Roccasera!< Also wird er ihnen in seinem Zimmer eine Kerze anzünden. Er hat immer eine im Gepäck, weil der Strom unweigerlich dann ausfällt, wenn man ihn gerade am nötigsten braucht. Und heute Nacht muss man ihnen den Weg erleuchten; wie sollen die Toten einen bei ihrem Besuch sonst finden?

Anunziata hat das Kind bereits auf den Wickeltisch gelegt und zieht es aus. >Sie kann es nicht mal auf ihrem Schoß wickeln, so wie man es früher immer gemacht hat<, denkt der Alte missbilligend.

Ja, der Kleine brauchte frische Windeln. Jetzt lächelt er wieder, frisch gewaschen und sauber, während sie eine Creme gegen das Wundsein aufträgt. >Wie das Gesicht eines Mädchens!<, denkt der Alte bei dem Anblick des Popos und ärgert sich, als die Frau mit ihrem eingecremten Finger zwischen die Hinterbäckchen fährt. >Da fasst man einen Mann nicht an!< Zum Glück stellt der Kleine sofort stocksteif unter Beweis, dass solcherlei Zärtlichkeit seiner Männlichkeit in keiner Weise schadet. >Unstreitig mein Enkel! Mit Recht heißt es, dass die Kleinen mehr nach den Großeltern als den Eltern kommen ...< Aber das erhebende Schauspiel wird wieder einmal durch den unerbittlichen Plastikverband erdrückt. >Wie grausam!<

Anunziata steckt die Beinchen des Kleinen in die Strampelhose und dreht das Kind auf den Bauch, um sie zuzuknöpfen. Der Alte kämpft noch hartnäckig mit dem obersten Knopf, da ist Anunziata bereits mit allen anderen fertig. »Lassen Sie mich«, sagt sie, aber der Alte macht eine Ehrensache aus seiner Aufgabe. Der kleine runde Knopf rutscht ihm immer wieder durch die ungeschickten Finger. Brunettino fängt an zu quengeln. Der Alte muss sich geschlagen geben und erstickt einen leisen Fluch.

Anunziata knöpft rasch zu und legt das Kind wieder ins Bett. Der Alte setzt sich daneben und summt vor sich hin so wie vor einem halben Jahrhundert bei seinen Schafen. Es ist eine traurige Melodie, weil er mit dem Knopf nicht fertig geworden ist. ›Wenn wir beide allein wären, könnte ich ihn also gar nicht anziehen, damit er sich nicht erkältet‹, denkt er. ›Aber mit solchen Plastikwindeln würde ich ihn verschonen, die sind nicht gut für kleine Jungs.‹

Der Alte ist so mit sich beschäftigt, dass er nicht merkt, wie Andrea nach Hause kommt. Anunziata spricht mit ihr in der Diele.

»Der Großvater wiegt ihn in den Schlaf, Signora. Der Mann ist wirklich ein sonderbarer Kauz, aber man kann ihn gut mit dem Kind allein lassen. Er sitzt neben dem Bettchen und passt auf wie ein Wachhund.«

Andrea geht trotzdem zur Tür und schnüffelt. Ihr Schwiegervater bringt es noch fertig, im Kinderzimmer zu rauchen. Nicht aus Bosheit, sondern weil er keine Ahnung hat von Hygiene und Kindererziehung. Sie riecht nichts. Gott sei Dank. Aber man braucht wirklich eine Engelsgeduld mit dem Alten!

Der hat inzwischen aufgehört zu summen, da der Kleine eingeschlafen ist. Ein schwacher Lichtschein fällt durch einen Spalt in den geschlossenen Vorhängen auf seine Hände. Wie gebannt starrt er darauf: Handrücken und Innenflächen. Es sind breite, kräftige Hände mit blauen Adern, kurzen Fingern wie knorriges Rebholz, harten kurzen Nägeln und braunen Altersflecken, die unter der Behaarung sichtbar sind.

Er betrachtet sie: zwei Pranken, geschaffen zum Töten und zum Lieben. Sie haben Schafe zur Welt gebracht und Pferde gezähmt, Dynamit geworfen und Bäume gepflanzt, Verwundete gerettet und Frauen gebändigt … Männerhände, Hände für alles: zum Retten und zum Töten.

Alles? Jetzt ist er nicht mehr sicher. Und das Knöpfchen? Und das Kind? Sind seine Hände dafür geeignet?

Das Scheitern vorhin macht ihm zu schaffen. Seine Finger, die er vor seinen Augen bewegt … knotig, rau. Sie sind nichts für diese seidenweiche Haut.

Ist denn das die Möglichkeit? Zum ersten Mal im Leben ist er nicht stolz auf seine Hände! ›Brunettino braucht andere; für ihn sind die von Anunziata besser. Was sage ich denn da? Soll ich etwa eine Frau beneiden wie ein Mailänder? Nein, nein, meine Hände sind, wie sie sind: diese hier, meine!‹

Er braucht eine Weile, um sich zu beruhigen und sich diesen Ausrutscher zu verzeihen, aber trotzdem hört er nicht auf zu grübeln. ›Ist denn Kraft etwas Schlechtes? Zu irgendwas muss sie doch gut sein! Auch für Knöpfe, um ihn zu wickeln oder sonst was! Zum Teufel mit den Frauen! Mein Brunettino und ich und sonst niemand, damit er ein richtiger Mann wird!‹

Sie beide ganz allein: Diese Idee gefällt ihm. So werden sie ihn nicht verderben. Aber … eine männliche Kinderfrau? Plötzlich bekommt er keine Luft mehr und schiebt einen Finger zwischen Hals und Hemdkragen. Er bäumt sich gegen die Vorstellung auf und spürt, wie ihm das Blut in die Wangen steigt. ›Nein, meine Aufgabe ist eine andere! Sein Lehrer werde ich sein, das ja!‹ Doch die Angst, einen Fehler zu machen, lässt ihn nicht los. ›Was für eine Schande! Diese Schlange frisst mir die Courage weg!‹

Er sieht auf das runde weiße Gesicht auf dem Kopfkissen mit dem rosigen Mündchen und dem dunklen Haarbüschel auf der Stirn. Ein heftiges Gefühl der Zuneigung entlockt ihm einen tiefen Seufzer, seine Hand bewegt sich auf das kleine Gesicht zu. Der Finger berührt es und zuckt zurück, als hätte er sich verbrannt, denn die Berührung hat die körperliche Erinnerung an eine Liebkosung Dunkas geweckt. Die Hand erinnert sich und entfesselt ein Feuerwerk von Erinnerungen im Alten: Dunka! Jene Tage, jene Nächte! Dunka, die neben ihm schläft; ihre Wange, wie diese. Oder war es umgekehrt: Dunkas Hand in dem Kindergesicht, im Gesicht des Alten? Wirre Gefühle, Sinnestäuschungen, Schwindel.

Wieder das schwache Licht auf seinen Händen und der Alte, der sie betrachtet. Aber wem gehören diese Hände? Plötzlich kommen sie ihm fremd vor, wie sie aus seinen Handgelenken herauswachsen: weiß, zart, weiblich … Weiblich? Bei der Kraft? Und wenn schon! Auch Dunka hat das todbringende Maschinengewehr in den Händen gehalten!

Das Staunen des Alten verwandelt sich in Angst. ›Ob mich der böse Blick getroffen hat? Bei Gott und allen Heiligen! Ich will meine Hände zurück!‹ Er umklammert den Beutel mit den Amuletten.

Das innere Erdbeben legt sich, und die Welt kommt wieder zur Ruhe. Der Alte findet sich und sein Selbstvertrauen zurück, er sieht sich um und wirft dann einen Blick auf die Uhr. Ist er eingenickt, hat er vielleicht geträumt? Er holt tief Luft und schüttelt den Kopf, um die Gespenster zu vertreiben, wie ein nasser Hund sich schüttelt, um sich vom Wasser zu befreien. Er schaut auf seine Hände: Es sind dieselben wie immer.

›Wären es doch Dunkas Hände!‹, denkt er sehnsüchtig.

Sie würden ihm über die Stirn streichen und die bösen Geister vertreiben. In seinem Innern erwacht ein sentimentales Liedchen, das damals vor vierzig Jahren in Mode war und einen während der Schlacht die Kugeln vergessen ließ … ein Nachmittag in Rimini, an dem sie zusammen dieses Liedchen sangen, als sie vom Tempel Malatesta, der sie so beeindruckt hatte, zum Meer hinunterfuhren. Das Haus am Strand, über ihren Köpfen im Patio rankte der alte Weinstock, reife Trauben in Reichweite.

Auf den Ellbogen gestützt, griff Dunka hinauf und pflückte eine Traube ... Ja, genau wie die Etruskerin!

Ein heftiges Schluchzen lässt die alte Brust erbeben, das von seiner entsetzten Männlichkeit sogleich unterdrückt wird. Aber die Zärtlichkeit trägt ihn fort in ein friedliches Meer, in dem die folgenden Worte wie Delfine plötzlich aus ihm herausplatzen:

»Brunettino, was machst du mit mir?«

Er hat sie in seinem Dialekt geflüstert. Im Dialekt hatte er dasselbe auch Dunka gefragt und gelacht, als sie sich ihm hingab, vor vierzig Jahren. Auf seinen Lippen spürt er den Kuss, den er als einzige Antwort auf all seine Fragen erhielt.

Zwei Verlangen, zwei Lebensalter, zwei starke Gefühle verschmelzen in seiner Brust und entlocken ihm diese Beschwörung, dieses Aufstöhnen, diese Beichte und Hingabe ...

»Mein Brunettino!«

Mittwochs unterrichtet Andrea nicht und sieht »im Haushalt nach dem Rechten«. Der Alte weiß mittlerweile, was das heißt: Nachdem Anunziata bereits eine Weile geputzt hat, kommt seine Schwiegertochter in ihrer viel zu engen grünen Cordhose endlich aus dem Schlafzimmer. Sie schmust ein bisschen mit dem Kleinen, wenn er wach ist, dreht eine Inspektionsrunde, stellt hier und da etwas um und verschanzt sich anschließend hinter ihren Büchern am Schreibtisch in einer Ecke des Studios. So nennt sie das Wohnzimmer. Gelegentlich taucht sie wie ein Falke im Sturzflug da auf, wo die Haushälterin putzt, oder geht auf die Suche nach dem Alten, der sich wie immer auf seinen Stuhl in die Küche geflüchtet hat. Dann sieht sie ihn nachsichtig und geduldig an und sagt gelegentlich:

»Papa! Was machen Sie hier? Ihr Platz ist doch im Studio, im florentinischen Sessel!«

Mit Brille gefiel sie dem Alten besser: Sie verlieh ihr das schlichte Aussehen einer Lehrerin. Mit Kontaktlinsen ist sie anders, fremder. ›Ich will doch nur dem Cantanotte nicht die Freude machen, an meiner Beerdigung teilzunehmen. Heilige Madonna, gib mir nur einen Monat länger als diesem Kerl; nur so viel, dass ich zurückkehren kann.‹ Das ist sein tägliches Stoßgebet.

Zum dritten Mal erscheint Andrea an diesem Morgen nun schon in der Küche. ›Heute kommt sie wohl mit ihrem Studium nicht so recht voran‹, sagt sich der Alte. Als er hört, wie sie Anunziata losschickt, um Obst und Brot einzukaufen, bietet er an, selbst zu gehen, damit er ihr nicht im Weg ist.

»Und ob ich was von Birnen verstehe! Schließlich komme ich vom Land.«

Andrea gibt nach, und nach einer Weile kehrt der Alte mit seinem Einkauf triumphierend zurück und brüstet sich:

»Ha! Wollte die mich tatsächlich übers Ohr hauen und mir Birnen andrehen, die in Plastik verpackt sind, damit ich sie nicht anfassen kann! Aber der hab ich's gezeigt!«

»Wem denn, Papa?«, fragt Andrea beunruhigt.

»Dieser Tante in deinem Laden. Soll sie die Birnen doch selbst essen. Halsabschneiderin! Sieh, was für Birnen ich gekauft habe, und nur halb so teuer.«

Anunziata geht durch die Einkäufe und fragt:

»Und das Brot?«

»Ach ja, das Brot! Na ja … sprechen wir lieber nicht davon. Was die Brot nennen! Von Brot verstehe ich einiges, aber nicht von dem Zeug da. Und da ich die Sorte vergessen hatte, die du mir genannt hast …«

Es gibt doch so viele verschiedene Brotsorten in Mailand, und alle sehen gleich künstlich aus.

Andrea wirft ihm einen verzweifelten Blick zu, als wäre sie das unschuldige Opfer seiner fixen Idee.

»Aber sieh' dir diese Birnen an! Ganz natürlich, nicht wie die anderen, die sind alle gleich und sehen aus wie aus Wachs. Und dann diese Tricks, damit man nicht daran riechen kann und die Verpackung mitbezahlt. Also schön, wenn du mir die Sorte sagst, gehe ich noch mal runter und hole das Brot.«

»Machen Sie sich keine Mühe, Papa. Ich muss sowieso noch etwas einkaufen für mich, aus … aus der Parfümerie, ja.«

Andreas Blick und Ton lassen auf schlechte Laune schließen, und der Alte beschließt, ebenfalls aus dem Haus zu gehen, sobald sie weg ist. Er will nicht da sein, wenn sie zurückkommt, denn eines Tages wird er die Nase voll haben und alles zum Teufel schicken.

Als der Alte aus dem Haus geht, ist Andrea gerade in ihrem Obstgeschäft und versucht eifrig, die Verkäuferin zu beschwichtigen, die vom Verhalten des Alten tödlich beleidigt ist.

»Halsabschneiderin hat er mich genannt, und das vor der ganzen Kundschaft, Signora Roncone! Eine Halsabschneiderin, ich, die zweimal den Preis überprüft, wie Ihnen jeder im Viertel bezeugen wird!«

»Sehen Sie es ihm nach, Signora Morante. Er ist alt und krank und obendrein aus dem Süden, eben vom Land, Sie wissen ja … Wenn Sie wüssten, was ich durchmache! Verzeihen Sie ihm, mir zuliebe.«

»Na gut, Ihnen zuliebe, weil Sie eine echte Signora sind, aber sorgen Sie bitte dafür, dass er sich hier nicht wieder blicken lässt. Wollte er doch die Plastikverpackung aufreißen, um das Obst zu betatschen! Ungehobelter Bauer, verzeihen Sie, und keine Ahnung von Hygiene! Und dann legt er sich mit meiner automatischen Waage an, dabei ist es das neueste Modell. Wollte sie tatsächlich mit richtigen Gewichten prüfen, weil sie angeblich falsch geht! Was für eine Unterstellung! Eine *Veritas-Waage*, von der Präfektur geeicht! Und dann feilschte er auch noch um den Preis, und ich hatte den Laden voller Kunden, die warteten. Was ich ihm aber wirklich übel nehme, ist sein Misstrauen. Seit dreißig Jahren führen wir dieses Geschäft, und noch nie hat sich jemand beschwert.«

Beschämt lässt Andrea die Tirade über sich ergehen, um nicht in Ungnade zu fallen, denn die anderen Obsthandlungen im Viertel sind längst nicht so gut. In dem Geschäft der Tarentinerin, wo der Alte die Birnen gekauft hat, ist sie natürlich nie gewesen. Schließlich beruhigt die Obsthändlerin sich doch noch:

»Nicht zu glauben, dass er der Vater Ihres Mannes ist, der ist ja so vornehm. Und sie Signora, Donna Andrea, Tochter eines Senators, Universitätsprofessorin …!«

Während die Obsthändlerin vor den anderen Kunden mit ihr

angibt, übt sich Andrea in der Rolle des bemitleidenswerten Opfers.

»Was bleibt mir übrig, ich muss ihn ja schließlich ertragen! Und mit dem Kleinen im Haus habe ich keine ruhige Minute mehr. Wer weiß, was dieser Mann noch anstellt. Manchmal benimmt er sich so, als sei er nicht mehr ganz richtig im Kopf.«

»Er müsste sich wirklich ein bisschen zusammennehmen, wenn er bei Ihnen wohnt … Wie kann Ihr Mann das nur zulassen?«

»Wir können nichts machen. Er ist todkrank.«

»Ihr Schwiegervater? Bei dem Temperament und dem Benehmen?«, fragt die Obsthändlerin überrascht.

»Krebs.«

Bei diesem bedeutungsschwangeren Wort erstarren alle Anwesenden. Sogar die Gekränkte hat Mitleid:

»Der Arme.«

»Ja, es schreitet schnell voran. Er ist bei Professor Dallanotte in Behandlung. Wir sind ja Kollegen auf der Universität …«

»Dallanotte! Eine Kapazität.«

Andrea schildert, wie sie sich ein Bein ausreißen, um die letzten Tage für den Alten erträglich zu gestalten, und er es ihnen mit seinen Manien so schwer macht wie nur möglich! Schließlich kauft sie noch ein paar Kilo Obst, wie es sich gehört: keimfrei in Plastik verpackt.

»Die da drüben sehen gut aus. Wie sind sie?«

»Erstklassig. Wie die aus Jugoslawien, die Sie letztes Mal hatten. Leider sind sie ausgegangen. Diese hier kommen aus Griechenland.«

»Ach ja, aus Griechenland!«

Sie verabschieden sich voneinander. Beide sind zufrieden, die Obsthändlerin, weil man sich vor allen Leuten bei ihr entschuldigt hat, schließlich kann man als gute Christin bei solch einer Krankheit nicht zu viel verlangen. Andrea, weil sie den Vorfall aus der Welt geschafft hat: Sie will sich mit dieser Frau nicht anlegen. Sie hat zwar teure Preise, aber bei ihr kauft die bessere Gesellschaft ein. Erhobenen Hauptes geht sie nach Hause und besorgt unterwegs noch ihr *panetto*.

Mittlerweile sitzt der Alte, wegen der Kälte in seine Felljacke gehüllt, auf einer Bank im Park und raucht die einzige Zigarette, die er sich den ganzen Tag über gönnt, wenn man von der nach dem Abendessen in seinem Zimmer absieht. Er denkt an die Überraschung, als er die Birnen kaufen wollte und dabei auf Maddalenas Mann traf. Ein hoch gewachsener Kerl, ja, aber aufgedunsen, mit einem scheinheiligen Gesicht, gescheiteltem Haar, das er mit Pomade angeklatscht hat, und Fistelstimme.

»Und die Signora?«, fragte der Alte höflich.

»Sie ist auf die Präfektur gegangen, wegen der Lizenz. Um solche Sachen kümmert sie sich. Eigentlich müsste sie längst wieder da sein!«, schloss der Kerl, nachdem er auf die Uhr geschaut hatte, die hinter dem Tresen hängt.

»Grüßen Sie sie von Roncone, dem aus Catanzaro.«

›Warum hat der Kerl mich so schief angesehen?‹, denkt der Alte. ›Nein, er passt nicht zu Signora Maddalena. So ein Weib braucht etwas anderes. Was für eine *stacca*!‹

Und sieh an, einmal mehr präsentiert ihm Mailand seine Überraschungen. Als der Alte bei seiner Runde um das Museum zum Corso Venezia kommt, entdeckt er genau gegenüber an der Ecke Via Salvini einen Wagen, der am Bürgersteig hält. Zuerst erweckt die Farbe seine Aufmerksamkeit, Metallicgrün, dann das Adlerprofil, der Schnurrbart und die sonnengebräunte Haut des Fahrers, der sich mit einem Kuss von seiner Beifahrerin verabschiedet, bevor sie aussteigt.

Die Ampel springt auf Grün, und der Alte geht über den Zebrastreifen. Als der Wagen losfährt, bleibt die Beifahrerin auf dem Bürgersteig stehen. Denn natürlich ist es eine Frau, und niemand anders als Signora Maddalena, die in ihrer ganzen Ele-

ganz auf dem Bürgersteig steht und dem Wagen hinterher-
winkt. Dann biegt sie auf dem Weg in ihren Laden in die Via
Salvini ein, ohne den Alten hinter sich zu bemerken.

Der lächelt breit. ›Sieh einer an, die Signora Maddalena! So
läuft also der Hase.‹

Der Alte macht einen Spaziergang durch den Park und kommt auf der anderen Seite zu einem runden Platz mit einer Statue in der Mitte: ein Reiterstandbild auf einem hohen, imposanten Sockel mit Bronzeallegorien zu beiden Seiten. >Dieser Hut und dieser Bart. Garibaldi! Und das Pferd! Na ja, das muss man den Mailändern lassen. Wenigstens haben sie sich an Garibaldi erinnert, die Leute aus dem Norden, die ihn zum Teufel jagten, nachdem er die Könige von Neapel gestürzt hatte. Wie gut der Lehrer es damals in der Truppe erklärt hat! Genauso haben sie uns Partisanen zum Teufel gejagt, nachdem wir die Deutschen vertrieben hatten. Danach hatten wie eh und je die alten Barone und ihre Handlanger wieder von Rom aus das Sagen.<

Unter den Bäumen einer Allee geht er weiter und bleibt vor den gewaltigen rötlichen Mauern am Ende stehen. >Was für ein Turm! Eine gute Festung, mit Schießscharten! So wehrhaft wie unsere Burgen. Die hätten nicht einmal Hitlers Flugzeuge kleingekriegt. Sogar der Glockenturm auf der Spitze steht noch!<

Vor einem Kiosk hält er inne und sieht sich die Titelseiten der Illustrierten an. Sie faszinieren ihn wie Abziehbildchen ein Kind.

>Was für Ärsche, und was für Titten! Heutzutage zeigen sie wirklich alles. Zum Glück lassen die Augen nicht nach. Aber es ist auch eine Schweinerei. Alles Lüge, nur auf dem Papier! Erst wird man heiß gemacht, und dann darf man nichts anfassen, so was halten nur die kalten Mailänder aus.<

Bei solchen Bildern im Kopf sieht er die Passantinnen mit anderen Augen. >Wie die Frauen sich heutzutage anziehen, *mam-*

ma mia!‹ Beim Anblick der kurzen Röcke mitten im Winter läuft es ihm kalt den Rücken herunter, trotz der dicken Felljacke. Er zündet sich seine tägliche Zigarette an und beschleunigt die Schritte. Kurz vor der rötlichen Mauer sieht er ein Hinweisschild, auf dem in mehreren Sprachen »Castello Sforzesco, Museo« steht. Das kommt ja wie gerufen, ein Museum, gerade, als er nicht wusste, wo er bis zum Mittagessen bleiben sollte. Plötzlich hat er Lust, die Etrusker wieder zu sehen, und beschließt hineinzugehen.

Er hat sie nicht vergessen. Er hat sogar Andrea nach ihnen gefragt, die ihm ein dickes Buch geliehen und dabei ausdrücklich gebeten hat, vorsichtig damit umzugehen.

»Es ist ein Kunstband, Papa. Sie dürfen es nie mehr als neunzig Grad aufschlagen«. Sie zeigte ihm, wie.

Das Buch wimmelte tatsächlich nur so von Etruskern, aber sie beeindruckten ihn nicht. Wie die Ärsche und Titten am Kiosk: Papierlügen. ›Bei so vielen Büchern können die Leute bald nicht mehr zwischen Bildern und Dingen unterscheiden.‹

Deshalb hat er große Lust auf die anderen Etrusker. Aber der erste Museumswärter, den er fragt, erklärt ihm, es gäbe in diesem Museum keine Etrusker.

»Wieso nicht?«, empört er sich. »Ist das hier ein Museum oder nicht?«

»Ja, Signore, aber wir haben hier keine etruskischen Altertümer. Die gibt es in Rom und im Süden.«

»Als wüsste ich nicht, dass die Etrusker im Süden lebten! Sie Einfaltspinsel! Hier hätten sie niemals so lachen können! Was für ein Museum ist das eigentlich? Recht habe ich, alles, was oberhalb Roms liegt, ist nicht mehr Italien. Nicht mal Rom!«

Der Wächter verteidigt das Museum:

»Wir haben wunderbare Exponate. Die herrlichsten Stücke aus der Renaissance. Gemälde, Skulpturen, Wandbehänge, Waffen ... alles.«

>Waffen? Gott sei Dank; immerhin habe ich bereits Eintritt gezahlt.<

Waffen lohnen sich natürlich. Er ist angetan.

>Diese Kerle waren noch richtige Männer! Mit schweren Rüstungen und Schwertern in der Hand, so lang wie Lanzen. Und diese Keulen. Muss wie Musik gewesen sein, wenn sie damit den anderen die Helme eingeschlagen haben! Wenn sie dem Cantanotte und mir ein paar von denen in die Hand drücken würden, wäre ich all meine Probleme mit einem Schlag los! Ich auch an den Stuhl gefesselt, natürlich, ein fairer Kampf. Wie bei diesen Burschen, echten Kriegern! Hätten gute Holzfäller abgegeben! Die Mailänder von heute dagegen! Die taugen einfach nichts mehr!<

Die Waffen haben sich gelohnt, in der Tat, aber alles Übrige kann man sich schenken. Gemälde von Heiligen, Blümchen, Madonnen, Porträts von Adligen und Bischöfen. Hin und wieder ein vollbusiges Weib, nichts weiter … Und die Kinder, nicht ein einziges, das den Anblick lohnt! Pausbäckig und butterweiche Ärmchen, wie das Jesuskind. >Klar, das Jesuskind ist ein Fall für sich; weil es so ein Schwächling war, ließ es sich ans Kreuz schlagen. Ich an seiner Stelle, mit der Macht, Wunder zu wirken … Aber die Kinder hier, mit denen ist nichts los: Kein Wunder, dass die erwachsenen Mailänder solche Nieten sind. Zum Glück hat Brunettino mich. Wir müssen durchhalten, bis er sprechen kann, Rusca, lass mir noch etwas Zeit, damit ich ihm alles beibringen kann und er nicht so wie die anderen hier wird. Er lernt schnell. Hast du gemerkt, wie ich mich gestern wieder in sein Zimmer geschlichen habe, nachdem die Eltern eingeschlafen waren? Die Nacht gehört nämlich uns, wie damals im Krieg. Kannst du dich erinnern, wie er geschlafen und dann plötzlich die Augen weit aufgemacht hat? Er wollte die Hand ausstrecken oder weinen, was weiß ich. Aber als er mich gesehen hat, war er ganz still und hat gelächelt. Hast du sein Lächeln gesehen, wie ein Kuss! Dann hat er die Augen geschlossen, aber meine Worte hat er gehört, auch diejenigen, die ich nicht auszusprechen wage. Er fühlt sie, Rusca, dieses Kerlchen ist ein kleiner Zauberer. Nichts entgeht ihm, sogar meine Worte, die hier keiner versteht. Klare Männerworte!<

Nein, im ganzen Museum kein einziges Kinderbild, das etwas hergibt. Andere Gemälde entlocken ihm höchstens ein spöttisches Grinsen, wie das hier mit den Schafen. >Wo dieser Stümper wohl seine Schafe herhat? Sie sehen aus wie eine Mischung aus Hase und Hund!< Das Bild ärgert ihn. »Das sollen Hirten sein?«, schnaubt er verächtlich und sieht einem Besucher hinterher, der vor seinem aggressiven Ton flüchtet. >Wenn Morrodentro das sieht, und der ist wirklich ein Hirte! Nicht mal in Arkadien, wo immer das liegt, könnte man mit solch weißen Strümpfen, Kniehose und Mütze Hirte sein. Und was sollen diese bunten Bänder am Hirtenstab? Oder die Schäferinnen mit Röcken, die wie Ballons aussehen? Frechheit! Das ist ja der reinste Karneval! Da kriegt man Lust, diesen Tunten die Gesichter aufzuschlitzen. Hirten sollen das sein? Dass ich nicht lache!<

Wütend sucht er den Ausgang. Aber dann bleibt er plötzlich wie angewurzelt vor einer Skulptur stehen.

Nichts an ihr ist weich, im Gegenteil. Sie wirkt unvollendet, ist aber so ausdrucksstark in ihrer Rohheit, dass sie, mächtiger als das Vollkommene, wie mit einem Paukenschlag die Aufmerksamkeit des Alten erweckt.

Die beiden in Stein gehauenen Figuren sind so ineinander verschmolzen, dass sie wie eine einzige erscheinen und den Alten an die Stöcke und Wurzeln auf dem Land erinnern. Als Hirtenjunge schnitzte er in den Bergen im Schatten einer Kastanie so lange herum, bis etwas Gestalt annahm: ein Kopf mit Hörnern, eine Pfeife, ein Hund, ein vollbusiges Weib, dem er sogar eine Ritze zwischen den Beinen verpasste. Einmal kam dabei auch Cantanottes Vater zum Vorschein, sie erkannten ihn an dem Buckel, und er bekam eine Tracht Prügel vom Schäfer, obwohl er es nicht absichtlich getan hatte: Wie hätte er ahnen sollen, dass es Jahre später so zum Streit kommen würde? Die Wurzel hatte nun mal in der Mitte einen Knubbel gehabt, genau an der richtigen Stelle. Vielleicht hatte irgendwer den alten Cantanotte verhexen wollen.

Aber hier handelt es sich nicht um ein grobes Stück Holz, sondern um echten Marmor. Er ist überrascht: Dieser Steinmetz ist den Kriegern mit den Keulen ebenbürtig. Keine Schnörkel. Er kommt immer mehr zu dem Schluss, dass der Künstler aus demselben Holz geschnitzt sein muss wie er selbst. Deshalb will er ihn besser verstehen: Was hat er in diesen Stein gehauen? Was wollte er damit sagen? Ein aufrecht stehender Mann mit rundem Helm und Umhang hält einen nackten Mann, dessen Beine eingeknickt sind, weil er ohnmächtig ist, oder tot. Was für ein Geheimnis steckt dahinter?

Um es zu lüften, liest der Alte die Aufschrift auf dem Schild und schüttelt dann heftig den Kopf: Michelangelo. Pietà Rondanini.

›Unmöglich! Eine *Frau* mit Helm? Selbst wenn das, was ihren Kopf verhüllt, ein Umhang wäre, so malt man keine Madonna. Sonst wird sie immer als Mädchen und zerbrechlich dargestellt. Eine Jungfrau, aufrecht stehend, mit so viel Kraft, dass sie Christus stützen kann? Höchstens wenn dieser Michelangelo aus Kalabrien war, wo es noch solche Weiber gibt. Aber nein. Diese Mailänder haben keine Ahnung. Sie haben Pietà geschrieben, weil sie nicht wissen, was sie da haben. Wenn sie begriffen hätten, was gut ist, hätten sie die Etrusker!‹

Und gerade weil die Mailänder nichts von dieser Skulptur verstehen, interessiert sich der Alte umso mehr für diese rätselhaften Körper.

›Zwei Krieger, das muss es sein! Zwei Partisanen von damals, bestimmt. Ist doch klar: Den einen hat man verwundet, und sein Kamerad bringt ihn in Sicherheit! Wie Ambrosio mich damals gerettet hat, die beiden sind wie Brüder. O ja, der mit dem Helm leidet. Sein Gesicht zeigt Tapferkeit, aber auch Schmerz. Wer mögen sie sein, und aus welcher Zeit?‹

Der Alte befragt die Marmorstatue von Mann zu Mann, um die in Stein gehauene raue Zärtlichkeit, die tiefe Liebe zwischen den beiden besser bewundern zu können. Er fragt von gleich zu gleich, denn hätte er jemals einen Meißel in die Hand genommen, wäre er genauso an das Felsgestein in seinem Berg herangegangen.

Nach einer Weile gibt er auf, obwohl es ihm schwer fällt, weil er gerne mehr erfahren hätte über dieses Kriegerpaar, das er jetzt genauso verlässt wie zuvor die Etrusker in der Villa Giulia, obwohl sie das Gegenteil verkörpern. Oder kommt es ihm nur so vor? Beide Skulpturen sind ihm aufgefallen, haben ihn angesprochen und tief bewegt. Hier die Kraft im Schmerz, dort das Lächeln auf dem Grab. Als er geht, ist er tief beeindruckt, aber auch beunruhigt, weil eine bedeutsame Erinnerung in seinem tiefen Innern darum kämpft, ans Licht zu gelangen, ohne dass er sie fassen kann.

Wenn der Wind des Nachts aus dem Süden kommt, kann der Alte auch bei geschlossenem Fenster die Glocken des Duomo hören. Vielleicht haben sie ihn jetzt aufgeweckt. Oder war es die hartnäckige Erinnerung an die beiden Krieger, die den ganzen Tag und offensichtlich auch im Traum an die Tore seines Gedächtnisses klopfte? Jedenfalls erwacht er urplötzlich und richtet sich im Bett auf. Seine Augen sind weit geöffnet, der Körper angespannt. Verstohlene Schritte. Wer hat heute Nacht Wachdienst? Ob man ihn überrumpelt hat? Er will nach seiner Maschinenpistole greifen, da wird ihm bewusst, dass er nicht in den Bergen ist. Es müssen Renatos Schritte gewesen sein, der nach dem Jungen sehen will. Der Alte lächelt und streckt sich bequem wieder aus.

Aber er schläft nicht ein, im Gegenteil, denn plötzlich brechen die Krieger durch die Tore seiner Erinnerung, und die Vergangenheit strahlt auf wie ein Blitz im Dunkeln.

Torlonio, der Größte und Kräftigste der Truppe, mit seinem Kopfschutz, der aussieht wie der Umhang der Statue, hält den sterbenden David so hoch es geht, damit er unten im Tal das faszinierende Spektakel sehen kann, das die Partisanen veranstaltet haben: Ein deutscher Munitionszug, der nach allen Seiten in die Luft geht wie ein gigantisches Feuerwerk ... Blitze und Detonationen zerfetzen die Nacht, die Dächer der Waggons fliegen durch die Luft, die wenigen Überlebenden fliehen in Panik, einige springen mit brennender Uniform in die Fluten des Crati. Es ist ein schwerer Schlag gegen die deutschen Truppen im Süden, den sie David zu verdanken haben mit seinem Sprengstoff, seinen Formeln und Kabeln und seiner dicken Brille.

Der kleine David, dieser jüdische Chemiestudent aus Florenz, der wegen seiner technischen Kenntnisse zur Truppe beordert worden war. David, über den alle lachten, weil er offen zugab, dass er vor jeder Operation Angst hatte, obwohl er dann wie kein anderer Kopf und Kragen riskierte. So wie in jener Nacht, als die Zündvorrichtung nicht funktionierte und er allein zu den Gleisen lief und die Kontakte reparierte. Doch der Zug war schon zu nah, und als er den Berg wieder emporkletterte, wurde er vom Feuer der feindlichen Maschinengewehre erfasst. Trotzdem hatte er noch Kraft genug, um sich bis zu seinen Kameraden durchzuschlagen. David, der seine Brille verloren hatte, als er um sein Leben lief, und jetzt mit weit aufgerissenen und ausdrucksvollen Augen das rote Licht der Explosionen verfolgte.

Wunderschöne dunkle Augen, bis sie starr wurden und brachen, während der Körper mit eingeknickten Knien in Torlonios barmherzigen Armen zusammensackte. Torlonio, dessen Blick in einem Ausdruck grenzenloser Zärtlichkeit von Tränen verschleiert war.

Schrapp ... schrapp ... schrapp ...

So fährt die Klinge wieder und wieder über den eingeseiften Bart. Ein kaum wahrnehmbares Geräusch, das der Alte nur von innen durch die Haut hindurch spürt. Man hört auch nicht, wie das Wasser rauscht, weil der Strahl auf einen Schwamm fällt, den er absichtlich ins Waschbecken gelegt hat. Der Alte macht kein Licht im Bad an: das Licht der Nacht, die in der Stadt nie ganz dunkel, sondern von einer trüben Helligkeit erfüllt ist, genügt ihm.

Nicht zum Wachwerden, wohl aber zum Rasieren ist warmes Wasser besser als kaltes: Irgendeinen Vorteil muss es ja haben. Trotzdem erzeugt die Klinge an den dicken Bartstoppeln dieses leise sägende Geräusch. Nach jeder zweiten Rasur muss er die Klinge wechseln, obwohl er die billigsten kauft, die härter sind als andere. Das tröstet ihn darüber hinweg, dass er nun mit dem Gefühl herumlaufen muss, jeden Tag ein Frauengesicht zu haben, und nicht bloß zweimal in der Woche wie in Roccasera. Ein Männerbart, genau wie seine Hände, die ihm nur neulich in seiner Einbildung weiblich erschienen. Trotzdem, auch wenn er sich noch so anstrengt, immer sind seine Wangen leicht bläulich. Doch dank dieser Pflege zieht Brunettino sein Gesicht, das so weich ist wie Seide und Jasmin, nicht mehr zurück.

Er drückt ihn liebevoll an sich, wenn er sich unbeobachtet fühlt. Andrea gefällt das nicht. Gestern, als sie meinte, er könne sie nicht hören, sagte sie zu Anunziata: »Der Kleine riecht irgendwie nach Tabak. Mein Gott, was für ein Kreuz!« Der Alte ärgerte sich über die Lüge. Erstens hat sie keinen Geruchssinn, und zweitens verzichtet er inzwischen sogar auf die Morgenzigarette, die die Schlange so beruhigte. >Rusca, versteh' doch, wir müssen uns beide zügeln, auch wenn es schwer fällt.<

Ein kleiner Schnitt. Gut. Das lässt sich im Nu mit dem Alaunstein beheben, und außerdem wirkt ein bisschen Blut männlich in einem glatten Gesicht. Seine umherwirbelnden Gedanken verhaken sich an diesem Wort.

>Glatt wie ein Aal, wie Andrea. Hat weder Brüste, Hüften noch Hintern, wie die Heiligen aus Reggio. Was hast du bloß an dieser Frau gefunden, mein Sohn? Kein Wunder, dass du immer so ernst bist. Wetten, dass du im Bett nur das anstellst, was sie dir erlaubt? Und wenn sie nicht will, schützt sie Migräne vor. Liegt es daran, dass ihr Vater Senator ist? Schöner Senator, arm wie eine Kirchenmaus! Senatoren habe ich noch nie über den Weg getraut. Die haben sich alle vor Mussolini in die Hosen gemacht!<

Gerade als er sich das Gesicht abtrocknet, beißt Rusca zu, und er krümmt sich vor Schmerz. Kein Wunder, in dieser Nacht war sie schon sehr unruhig, drehte sich die ganze Zeit um sich selbst wie ein Hund, bevor er sich schlafen legt. Und als sie endlich Ruhe gab, konnte der Alte nicht einschlafen, als vermisste er die Schmerzen, als seien sie normal.

Er setzt sich auf die Toilette. Als er kurz danach wieder aufsteht, wirft er einen Blick hinein. >Schon wieder Blut. Ja, Ruscas unruhige Nacht. In der Latrine zu Hause habe ich es nicht bemerkt, aber in diesen feinen Becken wird es einem ja wie auf einem Silbertablett präsentiert. Mein Blut, mein Leben fließt dahin, jeden Tag ein wenig mehr. Wie viel wohl noch in mir ist? Wenigstens habe ich kein Herzrasen, und auch sonst habe ich nicht die Beschwerden, von denen sie immer reden.<

Er betrachtet sich im Spiegel, sein Gesicht hat sich nicht verändert. Seine Augen, genauso schwarz wie die von Brunettino, haben einen leichten weißen Schleier um die Iris, aber den hat er schon lange. Ja, wie die von Brunettino, wenn auch in einem alten Mann. Sein Sohn dagegen hat die Haselnussfarbe seiner Mutter geerbt.

›Madonna, gib mir einen Monat mehr als dem Cantanotte, ich flehe dich an! Du kriegst auch eine Osterkerze, die dickste, die ich finde! Und wenn's ein bisschen mehr wird, umso besser, für den Kleinen …‹

Ja, der Monat, der ihm zuvor genügte, um mit seinem Rivalen fertig zu werden, ist ihm jetzt zu wenig. Er denkt an Brunettino, der ihn braucht, um aus dem Sumpf von Mailand herauszukommen. Er berührt seinen Brustbeutel und sieht erneut in den Spiegel: Veränderungen kann er nicht erkennen.

›Ob Rosetta fände, ich hätte mich verändert, wenn sie mich heute nach einem Monat sehen könnte? Es ist genau einen Monat her, an einem Tag wie heute, dass mir diese Etrusker über den Weg gelaufen sind. Die Armen … aber ein Glück, dass sie nicht in Mailand leben müssen! Ich freue mich, dass sie nicht in diesem Museum stehen: Sie würden sich wie Gefangene vorkommen.‹

Plötzlich spitzt er die Ohren. Durch die dünnen Wände der Stadthäuser kann man alles hören. Es sind Renato und seine Frau im Schlafzimmer.

»Schläfst du nicht, Andrea?«

»Was kümmert es dich!«

»Ich war todmüde. Fehlt dir was?«

»Ich habe es satt. Das neulich war der Gipfel. Er wird uns noch das ganze Viertel zum Feind machen. Dabei hatte ich es endlich geschafft, dass die Obsthändlerin mich gut bediente, trotz all der vornehmen Kundschaft, die sie hat.«

Er hört, wie Renato seufzt. ›Wie oft wird sie ihm wohl die Geschichte mit den Birnen erzählt haben?‹, lacht der Alte in sich hinein. ›Der habe ich es aber gezeigt!‹ Er hört nicht weiter hin, weil er fertig werden und alles wegräumen will, damit sie seine frühmorgendlichen Ausflüge nicht bemerken. Aber dann lauscht er doch, weil es nach Streit klingt.

»… du bist schuld. Wie konnte ich dir bloß die Sache in der Villa Giulia überlassen? Ich hätte doch wissen müssen, dass du alles vermasselst!«

Der Alte kann die Antwort nicht verstehen. Renato redet leise; sie ist es, die sich aufregt.

»Ausreden! Alles lief bestens mit meinen Beziehungen in Rom. Alle Freunde von Papa, bis hin zum Staatssekretär im Kulturministerium erinnerten mich daran, dass Onkel Daniele sein Vorgänger gewesen ist! Natürlich, dann kommst du und … Was musst du auf den Museumsdirektor für einen Eindruck gemacht haben! Wie konntest du nur so ins Fettnäpfchen treten?«

»…«

»Du bist eben ein Versager, Renato! Nein, ich halte nicht den Mund! In der Fabrik ist es genauso! Sie nutzen dich aus, du bist ein Niemand, alle werden an dir vorbei befördert, alle! Du müsstest längst Laborleiter sein. Du bist selbst davon ausgegangen.«

»…«

»Dass man mir diese Stelle verwehrt, mit meinen Qualifikationen! Als Tochter des Senators Colomini! Wenn der arme Papa noch lebte, würde es einige Herren die Stellung kosten! Aber klar, jetzt, wo sie sehen, dass ich allein bin. Denn du zählst nicht, und dein Vater …!«

Er hört ein leises Lachen. Dann ein einziges Wort, aber ausgespuckt mit Gift:

»Ein Irrer!«

Bei dieser Beleidigung wird dem Alten schwarz vor Augen. In der Hand hält er den Gürtel, den er noch nicht angelegt hat. Er greift ihn an der Schnalle und reißt heftig die Tür auf. Wenn sein Sohn nicht weiß, wie man mit dieser Frau umgehen muss, dann wird er es ihm zeigen.

Doch die nächste Tür im Flur, durch deren Spalt das schwache rötliche Licht dringt, ist die des Kinderzimmers. Einen Augenblick lang bleibt er stehen, gerade lang genug, um zu hören, wie der Schrei durch die Wohnung hallt.

Ein brutaler Schrei, ja, wenn auch mit erstickter Stimme.

»Halt endlich den Mund, sonst schlag ich dich tot!«

›Das bringt er nicht fertig‹, denkt der Alte, aber Renatos Schrei lässt ihn jubeln, weil die Frau plötzlich Ruhe gibt und ihr Körper auf das Bett fällt. Sie hat kapituliert. Sie ist so schockiert, dass sie nicht mal flennt. Die Ruhe, die Renato erzwungen hat, breitet sich aus und bemächtigt sich des ganzen Hauses.

Der Alte kehrt wieder ins Bad zurück und schließt behutsam die Tür hinter sich. Er atmet tief durch. Endlich! Er hatte fast schon daran gezweifelt, dass das sein Sohn, sein Fleisch und Blut sein soll.

›Eine schlimme Nacht. Wer weiß, ob da nicht irgendeine Hexerei im Spiel ist? Vielleicht hat der Cantanotte eine *magàra* bezahlt, die es auf mich abgesehen hat. Sobald sie schlafen, gehe ich zu Brunettino und halte Wache. In seinen Adern fließt mein Blut, auch wenn sie ihn geboren hat! Er begreift, riecht und hört wie ich. Er ist von meinem Blut!‹

Blut … Da ist es noch und verfärbt das Wasser auf dem weißen Grund des Beckens. Er hat vergessen, die Spülung zu betätigen; noch ist er es nicht gewohnt.

Er zieht kräftig ab. Der Lärm vertreibt die Stille, ein Wasserfall sein Blut.

Andrea läuft hektisch in der Wohnung auf und ab, weil sie es hasst, zu spät zum Seminar zu kommen, und Anunziata nicht auftaucht. Der Alte hat sich vorsichtshalber auf sein Zimmer zurückgezogen, um ihr nicht im Weg zu sein. Plötzlich streckt sie den Kopf durch die Tür:

»Papa, trauen Sie es sich zu, auf den Kleinen aufzupassen? Er schläft, und Anunziata muss jeden Augenblick kommen, sonst hätte sie angerufen.«

›Wie kannst du mich so etwas fragen? Ob ich mich traue …! Du bist doch diejenige, die sich nicht traut, mir den Kleinen zu überlassen!‹ Der Alte lacht in sich hinein, lässt sich seine Freude jedoch nicht anmerken und macht ein ernstes Gesicht. Andrea stürmt aus der Wohnung, und der Alte fleht die Madonna an, damit Brunettino bald aufwacht und er ihn auf den Arm nehmen kann. Unterdessen geht er ins Kinderzimmer, wirft einen Blick auf Brunettino und will sich auf den Teppichboden setzen. Aber er kommt nicht dazu: Noch ist das Quietschen des Aufzugs, mit dem Andrea nach unten fährt, nicht verstummt, da hört er schon das Knirschen der Aufhängung im Bedienstetenaufzug. ›Was für ein Pech, da ist die Alte schon!‹, sagt er sich und geht schlecht gelaunt in den Flur.

Dann bleibt er überrascht stehen: Ein junges Mädchen hängt an der Garderobe seinen langen gelben Schal auf und zieht die Strickjacke aus. Die Kleine trägt einen violetten Rock wie die Zigeuner, mit orientalischen Mustern, und hohe, haselnussfarbene Stiefel. Sie hängt auch ihre Ledertasche auf und nimmt die rote Baskenmütze ab, unter der das lange schwarze Haar herabfällt. Als sie sich umdreht, entdeckt er bunte Stickereien auf der Weste, die sie über der Bluse trägt. Sie lächelt: ein großer Mund, strahlend weiße Zähne. Sie kommt auf ihn zu.

»*Zio* Roncone, nicht wahr? Ich bin Simonetta, Anunziatas Nichte. Meine Tante ist krank.«

Wie ein Junge streckt sie die Hand aus. Der Alte schüttelt sie und bringt nur mühsam ein »Willkommen« heraus.

»Ich bin spät dran, nicht wahr?«, sagt sie. »Dieser verfluchte Verkehr! Von Martiri Oscuri bis hierher mit der 20, die überall hält! Uff, ich hasse Mailand!«

Während sie spricht, geht sie trotz der Stiefel lautlos in den Wirtschaftsraum. Der Blick des Alten folgt ihr, bis der weite Rock verschwindet, gerade bevor er von der Tür, die sie hinter sich zuschnappen lässt, eingeklemmt wird.

Als er jung war, trugen die Frauen in Roccasera auch solche weiten Röcke. Die Verheirateten rote, die Witwen schwarze und die Ledigen braune. Alle mit verschiedenfarbenen Spitzen. Und ihre schwarzen Mieder waren mit bunten volkstümlichen Motiven bestickt. Außerdem banden sie sich dreieckige Tücher um die Schultern, die im Rücken geknotet wurden. Manche trugen eine *vancala*, die traditionelle Kopfbedeckung aus Tiriolo und Umgebung. Aber keine Stiefel, sondern Sandalen oder Espadrilles, und niemals, unter keinen Umständen, hätten sie sich außerhalb des Schlafzimmers mit offenem Haar blicken lassen. Trotzdem ist sie wie sie. Ihr Lachen, ihre Zähne, die schwarzen Augen. Ja, es sind dieselben Augen wie bei den Mädchen aus Roccasera!‹

Die Kleine taucht wieder auf. Der Kittel ihrer Tante betont ihre weibliche Figur. An den Füßen trägt sie nur dicke Wollstrümpfe.

»Die Hausschuhe Ihrer Tante sind …«, erklärt der Alte und wird sofort unterbrochen.

»Die brauche ich nicht. Zu Hause laufe ich immer so rum.«

Die Frauen in Roccasera liefen im Sommer auch barfuß herum, sogar draußen. So haben sie ihre Strümpfe geschont und …

Plötzlich vergisst der Alte seine Nostalgie und eilt in sein Zimmer, wo die Kleine mit ihren Putzsachen soeben verschwunden ist. ›Madonna, sie wird den Nachttopf finden!‹

Zu spät. In der Tür prallen sie fast aufeinander. Sie hat den Nachttopf in der Hand, um ihn zu entleeren, was dem Alten peinlich ist. ›Aber warum?‹, fragt er sich dann. ›Das ist doch Frauensache, dazu ist sie da.‹

»Lassen Sie nur, ich mache das schon«, sagt das Mädchen fröhlich. »Zu Hause habe ich immer den von meinem Vater geleert. Er kam auch aus dem Süden, aus Syrakus.«

»Dann hat ihm bestimmt auch ein kräftiger Käse geschmeckt«, sagt der Alte vorbeugend, um eine Ausrede parat zu haben, falls sie seinen heimlichen Proviant entdeckt. Aber Simonetta ist bereits von ihrer Tante ermahnt worden, die heimlichen Verstecke des Alten in der Bettcouch zu übersehen.

»O ja, sehr, und mir auch. Er ist auf der Baustelle gestorben, er war Maurer. Und kurz darauf ist auch meine Mutter gestorben. Sie war Anunziatas Schwester.«

Während die Kleine noch spricht, hat sie bereits mit dem Aufräumen des Zimmers begonnen. Statt sich wie jeden Tag zurückzuziehen, unterhält sich der Alte munter weiter. ›Ein Mädchen, das Mailand hasst. Da lohnt es sich zuzuhören!‹

»Natürlich hasse ich Mailand. Ich mag das Land, die Tiere. Alles dort …!«, sagt sie und lacht. »Sogar die Fliegen! Deshalb will ich Tierärztin werden.«

Der Alte erinnert sich an den dicken Tierarzt aus seiner Jugend mit dem roten Gesicht und der Krawatte um den fetten Hals, der überall die Asche seiner Zigarre fallen ließ, sogar wenn er die Tiere untersuchte.

»Wir mussten sie ihm nach Sersale runterbringen«, erzählt er Simonetta, »denn er selbst kam nur nach Roccasera hoch, um Schafe und Ziegen zu schlachten, wenn sie von der Seuche dicke Bäuche bekamen. Wir haben sie vor ihm versteckt, auch wenn er mit den Carabinieri kam, weil einige immer überlebten, und eine Ziege ist immerhin eine Ziege! Sicher wirst du zu uns in die Berge hinaufkommen, nicht wie dieser Blutsauger, dieser Bonzenfreund. Du kannst so sehr Studentin sein wie du willst, aber man sieht, dass du anpacken und mit den Händen arbeiten kannst. Ist dir nicht heiß mit der Heizung und den dicken langen Strümpfen?«

»Aber nein, außerdem sind es keine langen Strümpfe! Es sind nur Kniestrümpfe, damit ich in den Stiefeln keine Blasen bekomme.«

Sie hebt den Kittel bis zu den nackten Knien hoch. »Solche haben in meiner Jugend die Mädchen in Roccasera auch getragen«, erklärt er Simonetta. »Nur hießen sie bei ihnen lange Strümpfe, weil es keine längeren gab.« Dass keine so freimütig das Knie gezeigt hätte, verkneift sich der Alte. Der Mann, der ein Mädchen so weit brachte, durfte einiges erwarten … was er dann auch bekam.

Der Alte bietet an, ihr beim Bettenmachen zu helfen, und sie nimmt es ganz selbstverständlich an, wie in den anderen Zimmern auch. Doch irgendwann schaut Simonetta ihn überrascht an, als sei ihr plötzlich ein Licht aufgegangen.

»Ich dachte immer, dass Männer aus dem Süden keine Hausarbeit machen?«

»Tun wir auch nicht. Aber hier ist nicht der Süden.«

Der Alte merkt, dass die Erklärung nicht genügt, und hat das Gefühl, bei etwas Peinlichem ertappt worden zu sein. Doch dann fällt ihm eine Ausrede ein.

»Wir kümmern uns auch nicht um die Kinder, aber ich schon. Außerdem habe ich im Krieg, als ich Partisan war, alles machen müssen: waschen, nähen, kochen … alles.«

Das Mädchen schaltet den Staubsauger aus und sieht ihn an. Ihre Augen leuchten.

»Sie waren Partisan? Ist ja toll!«

Jetzt leuchten auch die Augen des Alten. Es ist so schwer, junge Leute zu finden, die sich für den Krieg interessieren! Sie wollen nichts davon wissen, aber was wäre aus diesen Dummköpfen geworden, wenn die Alten nicht gekämpft hätten? Sie wären jetzt Sklaven der Deutschen.

»Wo haben sie gekämpft?«, will Simonetta wissen.

»Wo schon? In der Sila, in meinen Bergen! In der Großen und in der Kleinen Sila konnte uns niemand aufspüren. Manchmal sind wir sogar bis in die Griechische Sila, um den Kameraden dort zu helfen, aber in Wirklichkeit brauchten sie uns nicht. Die konnten selber kämpfen! Sie stammen aus Albanien, wusstest du das? Sie sind damals mit den Türken gekommen. Sie haben immer noch ihre eigenen Popen, weil auch sie diesen religiösen Fimmel haben, aber ihre Priester heiraten und sind mutige Männer. Einmal ...«

Sie arbeiten und schwatzen, sie lachen und erinnern sich. Für den Alten ist es so, als würde er mit einem Kameraden über alte Zeiten plaudern. Plötzlich hören sie den Kleinen weinen. Beide laufen ins Kinderzimmer. Der Alte sieht auf die Uhr. Unglaublich, wie schnell der Vormittag vergangen ist!

Simonetta zieht Grimassen vor dem Kind, das in seinem Bett sitzt und in die Händchen klatscht, während ein dünner Speichelfaden aus seinem Mund läuft.

»Es gefällt ihm! Es gefällt ihm! Sehen Sie, wie er lacht«, sagt das Mädchen stolz und fügt hinzu: »Darf ich ihn auf den Arm nehmen, oder sind Sie auch der Meinung, dass es nicht gut ist?«

Der Alte lacht und protestiert, wie sie ihm so einen Blödsinn zutrauen könne, und das Mädchen nimmt den Kleinen auf und drückt ihn instinktiv mit einer derart mütterlichen Geste an sich, dass der Alte ganz gerührt ist. Wie die *zia* Panganata oder die Tortorella, Mütter aus Roccasera ...!

Auch der Kleine nimmt die zärtliche Geste wahr und kuschelt sich wie ein Kätzchen an ihre Brust und in die Arme, die ihn halten. Eine Hand ist um den Hals des Mädchens gelegt, die andere streckt er dem Alten entgegen, der näher kommt, bis er den kleinen Arm um seinen Hals spürt. Der Kleine drückt und lacht.

Dieser andere Duft, neben dem von Brunettino, dieses weiche schwarze Haar, das seine Haut berührt! Mit einem Mal wird dem Alten bewusst, dass der Kamerad, mit dem er über die alten glorreichen Zeiten spricht, eine Frau ist. Von einer Frau dieser Atem, dieses Gesicht, so nah …

Die Entdeckung verwirrt ihn, aber auf eine neue Art, weil das Mädchen mit dem Kind in den Armen zur Mutter wird. Brunettinos Mutter?

Der Alte seufzt in diesem Durcheinander. Dem Kind wird es bald langweilig. Es strampelt und streckt die Hand nach seinem leeren Teller aus, einer gelben Plastikscheibe auf der Kommode.

»Es ist seine Zeit, nicht wahr?«, fragt Simonetta.

»Ja, er hat bestimmt Hunger.«

»Bleiben Sie bei ihm, und ich bereite seinen Brei vor.«

»Kannst du das?«, fragt der Alte überrascht, denn die Mädchen von heute haben von so was keine Ahnung.

»Meine Tante hat es mir erklärt. Außerdem kenne ich mich mit Kindern aus. Letztes Jahr war ich in der Schweiz als Au-pair-Mädchen. Was haben Sie denn gedacht?«

Sie hat es schon vom Flur aus gerufen mit einem leicht provokativen Unterton. Der Alte bleibt im Kinderzimmer. ›Was so ein Kind alles braucht! Man muss es füttern, wickeln, baden, pflegen, wenn es krank wird, in den Schlaf wiegen. All diese schwierigen Dinge, wie ihm die Schühchen anziehen, die Brunettino so leicht wieder abstreift, dafür sorgen, dass er sein Bäuerchen macht, diese verfluchten Strampeldinger zuknöpfen. Man muss schon eine Frau sein, um das Monat für Monat zu ertragen. Ja, aber eine richtige Frau!‹

Er staunt darüber, wie schnell die Studentin das Herz des Kleinen erobert hat. Niemals hat er seinen Brei so bereitwillig gegessen. Danach bringen sie ihn in die Küche, wo die Ausflüge des Kleinen, der alles anfassen will und Andrea damit zur Verzweiflung treibt, Simonetta zum Lachen bringen. Sie spielt mit Brunettino, während sie gleichzeitig den Tisch deckt. Der Alte macht bei der Feier mit, lüftet das Geheimnis seiner Vorräte und bringt seine Leckereien aus dem Süden, um die Kälte von Andreas gastronomischer Welt zu mindern.

»Hmm, gut!«, sagt Simonetta, während sie den Käse genüsslich probiert. Und natürlich will auch Brunettino ein Stück.

»Wenn du den probieren würdest, den wir zu Hause machen! Geräucherten *rascu* oder *butirri* mit Butter! Aber man muss ihn dort essen, da schmecken sie besser, vor allem auf der hinteren Terrasse mit dem Blick auf die Berge in der Ferne. Oder mittags im Schatten des Kastanienhains … von da kann man an klaren Tagen übers ganze Land sehen, bis zu unserem Meer in der Ferne!«

»Ich liebe das Meer!«, erklärt Simonetta mit vollem Mund.

»Unsinn! Es gibt nichts Besseres als die Berge. Das Meer ist nicht für die Menschen bestimmt, sonst hätten wir Flossen, oder etwa nicht? Obwohl«, sagt er nachdenklich, »ich habe auch ein paar Tage am Meer verbracht, bei Rimini. Am Tag war es tiefblau und am Abend beinahe violett …«

Das Mädchen steht auf, um den Wein zu holen, und bleibt dann hinter dem Alten stehen. Sie streicht über sein Haar und vertreibt seine wehmütige Stimmung. Dann sagt sie mit entwaffnender Natürlichkeit:

»Ihr Haar gefällt mir, *zio*. So gleichmäßig grau, so lockig und kräftig. Hoffentlich wird mein Romano so wie sie, wenn er alt ist!«

»Und mir gefällt, dass du mich *zio* nennst«, antwortet der Alte und verbirgt seine Verwirrung, die umso stärker wird, als er sieht, wie sie voller Lust trinkt, sodass ihr ein roter Faden über das Kinn läuft, wie Blut. Blut, als hätte man ihr in die Lippen gebissen, Blut von diesem kräftigen und jungen Körper. Aber sie wischt es mit dem Handrücken ab, und ihr Gesicht gewinnt seine verlorene Unschuld wieder.

Danach lacht sie und erklärt, dass Romano ihr Freund ist.

»Er studiert Medizin, *zio*. Wir werden später das ganze Dorf verarzten, Menschen und Tiere! Er ist auch Kommunist, genau wie ich. Tante Anunziata kann ihn nicht leiden!«, lacht sie.

»Der Kommunismus ist doch ein Hirngespinst, Mädchen. Mein Land gehört mir. Wie kann es einem anderen gehören? Ich will ja zugeben, dass deine Kommunisten im Krieg wie richtige Männer gekämpft haben. Es waren gute Kameraden. Später allerdings nicht mehr, wie alle, die sich mit der Politik einlassen und nur noch Reden schwingen.«

»Nicht alle!«, widerspricht sie vehement. »Für die Freiheit muss man eben in die Politik. Oder meinst du, man könnte etwas in euren Dörfern verändern, wenn ihr nur an euren eigenen Gewinn denkt?«

Im Eifer des Gefechts hat sie angefangen, ihn wie einen Genossen zu duzen. Nach dem Hausputz sehen sie fern. Im Wohnzimmer wird die Diskussion heftiger, nur unterbrochen, um Brunettino von dem Sessel herunterzunehmen, auf den er geklettert ist, oder um ihm den zerbrechlichen Aschenbecher aus Murano wegzunehmen. ›Sie redet, als wäre sie auf einer dieser Versammlungen‹, sagt sich der Alte, während er ihr zuhört. ›Reden können sie ja, diese Kommunisten!‹

Simonetta legt ihre Argumente dar und räumt ein, sie von ihrem Verlobten übernommen zu haben. Bevor sie ihn kennen gelernt hat, dachte sie nur ans Examen und ans Geldverdienen später, aber Romano hat ihr Bewusstsein verändert … Ach, Romano!

»Klar will er mit mir schlafen«, antwortet sie ganz offen auf eine Anspielung des Alten. »Und ich mit ihm! Überhaupt, was meinst du mit fünfzehn Jahren, *zio*? Hast du keine Augen im Kopf? Ich bin schon neunzehn!«

›Mit dreizehn waren die Mädchen in Roccasera bereits so vorsichtig und zurückhaltend wie erwachsene Frauen. Diese Simonetta dagegen. Frei wie ein Junge! Aber sie macht es gut, es wirkt sogar anziehend und unverdorben‹, sagt sich der Alte und staunt über seine eigenen Gedanken.

»Nein, wir haben noch nicht miteinander geschlafen. Ich weiß nicht, warum …« Dann sagt sie plötzlich ganz ernst: »Wahrscheinlich ist es noch zu früh. Wir wollen nichts überstürzen. Romano meint, man soll den Anfang nicht verderben. Wir wollen zusammen verreisen, wenn wir Geld haben. Wir werden uns schon amüsieren, keine Bange!«, antwortet sie wieder fröhlich. »Was sagst du da?« Sie tut beleidigt. »Natürlich ist er hübsch. Hübscher als ich!«

›Hübscher als sie?‹ Der Alte hat seine Zweifel. ›Richtig hübsch ist sie zwar nicht. Aber das hat sie auch gar nicht nötig. Auch so erfüllt sie das ganze Haus mit Leben. Mit ihrem Kommentar wird sogar das Fernsehen interessant.‹

Die Stunden fliegen dahin. Andrea kommt, zahlt das Mädchen aus und zieht sich wie üblich hinter ihre Papierberge zurück. Simonetta steht an der Tür, als wollte sie hereinkommen, dabei ist das Gegenteil der Fall. Sie will gerade gehen. Der Kleine versucht, sie daran zu hindern, klammert sich an ihren Rock und weint, aber schon ist Andrea zur Stelle und bringt ihn ins Kinderzimmer.

Der Alte hilft Simonetta in die Jacke. Sie setzt die Baskenmütze auf und zupft an ihrem Haar wie eine Frau. Sie schultert die Ledertasche, zieht den gelben Schal an, dreht sich um und schenkt ihm ein strahlendes Lächeln:

»War wirklich schön heute!«, sagt sie ganz natürlich.

Sie reicht ihm die Hand, wie vorher. Wie einem Genossen. Aber bevor der Alte die seine ausstrecken kann, ändert sie ihre Meinung, legt ihm die Arme auf die Schultern und küsst ihn sanft auf die Wange.

»*Arrivederci, zio* Bruno.«

»Bis bald, *sciuscella*«, antwortet er, so ernst, als sei die Berührung ihrer Lippen eine Art Segen gewesen.

Simonetta öffnet die Tür einen Spalt, schlängelt sich durch und lässt sie leise ins Schloss schnappen, nicht ohne ihm einen letzten, liebevoll komplizenhaften Blick als Pfand zuzuwerfen.

Der Alte hört die Aufzugstür. Er geht langsam ins Kinderzimmer und setzt sich neben den Kleinen, der eingeschlafen ist. In der Abenddämmerung leuchtet die rote Nachtlampe, die Andrea angeschaltet hat. Die Luft wird zum Blütenkelch für den milchigen Duft von Brunettinos Körper; Stille umgibt seinen gleichmäßigen Atem.

Auf den Schwingen des Südwinds erklingen die Glocken des Duomo. Sechs Uhr schon! Dem Alten wird bewusst, dass Rusca den ganzen Tag ruhig war. Kein Wunder, auch sie ist verzaubert von diesem Mädchen, das so ist wie die aus Roccasera.

Am Tag der heiligen Chiara stiegen die Menschen den Kapellenpfad am Ufer des Baches bis zum Kastanienhain der Gemeinde empor und schleppten auf den Traggestellen die Brote für die Heilige, die sie dann zu Mittag essen würden. Im Wäldchen hinter dem letzten Weinberg sprudelte aus einer Grotte das kristallklare Wasser, dessen Quelle man nur an der Kräuselung des Wasserspiegels erkannte. Die Trauben konnte man bereits essen, und obwohl die trägen, vergoldeten Nachmittage noch sommerlich waren, lag in der Abenddämmerung bereits ein Hauch herbstlicher Melancholie. Das Dorf erholte sich von der Ernte und bereitete sich auf die andere große Aufgabe des Jahres vor, die Weinlese.

›Warum denke ich daran, als wäre ich jung wie damals und dort, Brunettino? Wartet denn eine neue Aufgabe auf mich, wie auf die Leute im Dorf, mein Junge? Nach meiner Ernte jetzt meine Weinlese? Und dieses Mädchen? Ob es weiß, was *sciuscella* bedeutet? Mehr als »hübsch« oder »gut«, die einzigen Worte, die man in Mailand kennt. Aber ist das wichtig? Wozu? Ich selbst weiß auch nicht, warum sie mich kein bisschen erregt hat, nicht mal, als ihr der Wein über den Mund lief … Da siehst du, es hat mir nicht mal was ausgemacht, als ich sie mir mit ihrem Romano im Bett vorstellte! Früher hätte mich das gefuchst, aber es ist nicht so, dass alles vorbei wäre, obwohl die Rusca auch da unten an mir herumnagt. Nein, heute ist etwas passiert …<

Er sinnt eine Weile nach und wendet sich dann an das Kind:

>Merk dir, was ich sage, Kleiner, und vergiss es nicht: Frauen werden dich immer wieder überraschen. Wenn du schon glaubst, das ganze Blatt zu kennen, von der Dame bis zur Hure, taucht plötzlich eine neue Karte auf. Was ist heute passiert? Sie hat dich wie eine erfahrene Mutter in die Arme genommen, obwohl sie von Männern keine Ahnung hat! Und ich sehe mir diese Hüften an und spüre ihre Hand auf dem Haar, und nichts regt sich. Verstehst du das?<

Dann glättet sich seine Stirn, und er lächelt.

>Jedenfalls haben wir heute einen wunderbaren Kameraden hier gehabt, du und ich! Nicht wahr? Den besten, den wir bislang hatten. Wenn du ein Mädchen wärst, müsstest du wie Simonetta sein, um deinen Großvater zu erfreuen. Was rede ich da für Blödsinn! Mein Junge, ich will, dass du ein Junge bist und dass ein richtiger Mann aus dir wird! Bin ich denn verrückt? Wahrscheinlich werde ich alt. All diese Gedanken. Ob sie ein Zeichen sind? Von dir, Salvinia? Willst du mir den richtigen Weg weisen, wie damals, als ich mich allen entgegenstellte und die Piazza überquerte, oder als du mich in Rosas Bett bugsiert hast? Und wenn nicht, warum passieren mir solche Dinge? Wieso sehe ich die Mädchen aus Roccasera plötzlich so lebendig vor mir? Wieso begegne ich einer, die so ist wie sie, hier in Mailand?<

Plötzlich fällt ihm eine Erklärung ein.

>Für dich, mein Junge? Um mir zu helfen, aus dir einen Mann

zu machen? Ist dieser Körper für deine Ärmchen, diese Brust für deinen Mund bestimmt?<

Er betrachtet das Mündchen in dem schlafenden Gesicht und lacht in sich hinein.

>Sie ist aber nicht deine Mutter, mein Schatz, sie ist nicht deine Mutter! Dir bleibt nur meine Brust. Wir sind ganz allein, und ich muss alles machen, alles ... Ach, meine Weinlese; jetzt wird mir manches klar!<

Plötzlich steht er, ohne zu wissen warum, auf, öffnet vorsichtig den Schrank, nimmt einen Strampelanzug heraus und versteckt ihn unter seiner Jacke. Andrea wird es nicht auffallen, falls er ihr im Flur begegnet. Dieser Körper ist so winzig!

In seinem Zimmer versteckt er den Strampelanzug des Kleinen in einer Ritze am Kopfende seines Bettes. Nachts wird er die Knöpfe, an denen vor ein paar Tagen seine Hände scheiterten, auf- und zuknöpfen. Obwohl es Männerhände sind – und wehe dem, der das bezweifelt –, wird er sie auch zu Frauenhänden machen, für seinen Brunettino.

Die Sturmböen aus den Alpen lassen die armen Bäume in der Stadt, deren Stämme in der vereisten Erde gefangen sind, vor Kälte erschauern. Der Alte malt sich aus, wie verzweifelt sein Blut und der Saft des Baumes darum kämpfen, im Stamm aufzusteigen. Noch stärker aber schmerzen die Schläge, unter denen der Park erbebt, wie ein Sarg unter den Schaufeln und Pickeln der Totengräber. Die plumpen Axthiebe bringen den Bauern in ihm zur Weißglut. Was für eine Zerstörung! So stutzt man keinen Baum! Um es nicht mit ansehen zu müssen, wendet er sich ab.

Die Axt verstummt, und der Alte versucht, an etwas anderes zu denken, aber das, was ihm in den Sinn kommt, ist nicht dazu geeignet, ihn zu beruhigen, im Gegenteil. Renato ist nicht zu helfen. Ein Pantoffelheld. Nach dem Aufschrei von neulich Nacht steht er nun wieder ganz unter Andreas Fuchtel. Scheint das Ganze auch noch zu bereuen. Gestern rief sie an, um ihm zu sagen, dass sie später zum Abendessen käme, weil die Sitzung in der Universität länger dauerte, und Renato hat nur lammfromm genickt:

»Ja, natürlich, ich bade und füttere ihn. Ja, dann bringe ich ihn ins Bett, mach dir keine Sorgen, Schatz ...«

Sie redete in einem fort, wie üblich, bis der Alte hörte, wie sich sein Sohn rechtfertigte:

»Entschuldige, wenn ich dich unterbreche, Schatz, aber ich muss Schluss machen. Der Kleine liegt in der Badewanne.«

›Sich dafür auch noch entschuldigen!‹, sagt sich der Alte jedes Mal vorwurfsvoll, wenn er sich wie jetzt daran erinnert. ›Bei dieser Frau, die die Unhöflichkeit in Person ist!‹

Neue Axthiebe versetzen ihn wieder in die Gegenwart. Plötzlich ein Ächzen, gefolgt von der anhaltenden Klage berstenden Holzes und herabfallender Äste, dann der heftige Aufprall auf dem Asphalt. Jetzt reicht es aber, er dreht sich um und wirft einen wütenden Blick in den Baumwipfel.

Oben auf der an den Stamm gelehnten Leiter hockt ein Mann mit der gelben Jacke der städtischen Gärtner. Schon bedroht seine erhobene Axt einen weiteren Ast. Da platzt der Alte. Sein Schrei ist wie ein Steinwurf.

»He! Sie da! Lassen Sie den Ast in Ruhe, Sie Idiot!«

›Gleich klettert er runter, und dann gibt es Ärger!‹, sagt er sich.

Der Gärtner stutzt einen Augenblick und beginnt dann tatsächlich, die Leiter hinunterzusteigen. ›Gleich!‹, wiederholt der Alte, ballt die Faust und überlegt, wie er seine Unterlegenheit im Kampf gegen die Axt ausgleichen könnte. Aber als ein freundlicher junger Mann auf ihn zukommt und verlegen lächelt, ändert er seine Meinung.

»Ich mache es falsch, nicht wahr?«

»Falsch ist gar kein Ausdruck! Gerade der Ast muss stehen bleiben. Sehen Sie nicht, dass Sie eben einen abgeschnitten haben, unten in derselben Linie? Wo haben Sie Ihr Handwerk denn gelernt?«

»Nirgends.«

»Verdammt noch mal! Und man lässt Sie einfach auf die Bäume los?«

»Ich muss essen.«

»Dann suchen Sie sich eine andere Arbeit!«

»Entweder Aushilfsgärtner bei der Stadtverwaltung oder gar nichts, hat man mir auf dem Arbeitsamt gesagt. Was hätte ich machen sollen? Tut mir Leid«, erklärt er nach einer Pause. »Ich mag Bäume, deshalb schneide ich wenig und nur die kleinen Äste.«

»Ausgerechnet die jungen Triebe … Und die alten lassen Sie stehen. Genau umgekehrt macht man das, junger Mann!«

»Tut mir Leid!«, wiederholt der Gärtner.

Der Alte betrachtet seine Hände. Ein Schreiberling, ein Bücherwurm. Dann sein Gesicht. Sympathisch, ehrlich.

»Was haben Sie früher gemacht?«

»Studiert.«

»Bei den Studenten gibt es keine Arbeitslosigkeit«, regt sich der Alte wieder auf, wütend, dass er es mit einem Betrüger zu tun hat.

»Mein Vater finanziert mein Studium nur, wenn ich Jura studiere, aber ich will kein Anwalt werden. Ich studiere etwas anderes.«

Der Alte lächelt. ›Bravo! Anständiger Junge! Auch wenn er sich irrt, denn Anwälte verdienen gut, aber trotzdem anständig. Lieber städtischer Gärtner als Rechtsverdreher. Bravo! Anwälte! Der Ruin der Armen!‹ Er streckt die Hand Richtung Axt.

»Geben Sie her!«

Eingeschüchtert reicht der junge Mann ihm die Axt, und der Alte geht auf den Baum zu. Der Junge hat Angst, dass der Alte stürzen könnte, aber dann sieht er, wie er die Leiter sicher hinaufsteigt. Und mit welcher Entschlossenheit er zuschlägt! Er schaut sich das Laubwerk an, überlegt kurz, entscheidet sich für einen Ast und zack zack, schon fällt er. Dann steigt er von der Leiter auf eine Astgabel und stutzt die Zweige drumherum. Er klettert herunter, stellt die Leiter um, steigt wieder hinauf. Schließlich kommt er endgültig herunter. Der Junge geht ihm entgegen.

»Ich muss mich wirklich schämen.«

»Machen Sie sich nichts draus! Ist noch kein Meister vom Himmel gefallen. Zum Glück hat man Ihnen keine Elektrosäge in die Hand gedrückt, damit hätten Sie noch die Schnittstellen ruiniert.«

»Ich hatte eine, aber die habe ich schon am ersten Tag kaputtgekriegt«, gesteht der junge Mann grinsend. »Seitdem arbeite ich mit der Axt. Sie kennen sich wirklich aus. Sind sie Gärtner?«

»Nicht von Beruf, aber ich verstehe etwas davon. Ich bin vom Land. Sieht man das nicht?«

»Von wo?«

»Aus Roccasera bei Catanzaro«, verkündet der Alte herausfordernd.

»Kalabrien!«, freut sich der junge Mann. »Da muss ich im nächsten Sommer hin!«

»Ach wirklich?«, antwortet der Alte, von dem Interesse ermuntert. »Weswegen?«

›Wie soll man einem einfachen Bauern den Sinn einer wissenschaftlichen Untersuchung verdeutlichen, mit der man klären will, inwieweit antike Mythen in volkstümlichen Bräuchen überlebt haben?‹

»Ich sammle Überlieferungen, Geschichten, Gedichte, Lieder. Ich nehme alles auf und untersuche es später. Verstehen Sie?«

»Nein!«

›Was lassen sich diese Schreiberlinge nicht alles einfallen, um sich vor der Arbeit zu drücken! Geschichten erzählt man, um zu lachen, und singen tut man, wenn man fröhlich ist. Was zum Teufel gibt es da zu untersuchen?‹

»Ja, und später wird es veröffentlicht … Es ist eine schöne Arbeit«, sagt er schließlich, weil er nicht weiß, wie er es dem Alten erklären soll. Um das Schweigen zu brechen, erklärt er nach einer Weile:

»Ich komme aus Florenz.«

Der Alte lächelt wieder. ›Wenigstens ist er kein Mailänder.‹

»Zigarette?«, fragt der junge Mann, der Angst hat, ihn mit seinem Vorhaben, die Überlieferungen zu untersuchen, beleidigt zu haben. Im Seminar hat man sie vor der potenziellen Empfindlichkeit der Leute gewarnt, mit der man auf dem Land rechnen muss.

»Nein danke! Das ist vorbei. Auch wenn die Rusca sich noch so ärgert.«

»Rusca?«

»Eine Bekannte. Sie mag meinen Tabak. Ihr Pech!«

›Jetzt ist er derjenige, der nicht versteht‹, freut sich der Alte und fährt fort:

»Passen Sie auf! Ich habe es nicht eilig. Sie klettern auf den Baum da, und ich werde Ihnen sagen, wie Sie schneiden sollen. Aber die Schläge müssen sitzen. Packen Sie die Axt hier an. Sehen Sie, wie sie im Gleichgewicht liegt? Fest zupacken! Also los, so schwer ist das nicht!«

Sie arbeiten bis nach Mittag, beobachtet von Müttern und Kindern. Den Alten muntert es auf, wenn er sich nützlich machen und die armen Bäume, die in Mailand unter der Kälte schon genug zu leiden haben, davor bewahren kann, von ignoranten Bürokraten und Schreiberlingen umgebracht zu werden. Der junge Mann lernt schnell und ist gar nicht so ungeschickt.

›So wird auch mein Brunettino sein, nur wird er viel mehr wissen, weil ich es ihm beibringe. Dem hier werde ich auch helfen, obwohl er diese Arbeit eigentlich gar nicht machen dürfte, weil er keine Ahnung hat. Aber es ist nicht seine Schuld, und außerdem ist er kein Mailänder.‹

Nachdem sie fertig sind, bedankt sich der junge Mann und fragt:

»Darf ich Sie zu einem Kaffee einladen, Signore?«

Der Alte überlegt.

»Eine Tasse Kaffee und einen Doktortitel darf niemand verweigern, wie wir in der Uni so schön sagen«, beharrt der junge Mann.

Der Alte lacht laut.

»Von einem armen Arbeitslosen?«

Es ist kein beleidigendes Lachen.

»Ich habe Geld. Gestern habe ich alle Brücken hinter mir abgebrochen und mein Bürgerliches Gesetzbuch verkauft. Die beste Ausgabe von Roatta-Brusciani, mit Kommentar und druckfrisch.«

Jetzt lachen beide. Der junge Mann kettet die Leiter mit einem Schloss an einen Baum, steckt sich die Axt in seinen Gürtel und zeigt auf eine Bar auf der anderen Seite der Straße. Im gleichen Augenblick hält ein städtischer Lieferwagen neben ihnen, und ein Vorarbeiter streckt den Kopf durch das offene Fenster:

»He, du! ... Steig ein! Wir bringen dich ins Zentrum.«

Der junge Mann wirft dem Alten einen entschuldigenden Blick zu.

»Tut mir Leid.«

»Wir holen es an einem anderen Tag nach. Dann trinken wir auf das Wohl des Gesetzbuches. Abgemacht?«

»Versprochen ... Kommen Sie vorbei. Ich werde noch ein paar Tage im Viertel sein. Nicht wahr, Chef?«

Der Vorarbeiter nickt. Er sieht sich die Bäume an und ruft überrascht:

»Junge, Junge, sehr gut. Du machst dich.«

Der Alte und der junge Mann lächeln sich verschwörerisch an und drücken sich die Hand.

»Ferlini, Valerio«, stellt er sich formell vor.

»Roncone, Salvatore«, erwidert der Alte herzlich.

Der Wagen fährt los, und der junge Mann winkt durch die Heckscheibe. Sein Händedruck war aufrichtig und kräftig. Männlich.

›Ja, aber mein Brunettino wird noch männlicher sein!‹

Nein, nein, was jetzt passieren wird, will er nicht sehen. Der Alte schließt die Augen, aber dann erscheint Lambrino, der erste Freund in seinem Leben, seine erste Leidenschaft.

Seine Mutter … ja, es war seine Mutter, aber an sie war er gewohnt, und außerdem kam sie nur einmal in der Woche den Berg hinauf. Lambrino dagegen gehörte ihm, zu jeder Zeit. Ein Wunder der Natur, dieses kleine weiße Lamm, das zwischen den Zistrosen und den duftenden Büschen umhersprang. Der Alte denkt an die sanften Augen, die von bedingungsloser Liebe erfüllt waren, die weiche Wärme in den Armen des Hirtenjungen, wenn sie zusammen einschliefen, die junge Wolle seinen nackten Oberkörper liebkoste und ihre schlagenden Herzen sich vereinten.

Unvergesslicher Lambrino, die erste Lektion der Liebe in seiner langen Geschichte von Leidenschaften – jetzt taucht er vor der dunklen Wölbung seiner geschlossenen Lider auf. Aber ausgerechnet das Ende sieht er, und deshalb schlägt der Alte die Augen auf, um es zu vertreiben: der makellos weiße Hals, vom Arm des Schlächters nach hinten gebogen, in dessen Hand das Messer. Die älteren Hirten lachen über den Schmerz und die Verzweiflung des Jungen, so wie damals die grausamen Henker, als sie Christus ans Kreuz schlugen.

Als er jetzt die Augen öffnet, lacht niemand in diesem kleinen Kreis von gleichermaßen Verängstigten. Auch fehlt das lebendige Licht der Berge. Aber alles andere ist wie damals: ein regloser kleiner Körper, ein niedergedrücktes Köpfchen, ein dem Henker ausgelieferter zarter Hals. Nur dass es damals Lambrinos Kopf war, sein entsetzter Blick aus weit aufgerissenen Augen und sein herzzerreißendes Blöken. Jetzt ist es Brunettino, der stumm daliegt, die Augen von den fast durchsichtigen, alabasternen Lidern verschleiert.

Kurz vorher hatte man den Alten gebeten, den Jungen festzuhalten, aber er hatte sich hartnäckig geweigert und sich vor die Tür gestellt, damit niemand das Zimmer verließ, ohne Rechenschaft abzulegen, falls etwas passierte. Seitdem umklammert er das Messer in der Hosentasche. >Wenn der Kerl ihm etwas zu Leide tut, bringe ich ihn auf der Stelle um<, sagt er sich und beobachtet, wie der Henker mit dem Finger nach der Vene in dem verletzlichen Hals des Kleinen tastet.

Dieser Henker aber hält nicht ein Fleischermesser in der Hand, sondern eine leere Spritze, deren Nadel jeden Augenblick zustechen wird. >Was, wenn er danebensticht? Dann verblutet mir der Kleine, oder er erstickt an seinem Blut! Ich bring ihn um, Rusca, ich bring ihn um!< Die Nadel dringt ein. >Dabei brächte dieser Schlappschwanz es ja nicht mal fertig, einen Nebenbuhler abzustechen. Das sieht man ihm an!<

Die durchsichtige Kanüle füllt sich mit Brunettinos kostbarem Blut. >Wie das des heiligen Gennaro<, sagt sich der Alte, weil es im Licht, das durch das Milchglasfenster fällt, nicht rot aussieht, sondern seltsam dunkel, fast unheimlich. >Vergiftet?<, schießt es plötzlich dem Alten durch den Kopf, als er sich erinnert, dass das Blut, das der sterbende Raffaele spuckte, als das Maultier ihm in den Bauch getreten hatte, genauso ausgesehen hatte. Natürlich, man hatte ihn verhext. Das ganze Dorf wusste es. Weil er der Pasqualina nachgestellt hatte. >Aber wer könnte den kleinen Engel hier schon verhexen?<

Der Henker ist fertig. Er füllt das Blut in ein Fläschchen, das noch etwas anderes enthält, verschließt es und steckt es in seinen Arztkoffer. Der Kleine scheint nichts mitbekommen zu haben. Er hat nur kurz gejammert, als er gestochen wurde. Der Henker verabschiedet sich von Andrea, und da der Alte nicht von der

Tür weicht, erklärt er, während er darauf wartet, passieren zu können:

»Bei den ganz Kleinen ist die Halsschlagader am sichersten. Verstehen Sie, Signore?«

Der Alte geht ihm erst aus dem Weg, als Andrea ihn bittet.

»Papa, könnten Sie den Kleinen einen Augenblick halten?«

Sie begleitet den Arzt hinaus, und der Alte setzt sich mit dem Kind in den Armen hin. Bekümmert küsst er die glühend heiße kleine Stirn und bildet mit seinem Körper eine Art Nest für das Kind. Sein Finger hält die Watte, die die Blutung an dem kleinen Hals stillen soll, und spürt das heftige Schlagen des Herzchens. So hoch ist das Fieber!

Er betrachtet das Kind. Vor zwei Tagen hat es begonnen zu husten. Ein rasselnder Husten, tief sitzend, wie bei einem alten Menschen, bloß eine Tonleiter höher. Gestern Morgen verweigerte er das Essen und gegen Mittag fiel er in einen fiebrigen Schlaf. Seitdem öffnet er die Augen nur hin und wieder und sieht sich um, als fragte er, warum man ihn so quält. Er wimmert, hustet und atmet schwer. In der Nacht hat man ihn kalt baden müssen, weil das Fieber so hoch war, und man bekam einen Schreck, wenn man sein Bäuchlein berührte, so heiß war es.

Der Alte hat kein Auge zugetan. Die ganze Nacht ist er leise von einem Zimmer ins andere gewandert, hat hin und wieder einen Blick ins Kinderzimmer geworfen und geholfen, wenn man ihn darum bat, oder bloß besorgt Wache gehalten. Am schlimmsten war der Pädiater, so nennt man im Mailänder Dialekt wohl den Kinderarzt. ›Wie kann man sein Kind bloß so einem Kerl anvertrauen?‹, dachte der Alte, als er ihn gestern Morgen hereinkommen sah.

Der so genannte Arzt war nach der neuesten Mode gekleidet und hatte eine Frisur wie auf den Fotos in dieser Räuberhöhle von Herrensalon in der Via Rossini. Eine Duftwolke folgte ihm, als er mit seiner Handtasche aus superweichem Leder durch den

Flur ging und den Ring mit dem blauen Stein auf dem kleinen Finger zur Schau stellte. Dreißig Jahre? Vierzig? Unmöglich zu sagen, bei einem, der so aus dem Ei gepellt war. Brille mit Goldrand, natürlich. ›Und die Sprache, Madonna, was für eine Sprache! Jeder weiß, dass Italienisch viel zu weich ist für einen Mann, aber so, wie er jede Silbe einzeln betont hat, der reinste Singsang. Widerlich! Wusch sich die Hände, als er kam und als er ging. Und wie Andrea ihm das Handtuch gereicht hat! Wie ein Ministrant die Messgefäße dem Pfaffen! Als wäre er ein Heiliger. Natürlich. Er gefällt Andrea!‹, sagt sich der Alte plötzlich. ›Er ist ihr Typ. So einen hätte sie sich gern geangelt, bestimmt, aber es hat nicht geklappt, und mein Renato hatte das Pech, ihr über den Weg zu laufen. Wie sie ihn angehimmelt hat! *Dottore* hier, *dottore* da … Und er, wie ein eingebildeter Gockel. Nicht mal das Kind hat er richtig untersucht. Hat ihm mit dem Lämpchen kurz in die Ohren und den Hals geschaut, gefragt, wie hoch das Fieber sei (Andrea hatte es zuvor gemessen und dem Kleinen das Thermometer dabei in eine sehr unanständige Stelle gesteckt) und anschließend dieses Gerät mit den Gummischläuchen rausgeholt, die wie Blutegel an der kleinen Brust saugten. Klarer Fall? Er hat nur so getan. Nicht mal den Rücken hat er abgehorcht. Hast du gesehen, Rusca? Als hätte der Kleine nichts! *Dottore* nennt sich so was! Ein Scharlatan, zu allem fähig! Wir haben wirklich Pech, Rusca! Ob sie in diesen Idioten verknallt ist? Leider wird der Schlappschwanz es nicht wagen, irgendwem Hörner aufzusetzen! Was für eine Gelegenheit, sie loszuwerden, wenn sie was mit ihm hätte und Renato endlich Manns genug wäre!‹

Er seufzt skeptisch, sieht das Kind an und vergisst alles andere. ›Schwer krank, auch wenn dieser Kerl sich nicht drum schert. Na klar, ist ja auch nicht sein Enkel …! Wenn es nur eine gewöhnliche Erkältung ist, wieso nimmt er ihm auf so grausame Art Blut ab? Schlitzt ihm fast den Hals auf? Warum?‹

Er hört ein Flüstern im Flur und fragt sich, ob der Kerl etwa wiedergekommen ist. Nein. Renato und seine Frau unterhalten sich.

»Der Pädiater meint, es sei nichts Ernstes. In zwei oder drei Tagen ist er wieder auf dem Damm«, erklärt Andrea. »Aber die Reise hat er mir vermasselt.«

»Du kannst doch später nach Rom fahren.«

»Jetzt, wo ich den Termin beim Minister bekommen habe! Ich müsste mich um einen neuen bemühen! Und Onkel Daniele hat bereits angefangen, seine Beziehungen spielen zu lassen.«

Sie schweigen, als sie zur Tür des Kinderzimmers kommen. Der Alte reicht Renato das Kind und sagt sich: ›Die hat nur ihre Karriere im Kopf. Sogar das Kind ist ihr im Weg! Mein armer Brunettino.‹

Am Abend, als er auf den Kleinen aufpasst, während die Eltern essen, unterhält er sich im Geiste mit der kreidebleichen Stirn über den geröteten Wangen.

›So ist es, mein Junge. Sie essen in aller Ruhe, während in deinem kleinen Körper eine heftige Schlacht tobt; dein Blut gegen das Böse, Tod oder Leben. Wie können sie nur? Lass sie, du bist nicht allein. Dein Vater hat zu Hause nichts zu sagen, deine Mutter überlässt dich diesem unfähigen *dottore*, aber dein Großvater wird dich durchbringen. Hörst du, mein Engel? Ob sie wollen oder nicht, morgen wirst du kochendes Wasser mit Eukalyptusblättern und Cremelaria-Blüten hier haben. Weißt du, die Bäume sind gut; die Bäume mögen die Kinder, sie werden dich besser heilen als diese Spritzen. Du wirst die Berge und den Frühling riechen und leichter atmen. Aha, du lächelst? Dann glaubst du mir? Bravo, mein Junge! *Avanti*, gegen den Feind. So wie du neulich den Panzer besiegt hast!‹

Am nächsten Morgen gibt Andrea nach, nachdem sie das verfluchte Buch konsultiert hat, in dem steht, wann genau Kinder aufzuwachen haben und Hunger haben müssen. ›Als wüssten

Mütter, die nicht lesen können, so etwas nicht!‹ Obendrein hört der Alte, wie sie vom Nebenanschluss in ihrem Arbeitszimmer aus den *dottore* um Rat fragt und eine Weile mit ihm herumtuschelt. Schließlich kommt sie mit rosaroten Bäckchen und einem zittrigen Lächeln in den Flur. ›Hab ich doch gesagt. Die ist in den Kerl verknallt!‹

Aber sie hat nachgegeben, und der Alte eilt hinunter zur Apotheke, um Eukalyptus zu kaufen. Diese Idioten wussten nicht mal, was Cremelaria-Blüten sind, und die Eukalyptusblätter muss er auch wegwerfen, weil man sie in Mailand nur luftdicht verpackt verkauft und sie nicht das Richtige sind. In Maddalenas Laden dagegen haben sie richtige Eukalyptusblätter, und was die Blüten angeht – natürlich kennen sie sie –, schicken sie ihn zu einem Laden in der Nähe. ›Was für eine Frau, diese Maddalena! Für alles weiß sie Rat. Und was für ein Anblick, da geht einem das Herz auf. Mehr *stacca* als je. Kein Wunder, diese Blume wird nicht von ihrem Mann gewässert, diesem Schlappschwanz!‹ Es macht ihm Spaß, sie anzuschauen und dabei an den metallicgrünen Wagen zu denken.

Im Aufzug wickelt er die Blätter ins Papier der Apotheke, damit die Heilkräuter Andreas Kontrolle passieren und es dem *dottore* zeigen können. ›Im Krieg muss man den Feind überlisten, Brunettino!‹

Der Alte mit der bäuerlichen Felljacke und dem altmodischen Hut, der ein paar Tage lang die Beschneidung der Bäume beaufsichtigt hatte und anschließend verschwunden war, ist heute mit einem Kinderwagen plötzlich wieder aufgetaucht. Die Mütter der spielenden Kinder halten ihn für einen harmlosen alten Mann, der sich um seinen Enkel kümmert, doch ein einziger Blick des Alten auf ihre Körper reicht, um sie eines Besseren zu belehren. Instinktiv achten sie auf ihre Haltung oder überprüfen verstohlen den Sitz ihrer Frisur.

Aber der Alte hat fast ausschließlich Augen für das Kind. Alles an ihm versetzt ihn in Staunen: die ruhigen oder neugierigen Augen, das ständige Fuchteln mit den Händchen, die weiche Haut, die plötzlichen Freudenschreie. Vor allem heute, wo er zum ersten Mal nach der Krankheit aus dem Haus darf. Was für ein Albtraum, was sie Erkältung nannten! Für den Alten war es eine ausgewachsene Lungenentzündung, auch wenn der Arzt nichts davon mitbekam. Wenn der wüsste, dass nur seine Eukalyptusblätter und Cremelaria-Blüten Brunettino gerettet haben, die der Alte in kochendes Wasser warf, wenn Andrea gerade nicht hinsah! Dieselbe Pflanze, die auch Sarenos Lungenentzündung heilte, nachdem die Ärzte ihn schon aufgegeben hatten.

›Das hast du deinem Großvater zu verdanken, mein Kleiner, dass du jetzt wieder spazieren fahren kannst. Niemand kennt sich mit Heilkräutern besser aus als die Hirten! Na schön, Signora Maddalena verstand auch was davon, aber nicht so viel. Höchstens die Hexen noch, aber das ist eine andere Geschichte. Heilige Madonna!‹

Plötzlich lächelt der Alte, als er an das Gesicht denkt, das Anunziata schnitt, als sie den Jungen für den Ausflug anzogen. Wie sie gestaunt hat, als der Alte die Knöpfe des Anzugs problemlos zubekam! Kein Mensch ahnt, wie lange er in der Nacht üben musste. Aber noch können seine Finger dazulernen, noch sind seine Gelenke nicht eingerostet. Er sieht auf seine Hände hinab, die den Griff des Kinderwagens wie ein Steuer kraftvoll umfassen, mit hervortretenden Venen, aber immer noch lebendig und geschickt. Er vergleicht sie mit denen seines Enkels, und ihm wird warm ums Herz. Diese Fäustchen, diese Fingerchen. Wie werden sie sein, wenn sie einen Gegner zu Boden schlagen oder die Brüste einer jungen Frau streicheln?

>Ich werde es nicht erleben, Kleiner, noch wirst du es je erfahren, aber ich bin es, der einen Mann aus dir macht. Ich habe dich vor diesem Quacksalber gerettet und werde dich auch vor deiner Mutter oder sonst wem beschützen. Ich, dein Großvater, Bruno, der Widerstandskämpfer. Weißt du was? Ich bitte die Madonna Tag für Tag nur um eines: dass der Cantanotte bald ins Gras beißt und ich dich mitnehmen darf, damit du in unserem Hof herumtoben und hinter den Hühnern herlaufen kannst. Du wirst schon sehen! Roccasera ist schön, ganz anders als dieses schmutzige Mailand! Eine Sonne, die kannst du dir nicht vorstellen, wenn du nur die von hier kennst. Und in der Ferne der schönste Berg der Welt, die *Femminamorta*. Man könnte meinen, dass sie sich ständig umzieht, wie eine Frau. Mal ist sie blau, dann violett oder braun, ja sogar rosa, oder sie trägt einen Schleier, je nach Wetterlage. Sie ist launisch, o ja; manchmal warnt sie uns vor einem Gewitter, und dann wieder lässt sie zu, dass es uns kalt erwischt. Hart, aber gerecht, wie es sich gehört. Du wirst dich in sie verlieben, wenn wir sie eines Tages sehen.<

Dann wird ihm klar, dass es nur Träume sind, und er vertreibt sie. Aber warum sind es nur Träume? Hat er das Kind nicht gerettet? Und dass sein Gesicht schon älter geworden ist, kann man nicht übersehen, auch wenn Andrea es abstritt, als er sie gestern darauf aufmerksam machte. Schließlich musste sie es zugeben, aber sie machte die Erkältung dafür verantwortlich, dass seine Wangen ein wenig ausgezehrt wirken.

>Blödsinn! Das liegt daran, dass er langsam erwachsen wird<, sagt sich der Alte, als er sich daran erinnert. Jeden Tag krabbelt der Kleine mehr und versucht sich sogar aufzurichten, indem er sich irgendwo festhält. Aber man darf ihn nicht zwingen: Der *zio* Benedetto bekam O-Beine, weil man ihm das Laufen zu früh beibringen wollte. Für einen Tischler wie ihn ist es nicht weiter schlimm, aber für einen Hirten oder Partisanen? Manche Leute hatten sich über ihn lustig gemacht. »Ist dein Gehänge so schwer?«, dabei war er heilfroh, dass er nicht zum Militärdienst brauchte. Ein trauriger Vorteil, denn Frauen wollen nur gut gebaute Männer, es sei denn, einer hat Geld.

>Ich werde dir das Laufen ganz langsam beibringen, Brunettino, du wirst ein richtiger Mann werden … ach was, das bist du ja bereits. So klein, aber er steht dir schon wie mein kleiner Finger.<

Er sieht auf seinen kleinen Finger. >Fast<, berichtigt er sich und schnappt ein paar Worte auf, als er an einer Bank vorbeikommt. >Wer sagt da was von Sonne? Eine dumme Mailänderin<, denkt er sich und sieht verächtlich auf die vom Dunst verschleierte gelbe Scheibe. Trotzdem ändert er die Richtung, um die Augen des Kleinen vor dem Licht zu schützen, und kommt dabei der Straße, die dicht am Weg rund um den Park vorbeiführt, sehr nahe.

Plötzlich fährt ein Wagen direkt neben ihnen durch eine Pfütze und bespritzt den Kinderwagen und die Decke. Einige schmutzige Tropfen treffen sogar die Wange des Kleinen, der zu weinen anfängt. Einen Augenblick ist der Alte wie gelähmt vor Zorn. Dann sieht er, dass der Wagen unweit einer roten Ampel hält. Er läuft ihm blindwütig nach und flucht laut vor sich hin. In seinem Kopf ist nur ein Gedanke: ›Ich bring ihn um, ich bring ihn um!‹ Sein Mund schreit es, seine Beine denken es, und sein Herz schlägt es. Er hat das aufgeklappte Messer bereits in der Hand, aber als er den Wagen fast erreicht hat, springt zum Glück die Ampel auf Grün, und der Fahrer gibt Gas, ohne etwas gemerkt zu haben.

Der Alte kann nur noch schimpfen und ihm eine *vrazzata*, eine obszöne Geste hinterherschicken. Aber trotz seiner Wut entgeht ihm nicht, was für eine lächerliche Figur er macht, so wie er da steht, ohnmächtig, ohne Hut, das gezückte Messer in der Hand. Er zieht belustigte Blicke auf sich. Plötzlich fällt es ihm siedend heiß ein:

›Bin ich denn von allen guten Geistern verlassen! Wie kann ich das Kind allein lassen? Ich muss ja völlig verrückt sein!‹

Er läuft zurück, hebt unterwegs den Hut vom Boden auf und denkt an die unzähligen Dinge, die dem Kind passiert sein könnten. Er schafft es gerade noch rechtzeitig, denn schon beugt sich eine Unbekannte über den Kinderwagen.

›Will sie ihn etwa entführen? Madonna!‹ Alte Geschichten von Zigeunern, die Kinder stehlen, schießen ihm durch den Kopf.

Er ist fast bei ihr. Hetze, Wut und Schrecken rauben ihm die Sprache. Jeder Herzschlag ist ein schmerzlicher Stich. Drohend mustert er die Frau, die sich mit dem Kind im Arm umgedreht hat, als sie seine Schritte hörte.

»Keine Bange, Signore, ich will ihn nicht entführen«, beruhigt sie ihn mit einem Lächeln, als hätte sie seine Gedanken gelesen. »Ich habe den Kleinen weinen hören, und da er allein war, habe ich ihn auf den Arm genommen.«

Der Kleine weint nicht mehr. Die Frau wischt ihm mit einem makellos weißen Taschentuch die Wange ab. Der Alte erholt sich allmählich, und obwohl er immer noch aufgebracht über die Einmischung der Fremden ist, besänftigt ihn das freundliche Gesicht der Frau. Volle Lippen, reizende kleine Fältchen und ein jugendliches Aussehen trotz ihres Alters, das sie nicht zu verheimlichen versucht.

»Danke, Signora«, bringt er schließlich heraus, während er den Blick senkt und die Brüste, die sich nicht allzu deutlich abzeichnen, die runden Hüften und die aufrechte Haltung begutachtet.

»Was war denn?«, fragt sie.

»Dieser Dreckskerl! Sehen Sie nicht, wie er das Kind, die Decke und den Wagen zugerichtet hat? Dieser eingebildete Affe! Ein Kind! Dreckskerl von Mailänder!«

Plötzlich schämt er sich für die Ausdrücke, aber die Frau lächelt.

»Und Ihre Hose auch! Sehen Sie nur. Sie muss gereinigt werden.«

»Das ist egal! Wenn ich den Kerl erwische, bringe ich ihn um ... Dreckskerl! Entschuldigen Sie.«

»Ein richtiger Dreckskerl«, wiederholt sie fröhlich zur Überraschung des Alten. Der Kleine spielt bereits mit dem Haar der Frau. »Aus welcher Gegend im Süden kommen Sie?«, fragt sie.

Jetzt versteht der Alte. Sie hat seinen Akzent erkannt und ist auch von dort, obwohl man es ihr nicht ansieht. Sofort fühlt er sich wohl und rückt seinen Hut zurecht.

»Aus Roccasera bei Catanzaro. Und Sie?«

»Vom anderen Meer. Amalfi.«

»Aus Tarantelo, was?«

»Und stolz darauf!«

Man hört ihrer Stimme diesen Stolz auf ihr Land an, und als sie selbstbewusst den Kopf zurückwirft, scheint sie zu wachsen.

Beide lachen.

»Verdammter Kerl!«, ruft der Alte, als er sieht, dass der Schlamm auf dem Kinderwagen bereits angetrocknet ist.

»So können Sie nicht zurück, nicht wahr? Die Mutter wird schimpfen. Ihre Tochter?«

»Von wegen! Schwiegertochter. Die soll mir nur kommen.«

Sein Ton ist so barsch, dass die Frau innehält und den Alten aufmerksam studiert. ›Der Mann ist alles andere als ein gebrechlicher Großvater!‹, denkt sie.

»Vorsicht, Kleiner«, sagt sie sanft und befreit ihr Haar aus den neugierigen Händen. »Sehen Sie, schon will er mit mir spielen.«

»Wer würde das nicht wollen.«

Die Frau lacht fröhlich. ›Alles andere als ein gebrechlicher Großvater.‹

»Hübscher Junge!«, sagt sie und setzt ihn wieder in den Wagen. »Wie heißt er?«

»Brunettino … Und Sie?«

»Hortensia.«

Der Alte lässt sich den Namen auf der Zunge zergehen und antwortet:

»Ich bin Salvatore.«

Er denkt einen kurzen Augenblick nach und fügt hinzu:

»Aber nennen Sie mich doch Bruno … Sagen Sie, kommen Sie oft her?«

Sie fährt! Sie fährt, sie fährt nach Rom!‹ Mit diesem lustigen Refrain ist der Alte heute Morgen aufgewacht. Er summt ihn vor sich hin, während er den morgendlichen Kaffee aufs Feuer stellt. ›Na ja, Feuer ist gut!‹, sagt er sich, als er die roten Spiralen mit den sprühenden Funken und dem Tanz der Flammen in seinem Ofen auf dem Land vergleicht.

›Die Etrusker wird sie nicht besuchen, natürlich nicht! Die gefallen ihr nicht. Sie ist für die anderen. Für die Römer, die von Mussolini. Ihr Pech! Hauptsache, sie ist ein paar Tage weg! Und wir sind frei. Ja genau, frei! Nicht zu glauben, eine Frau, die sich ständig hinter ihren dicken Wälzern versteckt, aber allein ihre Anwesenheit macht einen so nervös, als hätte man die Carabinieri am Hals. Frauen! Außer im Bett machen sie einem nur Ärger!‹

Am Abend zuvor hat Andrea Renato eine Liste mit Anweisungen gegeben, wie er das Haus während ihrer Abwesenheit zu führen hat, und jeden Punkt noch einmal einzeln wiederholt, um ganz sicherzugehen. Mittags wird Renato sie zum Flughafen fahren. In ein paar Stunden. Der Alte reibt sich die Hände.

Anunziata kommt, und Andrea geht auch mit ihr die Liste noch einmal durch. Der Alte ergreift die Gelegenheit und macht seinen Spaziergang. Heute ohne den Kleinen. Es ist zu kalt. In der Tür hört er, wie Andrea Anunziata erlaubt, ihre Nichte mitzubringen, wenn sie Hilfe braucht. ›Simonetta!‹, erinnert sich der Alte. Der Tag fängt gut an. Sogar Rusca ist friedlich.

Und so geht es weiter. Am Corso Venezia trifft er Valerio. Der Student erzählt ihm, dass er nach dem Schneiden der Bäume jetzt im Straßenbauamt arbeitet und noch ein paar Wochen zu tun hat, um die Straßenbeleuchtung für das kommende Weihnachtsfest anzubringen. Ein Abgeordneter der Opposition hat kritisiert, dass manche Viertel vernachlässigt würden, worauf der *podestà* angeordnet hat, die bunten Glühbirnen umgehend auch an einigen Plätzen am Stadtrand anzubringen. Valerio wird helfen, sie von der Piazza Carbonari bis zur Piazza Lugano zu montieren.

»Danach ist Schluss. Dann muss ich mir wieder eine neue Arbeit suchen. Es sei denn«, sagt der junge Mann zögernd, »Sie helfen mir. Ich wollte gerade zu Ihnen.«

Der Alte ist überrascht, und Valerio klärt ihn auf. Vor ein paar Tagen hat er mit Professor Buoncontoni, dem bekannten Ethnologen und Anthropologen über ihn gesprochen.

»Ich will diesen Mann kennen lernen, Ferlini, hat der Professor gesagt. Seit meiner Untersuchung bei den Nachkommen der Albaner, die im Mittelalter eingewandert sind und immer noch ihre alten griechischen Traditionen wahren, bin ich nicht mehr in der Sila gewesen. Die Sila hat sich kaum geändert, und ihr Freund könnte uns wertvolle Informationen liefern. Bringen Sie ihn mit ins Seminar.«

Der Alte hört sich alles an, aber er versteht nicht. Valerio fügt hinzu, dass das Phonetische Archiv Mittel für Aufnahmen von Zeitzeugen bereitstellte. Die Mitwirkenden erhalten einen bestimmten Tagessatz, und so könnte er, Valerio, eine bezahlte Assistentenstelle bekommen.

»Was heißt hier Mitwirkende?«, entgegnet der Alte eingeschnappt. »Was soll ich für eine Rolle spielen? Du schätzt mich falsch ein, Junge. Geld ist mir ...«

Valerio unterbricht ihn.

»Oh nein, deswegen erzähle ich es Ihnen nicht. Die zahlen sehr wenig! Es geht darum, dass Ihre Geschichte nicht verloren geht, und darum, diese traditionelle Welt zu erhalten ... Geschichten, Lieder, Sprichwörter, Bräuche, Hochzeiten, Beerdigungen. Alles gerät in Vergessenheit, die Geschichte, das, was wir sind ...«

»Meine Geschichte«, wiederholt der Alte nachdenklich. Ja, es stimmt, die Vergangenheit geht verloren. Und die Frauen werfen ihre schönen alten Trachten weg, als wären es Lumpen.

»Würden Sie nicht gerne davon erzählen, Signore Roncone? Es würde Ihnen Spaß machen, und ich hätte eine Stelle. Tun Sie es, für mich!«

Er möchte Valerio gerne helfen, ja. Und außerdem könnte es tatsächlich Spaß machen. Aber ...

»Wer wird denn kommen?«

»Die aus dem Seminar, sonst niemand. Und ein Historiker oder Philosophieprofessor, den wir einladen werden.«

Der Alte lächelt. Die Sache gefällt ihm. Diesen Buchfritzen vom Schlage Andreas kann er alles erzählen, sogar die Witze seiner Freunde. Allein die Geschichten über den Morrodentro oder den alten Mattei, möge er in Frieden ruhen, werden ihnen die Sprache verschlagen. Diese Leseratten wissen ja nichts vom wirklichen Leben. Und außerdem wird Andrea staunen, wenn sie erfährt, dass Salvatore vor den Professoren in der Universität sprechen wird. ›Ja, du hast ganz richtig gehört! Ich, Salvatore, der Hirte aus Roccasera auf dem Podium. Du glaubst es nicht? Frag sie doch selbst. Ich bring' dir ein Foto mit ...‹ Fantastisch! Außerdem wird seine Geschichte in die Annalen eingehen. Brunettino wird sie immer hören können!

»Soll ich auch von meinem Leben erzählen, vom Krieg?«

»Natürlich! Sie entscheiden selbst, worüber sie reden wollen!«

»Abgemacht. Aber halt ... vorher ein Probetag, denn wenn ich die Leute nicht mag, schicke ich sie zum Teufel. Mit dir schon, aber mit denen? Das muss man noch sehen. Ich rede nur mit Freunden.«

»Sie werden sie mögen, ganz sicher! Professor Buoncontoni

ist großartig, ganz zu schweigen von *dottoressa* Rossi. Sie ist noch keine Professorin, obwohl sie schon vierzig ist, weil es keinen Lehrstuhl für Mythologie gibt, aber sie hat sich einen Namen gemacht.«

»Mytho …was?«

»Mythologie. Alte Geschichten. Sie werden schon sehen.«

›Frauen sind also auch dabei. Hoffentlich nicht solche wie Andrea‹, sagt sich der Alte, als sie in ein Café gehen, um die Abmachung zu begießen. Nach den Ferien werden sie sich zum ersten Mal treffen, deshalb wünschen sie sich beim Abschied fröhliche Weihnachten.

Der Tag ist in der Tat viel versprechend. Im Eingang überreicht ihm der Hausmeister einen Brief. Er ist von Rosetta. Ausführlich und umständlich wie üblich, voller Nebensächlichkeiten. Der Alte will ihn gerade wegstecken, als sein Blick auf eine sensationelle Neuigkeit fällt. ›Typisch meine Tochter! Nichts im Kopf. Damit hätte sie anfangen müssen, und zwar in Druckbuchstaben!‹ Cantanottes Zustand hat sich ernsthaft verschlechtert.

Er liest den Absatz noch einmal. In der Tat. Sein Feind steht mit einem Bein im Grab. Bald ist er unter der Erde. Sie bringen ihn nicht mal mehr im Stuhl aus dem Haus, auch nicht in die Kirche. Es heißt, er könne die Arme nicht mehr bewegen, rede wirres Zeug und mache sich ständig in die Hose. Hurra!

Er öffnet die Wohnungstür und eilt in die Küche. Nur Anunziata ist da, die beiden sind schon unterwegs zum Flughafen, und Brunettino schläft.

»Es geht zu Ende mit dem Dreckskerl, zu Ende!«

»Mein Gott! Was reden Sie da?«, schreckt die Frau zusammen.

»Nichts. Sie kennen ihn nicht. Es geht ihm schlechter, er stirbt!«

Anunziata bittet den Herrn um Vergebung dafür, dass der Alte einem anderen den Tod wünscht. Der geht in sein Zimmer, nimmt die Plastiktüte mit dem Proviant aus dem Versteck und holt einen herzhaften Käse und eine Zwiebel heraus. Er geht wieder in die Küche, isst abwechselnd von beidem und spült es mit einem kräftigen Schluck Rotwein hinunter. Anunziata ermahnt ihn, nicht zu übertreiben.

»Zum Teufel mit der Rusca! Heute ist ein besonderer Tag!«, entgegnet der Alte, was die arme Frau noch mehr entsetzt.

Mitten in seinem Festmahl fängt der Kleine an zu quengeln. Der Alte lässt alles stehen und läuft ins Kinderzimmer. Brunettino streckt die Arme aus, der Alte nimmt ihn aus dem Bett und drückt ihn an sich.

»Er stirbt, Brunettino, er stirbt! Der Dreckskerl beißt ins Gras. Verstehst du? Ich werde nach Roccasera zurückkönnen, und du wirst mitkommen. Du wirst groß und stark werden mit echtem Brot und echtem Lammfleisch. Und Wein wirst du trinken. Wie richtige Männer! Du nur wenig. Du kannst den Finger in mein Glas tunken und ihn ablecken. Er stirbt, mein Junge. Er stirbt zuerst.«

Der Kleine klatscht fröhlich in die Hände. Der Alte ist begeistert.

»Ja genau, du freust dich auch! Wir sind vom gleichen Schlag! Sieh dir deinen Großvater an! Sogar an der Universität wird er gebraucht! Gegen ihn kommt keiner an! Wir werden auf den Berg steigen, und du wirst alle kennen lernen, die von echtem Schrot und Korn sind: Sareno, Piccolitti, Zampa … Richtige Männer! Und du wirst sein wie sie.«

Sie sind zwar alle tot, er aber lebt jetzt außerhalb der Zeit. Mit dem Kind auf dem Arm stampft er uralte Rhythmen und fängt an zu tanzen. Leise singt er von Brunettinos zukünftigen Triumphen. Allmählich schwillt seine Stimme an wie die eines Propheten, und er dreht sich um sich selbst wie ein Derwisch. Der Kleine lacht und schreit fröhlich. Der Alte kreist wie die Planeten, wird Wind und Berg, Opfergabe und Seher. Er tanzt inmitten des Waldes, im Licht des Hexenfeuers und empfängt den Segen der Sterne, während die Wölfe in der Ferne heulen. Sie trauen sich nicht näher, weil sie Angst haben vor Bruno und seinem Enkel, den unbesiegbaren Kräften, diesen Fackeln der Erde und Herren des Lebens.

Anunziata ist gegangen, nachdem sie den Kleinen gebadet hat. Im Kinderzimmer ist es still und dunkel. In der Stille hört man Brunettinos Atem, er schläft. Und trotz der Dunkelheit erkennt man sein Gesicht, das wie Perlmutt glänzt. Der Alte sitzt auf dem Teppichboden und genießt diese Welt. Er hütet diesen Traum wie damals seine Herde: einsame Vollkommenheit, langsame Aufeinanderfolge ewiger Augenblicke. ›Ich spüre, wie das Leben vorbeizieht‹, würde er denken, wenn er darüber nachdächte.

Unmerklich ist die Dämmerung zur Nacht geworden. Er schaltet die kleine rote Nachtlampe an. Renato ist noch nicht vom Flughafen zurück, so spät ist er noch nie gekommen. Ob ihm etwas zugestoßen ist? Der Alte hatte für alles Zeit. Er hat sich um den Kleinen gekümmert, bis er einschlief, und die Überraschung vorbereitet. Aber Renato …

Endlich der Schlüssel im Schloss! Vertraute Geräusche, vorsichtige Schritte, leises Auftreten. Er küsst Brunettino zärtlich, während der Alte aufsteht. Beide gehen in den Flur.

»Hallo Vater! War es sehr anstrengend mit ihm?«

»Mit ihm? Der Kleine ist ein Engel!«

Renato entschuldigt sich wegen der Verspätung. Die Maschine ist später gestartet. Schließlich sagt er:

»Mal sehen, was uns Anunziata zum Essen gemacht hat.«

Andrea hat nämlich schriftlich angeordnet, dass Anunziata das Essen so vorbereiten soll, dass sie es nur aufzuwärmen brauchen.

»Zum Teufel mit Anunziata!« ruft der Alte in der Küchentür. »Heute werden wir wie richtige Männer essen!«

Renato mustert das Gesicht seines Vaters: ein Faun mit dem

Lächeln eines Genießers. Was hat er? Wie lebendig seine kleinen, von Fältchen umgebenen Augen mit einem Mal sind!

Ein plötzlicher Gedanke macht ihn traurig. Es schmerzt, dass Andreas Abwesenheit seinen Vater so freut. Aber er war schon immer so: Wenn sich jemand in seine Angelegenheiten einmischte, war nichts mehr zu machen. Und genau so war es ihm mit ihr ergangen, als er das erste Mal nach Mailand kam.

Aber es ist nicht deswegen. Renato fällt ein Stein vom Herzen, als er die Neuigkeit hört. Cantanotte liegt im Sterben! Der Alte erzählt es ihm, während er die Teller und das Besteck auf dem Tisch verteilt und sich nicht von seinem Sohn helfen lässt, der nun entspannter wirkt und endlich den Geruch wahrnimmt. Diesen vertrauten, alten und innig geliebten Geruch, den er nicht einordnen kann. Diesen Duft… Der Alte sieht, wie er schnuppert.

»Weißt du nicht mehr?«

Plötzlich:

»Geröstete Brotstücke!«

»Brotstücke!«

»Ja, was denn sonst! Gott sei Dank hast du nicht alles vergessen. Sie werden nicht wie die von Ambrosio sein, niemand kann sie so gut zubereiten wie er, aber das ist es, was wir immer in den Bergen gegessen haben. Sogar mit *vasilicó*. Hab ich bei der Tarentinerin gefunden. Diese Maddalena hat alles, was man braucht.«

»Sie sind aber oft bei dieser Frau, Vater!«

»Leider bin ich zu spät dran!«, winkt der Alte ab. Aber er freut sich über die Anspielung, und dass sein Sohn mit diesem Scherz beweist, dass er sich mit ihm freut, also sagt er:

»Außerdem, *'U Signura manda viscotti a cui 'on ava denti*… Erinnerst du dich noch an unseren Dialekt?«

»Sie haben noch Zähne, um in diesen Biskuit zu beißen«, antwortet Renato und steigert damit noch die Freude des Alten, der unterdessen die Pfanne voller gerösteter Brotstücke vom Herd nimmt und in die Mitte des Tisches stellt.

In der Erinnerung des Sohnes öffnet sich ein Tor, und er sieht das Land, Hirten, Kastanienhaine, Holzfeuer, Lieder, kindliches Verlangen und mütterliche Hände. Ja, mütterliche, auch wenn es nun die runzligen, knorrigen Hände des Alten sind, die ihn bedienen. ›Mein Vater bedient mich‹, denkt Renato, und bei dieser ungewöhnlichen Vorstellung verdunkeln sich einen Moment lang seine Augen. Es liegt nicht am Dampf der Mahlzeit, sondern daran, dass seine gesamte Kindheit sich in dem magischen Kreis des Tellers verdichtet.

Die Mutter, die immer zu ihm hielt und ihn mit seiner zarten Konstitution drängte, das Landleben aufzugeben und sich von der Sklaverei zu befreien. Über ihnen beiden der Vater, allmächtig wie Gott, der mit der Peitsche genauso großzügig umging wie mit dem Zuckerbrot. Die Schule, die anfangs nur dazu diente, ihm die Freiheit schmackhaft zu machen, verwandelte sich in den Tunnel, durch den er später floh. Vor allem die Feste im Haus, die überquellende Küche, der Lärm, die Völlerei, die Weinflecken auf der Tischdecke, die dazu verführten, den Finger einzutauchen und sich ein Kreuz auf die Stirn zu malen, Tabakrauch, Schweiß, Gelächter, Leute, die seinen Vater achteten und auf ihn tranken. Und nach dem Essen Musik und Tanz, Röcke, die sich zu Glocken formten und die Blicke auf sich zogen, Krüge, die herumgereicht wurden, Pärchen, die verschwanden, die Nacht mit ihren Sternen, die plötzliche Erschöpfung, wenn es still wurde.

»Was ist? Schmeckt es dir nicht mehr?«

Die Stimme versetzt ihn wieder in die Gegenwart. Er probiert einen Löffel, und der kindliche Ausdruck der Freude genügt, um seinen Vater glücklich zu machen. Er lacht laut und greift nach der Weinflasche.

»Das ist schon besser, mein Junge!«

»Vorsicht mit dem Wein, Vater! Der Arzt …

»Der Arzt. Vergiss nicht, *dui jiriti 'e vinu prima d' a minestra …*
e jetta 'u médicu d' 'a finestra.«

Warum soll man ihm nicht gönnen, dass er seinen Sieg über
Cantanotte feiert? Sein Sohn lässt die Brotstücke im Mund zergehen und schmeckt in ihnen die Vergangenheit. Die Herden in
den Bergen, die Männerwelt, die sie heute Abend wieder zum
Leben erweckt haben. Bei einem seiner ersten Aufstiege zu den
Sommerweiden hatte ihn sein Vater aus der Gruppe der Hirten
beiseite genommen und war mit ihm auf einen Berg in der Nähe
geklettert. Er zeigte auf einen anderen Gipfel über den Kasta-
nienwipfeln und sagte: »Siehst du, mein Sohn? Von dort oben
kann man das andere Meer sehen, das von Reggio. Eines Tages
werden wir zusammen da hinaufklettern.«

Aber sie kamen nie dahin zurück, und Jahre später studierte er
nicht in Reggio, sondern in Neapel, denn für ihn stand fest, dass
ihn nichts in der Sila hielt und er dort nicht leben konnte. Aber
an diesem Nachmittag, auf dem Gipfel des Berges, auf dem Höhepunkt des Sommers, war die Hand seines Vaters, der in die
Ferne wies, wie Gottes schöpferischer Finger in der Sixtini-
schen Kapelle, der auf Adam zeigt.

Im Hals jenes einstigen Gottes bewegt sich nun der Adamsapfel auf und ab, wenn er den Kopf in den Nacken legt, um das Glas
zu leeren. Er wischt sich mit dem Handrücken den Mund ab, und
Renato ist überrascht. Aber warum? Das ist dort unten üblich.
Jetzt verzichtet sein Vater immer öfter auf diese Geste. In letzter
Zeit raucht er auch nicht mehr und zieht zu Hause die Stiefel aus.
Er rasiert sich täglich, und neulich hat er sogar ein Bad genommen, ohne dass man ihn dazu aufgefordert hätte. »O la la«, hatte
er Anunziata scherzen hören, »Signore macht sich fein, wie?«

»Ja«, hatte der Alte erwidert. »Ich will schön sein, wenn ich
sterbe.«

»Mailand zivilisiert ihn«, hat Andrea vor ein paar Tagen

abends gesagt. Aber Renato weiß wohl, dass es nicht Mailand ist, sondern das Kind. Brunettino verändert seinen Großvater. Jetzt überwältigt ihn eine Welle der Zuneigung. Er ist alt geworden, ja. Im Profil des fröhlichen Trinkers wird die Nase spitzer und das Kinn zittriger. Ein alter Mann an der Pforte des Todes.

Der Gedanke bricht Renato das Herz. Er beugt sich über den Teller und stopft einen Löffel nach dem anderen in sich hinein, um die Tränen in den Augen zu verbergen. Er vermag seinen Schmerz kaum zu unterdrücken. Wie kann das Leben von Eichen und Adlern wie das seines Vaters zu Ende gehen? Auf der Höhe seines Lebens war dieser Mann der Himmel. Stürmisch, eigenmächtig und unversöhnlich, aber auch großzügig, erfinderisch, gütig. Hat sich mit Bärenkräften ans Leben geklammert, es in vollen Zügen genossen. Und so ein Leben soll jetzt einfach erlöschen?

Der Alte genießt es zu sehen, wie sein Sohn die Brotstücke verschlingt. Sicher, diesem Gericht kann kein Sterblicher widerstehen, aber im Grunde genommen ist Renato auch ein guter Junge. Das war er schon immer. Das gibt der Alte gerne zu, bloß ohne Mumm. ›Ganz anders als ich, verdammt. Er war immer weich. Seine Mutter hat ihn so erzogen, weil er der Letzte war und sie wusste, dass sie keine mehr kriegen würde. Und ich konnte mich nicht um ihn kümmern. Es war die härteste Zeit der Reformen und des Kampfes gegen die Cantanotti, die von den Bonzen in Rom unterstützt wurden. Mit dem hier konnte ich mich nicht abgeben, und der andere, der Francesco, haut einfach ab, um Geld zu verdienen. Geld! Wozu, wenn Leute wie wir nichts davon haben? Ein großes Haus, Land, Tiere, Kastanienhaine …! Das ist es, was Augen und Herz erfreut, und das habe ich! Und jetzt wird dieser Fuchs von Schwiegersohn alles bekommen. Ach Renato, Renato! Warum hast du bloß diese Bohnenstange geheiratet?‹

»Trink, Junge, trink. Noch sind wir nicht fertig.«

»Noch mehr, Vater? Nach diesem Festschmaus?«

»Ich habe uns Kastanien geröstet und getrocknete Feigen gekauft! Ich habe sogar versucht, *mustaccioli* zu bekommen, die hast du immer so gemocht, aber hier haben sie so etwas nicht, nur dieses Zeugs aus Mailand. Nicht mal *murinedhi* haben sie zu Weihnachten!«

Plötzlich fällt ihm etwas Wichtiges ein.

»Wir haben ja schon beinahe Weihnachten! Hier in Mailand kriegt man die Feste kaum mit, es gibt kein … Weißt du noch? Der Dezemberspruch. *Jornu ottu Maria, u tridici Lucia, u vinticincu 'u Missia!* Kannst du dich erinnern? Das Kind braucht eine Weihnachtskrippe! Daran habt ihr nicht gedacht, wetten?«

Seine Augen leuchten vor Freude und wehmütiger Erinnerung.

»Für deine habe ich damals Kork aus den Bergen geholt und Zweige und ein paar Sträucher. Um die Figuren hat sich deine Mutter gekümmert. Sie müssten noch irgendwo zu Hause herumliegen, wenn sie nicht kaputtgegangen sind. Ihre Großmutter hatte sie in Neapel gekauft. Die *murinedhi* hat deine Mutter in Honig getaucht, aber ich habe den Most von Catanzaro heraufgebracht, weil er besser war als der aus den Bergen. Du mochtest am liebsten die Kastanien … *Notala!* Ja, Brunettino braucht eine Krippe, und ich werde ihm eine besorgen.«

»Vater …« Sein Sohn ist gerührt, als er an die Kastanien zurückdenkt, die einem die Finger verbrannten, wenn die Jungen sie aus Glut und Asche holten und den Mädchen anboten. Oder *gugghieteddhi*, die mit Anis in Wasser gekocht wurden. ›Ach Vater‹, denkt er bei sich. ›Es ist nicht meine Schuld, dass ich kein Gott wurde wie Sie.‹

Die junge Hand legt sich auf die alte. Steif, um jede Zärtlichkeit zu vermeiden, die als Schwäche abgewiesen würde. Und dann erschrickt Renato, als er den schmerzlichen Gesichtsausdruck des Alten sieht.

»Was ist los?«

»*Aiu 'u scilu*«, lächelt sein Vater und gesteht seine Wehmut ein. »Genug! Wir müssen fröhlich sein! Probier einen Schluck, ich habe es selbst gemischt.«

Sein Sohn erkennt den Geschmack wieder: *mbiscu*, Anis mit Rum. Sein Vater liebte es, besonders an den Feiertagen zum Kaffee. Auch er weiß, was *scilu* ist, auch er wird manchmal von Erinnerungen heimgesucht. Aber was vorbei ist, ist vorbei, und ihm war diese andere Welt immer fremd. Das Erbe seiner Mutter? Trotz gegen seinen Vater? ›Warum verstehen wir uns nicht, Vater, wenn ich Sie doch liebe? Wenigstens heute Abend gehören wir zur gleichen Welt, sind wir uns einig.‹

»Heute war ein großer Tag, mein Junge!«, erklärt der Alte, während er den Tisch abräumt.

»Lassen Sie, Vater! Morgen kommt Anunziata.«

»Und mit Simonetta, mit Simonetta! Was für ein Mädchen! Trotzdem, die Alte soll nichts von unserem Fest mitkriegen! Ein schönes Fest, nicht wahr? Das ist der Todeskampf von Cantanotte aber auch wert.«

»Sie dagegen sehen von Tag zu Tag besser aus.«

Der Alte trägt die Teller zum Spülbecken, ohne darauf einzugehen. Er will nicht lügen. In Wahrheit ist er ganz schön aus der Puste gekommen, als er mit Brunettino tanzte. Er könnte nicht mehr wie früher auf die Berge steigen. Der Kleine klatschte fröhlich, und er hatte weiter machen müssen, obwohl er erschöpft und verschwitzt war. Sein Herz flatterte gegen die Rippen wie ein wilder Vogel gegen die Stäbe eines Käfigs.

›Vorsicht, Bruno, Vorsicht … Ja, heute Abend bin ich zu weit gegangen, habe mir zu viel zugemutet, aber damit ist jetzt Schluss. Ich muss den Dreckskerl schlagen, ich muss länger leben als er. Und ich werde es schaffen, wäre doch gelacht! Mein Brunettino schenkt mir neues Leben. Für ihn werde ich es schaffen, ich werde unter der Weinlaube sitzen und zusehen, wie er spielt. Wenigstens einen Sommer lang … Bis zur Kastanienernte. Warum nicht?‹

Diese Gedanken verleihen ihm einen Ausdruck von Sicherheit, den Renato dem *mbiscu* zuschreibt. Beim Spülen summt er fröhlich vor sich hin. Renato hilft ihm, und als sie fertig sind, gehen sie ins Kinderzimmer und beugen sich über den Kleinen, der ruhig schläft. Als sie wieder im Flur sind und in ihre Zimmer gehen wollen, treffen sich ihre Blicke, und sie fallen sich in die Arme. Es ist eine sehr kräftige Umarmung, erhebend und traurig zugleich. ›Wie zwischen Kriegskameraden‹, schießt es dem Alten durch den Kopf.

Im Bett vermisst Renato eine andere Art von Umarmung. ›Wenn Sie mich so sehr lieben, Vater, warum lehnen Sie meine Andrea derart ab? Es stimmt, sie hat mich von dort weggeführt, aber um mich mehr zu einem wie Sie zu machen! Zu einem Mann! Mit ihrem Körper, ja. Verstehen Sie das nicht? Ihr Körper! Ihr festes Fleisch brennt, ihr Temperament explodiert, ihre Beine umschlingen mich, sie fordert und fordert, bis sie mich zum Höhepunkt treibt, verzweifelt, fast ohnmächtig dem Zusammenbruch nahe! Neben Ihnen wäre ich nie gewachsen, ich wäre immer nur Ihr Schatten gewesen, neben ihr jedoch … Und heute Nacht fehlt sie mir. Angesichts all dieser Erinnerungen fühle ich mich wie ein verlassenes Kind. Ihre Abwesenheit deprimiert mich, diese Leere neben mir …!‹

Der Alte deckt sich zu. Der Geruch seiner alten Decke verstärkt das Bild von Brunettino, der im Hof hinter Hühnern und Katzen herläuft, während sich sein eigenes Gesicht in den vom Weinlaub gefilterten Sonnenstrahlen erwärmt.

Bei dieser Aussicht, die so strahlend ist wie sein Berg, versucht Rusca, benommen vom *mbiscu*, vergeblich auf sich aufmerksam zu machen, indem sie sich in seinen Eingeweiden hin und her wälzt.

Was geht mich die Schlange an? Gar nichts. Heute Nacht

habe ich Renato wieder gefunden. Er hat sein Blut noch nicht ganz vergessen und ist deshalb des magischen Reiches würdig, das der Kleine mit den Fingerchen abgesteckt hat. Dies ist die Nacht des Südens, die in Mailand nur für sie entfacht wurde. Für sie drei: Wurzel, Stamm und Blüte des Ronconebaumes.

Auf die schlafenden Lippen des Alten hat sich ein Lächeln gesenkt, wie ein Schmetterling, ein Gedanke, der sein Herz schneller schlagen ließ, als der Schlaf ihn überwältigte:

>Großartig, das Leben!<

Anunziata schimpft im Flur.

›Männer! Man kann sie nicht allein lassen! Kaum ist die Signora einen Tag fort, schon steht das Haus Kopf... Und diese Verschwendung! Der Fisch in Sauce zum Abendessen im Mülleimer! Sie müssen im Restaurant gegessen haben, nirgendwo schmutzige Teller. Das Essen der alten Anunziata ist ihnen also nicht gut genug. Mein Gott, Männer! Gut, dass ich nicht geheiratet habe!‹

Der Alte läuft ihr über den Weg. Er hat sie nicht gefragt, aber jetzt hält er es nicht länger aus.

»Wollte Ihre Nichte nicht mitkommen?«

»Sie hat irgendeine Prüfung. Sie kommt später«, antwortet sie und setzt dann gereizt hinzu: »Außerdem brauche ich sie nicht.«

Der Alte verschwindet in seinem Zimmer, und Anunziata fragt sich, was wohl an dem Tag, als sie nicht kommen konnte und Simonetta schickte, passiert sein mag, denn das Mädchen war ganz begeistert von dem Alten. Er sei Widerstandskämpfer gewesen und so interessant. ›Seit sie mit diesem verfluchten Romano ausgeht, findet sie alle Kommunisten interessant. Denn obwohl Simonetta es abstreitet, der Alte ist ein Kommunist, und wenn er keiner ist, dann verdiente er es, einer zu sein.‹

Doch irgendwie kann Anunziata auch verstehen, dass ihre Nichte etwas für den Alten übrig hat: Sie sind vom selben Schlag. ›Simonetta ist nicht zu helfen‹, sagt sie sich, ›mit ihr wird es noch schlimm enden, sie ist wie ihr Vater aus Palermo. Bestimmt schläft sie schon mit ihrem roten Freund. Dem armen Alten dagegen muss man verzeihen, weil er stirbt und es weiß, obwohl er besser daran täte, ruhig im Sessel zu sitzen und zu Gott zu beten. Ganz ruhig! Statt ständig in Bewegung zu sein und immer gut aufgelegt. Nicht dass er viel lachen würde, es ist die Haltung, diese Gelassenheit. Vielleicht täuscht ihn seine Krankheit. Der Herr hat manchmal Erbarmen. Ach, es ist traurig, alt zu werden! Heilige Rita, schenk mir einen schönen Tod! Natürlich erst, wenn meine Stunde geschlagen hat, versteht sich.‹

Es klingelt. Obwohl sich Anunziata beeilt, steht der Alte bereits an der Tür, als sie in den Flur kommt. Simonetta tritt ein und küsst ihn zum Entsetzen ihrer Tante auf beide Wangen.

Weil es regnet, trägt das Mädchen diesmal einen Poncho aus den Anden. Darunter hat sie eine enge, abgetragene blaue Hose und einen lila Pulli mit langen Ärmeln und Rollkragen. Den Alten erinnert sie an den Pagen in Kniehosen auf dem Bild im Museum, in dem er die Krieger gesehen hat. Überrascht stellt er fest, dass es das erste Mal ist, dass er nichts gegen eine Frau in Hosen einzuwenden hat.

Brunettino fängt an zu quengeln. Der Alte ist als Erster am Bettchen, doch Simonetta folgt ihm dicht auf den Fersen und redet sanft auf den Kleinen ein. Anunziata kommt sich überflüssig vor und geht an ihre Arbeit zurück. Wie neulich drückt Simonetta den Kleinen an ihre Brust, und er nimmt dieselbe Haltung an, als würde er sich daran erinnern, dasselbe Lächeln, dasselbe zufriedene Brabbeln.

Die Augen des Alten gleiten sanft über Simonettas Hintern. Wie straff, wie gut gerundet und unschuldig, fast der eines Jungen! Der Alte hält inne, wie der eines Jungen, ja, aber nicht unschuldig, sondern anziehend. ›Was ist los mit mir?‹, sagt er sich überrascht. ›Für mich war immer klar: Weib ist Weib, und Kerl ist Kerl und alles andere für die Katz.‹ Er erinnert sich an den Tag, als ihm seine Hände weiblich vorkamen. Kann es sein, dass seine momentane Tätigkeit als Kindermädchen, all die Knöpfchen und Windeln einen Mann verändern?

Der männliche Blick überrascht Simonetta.

»Gefalle ich Ihnen, *zio* Bruno?«

Ihr Lächeln und ihre Stimme, auf unschuldige Art herausfordernd, beruhigen ihn, weil sie ihm bestätigen, dass seine Bewunderung einer Frau galt.

»Und ob!«, platzt er heraus, und beide lachen. Um das Thema zu wechseln, fragt er: »Und wie war die Prüfung? Gut?«

»Es war keine Prüfung.«

Die Antwort klingt vertraulich, und der Alte sieht sie fragend an. Simonetta nähert sich ihm mit dem Kind, und er weicht etwas zurück, weil er Angst hat, dass Brunettino sie wie letztes Mal in einer Umarmung vereinen könnte. ›Aber wovor Angst? Verdammt noch mal, was ist los mit mir?‹

»Ich habe meine Tante belogen«, gesteht Simonetta. »Ich komme von einer Versammlung; wir müssen den morgigen Studentenstreik organisieren wegen der Kommilitonen, die vorgestern verhaftet worden sind. Aber sagen Sie meiner Tante nichts. Ich habe ihre Predigten satt.«

Sie lächeln verschwörerisch, als Anunziata den Kopf durch die Tür steckt.

»Mädchen, du bist nicht hier, um mit dem Kleinen zu spielen!«

Simonetta übergibt ihn dem Alten, zwinkert ihm zu und geht aus dem Zimmer.

»Gleich, Tante. Ich ziehe mir nur die Stiefel aus.«

In dicken Socken wie neulich, kommt sie in die Küche, als Anunziata zum Essen ruft. Der Alte besteht darauf, mit ihnen in der Küche zu essen, sehr zum Ärger Anunziatas. Er will in der Nähe der Kleinen sein, auch wenn sie jetzt nicht wie Genossen reden können. Der Page mit seinen Kniehosen bewegt sich genauso anmutig und fröhlich wie die Mädchen aus Roccasera in den Prozessionen. Manchmal, wenn sie mit den Tellern vorbeigeht, zwinkert sie dem Alten hinter dem Rücken der Tante komplizenhaft zu. Ihre Jugend und Frische lassen sein altes Herz aufblühen.

Deshalb verläuft das spätere Abendessen zwischen Vater und Sohn, obwohl es einfacher ausfällt als in der Nacht zuvor, in derselben friedlichen und verständnisvollen Atmosphäre. Der Hauch von weiblichem Duft, der noch in der Luft hängt, weckt in Renato – der die Ursache nicht kennt – die Sehnsucht nach Andrea, und in dem Alten …

Später im Morgengrauen lässt er sich auf der Suche nach einer Erklärung für sich selbst neben dem schlafendem Brunettino darüber aus.

›Wenn ich es dir sage, mein Junge. Frauen kann man einfach nicht verstehen, aber ihre Überraschungen sind das Schönste im Leben. Und Simonetta ist eine Frau, auch wenn ich … Findest du es nicht auch komisch, dass ich heute tatsächlich glaubte, sie wäre ein Junge, und sie mir trotzdem gefallen hat? Völlig abwegig! Na ja, sie hat so einen strammen Hintern! Und ihre Brüste … Aber das weißt du besser, nicht wahr, du hast sie schließlich berührt. Rund und straff, was? Ich habe größere lieber, aber alle sind schön. Du hast noch so viel Schönes im Leben vor dir, mein Junge! Ich brauche nur daran zu denken, und schon genieße ich es auch. Und überleg nicht lange, nimm dir, was dir gefällt, aber immer so, dass du stolz auf dich sein kannst: Betrüge niemanden, aber sei auch kein Hasenfuß. Wenn ein Weib bereit ist, dann mach es wie der Hahn mit der Henne. In deinem Alter habe ich das Lämmchen von der Mutter weggedrängt, um selber zu saugen. Na ja, nicht in deinem Alter, aber als ich ziemlich klein war. Also lass nichts aus, schlechte Zeiten kommen immer, und was du heute versäumst, kannst du später in meinem Alter vergessen. Was machst du denn? Schlaf weiter, es ist noch viel zu früh! Und weine nicht, sonst erwischen sie mich. Und jetzt? Du willst über den Rand klettern? Nein, so kippst du kopfüber. Wie groß du bist, und wie gut du mich verstehst. Andersrum, wenn es unbedingt sein muss. Ja, die Füße zuerst, setz sie auf den Boden und halt dich fest. Ganz langsam. Du kannst es kaum abwarten, auf eigenen Beinen zu stehen, was, mein Engel? Siehst du, wenn du loslässt, fällst du auf den Hintern. Nein! Nicht weinen! Komm her, schlaf in meinen Armen weiter, ich leg dich später wieder ins Bettchen. Das war's, morgen kannst du die Welt weiter erforschen. So ist es gut, die Äuglein zu, ganz ruhig. Ja, du bist süß und fest und zärtlich und ein Junge und groß und alles! Dem alten Bruno geht das Herz über von dir!‹

ypischisch für dieses hinterhältige Mailand!‹

Der Alte ist außer sich. Als er rausging, sah der Himmel aus wie immer, also ging er etwas weiter als sonst, und dann auf einmal dieser Wolkenbruch. ›Der kalte Wind von den Seen, wie sie hier sagen! Schöne Seen! Unsere dagegen, der Arvo und unser Ampollino!‹

Er probiert es mit einer Abkürzung durch unbekannte Straßen, aber die Zeit reicht nicht. Obwohl ihm Regen nichts ausmacht, ist dieser so heftig, dass er in einem Toreingang, der zufällig offen steht, Schutz sucht. Gegenüber an der Ecke ein Straßenschild: Via Borgospesso. Sagt ihm das nicht etwas?

Es vergehen einige Minuten. Am Ende des Flurs geht die Aufzugstür auf, und eine Frau kommt heraus. Sie will gerade ihren Regenschirm aufspannen, als sie den Alten sieht. Sie bleibt stehen und lächelt:

»Sie …? Guten Morgen! Wollten Sie zu mir, oder war es der Regen?«

Der Alte freut sich und grüßt sie. Er hat oft an sie gedacht, an Signora Hortensia: an ihre gute Figur, ihre Entschlossenheit, dem Kleinen zu helfen, die hellen Augen unter dem schwarzen Haar. Jetzt fällt der Groschen. Sie hatte ihm ihre Adresse gegeben. Deshalb kam ihm der Straßenname bekannt vor!

»Schon wieder die Hose …!«, lacht die Frau. »Diesmal kein Schmutz, sondern Wasser. Sie sind ja pitschnass. Ist Ihnen nicht kalt?«

»Ich habe mich daran gewöhnt. Und kalt? Bei ihrem Anblick?«, antwortet er, und die vielen Fältchen um die Augen vertiefen sich.

Sie lacht erneut. ›Sie lacht von ganzem Herzen‹, sagt sich der Alte und bewundert ihre vollen Brüste.

»Sie sind mir vielleicht einer! Ein echter Kalabrier! Wie geht's Brunettino?«

Die Nachfrage freut den Alten.

»Ein Glück, dass ich ihn nicht mitgenommen habe. Er hat Durchfall. Wahrscheinlich hat er sich erkältet.«

»Sie sind es, der sich erkälten wird, wenn Sie hier bleiben. Kommen Sie. Wir gehen zu mir. Sie müssen sich aufwärmen, bei einem Gläschen. Es ist genau die Zeit dafür. Kommen Sie.«

Der Alte begleitet sie mit stolz geschwellter Brust zum Aufzug.

Sie fahren bis zum Dachgeschoss. Oben wartet eine Überraschung. Ein Panoramawechsel. Hier prahlt man nicht, sondern genießt.

Sobald er durch die Tür tritt, begrüßt ihn in Augenhöhe ein Druck der Bucht von Neapel, im Hintergrund der schlafende Vesuv, der daran erinnert, dass Gelassenheit nur gut ist, wenn darunter ein Feuer lodert. Allein beim Anblick dieses Bildes fühlt sich der Alte wie zu Hause im Süden und mehr noch, als er in einen kleinen Ess- und Wohnraum kommt, in dem es trotz des verhangenen Himmels hell ist. Sorgfältig gepflegte Pflanzen schmücken den kleinen Balkon und die Fensterbänke zu beiden Seiten. Der Blick fällt auf die Dächer Mailands und den Duomo mit der Madonnanina auf dem höchsten Turm. Diese Dachwohnung kommt ihm vor wie ein Nest hoch über der abweisenden Stadt; eine warme Zuflucht, auch wenn jetzt der Regen gegen die Scheiben prasselt.

Den Alten überkommt dasselbe Gefühl der Geborgenheit, wie er es als Widerstandskämpfer während des Krieges hatte, wenn ein Verbindungsoffizier ihn zu einem Versteck führte, wo er sich auf ein Bett fallen lassen und die Anspannung des Kampfes vergessen konnte. So fühlt er sich, als er sich in den gemütlichen Sessel setzt, den sie ihm anbietet, die nackten Beine in eine Decke gehüllt, durch die er sich weder alt noch krank vorkommt, sondern als Mittelpunkt weiblicher Fürsorge. Dass sie obendrein seine Hose trocken bügelt, schafft zwischen den beiden ein Gefühl alter Vertrautheit.

Später, wieder angekleidet, probiert er den fantastischen Grappa, Kristall im Glas, Glut in der Kehle, dazu ein paar Scheiben Graubündner Fleisch, das sie mit einem Hauch von Knoblauch in südländisches Dörrfleisch verwandelt hat. ›Was diese Frau alles weiß …‹, denkt er. ›Sie liest meine Gedanken.‹

Ja, sie liest seine Gedanken. Durchschaut ihn, kommt ihm während der Unterhaltung immer wieder zuvor, während im Hintergrund der Regen plätschert wie ein Brunnen im Dorf. Sie reden über das Land und über ihr Leben. Das kleine Bild? Hortensias Heimat, Amalfi. Der malerische Pfad, der zum Kapuzinerkloster hochführt, unten das Meer, die Gischt an der Steilküste. Die Mandoline an der Wand? Ihr Mann war ein ausgezeichneter Spieler, und sie sang dazu. Lieder aus Neapel, natürlich! Sie hatte eine gute Stimme, als sie jung war.

»Jung?«, sagt der Alte. »Dann war es doch erst gestern.«

Sie bedankt sich für das Kompliment und fährt fort. Die Fotos seien von ihrem verstorbenen Mann: Das eine zeigt ihn in Marineuniform, das andere im Strohhut mit Band.

»Aber ja, Tomasso war Gondoliere. Mit seiner Mandoline hat er bei den amerikanischen Touristinnen ordentlich Trinkgeld kassiert! Stellen Sie sich diese Mischung vor: er aus Venedig und ich aus Amalfi!«

›Anscheinend haben sie sich gut verstanden‹, sagt sich der Alte, während er zuhört. ›Obwohl der Kerl mir ziemlich hochnäsig vorkommt. Kein Wunder, Gondolieri führen einen lockeren Lebenswandel, *malavitoso*. Und, warum hat sie nicht *mein Tomasso* gesagt? Aber ich will nichts Schlechtes denken. Immerhin hat er im Krieg auf See gekämpft. Ein Kamerad also.‹

Es regnet noch, und sie lädt ihn mit einer solchen Selbstverständlichkeit zum Essen ein, dass er nicht Nein sagen kann, was ihm auch gar nicht in den Sinn gekommen wäre. Es wäre ohnehin zu spät, denn die Frau hat ihn um die Nummer von zu Hause gebeten und ruft bereits dort an, um mitzuteilen, dass Signore Roncone nicht zum Mittagessen kommt.

Was für eine tüchtige Hausfrau! Im Handumdrehen tischt sie eine wunderbare Pasta auf. Oder kann es sein, dass er nur nicht merkt, wie die Zeit vergeht, weil er sich so wohl fühlt?

»So etwas nennen wir in Catanzaro *primo*, den ersten Gang«, erklärt der Alte und lobt die Pasta, *al dente*, und die Soße, *al sugo*.

»Tja, hier leider nicht, weil es keinen zweiten Gang gibt«, entschuldigt sie sich. »Ein bisschen mehr Graubündner, wenn Sie wollen, Käse, Obst und Kaffee. Mehr kann ich Ihnen nicht bieten.«

Der Käse, von da unten, hervorragend. Der Kaffee, fantastisch.

»Genauso stark und heiß wie Sie.«

»Und auch so bitter?«, provoziert sie ihn.

»Sie, bitter? Bei allem Respekt«, ereifert sich der Alte. »Worauf warten wir, duzen wir uns. Wir sind doch Landsleute.«

»Amalfi und Kalabrien? Zwischen uns sind die Berge.«

»Berge kann man bezwingen.«

›Vor allem, wenn man ein solches Nest vor Augen hat‹, denkt er.

Als guter Kalabrier verachtet er die leichtlebigen Neapolitaner, aber sie ist ganz anders! Und außerdem, liegt Amalfi nicht schon außerhalb der Bucht?

Der Regen lässt allmählich nach, aber sie merken es nicht. Draußen ist eine andere Welt. Die Unterhaltung plätschert dahin, bis der Alte allmählich einschläft, ohne dass sie es verhindert. Nur ein kurzes Nickerchen.

Ehe der Schlaf ihn ganz überwältigt, denkt er, dass sich Brunettino in seinen Armen genauso geborgen fühlen muss wie er in Hortensias Sessel. Deshalb das glückliche Lächeln auf den rosigen Wangen des Kleinen!

Gegenüber sitzt die Frau und beobachtet ihn mit den Händen im Schoß. Der Kopf ist leicht zur Seite geneigt, und in ihren Augen leuchtet tiefe Zuneigung für diesen Mann. Im Herzen eine unaussprechliche Wehmut, auf den Lippen der Hauch eines heiteren Lächelns.

Da der Alte schläft, kann er weder diesen Blick noch dieses Lächeln sehen. Aber eine Stunde später, als er auf dem Weg in die Viale Piave ist und sich die Wolken am grauen Himmel langsam auflösen, taucht in seinen Augen – ohne dass er es weiß – dieselbe Zärtlichkeit auf. Und dieselbe Wehmut erfüllt sein Herz.

Sie hören, wie sich der Schlüssel im Schloss dreht. Anunziata und der Alte strecken den Kopf in den Flur, jeder durch eine andere Tür. Andrea kommt herein, dann Renato, der sie vom Flughafen abgeholt hat.

Andrea begrüßt sie mit einem prüfenden Blick. Als Erstes geht sie in das Kinderzimmer, sieht kurz nach dem Kleinen und gibt ihm einen flüchtigen Kuss. ›Signora Hortensia hätte ihn ganz anders geküsst, selbst auf die Gefahr hin, dass er wach wird‹, sagt sich der Alte, während Andrea das Zimmer gründlich unter die Lupe nimmt. Der Warmhalteteller befindet sich nicht genau rechts vom Wickeltisch, und Andrea stellt ihn auf seinen Platz. Verunsichert senkt Anunziata unmerklich den Kopf. Diese kleine Unregelmäßigkeit war ihr entgangen.

»Willst du nicht ablegen?«, fragt Renato liebevoll.

Nun erst lässt sich Andrea mit einem gewissen Entgegenkommen aus dem Mantel helfen, als wollte sie sagen »jetzt ja«, und Renato bringt ihn zur Garderobe, um ihn aufzuhängen.

Andrea geht durch die ganze Wohnung und lässt nur das Zimmer des Alten aus. Sie wirft einen flüchtigen Blick hinein und geht weiter. »Gut, gut«, sagt sie. »Schön, wieder zu Hause zu sein.« Dann beantwortet sie Anunziatas devote Fragen. »Ja, eine sehr angenehme Reise. Der Eindruck im Ministerium in Rom war ausgezeichnet. Papa hatte ja so viele Freunde! Und Daniele erst!« In der Küche öffnet sie den Kühlschrank und wirft einen prüfenden Blick hinein. »Sehr gut, Anunziata, perfekt«, wiederholt sie und wechselt einen komplizenhaften Blick mit ihr, als sie die Hälfte eines Schwarzbrotes sieht. Vor ein paar Tagen hätten sich dem Alten bei dieser Kontrolle alle Haare gesträubt, jetzt lächelt er. Nach den gemütlichen Abendessen in Freiheit kann er ihr diese Macken durchgehen lassen.

Nach einem kurzen Blick aus dem Fenster auf ihre beiden Wolkenkratzer, ihre modernen Obelisken, kommt Andrea zu ihrem Schreibtisch. Sie bleibt vor den Papieren stehen, und ihr Ausdruck wird sanft: endlich im Hafen angelangt.

»Und das?«, fragt sie plötzlich scharf und zeigt auf die Ecke, wo der Alte gestern auf dem Beistelltischchen eine kleine Krippe aufgebaut hat.

»Das siehst du doch«, antwortet der Alte entschlossen. »Die Krippe für den Jungen.«

»Ich und natürlich auch Renato hatten eigentlich beschlossen, einen Weihnachtsbaum aufzustellen. Das ist praktischer und vernünftiger.«

Der Alte beißt sich auf die Lippen. ›Vernünftiger! Was sagt so ein Baum einem Kind im Vergleich mit dem Jesuskind, den anderen Figuren, dem Esel und dem Ochsen? Soll sie machen, was sie will, aber die Krippe kommt mir nicht weg. Ich werde sie Brunettino schon erklären.‹

»Es ist schon zu spät für Anunziata geworden«, erklärt Andrea nach einer Weile und geht Richtung Küche.

Als sie an der Schlafzimmertür vorbeikommt, hört der Alte, wie sie zu Renato sagt:

»Warte auf mich. Ich bin gleich zurück, um auszupacken.«

Andrea spricht eine Weile mit Anunziata. ›Bestimmt will sie wissen, was sich alles getan hat in diesen Tagen‹, sagt sich der Alte. Er grinst in sich hinein, weil sie das Wichtigste, das geschehen ist, dieses Wunder, nicht mal erahnen können, nämlich die engen kalabrischen Bande, die zwischen den drei Roncone-Generationen geknüpft wurden.

Kurz darauf verabschiedet sich Anunziata und geht, worauf sich Andrea und Renato im Schlafzimmer einschließen.

Nach einer Weile wacht der Kleine auf. Der Alte geht ins Kinderzimmer und wiegt ihn wieder in den Schlaf.

Erst viel später kommt Andrea im Morgenmantel aus ihrem Schlafzimmer und verschwindet im Bad. Die beiden haben ganz schön lange gebraucht, um auszupacken.

Heute sind Sie aber gar nicht gut gelaunt«, stellt Signora Maddalena fest und lächelt aufmunternd.

Der Alte nickt mürrisch. Er ist eher gekränkt und fühlt sich vom Kleinen verraten, weil er den Weihnachtsbaum interessanter findet als die Krippe.

»Das ist doch normal«, versucht die Frau, ihn zu trösten. »Er ist noch zu klein, um die Krippe richtig zu schätzen.«

»Zu klein? Ich habe es ihm doch erklärt, und er versteht alles! Nicht mal angesehen hat er Ochs und Esel, obwohl sie so schön sind. Zweitausend Lire das Stück, mit ordentlichen Hörnern und prächtigen Ohren! Aber Andrea spielt einfach nicht fair. Sie hat den Baum mit bunten Glühbirnchen behängt, die von allein an- und ausgehen. Das fasziniert den Kleinen wie die Fliegen das Licht. Und wissen Sie, was das Schlimmste ist? Nachdem sie den Kleinen bezirzt hat, verschwindet sie wieder hinter ihren Papieren und überlässt ihn sich selbst. Sie tut es nicht, um ihm eine Freude zu machen und sie mit ihm zu teilen, Signora Maddalena, sie tut es nur, um mich zu ärgern!«

Plötzlich fällt dem Alten etwas ein, und er lächelt.

»Na ja, er sieht süß aus vor dem Baum! Wie er lacht und in die Händchen klatscht … !« Dann runzelt er wieder die Stirn. »Aber die Krippe müsste ihm trotzdem besser gefallen. Sie gehört zu uns!«

»Wie wäre es, wenn Sie ihm etwas anderes mitbringen, das sein Interesse weckt? Sehen Sie sich nur um, wir haben alles für Weihnachten da.«

Einmal mehr bewundert er diese Frau, die immer eine Lösung für alles weiß. Kein Wunder, dass sie sich einen gut aussehenden Liebhaber nimmt, um ihren Spaß zu haben, denn mit diesem Kerl, der jetzt wie ein Trottel lauscht und offenbar Marino heißt …

>Sie nennt ihn Marinello!<

Als er nach Hause kommt, hat er nicht nur Nachschub für seinen heimlichen Proviant dabei, sondern auch ein Paket, das er dem Kleinen feierlich überreicht, als der aus der Siesta aufwacht: ein kleines Tamburin mit rotem Holzring, straff bespannt und mit Schellen, die wie Silber glänzen. Der Alte schüttelt das Tamburin, und der Kleine streckt begeistert die Hand danach aus.

Und ausgerechnet gegen die Schellen hat Andrea etwas einzuwenden.

»Das ist nichts für kleine Kinder. Er könnte sie in den Mund nehmen und sich verletzen«, ruft sie mit scharfer Stimme von hinten.

»Er wird ja nicht gleich reinbeißen. Brunettino ist doch nicht dumm!«, erwidert der Alte ohne sich umzudrehen und denkt: >Du darfst dir den Trick mit den Lämpchen leisten, aber mir verbietest du das Tamburin, das wirklich zu Weihnachten gehört. Dabei hatten sie in Bethlehem gar kein elektrisches Licht. Du kannst mich mal!<

Der Kleine verschafft dem Alten seinen Triumph. Er nimmt die Schellen zwar in den Mund, aber er beißt nicht hinein. Er schnuppert ein wenig daran, aber nichts weiter. Begeistert schlägt er auf das Fell, schüttelt das Tamburin und hört sich das Rasseln an. So steht er versunken in sein Spiel vor der Krippe und vergisst den Baum mit den Lichtern. Als Andrea eine Pause nutzen will, um dem Kleinen das gefährliche Instrument zu entwenden, klammert dieser sich daran und schreit so laut, dass die Mutter sich geschlagen gibt und in die Küche geht, um das Abendessen zuzubereiten.

>Von zubereiten kann keine Rede sein<, sagt sich der Alte.

›Jede Menge Silberfolie und Plastik, damit es auch schön teuer wird, aber wer weiß, was da alles drin ist. Chemie, wie in schlechtem Wein. Und das soll ein Weihnachtsessen sein?‹

Am Tisch bestätigen sich seine Befürchtungen, sogar die Suppe sieht wässrig aus. Und am Ende, als sie mit Sekt anstoßen – aber warum so ernst? Wo bleibt die Freude? –, flüchtet er in die Heilige Nacht seiner Erinnerungen: das flackernde Feuer im Herd, die herrlichen Düfte aus Töpfen und Pfannen, der herbe Geschmack des Weins im Krug, der reihum ging, das laute Kommen und Gehen der Besucher, die hausgemachten Würste und das Trockenfleisch, der Aufruhr, wenn sie nach ihren Felljacken und Umhängen griffen, um in die *mezzanotte* zu gehen und auf der Straße den eiskalten Wind auf den heißen Wangen genossen. Und anschließend spielten sie *tumbula* um den mit der Glut des Herdes gefüllten *vrascero,* riefen die Nummern mit ihren lustigen Spitznamen, lachten über das Techtelmechtel der Hirten mit den Mädchen und gingen dann singend ins Bett, die Gedanken benebelt, die Körper erregt, aber mehr von Blut und Lebenslust als vom Wein. Viele Roccaseraner, die neun Monate später getauft wurden, waren in dieser Nacht gezeugt worden!

Im Morgengrauen weckt ihn Rusca, die sich unruhig hin und her wälzt. ›Kein Wunder, dir ist das Essen nicht bekommen. Wer stellt schon Wein in den Kühlschrank, auch wenn es Schaumwein ist! In diesem Mailand ist alles kalt; und warum Renato es so eilig hatte, mit seiner Mailänderin im Schlafzimmer zu verschwinden, verstehe ich auch nicht.‹

Er versucht, die Schlange zu besänftigen, während er die Hose anzieht, die Decke überwirft und wie üblich vorsichtig und geräuschlos durch den Flur zum Kinderbett schleicht: Nicht umsonst war er bei den Partisanen für die schwierigsten Operationen verantwortlich. Er beugt sich über das kleine Gesicht, diesen weißen Magneten, der ihm jede Nacht leuchtet wie der Vollmond.

›Eigentlich müsste ich dir böse sein, Brunettino, weil dir dieser deutsche Blödsinn mit dem Baum besser gefällt. Aber mit dem Tamburin hast du mir so eine große Freude gemacht! Ihr hat es nicht gefallen, und das ist gut so. Aber du hast ihr gezeigt, wo es langgeht, du bist ein echter Haudegen, genau wie dein Großvater, egal worum es sich handelt. Sollen sie uns verschonen mit ihren Glühbirnen! Nichts als Firlefanz, auch wenn sie bunt leuchten. Ein richtiger Esel dagegen …! Du wirst schon sehen, du wirst schon sehen, wenn wir auf unseren eigenen Esel steigen. Sicherer als ein Pferd!‹

Der Alte beobachtet, wie hartnäckig sich das Fäustchen ans Bettlaken klammert, und ist gerührt von dem kleinen Körper, der schon zu derart männlichen Ausdrucksformen fähig ist. Er erzählt ihm vom richtigen Weihnachten, der Notala, die ganz anders ist als diese langweilige Zeremonie gestern Abend. Dort im Süden spürt man, wie im Körper etwas Großartiges Gestalt annimmt und auf der Welt eine neue Zeit beginnt.

›Weißt du was, mein Kleiner?‹, denkt er. ›An diesem Tag kann man sich sogar mit den Reichen anlegen, und sie können dich nicht bei den Carabinieri anzeigen. Ich war sehr arm damals. Ich hatte nichts von dem, was du hast. Und noch haben wirst, denn ich werde schon dafür sorgen, dass dieser Blutsauger von Schwiegersohn in Roccasera nicht alles bekommt! Ich war bloß ein armer Junge, der barfuß mit anderen vor den Fenstern der beiden Reichen sang, die es im Dorf gab. Cantanottes Vater und Signore Martino, der schließlich mein Schwiegervater wurde. Stell dir vor! Er hätte vor Wut fast einen Herzschlag bekommen, als ich seine Tochter entführt habe und wir dann heiraten mussten! Was für ein Spaß! Mir kommt nämlich niemand in die Quere, und deshalb hat sich die Welt so gedreht. Sie ist wie ein Karussell, man muss nur zusehen, dass man das weiße Pferdchen erwischt, das schönste, ich werde es dir schon zeigen. Die Hochzeit kam erst viel später. Damals, als kleiner Junge unter seinem

Fenster, hätte ich davon nicht zu träumen gewagt. Wir sangen ein Weihnachtslied, eine *strina*, und hofften auf ein paar Münzen, und wenn wir zu lange warten mussten, haben wir sie beschimpft und verflucht. Was für Lieder! Zum Totlachen.

> Sei du nicht wie der Esel
> Horch auf uns're Feier
> Gib Wein den Kalabresen
> Sonst end'st du ohne Eier!

Um Wein ging es nicht, wir hatten ja nicht mal ein Stück Brot zu Hause, aber das gab man nicht zu, sonst wurde man noch mehr ausgebeutet. Wir hatten auch Tamburine, so wie du, mein Engel, und Hirtentrommeln, aber die könntest du noch nicht spielen. Wir haben sie uns selbst gemacht aus den Häuten von Bergkaninchen und Krügen, denen wir den Boden ausschlugen. Ich hatte einen Kumpel, der konnte die tollsten Verse erfinden. Hör dir den an, du wirst lachen, den haben wir einem *crapiu pagatu e contentu* vorgesungen, einem bekannten Hahnrei. Du wirst es schon verstehen, wenn du groß bist und selbst anderen Männern Hörner aufsetzt. Das war ein Spaß! Das ganze Dorf wusste es. Hör zu, du wirst dich totlachen:

> Dein Sohn ist wie das Kindlein.
> Und wie der Josef du
> Denn du bist nicht der Vater
> Des Kindes deiner Fru.

›Gut, was? Kannst du dir vorstellen, dass der Idiot auch noch großzügiger war als die anderen? Er durfte sich ja keine Blöße geben.

Und Toniolo selbst, das war ein toller Bursche! Stark, gut gebaut, als könnte er die ganze Welt in die Tasche stecken. Die

Weiber waren verrückt nach ihm, kein Wunder, dass die Gräfin ihn mit auf eine ihrer Ländereien nahm, kaum dass er achtzehn war. Zum Arbeiten, wie sie sagte. Schöne Arbeit wird er für sie gemacht haben! Was war ich neidisch! Und dann ist er auf diesem Gutshof in der Nähe von Rom gestorben, an Malaria. Auf mich hingegen wartete in Roccasera ein Glücksstern.<

Plötzlich scheint ein dunkler Schatten das Zimmer noch mehr zu verdüstern, und er berührt seinen Brustbeutel, als wolle er den Glücksstern beschwören. Beunruhigt steht er auf, um den Kleinen zu beschützen, aber es ist nichts, wahrscheinlich war es bloß Einbildung, weil er sich an eine ganz andere *strina* erinnert, die ihm einen Stich ins Herz versetzt hat ... Er murmelt den Text vor sich hin.

Die Heilige Nacht kommt
Die Heilige Nacht geht
Und auch wir werden gehn
Und niemals wiederkehrn.

>Hast du gehört, Brunettino? Es ist wahr, aber wir sind dumm, wir singen es und lachen dabei ...! Erst jetzt wird mir klar, was es bedeutet, früher hat mir der Tod nichts ausgemacht. Sterben wäre schlimm, wenn man wüsste, dass man nicht mehr lebt, aber da man nicht merkt, dass man tot ist, was soll es dann. Obwohl, jetzt macht es mir doch etwas aus, weil du mich brauchst. Ich kann dich nicht allein lassen in diesem abstoßenden Mailand. Weißt du was? Ich wollte es dir nicht sagen, aber jetzt ist es mir rausgerutscht, und außerdem ist es besser, wenn du dich darauf einstellen kannst: Dies ist mein letztes Weihnachten, vielleicht mein vorletztes ... Keine Angst, ich habe noch Zeit, um dich auf den richtigen Weg zu bringen, du gehst ihn ja schon. Wir haben noch den ganzen Sommer und den Herbst. Ich werde so lange durchhalten, wie du mich brauchst. Sobald der Cantanotte ins

Gras beißt, fahren wir hin, und ich zeige dir alles, damit du in diesem Land der Männer Wurzeln schlägst. Danach kann ich beruhigt sterben, weil du das niemals vergessen wirst, was ich dir gezeigt habe. Du wirst ein Baum sein, so groß und aufrecht wie ich, Brunettino, das schwöre ich dir!‹

Der Alte verstummt plötzlich, denn während er sich diese glänzende Zukunft ausmalt, packt ihn eine Angst, die ihn fast erstickt, und er schließt die Augen. Obwohl er sich dagegen wehrt, bricht ein Schluchzen aus ihm hervor.

›Wie gerne hätte ich erlebt, dass du ein mutiger und kräftiger junger Mann wirst, dem die Weiber zu Füßen liegen. Was hätte ich darum gegeben!‹

Und dann geschieht das Wunder. Der Kleine schlägt die Augen auf, schwarz, wie zwei unergründliche Brunnen. Plötzlich, so wie der Alte bei dem bedrohlichen Schatten aufstand, schiebt der kleine Körper die Decke beiseite, klettert mit beiden Beinchen über das Geländer des Bettes und richtet sich auf, als er auf dem Boden ist. Er lässt die Gitterstäbe los, dreht sich zu dem sitzenden Großvater um … und macht drei schwankende Schritte, ganz allein, geradewegs in die Arme des gerührten Großvaters!

Arme, die ihn aufnehmen, drücken und fast zerquetschen, bevor sie sich sanft um dieses zarte Wunder legen und salzige Tropfen über die Wangen zu den zittrigen alten Lippen laufen.

›Deine ersten Schritte! Für mich! Jetzt kann ich …‹

Das Glücksgefühl ist so überwältigend, dass es schmerzt und ihm die Kehle zuschnürt.

NNoch Kaffee, Papa?«
Die beiden frühstücken in der Küche. Nebenan im Bad
summt Renatos Rasierapparat. Nachdem die Feiertage vorbei
sind, ist die alte morgendliche Hektik wieder zurückgekehrt.
Ungeduldig hält Andrea die Kaffeekanne hoch.

»Ja, danke … Und nenn mich nicht wieder Papa!«

»Tut mir Leid. Es ist mir rausgerutscht.«

»Ist es nicht. Nenn mich ab jetzt Großvater, *nonno*.«

Zuerst ist Andrea irritiert, doch dann sieht sie ihn gerührt und
überrascht an. ›Wie sehr er meinen Sohn liebt!‹ Den Alten wiederum irritiert ihr zärtlicher Blick.

»Was siehst du mich so an? Bin ich es etwa nicht? Also!
›Großvater‹ und basta, zum Teufel!«

›Großvater.‹ Der Alte hat im Morgengrauen das Wort ausgekostet, als er bei Brunettino Wache hielt. *Nonno, nonnu* wie die
Kalabrier sagen: Es klingt wie die dumpfe Glocke des Leitham-
mels in der Herde. Oder wie ein Wiegenlied. ›*Nonnu*‹, hat er
mehrmals geflüstert, um das Kind nicht zu wecken. Er erklärte es
der Schlange.

›Das ist es, was ich bin, Rusca. Mehr als Vater oder Schwiegervater, viel mehr: Großvater. Der Einzige, den Brunettino noch
hat; andere haben zwei Großväter und zwei Großmütter. Ich
hatte noch weniger, nämlich gar keinen! Daher wusste ich nicht,
wie das ist, aber jetzt fange ich an, es zu verstehen. Deshalb war
ich so ein Einzelgänger. Auch als Mann, natürlich! Obwohl man
Mann sein kann und auch … Ich weiß nicht, aber ich habe das
Gefühl, wie etwas hier drin wächst, etwas ganz Neues. Was? Na
ja, du weißt schon. Nein, du nicht, weil du wie ich bist. Du beißt

dich durch. Eine Großmutter, ja, eine Großmutter würde es verstehen, aber er hat nur mich. Und es ist so schön, diesen kleinen Körper an sich zu drücken und zu hören, wie er gurrt, wie eine zahme Taube! In mir wächst etwas Weiches, Zartes. Früher habe ich über so etwas gelacht: Gefühlsduselei! Aber da ist dieses kleine Lämmchen …‹

Dieser letzte Gedanke hatte ihn überrascht, und noch mehr, dass er sich nicht dafür schämte. ›Ist denn das die Möglichkeit? Wenn ich das früher gewusst hätte …!‹

Wie ein Reiter sein Pferd, so hatte er seine Gedanken gezügelt, die sich – wie so oft in letzter Zeit – fremden, steinigen Pfaden in seinem Innern näherten, an deren Ende eine Gestalt auftauchte. Aber er hatte nicht die Augen geschlossen, als er Dunka erkannte, denn sie hätte ihm diese Gefühle erklären können: Gerade sie hatte ja versucht, ihn auf diesen dunklen Wegen zu führen … Finsternis, Männlichkeit. ›Was geht mir nicht alles durch den Kopf! Wo kommen diese Gedanken bloß her?‹

Und jetzt auch noch Hortensia, so plötzlich! Wie sie Weihnachten wohl verbracht hat? Wunderschön wahrscheinlich, bei ihrer Tochter. Weißt du was, Rusca? Sie hat nämlich eine Tochter, und eine kleine Enkelin. Nicht zu glauben, so jung und schon Großmutter. Sie behauptet, sie hätte keine Stimme mehr. Unmöglich! Bestimmt hat sie für sie gesungen, bestimmt haben sie die ganze Nacht Tarantellas gesungen. Richtige Musik, nicht solche, die Andrea spielt. Sie werden Musik gehabt haben und eine Krippe, keinen blöden Weihnachtsbaum wie die Deutschen!‹

Während er seinen Kaffee schlürft und das Kommen und Gehen seiner Kinder kaum wahrnimmt, grübelt er über die Idee, die ihm gestern Abend plötzlich kam. Ob er Hortensia Blumen mitbringen soll? Und was für welche? Allein die Vorstellung, wie ein Gockel mit einem Blumenstrauß durch die Straße zu gehen, macht ihn nervös. Aber irgendwas muss er tun, abgesehen davon, sie während der Feiertage zu besuchen, weil sie so nett war. Ihm fällt ein, dass es im Park einen Blumenstand gibt, von dem er es zur Via Borgospesso nicht weit hat. Das gibt schließlich den Ausschlag.

So kommt es, dass er wenig später mit einem Blumenstrauß in der Hand in dem engen Aufzug hochfährt und wie üblich zittert, er könne im Schacht stecken bleiben. Vorher hat er am Toreingang geklingelt. Sie hat ihn eingeladen hinaufzukommen und erwartet ihn jetzt auf dem Treppenabsatz der Dachwohnung.

Wie immer: gepflegt, reizend, gut gelaunt. Außerdem schwingt freudiges Erstaunen in ihrer Stimme mit.

»Aber aber, was machen Sie da? Wie kommen Sie denn darauf? Kommen Sie, treten Sie ein.«

Der Alte drückt ihr ungeschickt die Rosen in die Hand, die Verkäuferin hat gemeint, sie seien das Passendste. Sie vergräbt die Nase darin und atmet ihren Duft ein.

»Wunderschön! Aber Sie sollten doch nicht …«

»Na hör mal, wir wollten uns doch duzen. Fröhliche Weihnachten!«

»Danke, dir auch.«

Sie bietet ihm die Wange an, und der Alte küsst sie. Sie duftet besser als die Rosen. Und was für Haar! Wie kräftige Seide!

»Gefallen sie dir?«, fragt der Alte, während er vom Sessel aus die Bewegungen beobachtet, mit denen sie die Blumen in einer Vase arrangiert.

»Als wüsstest du nicht, dass wir Frauen Blumen mögen.«

»Mag sein«, antwortet der Alte ernst und fügt hinzu: »Es ist das erste Mal, dass ich einer Frau Blumen mitbringe.«

Es stimmt. Bei Dunka war sie es, die Blumen schenkte. Aber das weiß Hortensia nicht, und sie sieht ihn überrascht an. Ihr Blick ist nun auch ernst, obwohl ihre Augen leuchten und an einen ruhigen Fluss erinnern, über den die Sonnenstrahlen flimmern. Vor lauter Verwunderung vergisst sie ihre Zurückhaltung.

»Was erzählst du da! Bestimmt hast du jede Menge Frauen gekannt!«

Sein selbstbewusstes Lächeln lässt keinen Zweifel daran.

»Aber Blumen habe ich nie gebraucht.«

Sie weiß nicht, was sie antworten soll, und nestelt weiter an den Blumen herum. Dann stellt sie die Vase auf den Tisch, verschwindet wortlos und kommt mit dem Grappa und einem kleinen Glas zurück.

»Wie war dein Weihnachten?«, fragt sie.

»Ich habe mit dem Kleinen gespielt. Alles andere war nichts, die beiden ... Weihnachten in Mailand eben. Du bist bestimmt bei deiner Tochter gewesen!«

»Ich? Ich war hier, allein!«

»Allein?«, wiederholte der Alte überrascht und denkt: ›Wenn ich das gewusst hätte ... Aber was dann? Was hätte ich mit Brunettino gemacht?‹

»Die Kinder sind alle gleich: Sie haben ihr eigenes Leben. Ich war genauso. Als ich von Amalfi weggegangen bin, war mein Vater dagegen, aber ich habe es nicht bereut. Dort gab es kein Leben für mich.«

Der Alte sieht sie an. ›Was wird sie dann für ein Leben gehabt haben? Jedenfalls ist sie herumgekommen.‹

»Wirst du Silvester auch allein verbringen?«

Ihr Lächeln vertieft sich.

»Jetzt nicht mehr. Jetzt habe ich deine Rosen.«

Diesmal weiß der Alte nicht, was er antworten soll.

Sie sieht ihn an. ›Woran denkt er wohl? Bestimmt an etwas Angenehmes. Na schön, dann rede ich.‹

»Woran denkst du?«

»An dein Haar. Es ist so schön!«

›Wusste ich doch, dass sie sich freuen würde‹, sagt sich der Alte, denn sie antwortet:

»Danke! Hässlich wäre es auch keine gute Werbung gewesen!«

»Warum …?«

»Ich habe Haare gelegt. *Capera* sagen wir dazu.«

»Wir auch!«

»Sieh an, also haben Kalabrien und Amalfi doch etwas gemeinsam! Ich hatte meine Kundinnen; außerdem habe ich Haar gekauft und dann als Perücken wieder verkauft … ich habe ein bisschen was für den Haushalt dazuverdient.«

Sie bemerkt die plötzliche Veränderung im Gesicht des Alten und fügt hinzu:

»Ja, sicher, es gab auch welche, die einen schlechten Ruf hatten, aber ich habe keine Zettelchen überbracht oder Ähnliches. Außerdem ging es mit dem Beruf den Bach hinunter, als die Dauerwelle und die Frisörläden aufkamen …«

Der Alte fühlt sich durchschaut. ›Ob sie Gedanken lesen kann? Nein, sie hat nur keine Angst und ist ganz offen.‹

»Entsprechend laufen sie jetzt herum. Du dagegen …«

Die Frau berührt geschmeichelt den Haarknoten.

»Ich habe nie Dauerwellen machen lassen, immer nur schneiden. Wenn erst alles weiß ist, wird es sehr hübsch aussehen.«

›Offen, ja, offen würde ich es gerne sehen‹, sagt sich der Alte. Stattdessen erzählt er von den Locken seines Enkels.

»Und er kann schon laufen, weißt du? Seit letzter Nacht, und nur für mich.«

»Dann bist du bestimmt sehr glücklich!«

Das versteht sich, aber ein anderes Problem lässt ihm keine Ruhe. Ein Junge, der laufen kann, braucht bestimmt andere Schuhe. Andrea hat schon damit gerechnet, und ihm ein paar hässliche Schuhe gekauft. Mokassins sagt sie dazu, dabei sehen sie aus wie Sandalen.

›Mein Enkel soll nicht wie ein Hirte rumlaufen‹, beschließt der Alte und stürzt den Grappa in einem einzigen Schluck hinunter. ›Er soll sich wie ein feiner Herr anziehen. O ja. Mit weißen Socken und schwarzen Schuhen, die schön glänzen.‹

So stellt sich der Alte die Söhne von reichen Leuten vor. Es hat sich in sein Gedächtnis eingegraben, seit er eines Sonntags von den Bergen nach Roccasera kam und auf den Schultern einen kleinen Bock für den Grafen mitbrachte, der gerade mit zwei Freunden angekommen war, um auf die Jagd zu gehen, der Graf, dem er später die Weinberge und den Kastanienhain abkaufte. Es war das erste Mal, dass er ein Automobil sah, und aus diesem wundersamen Fahrzeug stieg gerade ein dünner, blonder Junge. Seine weißen Socken steckten in schwarzen Schuhen, die wie Spiegel glänzten. Übrigens wurde er nach Kriegsende erschossen: Er war ein hohes Tier bei den Faschisten gewesen.

»Hortensia, glaubst du, dass Schuhe, die so glänzen, nur von Faschisten getragen werden?«

»Was für ein Blödsinn!« Sie lacht. »Aber besser als Lackschuhe wären Stiefelchen. Sie stützen die Knöchel, und das Kind läuft sicherer.«

Dem Alten fällt es schwer, auf den Wunschtraum seiner Kindheit zu verzichten, aber Stiefel passen tatsächlich besser zu einem Mann. Nur, wer soll sie kaufen? Und was für Stiefel? Welche Größe? Wo? Was, wenn sie ihn beim Material übers Ohr hauen? Sobald die Mailänder nämlich merken, dass man vom Land kommt …

Hortensia bietet ihm an, ihn zum Schuhgeschäft zu begleiten. Wunderbar! So kann er dem Jungen die Stiefelchen zum Dreikönigsfest schenken, auch wenn es hier nicht gerade Brauch ist. Sie wird sie bis zum Vorabend bei sich zu Hause behalten, damit die Überraschung perfekt ist. Da wird Andrea staunen! Sie lachen.

Der Alte verabschiedet sich, aber jetzt verbindet ihn ein Geheimnis mit dieser hellen Dachwohnung, das Brunettino angeht und das er jetzt mit Hortensia teilt. Rasch und beschwingt steigt er die Treppen hinunter wie früher in den Bergen, wenn er zu einem Fest nach Roccasera hinunterkam.

Und das sollen nun die tollen Frauen sein?

Andrea hat ihn in einem fabelhaften »Freizeitclub für Senioren« angemeldet, der von Frauen und Männern besucht wird, wie sie sagte.

»Frauen?«, fragte der Alte.

»Ja, Frauen, natürlich«, antwortete Andrea mit einem gezwungenen Lächeln.

Jetzt sieht sich der Alte diese Frauen in dem immer noch mit Weihnachtsgirlanden geschmückten Saal an. In einer Ecke steht der unvermeidliche Weihnachtsbaum. Aber seine Lämpchen leuchten ununterbrochen, ohne zu blinken.

Einige spielen Karten; andere sitzen in Gruppen auf Sofas und Sesseln mit Tee oder Kaffee auf kleinen Beistelltischen. Es gibt auch Männer, sie unterhalten sich angeregt, und hin und wieder lacht einer kurz und laut auf. Eine der Frauen hat ihr Klavierspiel unterbrochen, sich auf ihrem Drehstuhl zur Tür gedreht und wie alle den Alten angesehen, der mit Andrea und der Leiterin des Clubs an der Tür steht. Der Alte sieht sich um. ›Frauen? Alte Schachteln! Mit Dauerwellen, geschminkt und aufgedonnert, aber trotzdem uralt!‹

Die Männer sind auch nicht besser. Einer steht neben der Klavierspielerin. Zwei spielen Schach: die Einzigen, die sich nicht nach den Neuankömmlingen umgedreht haben.

»Machen Sie weiter, Don Amadeo, Ihre Stimme ist so gut wie noch nie. Hervorragend! Signore Komtur ist ein begnadeter Tenor«, erklärt die Leiterin dem Alten.

Na ja, sie besteht darauf, dass man sie nicht als Leiterin bezeichnen soll. »Ich leite hier gar nichts; die Clubmitglieder entscheiden alles selbst. Ich bin bloß eine bescheidene Veranstalterin, eine Freundin wie alle hier.« Aber der Alte merkt sehr wohl, welche Rolle sie spielt: Das sieht und hört man. Autoritäres Gehabe!

»Ach, als ich noch an der Scala sang ...!«, seufzt der Alte neben dem Klavier und verbeugt sich mit einer feierlichen Dankesgeste. Er blättert eine Seite auf dem Notenständer zurück und sagt zu der Klavierspielerin: »Noch einmal von vorn, bitte.«

Die Pianistin schlägt einige Akkorde an. Und als die brüchige Stimme die *Matinatta* von Leoncavallo in Angriff nimmt, führt die Leiterin Andrea und ihren Schwiegervater zu zwei freien Sesseln gegenüber einem Sofa, auf dem ein Mann flankiert von zwei Frauen sitzt.

»Ich stelle Sie nicht vor, das ist hier nicht notwendig. Es genügt, wenn man Mitglied ist. Unser oberstes Gebot lautet Spontaneität, offen aufeinander zugehen, nicht wahr?«

Die drei auf dem Sofa nicken mehrmals hintereinander. Die Leiterin und Veranstalterin in Personalunion lächelt. Tatsache ist, dass alle hier lächeln, bis auf den Alten. Und Andrea, die ihn nervös beobachtet.

»Ich heiße Ana Luisa«, sagt eine der Alten, während sich die andere im gleichen Moment als Teodora vorstellt. Sie müssen es wiederholen, weil sie durcheinander geredet haben und niemand etwas verstanden hat. Leider klappt es auch beim zweiten Mal nicht, weil der Alte zwischen ihnen einen Lachkrampf bekommt, der in einen Hustenanfall übergeht, so dass sie sich am Ende fast schreiend vorstellen müssen.

»Glauben Sie ihnen kein Wort, Kamerad«, warnt der Mann, nachdem er sich erholt hat. »So heißen sie nicht, sie schwindeln. Sie sind Spaßvögel, ja, Spaßvögel ... hi, hi, hi. Zwei Spaßvögel, die beiden Mädels hier.«

Alle drei brechen in schallendes Gelächter aus, und der Hustende zwinkert den Neuankömmlingen aufdringlich zu. Am Ende des Saals wird die Matinatta plötzlich abgebrochen, und dem geräuschvollen Zuklappen des Klavierdeckels merkt man die Empörung der beiden Künstler an. Die Leiterin eilt zu ihnen, um sie zu besänftigen, und auch das Gelächter des Trios verstummt abrupt, als der Hustende die Hände auf die beiden Schenkel neben ihm fallen lässt. Auf der Stelle wieder steif und hochnäsig entfernen die Damen mit dem Ausdruck der Entrüstung seine Hände.

»Fangen Sie damit nicht wieder an, Don Baldassare«, erklärt Ana Luisa. Vielleicht ist es auch Teodora.

»Das schickt sich nicht, das schickt sich nicht!«, gackert Teodora. Oder Ana Luisa.

»Wer von Kunst nichts versteht, hat hier nichts zu suchen. Jawohl, der ist hier fehl am Platz«, schimpft im Hintergrund der beleidigte Tenor, während die Leiterin leise auf ihn einredet, um ihn zu beschwichtigen. Nachdem sie endlich ihr Ziel erreicht hat, kehrt sie zu dem neuen Clubmitglied zurück, gerade in dem Augenblick, als dieses von Don Baldassare ausgefragt wird.

»Und Sie Kamerad, wo haben Sie gedient?«

»Ich war untauglich ... Ich bin taub!«, schreit der Alte, dem das ständige Zwinkern von gegenüber auf den Wecker geht. Er bleckt die Zähne zu einem gezwungenen Lächeln und geht auf die Tür zu. Andrea folgt ihm und auch die Leiterin, bemüht um Aufklärung.

»Der arme Don Baldassare ist nicht immer Herr seiner selbst, aber wir dürfen niemanden abweisen. Wir sind ein städtisches Haus, verstehen Sie. Es kommen auch andere, sehr angenehme Leute, sehr angenehme ...«

Andrea gelingt es, ihren Schwiegervater dazu zu überreden, sich wenigstens die anderen Einrichtungen anzusehen, welche die Leiterin so ausgiebig gelobt hat.

»Das ist die Bibliothek ... Guten Tag, Doktor. Lassen Sie sich nicht stören. Wunderbare Bücher, wunderbare Bücher ... Der kleine Fernsehraum, sehr gemütlich ... Der Veranstaltungssaal, groß, nicht wahr? Wir organisieren viele Vorträge, hochinteressant ... Auch Filme, und manchmal führen wir sogar selbst Stücke auf ... Vor einem Monat haben wir Pirandellos *Die Nackten kleiden* gespielt und wunderbare Kritiken erhalten. Mögen Sie Pirandello, Signore Roncone? Darf ich Sie Don Salvatore nennen? Wir sprechen uns hier alle mit dem Vornamen an, das ist persönlicher. Mögen Sie Pirandello?«

Endlich sind sie wieder in der Eingangshalle mit der Aufschrift an der Wand: »Haus der Fröhlichkeit. Lachen heißt leben.« Die Leiterin verabschiedet sich. Andrea ist deprimiert, aber auch dankbar für die erstaunliche Zurückhaltung ihres Schwiegervaters. Sie weiß nicht, dass er wie gelähmt ist vor Staunen. Seit er das Haus betreten hat, fragt sich der Alte, ob das alles wahr sein kann. Ob das Menschen sind. Nicht mal als Mailänder kann er sie sich erklären. Er ist so verblüfft, dass er kein Wort herausbekommt. Erst am Ende fragt er nachdenklich:

»Sind sie alle so?«

»Was meinen Sie mit so?«, entgegnet die Leiterin und hebt fragend die Brauen über den tiefblauen Augen. Andrea zuckt innerlich zusammen in Erwartung des Peitschenhiebs.

»So ... alt und ...«

Die Leiterin lässt sich in ihrer Arglosigkeit nicht beirren.

»Was sagt unser Don Salvatore denn da! Hier gibt es keine Alten, lieber Signore. Wir sind alle im dritten Lebensalter, dem schönsten, wenn man das Leben zu genießen weiß. Kommen Sie wieder, und Sie werden sehen, kommen Sie wieder. Wir bringen es Ihnen schon bei.«

Auf der Straße ärgert sich Andrea über das Fiasko. Sie hatte gehofft, dass mit dem nahe gelegenen Heim der Alte öfters ausgehen und das Kind nicht mehr so verwöhnen würde, denn er erschwert die richtige Erziehung. Deshalb ist sie völlig verblüfft, als er auf ihre vorsichtige Nachfrage erklärt, dass er wohl gelegentlich vorbeigehen werde.

»Vielleicht kommen ja tatsächlich andere Leute«, erklärt er mit diesem unergründlichen Blick, den er gelegentlich mit einem angedeuteten Lächeln aus halb geschlossenen, listigen Augen wirft.

Denn plötzlich ist ihm aufgegangen, dass er den Club als Ausrede benutzen kann, um sich aus dem Staub zu machen. Nachmittags, wenn Andrea Aufsicht führt, freut er sich nur auf das Bad des Kleinen. Jetzt wird er vorher Hortensia besuchen und sagen, dass er in den Club geht.

›Doch warum soll ich mich rechtfertigen‹, wirft er sich vor. ›Ich tue das, wozu ich Lust habe!‹ Stimmt, und er hat überhaupt keine Lust, über Hortensia zu reden; es macht mehr Spaß, wenn Andrea nichts weiß. Mit diesem Gedanken beruhigt er sein Gewissen und bestätigt sich selbst, dass er sein eigener Herr ist.

Ob sie hier schon mal vorbeigekommen sind?

Der Alte weiß es nicht. In den Bergen hat er sich nie verirrt, aber hier schon. Heute sehen alle Straßen gleich aus, wie ein Labyrinth, durch das ihn Hortensia selbstsicher führt. Und alle Schuhgeschäfte verschmelzen zu einem einzigen. In einigen haben sie nachgefragt, sich in anderen sogar Stiefelchen angesehen, die seine Führerin ablehnte, bei den meisten jedoch sind sie nicht weiter als bis zum Schaufenster vorgedrungen, wo sie sich durch viele eilige Silvestereinkäufer drängen mussten.

Schließlich kauften sie die Stiefelchen bei Mondoni, dem Geschäft, mit dem sie angefangen hatten. Triumphierend weist Hortensia den Alten darauf hin.

»Dachte ich mir, dass dieser Laden der beste ist. Aber wenn man sich die anderen nicht ansieht, findet man später um die Ecke etwas Billigeres.«

Der Alte ist nicht ganz ihrer Meinung, aber er hat die gewissenhafte Expedition ebenso genossen wie das Gefühl, sich verirrt zu haben: So konnte er sich Hortensias Fürsorge noch intensiver überlassen. Außerdem fühlt er sich wohl an ihrer Seite. Sie trägt eine elegante graue Pelzjacke und feste Stiefel. Vor allem hat sie sich bei ihm untergehakt, und er spürt am Ellbogen die elastische Festigkeit des weiblichen Körpers. Stolz sagt er:

»Wie die Männer dich ansehen!«

»Sie sehen uns beide an.«

»Mich? Höchstens meine Felljacke.«

»Sie betrachten deine Haltung und deinen Gang.«

»Vielleicht, es sind die kräftigen Beine eines Mannes aus den Bergen. Beim Bergsteigen würde ich alle schlagen. Was ist mit dir? Bist du nicht müde? Ich habe dir heute Nachmittag viel Arbeit zugemutet!«

»Arbeit? Es gibt nichts Schöneres, als die Geschäfte abzuklappern. Nur so bekommt man das Beste. Und preiswert obendrein!«

Preiswert? Der Alte hat für die Stiefelchen seine letzten Ersparnisse opfern müssen. Es fehlten sogar noch sechshundert Lire, die Hortensia beigesteuert hat, weil sie die billigeren partout nicht wollte.

»Kommt nicht in Frage! Für das Kind nur das Beste. Und es ist ein guter Kauf, glaub mir. Ich verstehe was davon, ich habe sechs Jahre als Verkäuferin bei Lombardia gearbeitet, nachdem ich mit meiner kleinen Tochter Witwe wurde … nimm schon, du kannst sie mir ja zurückgeben. Schließlich sind wir Freunde.«

»Das kann aber eine Weile dauern. Ich bin völlig pleite.«

Er sagt es so ernst, fast düster, dass sie in lautes Gelächter ausbricht, das durch die Arkaden der Galeria Vittorio Emanuele hallt, unter denen sie vor dem Nieselregen Schutz gesucht haben, als es dunkel wurde. Die Leute drehen sich um, und er lächelt. Wer kann diesem freundlichen Gesicht und diesen weißen Zähnen schon widerstehen? Aber dann steigt plötzlich Wut in ihm auf.

»Verdammter Kerl. Das Land und die Tiere gehören mir, aber dieser Blutsauger von Schwiegersohn schickt mir kein Geld. Wenn er mich anruft, schreie ich ihn an, aber leider reicht mein Knüppel nicht so weit. Und im Haus meiner Schwiegertochter will ich nicht betteln!«

»Es eilt doch nicht! Und mach' nicht so ein Gesicht. Die werden glauben, dass wir uns streiten! Aber das tun wir doch nicht, oder?«

»Es ist …«

»Du brauchst es nicht zu sagen, ich weiß schon, was es ist. Du würdest mich jetzt gern einladen, nicht wahr?«

›Sie kann hellsehen‹, denkt der Alte erneut, weil er tatsächlich darunter leidet, dass er sie jetzt nicht einladen kann, wie es sich gehört. Gerade gegenüber ist nämlich ein schönes Café.

›Hab ich's doch gewusst‹, sagt sich Hortensia und ist froh, dass dieser Mann nichts vor ihr verbergen kann. Er ist für sie so durchschaubar wie ein kleines Kind.

»Dann lade mich doch einfach ein! Warum nicht? Hier: für dich. Als hättest du es dir bei einer Bank geliehen, mit Zinsen.«

»Gut, mit Zinsen, einverstanden«, antwortet der Alte und nimmt das Geld an.

Wieder greift sie nach seinem Arm, doch diesmal lässt sie sich führen. Und es ist der Mann, der sie durch die Drehtür und zu einem kleinen Tisch mit gedämpftem Licht geleitet und sich mit ihr auf das Samtsofa setzt. Hortensia blüht auf, als sie sieht, wie dieser alte Bauer, der jetzt das Kommando übernommen hat, selbstsicher wie ein Kavalier beim Kellner bestellt. »Genug, das reicht! Wer soll das alles essen?«, protestiert sie lächelnd und probiert trotzdem genüsslich, vor allem von einem Kuchen, der ihr besonders gut schmeckt. Auf der kleinen intimen Insel, auf die sie sich inmitten des Gewirrs zurückgezogen haben, vergeht die Zeit wie im Flug.

»Schon so spät!«, erschrickt Hortensia, nachdem sie auf die Uhr gesehen hat. »Zu Hause werden sie schon auf dich warten!«

»Die glauben, ich treibe mich in dem Idiotenclub rum.«

»Hast du ihnen nicht gesagt, dass wir zusammen ausgehen?«

»Die Stiefelchen sind ein Geheimnis, vergiss das nicht. Außerdem«, setzt er ernst hinzu, »will ich deinen Namen nicht aus Andreas Mund hören.«

›Ich bin sein Geheimnis‹, denkt sie entzückt und sagt:

»Ist dir klar, dass wir gerade zusammen unser Silvestermahl eingenommen haben? Zu Hause werde ich nämlich nichts mehr essen.«

»Genau das war meine Absicht. Bist du jetzt zufrieden?«

»So sehr, dass ich dem heiligen Franziskus danken will. Begleitest du mich?«

»In die Kirche, ich? Das ist nichts für mich.«

Aber natürlich steht er mit ihr auf und hilft ihr in die Jacke. Jetzt versteht er auch, warum die feinen Leute das so machen: Es ist, als umarmte man die Frau.

Der Nieselregen hat aufgehört. In der Via Manzoni erklärt sie ihm, dass auch sie nicht in die Messe geht, dafür aber zu Sant' Angelo, um den heiligen Franziskus, ihren Lieblingsheiligen, zu besuchen, vor allem, wenn gerade niemand predigt, denn Priestern glaubt sie kein Wort. Eine Weile gehen sie Arm in Arm schweigsam weiter, dann ruft sie:

»Du kannst ihn sogar sehen, ohne in die Kirche hineinzugehen, schau nur!«

»Wen?«

»Den heiligen Franziskus.«

Auf dem Platz steht ein achteckiges Bassin, wie das Becken eines Springbrunnens, aber ohne eine Fontäne in der Mitte. Ein Mönch lehnt am Rand und beobachtet einen kleinen Vogel auf der anderen Seite. Beide Figuren sind aus Bronze, aber diese Alltagssituation ist so natürlich dargestellt, dass das schlichte Konzept des Künstlers gerade durch seine Zurückhaltung überzeugt. Das gelbliche Licht einer Straßenlaterne spiegelt sich schwach im Wasser und haucht den Bronzestatuen Leben ein.

»Du weißt ja, Bruno. Er hat mit den Vögeln gesprochen. Ich denke immer, dass diese Statue dem heiligen Franziskus gefallen würde.«

»Mit den Vögeln gesprochen?« Der Alte glaubt nicht, dass die Vögel auf der Welt sind, damit man mit ihnen spricht. Aber er stellt sich Brunettino mit einem kleinen Spatz in der Hand vor: Bestimmt würde der Kleine mit dem Vogel sprechen. Deshalb gefällt ihm der Brunnen. Und außerdem ist er mit Hortensia hier, die ihn kurz darauf in die Kirche führt.

Nur ein Schiff, wie in Roccasera, und fast menschenleer. Die Kirche ist offen, weil es Silvester ist. Hortensia geht entschlossen auf eine kleine Seitenkapelle zu und setzt sich in eine Bank, von der sie die Darstellung des heiligen Franziskus sehen kann. Auf dem Altar der kleinen Kapelle flackern zwei Kerzen, die man vor der Madonna angezündet hat. An der Wand gegenüber ein großes Bild, das ziemlich nachgedunkelt ist.

Der Alte betrachtet das Profil der Frau an seiner Seite. Sie ist genauso schlicht und klar wie der Brunnen, das glatte nach hinten geknotete Haar, die gerade Nase, der lächelnde Mund. Dem Alten gefällt es, dass sie keine Gebete murmelt, dann wäre sie auch so eine Betschwester. Aber sie ist genau das Gegenteil: Mit den Händen im Schoß und dem gleichmäßigen Rhythmus ihres Atems strahlt sie inneren Frieden und heitere Gelassenheit aus. Plötzlich seufzt sie leise auf, eher aus Glück als aus Kummer. Dem Alten ist es peinlich, als verletze er ihre Privatsphäre, und er wendet sich dem Bild zu.

Mittlerweile haben sich seine Augen der Dunkelheit angepasst, und er erkennt den heiligen Christophorus. Bis zu den Knien im Wasser stehend, stützt er sich auf einen knorrigen Stock und blickt zu dem Kind auf, das auf seiner Schulter sitzt und das er mit dem anderen Arm festhält. Zwischen den Wellen erahnt man die Schatten schrecklicher Ungeheuer, aber das Gesicht des Heiligen spiegelt reine Hingabe beim Anblick des Kindes. Unbewusst übernimmt der Alte den Ausdruck, weil ihn der Kleine, der die Weltkugel hochhält, an Brunettino erinnert.

>Aber mein Brunettino ist klüger, gewitzter. Der *bambino* da ist genauso trottelig gemalt wie die anderen. Wie ängstlich er sich am Haar des Heiligen festklammert! Halt ihn schön fest, Christophorus, damit das arme Kerlchen nicht nass wird!<

Hortensia hört ihn murmeln und dreht sich um. Überrascht sieht sie, wie sich seine Lippen bewegen. Aber nur kurz, dann ist er wieder still, weil er von dem Gefühl, sich an etwas Bestimmtes erinnern zu müssen, überwältigt wird. Aber was ist das?

Er schließt die Augen, um sich besser konzentrieren zu können – bestimmt ist es viele Jahre her –, und plötzlich fühlt er sich in die Kirche von Roccasera versetzt. Dasselbe Knarren der Dielen, die leisen Schritte, das Quietschen der Türen, das Flackern der Kerzen. Der gleiche Geruch nach Wachs und Feuchtigkeit. Trotzdem gibt sein Gedächtnis die verlorene Erinnerung nicht preis. Ob sie unter der Welt seiner Kindheit in Roccasera begraben liegt?

Die Zeit, die für einen Augenblick stillgestanden hatte, läuft weiter. Sie stehen auf, treten auf die Straße und kehren wieder auf die nahe gelegene Via Borgospesso zurück, die sie bei ihrer Pilgerfahrt nach Sant'Angelo hinter sich gelassen hatten. Es wird kälter. Sie schmiegt sich an ihn, und sie beschleunigen die Schritte.

Vor Hortensias Toreingang verabschieden sie sich.

»Glückliches neues Jahr!«

Sie bietet ihm die Wange an, und er nimmt den Hut ab und küsst sie auf beide Wangen, so wie damals, als er ihr die Rosen schenkte. Er wartet, bis sie im Haus verschwunden ist, und als er weitergeht, nimmt er ein sanftes Gefühl auf den Lippen, die Berührung ihres Haars auf seiner Stirn und ein heiteres Profil in seiner Erinnerung mit.

Silvester zu Hause ist für den Alten eine Qual, weil er sich nach dem üppigen Essen mit Hortensia nun gezwungen sieht, die Gerichte zu probieren, die Andrea so mühevoll zubereitet hat, natürlich streng nach Rezept aus ihrem Kochbuch. Die Völlerei bekommt Rusca nicht. Aus Protest beißt sie fester als sonst zu. Am liebsten würde sich der Alte hinlegen, aber seine Schwiegertochter hat beschlossen, dass sie den Jahreswechsel vor dem Fernseher abwarten müssen, wie der Rest der Nation. Der Alte hält bis Mitternacht nur durch, weil er heimlich das Beruhigungsmittel eingenommen hat, das ihm der Professor für kritische Momente verschrieben hat.

Nach den Glückwünschen und Küsschen zieht er sich, als der Papst zu sprechen beginnt, auf sein Zimmer zurück und klappt das Bett auf, ohne einzuschlafen. Er weiß, dass ihn das Medikament schläfrig machen und er nicht in der Lage sein wird, früh aufzustehen. Deshalb will er Brunettino vorher sehen, gleich in der ersten Stunde des neuen Jahres. Sobald keine Geräusche mehr aus dem Badezimmer kommen und sich das Ehepaar zurückgezogen hat, nimmt der Alte seine Decke und schleicht sich ins Kinderzimmer. Er beugt sich wie eine Weide über den schlafenden Jungen, küsst ihn zärtlich und wünscht ihm ein langes, erfolgreiches Leben. Danach setzt er sich auf den Boden, hüllt sich in die Decke und lehnt sich gegen die Wand, um wie üblich Wache zu halten.

Es ist die Decke, die jetzt die Erinnerung freigibt, nach der er vor dem heiligen Christophorus so verzweifelt gesucht hat. Vergeblich hatte er in der Welt seiner Kindheit geforscht, dorthin gehört sie nicht, sondern zu einer anderen Silvesternacht und zum Becken eines öffentlichen Brunnens. Der Geruch der Decke lässt nicht nur seine Kindheit als Hirtenjunge wieder auferstehen, sondern auch seine Abenteuer als Widerstandskämpfer. Und dieser Geruch lüftet nun den Schleier und weckt Erinnerungen an eine Nacht vor vierzig Jahren: jene Silvesternacht, in der er auf dramatische Weise Dunka kennen lernte.

Plötzlich durchlebt er alles noch einmal: die Überraschung im Café, als sich herausstellte, dass sein Verbindungsmann ein Mädchen war, die plötzliche Vorahnung der Gefahr, die Flucht im rechten Augenblick, der Schuss, der ihn in die Seite traf, und der Trick, um die Gestapo in die Irre zu führen, als sie sich im Becken des großen Brunnens versteckten, im Wasser wie der heilige Christophorus … Wie die Frau ihn später mutig durch die unbekannte Stadt führte, bis sie ihn in ein Versteck der Widerstandskämpfer in Sicherheit gebracht hatte. Erst da hatte sie sich erlaubt, vor Angst zu zittern. Warum hat er so lange gebraucht, um sich an diese unvergessliche Silvesternacht in Rimini zu erinnern? ›Es sitzt so tief, dass es wie das eigene Herz ist: Man vergisst es einfach.‹

Die Erinnerung überwältigt ihn wie eine melancholische Woge von Glut und Asche. Vergangenheit und Gegenwart verschmelzen, und mit der Wirkung des Beruhigungsmittels schläft er bald ein, wie in den Nächten, wenn er den Pferch hütete und sich die Wölfe nicht blicken ließen. Stattdessen wacht der Kleine auf, vielleicht aus einem Albtraum, aber als er den kauernden Alten sieht, verziehen sich seine Lippen zu einem Lächeln, und wie ein zufriedenes Kätzchen schließt er die Augen, dreht sich um und schläft wieder ein.

Im Zimmer aber schweben die Träume um den schlafenden Alten wie Erscheinungen. Vielleicht wurden sie durch das Besondere dieser Nacht heraufbeschworen, in der ein Jahr ins andere übergeht. Eine Frau mit hellen Augen – manchmal grün, manchmal grau – schleppt ihn in einem Schwindel erregenden

Tempo durch ein Labyrinth aus engen Gassen. Es fällt ihm schwer, ihr zu folgen, weil er seinen Stiefel verloren hat, und schlimmer noch, jetzt fängt er an zu bluten. Dann laufen sie nicht mehr, sondern stehen bis zum Hals im Wasser, den Rücken gegen eine Wand gelehnt, vor ihnen dunkle Statuen, die, plötzlich von hellen Scheinwerfern getroffen, das pausbäckige Gesicht eines spöttischen Engelchens preisgeben. Später, er weiß nicht warum, ist sein Haar sehr lang, und die Frau kämmt ihn langsam, ganz langsam, aber vielleicht ist es auch eine andere. Sie zwingt ihn, sich nicht zu bewegen, und der Kamm fährt immer tiefer, zerkratzt seinen Körper und schlitzt seinen Bauch auf, während die Frau lacht, als sei der Schmerz nur ein Spaß, und ihm einen kleinen sprechenden Vogel schenkt, der sich auf seine Schulter setzt und immer schwerer wird, bis er ihn in die Knie zwingt, obwohl er sich auf seinen stabilen Hirtenstab stützt, nein, auf den Arm einer Frau. Der Frau, die ihn kämmt, oder der anderen, wenn es eine andere gab. Er weiß es nicht, wird unruhig …

Glücklicherweise wacht der Alte trotz des Beruhigungsmittels rechtzeitig auf, um wieder in sein Zimmer zu gehen, bevor die Eltern aufstehen. Anschließend schläft er bis spät in den Neujahrstag hinein. Andrea, die Ferien hat, gesteht ihm, dass sie sich schon Sorgen gemacht hat.

»Ach was. Ich habe nur tief und fest geschlafen. Vielleicht habe ich gestern Nacht ein Gläschen zu viel getrunken. Ich weiß es nicht mehr.«

Andrea schon, und sie wundert sich, weil der Alte den Wein gar nicht angerührt hat. Aber sie kommt nicht mehr dazu, es herauszufinden, weil der Kleine sich bemerkbar macht und der Alte ins Kinderzimmer läuft, um sich an den ersten kindlichen Späßen zu erfreuen.

Andrea hatte die Äußerung des Alten nicht ernst genommen, aber um fünf Uhr nachmittags ist er tatsächlich in den Seniorenclub gegangen. Anscheinend hat er dort jemanden kennen gelernt, denn um neun Uhr ist er immer noch nicht zurück.

»Lass uns schon mal essen. Er wird bestimmt gleich kommen«, schlägt Renato vor.

»Ob ihm etwas zugestoßen ist?«

»Meinem Vater?«

Sein Vater wird mit allem fertig. Aber Andrea lässt nicht locker.

»Er ist alt geworden.«

›Das stimmt‹, denkt Renato traurig. ›Und außerdem …‹ Aber er wirkt so kräftig und fröhlich, dass man die Krankheit vergisst. Seine tödliche Krankheit.

Andrea ruft im Club an, doch die Leiterin ist schon fort, und der Pförtner kann ihr nicht sagen, ob das neue Mitglied, Signore Roncone, im Haus ist … Auf die Lautsprecherdurchsage hat er nicht reagiert, aber »diese Alten hören nie«, wie der Angestellte abschätzig erklärt. Andrea und Renato sehen sich fragend an.

In diesem Augenblick hören sie den Schlüssel im Schloss, dann leise Schritte, die das schlafende Kind nicht wecken wollen. Und dann kommt der Alte herein, der tatsächlich den Eindruck vermittelt, als habe er sich amüsiert. Als er sich flüchtig entschuldigt, erzählen sie, dass sie sich Sorgen gemacht haben.

»Seid nicht albern! Was soll mir schon zustoßen?«

Renato lächelt. Stimmt, er hat Recht. Gut gelaunt zieht der Alte seine Felljacke aus.

»Es war ein wunderbarer Nachmittag!«

Verblüfft geht Andrea in die Küche, um den Tisch fürs Abendessen zu decken. Der Alte zeigt einen gesunden Appetit und trinkt sogar ein bisschen. Verwundert sehen sich Andrea und ihr Mann an. Als sie im Bett liegen und das Licht ausschalten, hält Andrea es nicht mehr aus:

»Wirklich, dein Vater«, sagt sie und seufzt. »Ich verstehe ihn nicht. Ich verstehe ihn nicht. Er kommt von einem anderen Stern.«

Der Stern, den der Alte am Nachmittag besucht hat, hieß *Glückliches neues Jahr!*, Titel einer öffentlichen Varieté-Vorführung, die die Stadt auf einer Wanderbühne in der Piazzale Accursio inszeniert hat. Hortensia hatte ihn eingeladen, und sie setzten sich zwischen ein buntes Publikum aus Jugendlichen, Soldaten und Leuten ihres Alters. Im Bett lässt der Alte nun die verschiedenen Nummern Revue passieren. Das Paar auf den Fahrrädern, die langsam auseinander fielen – ›Was für einen Arsch das Weib hatte!‹; der Magier, der seine hagere Assistentin in der Kiste mittendurch sägte, die dann plötzlich wieder im Gang zwischen den Sitzreihen auftauchte, der Kerl, der die Karten und Gedanken erriet (aber da ist immer ein Trick dabei), die Trapezkünstler mit dem armen Jungen, der einen Salto mortale nach dem anderen machen musste, die Balletttänzerinnen mit den hübschen Beinen, die zwischen den einzelnen Aufführungen auftraten. Vor allem aber Mangurrone, der berühmte Mangurrone, der Superstar mit seinen Witzen und seinen komischen Sketches. »Mangurrone, Zugabe!«, schrien die Leute. »Man-gu-rro-ne, Man-gu-rro-ne!« Und Mangurrone kam in neuen Kostümen erneut auf die Bühne und gewährte seinem geliebten und verehrten Mailänder Publikum eine Zugabe.

Der Alte unterdrückt ein Lachen, als er sich an die Nummer erinnert, in der Mangurrone einer Chorsängerin einredet, er habe sie in eine Kuh verwandelt, und es beweist, indem er ihren imaginären Schwanz streichelt und sie dazu bringt, sich auf alle viere zu stellen, damit er sie melken kann. – ›Das hat er gut gemacht. Man sah, dass er was vom Melken versteht!‹ Und vor den Augen des Publikums ergoss sich ein weißer Strahl in den Eimer unter dem Mädchen, das lustvoll muhte.

›Wie haben die das gemacht? Mangurrone hat sogar jemanden aus dem Publikum auf die Bühne geholt und ihm ein Glas echte Milch zum Trinken gegeben.‹ Aber das Beste war der Schluss, als Mangurrone rief, jetzt habe er sich selbst in einen Stier verwandelt, und mit eindeutigen Absichten auf die Chorsängerin losging. Das Mädchen trottete davon und er auf allen vieren hinterher, während das Publikum begeistert klatschte.

»Es macht dir Spaß, nicht war? Wie schön, dich so lachen zu hören!«, sagte Hortensia.

»Der Kerl ist fantastisch! Vielleicht packt er das Mädchen hinter der Bühne noch und … stell dir vor!«

»Du kommst auf Sachen!«

»Wie im richtigen Leben! Oben in den Bergen kennt man keinen Ekel vor Ziegen. Mit Verlaub.«

Hortensia sah ihn nachsichtig an.

»Du lachst wie ein Kind.«

»So muss man auch lachen«, entgegnete er und sah ihr in die Augen. Dann verebbte das Lachen, denn er sah nichts als fröhliche Zärtlichkeit und lebendige Offenheit darin.

›Das wäre die richtige Mutter für meinen Brunettino‹, seufzt der Alte im Bett.

Gefallen sie Ihnen, Papa? Großvater, meinte ich. Gefallen sie Ihnen?«

»Sie sehen sehr gut aus. Danke, Andrea.«

›Heilige Madonna, das kann auch nur ihr einfallen, mir Handschuhe zu schenken. So was tragen wir doch nicht! Das ist etwas für die feinen Herren aus Mailand, oder Damen, die nicht mit den Händen arbeiten. Unten, auf dem Land, trug nur der neue Fahrer des Grafen welche, wenn sie von Rom im Wagen herunterkamen, um das wenige Geld aus uns herauszupressen und mitzunehmen. Ein Scheißkerl, dieser Fahrer. Nur weil er Mütze und Uniform trug, meinte er, er könne jedes Mädchen ins Gebüsch zerren. Als ließen sich unsere Mädchen mit Fremden ein! Und wenn doch, hätte die Betreffende gleich auswandern können, niemand hätte sie mehr angesehen. Der Fahrer musste nach Catanzaro runter in das Haus von Sgarrona und dafür bezahlen. Am Tag danach hat er nicht mehr so angegeben, er sah aus wie ein gerupfter Hahn.‹

»Warum lachen Sie, Großvater? Gefallen sie Ihnen nicht?«

»O doch, sehr. Was für feines Leder! Sie müssen sehr teuer gewesen sein. Aber sieh dir doch meine Hände an. Sie passen nicht.«

Überrascht, weil sie bereits die größte Größe gekauft hat, vergleicht Andrea Hände und Handschuhe und entschuldigt sich stotternd. Der Alte versucht, sie zu trösten, aber die Wahrheit ist unbarmherzig. Die Handschuhe sind lang genug, aber für die Pranken dieses Braunbären einfach zu eng.

»Ich bin wirklich dumm, es tut mir so Leid …«, stammelt Andrea. »Mir ist nichts Besseres zum Dreikönigsfest eingefallen.«

Der Alte betrachtet stolz wie noch nie seine Hände. ›Die gibt es in Mailand nicht zweimal, und sie sind nicht nur kräftig, sie kriegen auch Kinderknöpfchen zu!‹

Am Nachmittag erzählt er Hortensia davon. Sie erwartete ihn in ihrer Dachwohnung mit einer Überraschung, einem Schal. Sie muss lachen, denn einen Augenblick hatte auch sie an Handschuhe gedacht, sich aber dann an seine Hände erinnert.

»Was ist das für Wolle? Bestimmt ist Chemie drin«, sagt der Alte misstrauisch, weil sich der Schal am Hals so weich anfühlt.

»Die feinste Wolle, die es gibt«, erklärt Hortensia. »Aus England.«

»Aus England. Na, dann. Sie ist wirklich weich.«

›Die Engländer waren gute Kameraden. Ganz schöne Schnösel zwar und ziemlich langweilig, aber sie hatten Mumm. Dieser Mister … wie hieß er noch? Wir nannten ihn Terrier, wie den Hund, er war ein guter Kämpfer und brachte den Deutschen so manche Niederlage bei. Er schrieb alles auf, und wir mussten es wiederholen. Deshalb ist er dann auch draufgegangen. Er folgte stur dem Plan, obwohl sich die Lage plötzlich geändert hatte. Zu viel Planung taugt nichts.‹

Der Alte nimmt den neuen Schal an, behält aber den alten unschlüssig in der Hand. ›Wie die Bauern auf dem Amt‹, sagt sich Hortensia. ›Die wissen auch nicht, wohin mit dem Hut.‹

»Du musst den alten nicht wegwerfen, mein Lieber. Soll ich ihn für dich aufheben? Vielleicht willst du ihn irgendwann wieder mal tragen.«

›Wieder hat sie meine Gedanken erraten! Unglaublich.‹

»Ich hänge an ihm«, antwortet der Alte und reicht ihr seinen kostbaren Schatz. »Er ist von meinen Schafen. Meine Tochter hat ihn mir gestrickt. Übrigens, gestern hat sie angerufen, sie schicken mir Geld. Außerdem …«

Triumphierend verkündet er die Neuigkeit: Dem Hundesohn geht es schlechter. Der Arzt kommt nur noch, um ihm falsche

Hoffnungen zu machen. Der Cantanotte bricht in Tränen aus, wenn der Pfaffe ihm gut zuredet, und die Betschwestern erzählen, dass er alles bereut und wie ein Heiliger in den Himmel kommen wird. ›Dieser Kerl ein Heiliger! Er heult, weil er Angst hat. Jetzt kriecht er, weil er kein Mann ist!‹

Der Alte überreicht ihr sein kleines Geschenk, traut sich aber nicht, es ihr selbst anzustecken.

»Oh, das ist ja wunderschön, viel zu schön für mich!«, schwärmt Hortensia und steckt es sich ans Kleid.

Einen Moment lang wollte sie ihn bitten, es ihr anzustecken, doch dann fehlt ihr der Mut. Jetzt leuchtet die kleine, filigran gearbeitete Gondel aus Silber auf ihrer Brust. Natürlich ohne Gondoliere; nicht dass es im Laden keine gegeben hätte, aber der Alte hielt es für eine Respektlosigkeit gegenüber dem Verstorbenen.

»Wunderschön«, wiederholt sie. »Seit ich Witwe bin, haben mir die Drei Könige nicht mehr etwas so Feines gebracht.«

»Bei uns sind es nicht die Drei Könige, sondern die *befana*, die Hexe. Aber eine gute Hexe, die gibt's es nämlich auch. Zum Beispiel die vom Berg Enzutta, die die Wölfe vertreibt und gefährliche Feuer löscht, wie jeder weiß.«

»Die Feuer am Dreikönigsfest in Neapel«, lacht Hortensia. »Alle Nachbarn werfen ihren alten Kram aus dem Fenster, sogar die Möbel, und dann stapeln wir alles auf einen Haufen und zünden es an. Das sind Flammen! Die Funken fliegen bis zu den Fenstern empor.«

Der Alte kehrt mit den Stiefelchen, die Hortensia für ihn aufbewahrt hat, nach Hause zurück und präsentiert sie triumphierend, als sie den Kleinen ins Bett bringen wollen, so als hätten sie die ganze Zeit im Schrank gelegen. Während die kräftige Hand sie hochhält, sieht Renato seine Frau glücklich an, als wollte er sagen:

›Siehst du, so ist Papa!‹ Und Andrea ist tatsächlich überrascht vom guten Geschmack des Alten. ›Wer hätte das einem derben Bauern wie ihm zugetraut?‹

Nur Brunettino ist nicht zufrieden. Als sie sie ihm anprobieren wollen, sträubt er sich gegen die Neuerung, und sobald er sie an den Füßen hat, versucht er, sie wieder abzustreifen, weint und strampelt, zuerst im Sitzen, dann im Stehen. Aber dann merkt er, dass seine Schritte sicherer werden, und betrachtet verwundert die Stiefel. Er schaut die Großen an, macht ein paar wacklige Schritte, und ein Lächeln zeigt sich unter den Tränen. Schließlich durchquert er das Zimmer und hält sich gerade noch rechtzeitig an der Hose des Alten fest, bevor er hinfällt.

Die Ärmchen umschlingen seine Knie wie das Efeu den Stamm der Ulme. Ein Glücksgefühl, das sein Herz überquellen lässt und ihm die Kehle zuschnürt, steigt durch Beine und Bauch bis in die Augen des Alten hinauf. Und bevor es sich in Tränen der Rührung verwandelt, hebt der Alte den Kleinen mit seiner Pranke, Feindin aller Handschuhe, aber groß genug für einen Kinderpopo, auf seine Schulter.

Brunettino lacht und klatscht in die Hände. Auch Renato und Andrea applaudieren. Der Alte kommt sich vor wie der heilige Christophorus auf dem Bild in der Kapelle, der das Kind ans Ufer des neuen Jahres trägt, vieler neuer Jahre.

»Renato!«, ruft er. »Mach noch ein Foto.«

›Und wenn ich das Foto habe, schenke ich Hortensia einen Abzug.‹

Weißt du, was? Eigentlich habe ich die Handschuhe der *befana*, der guten Hexe, zu verdanken. Sie muss Andrea diesen Floh ins Ohr gesetzt haben! Ganz schön enttäuscht war sie … Professorin und was weiß ich alles, und dann fängt sie um ein Haar an zu heulen.‹

Der Alte betrachtet das schlafende Kind und ist froh. Der Himmel ist wieder klar, sauber gefegt vom Wind von den Seen. Am oberen Winkel des Fensters leuchtet ein weißer, eiskalter Mond, schmal wie eine Sichel.

›Du wirst fragen: Wo sind denn die Handschuhe geblieben? Sieh mal, an meinen Füßen! Wir haben sie gegen diese Hausschuhe umgetauscht. Das Alter ist ein Fluch! Wann habe ich je Hausschuhe gebraucht? In deinem Alter bin ich barfuß rumgelaufen, danach in Sandalen und Stiefeln, hier in Schuhen. Aber die sind zu laut, und man hört mich im Bad, in der Küche und überall, wo es keinen Teppichboden gibt, wenn die Rusca mich nachts hinausjagt, weil sie sich mit einem Happen beruhigen will oder weil ich pinkeln muss, damit sie mehr Platz hat. Denn wenn es ihr zu eng wird, wälzt sie sich hin und her, weißt du. Mit Schuhen hört man mich auf den Fliesen, in Socken ist mir kalt, ich bin nicht mehr der Alte. Eine gute Sache, diese Hausschuhe.

Du hörst mir doch zu, mein Junge, oder? Dass mein Mund geschlossen bleibt, spielt keine Rolle. Wer mit der Seele denkt, wird verstanden! Merk dir das. Wenn du einen Kerl anstarrst und denkst: Ein Mucks und ich schlag dich zusammen, kuscht er, glaub mir. Dasselbe auf die sanfte Tour: Wenn du eine Frau so ansiehst, als läge sie bereits in deinem Bett, hast du sie praktisch schon rumgekriegt! Sieh mal, jede Nacht habe ich mir überlegt, wohin ich die Schafe am nächsten Tag führen wollte, und am nächsten Morgen haben sie den Weg fast von allein gefunden. Sogar die Tiere merken es!

Deshalb sage ich dir, die Idee mit den Hausschuhen hatte die *befana*. Ich kann so leise gehen wie in den Bergen, geschmeidiger als eine Wildkatze. Wie im Krieg: Mit meinen Sandalen hatte der feindliche Posten keine Chance. Wenn er es schließlich merkte, kam der Alarmschrei nicht mehr aus seinem Mund, sondern aus der aufgeschlitzten Kehle. Ein blutiges Blubbern, kaum zu hören. Nicht mal Torlonio konnte sie so gut erledigen wie ich! Und du weißt ja, wer Torlonio war, das brauche ich dir nicht zu sagen.

Besser noch als im Krieg, weil es hier keine Zweige gibt, die knacken, oder Steine, die verrutschen. Irgendwas Gutes müssen diese Häuser ja haben. Totenstille. Kein Wunder, der Beton nimmt alle Geräusche in sich auf, so wie er die Flüsse in den Stauseen festhält. Tot sind diese Häuser, jawohl! Bei uns unten dagegen ist Leben in den Häusern, mein Junge, im Holz und im Lehm, sogar in den Steinen, denn sie sind Teil der Berge, auf denen sie stehen. Und weil sie lebendig sind, sprechen sie. Sie sprechen über alles, vor allem nachts, wie alte Weiber, die nicht schlafen können.

Da staunst du, was? Du wirst es schon sehen, mein Junge! Als ich klein war, konnte ich ihre Sprache auch nicht verstehen. Sie war so anders als die Sprache der Berge da oben mit den Herden! Ich hatte in den Häuserhöhlen Angst und suchte Schutz am Körper meiner Mutter. Wenn ich mich umdrehte, raschelte das Maisstroh im Strohsack. Dann hielt ich inne und lauschte auf das Knarren, Knistern, Knacken und was weiß ich alles um mich herum. Als würde das ganze Haus ächzen, um es sich bequemer zu machen, und in den Fugen knarzen, aber das war es nicht. Später habe ich verstanden. Es erzählte Dinge, es war eine richtige Klatschtante. Mit der Zeit habe ich gelernt, es zu verstehen, mein Engel. Du wirst es auch lernen, weil ich dir alles Wichtige beibringen werde. Ich weiß, ich weiß, mir bleibt nicht viel Zeit, aber genug. Im Leben sind nur wenige Dinge wichtig. Aber die muss man wissen, um keinen Fehler zu machen.‹

Er reckt den Hals und wirft einen Blick ins Bett. Der Kleine hat sich im Schlaf bewegt.

›Hörst du zu? Natürlich … Gut, ich habe die Sprache des Hauses gelernt, nein halt, das stimmt nicht, die Sprachen, weil jeder Raum seine eigene hatte. Zum Beispiel die Treppe: Man hörte ächz, ächz, und die letzte Stufe knarrte noch lauter, weil sie lose war. So wussten wir, dass Signore Martino vom oberen Stock herunterkam, wo auch seine Frau und seine Tochter schliefen.

Und wohin ging der Signore um diese Zeit?, wirst du sicher wissen wollen. Das kam darauf an. Wenn der Gang zur Küche tapp, tapp sagte, feste Schritte, dann war der Patrone auf dem Weg zu Severina, Agnese oder einem der anderen Mädchen, mit dem er sich gerade vergnügte. Wenn die Treppe aber verstummte und man nichts mehr hörte, dann war er im Hof, und die Erde hat keine Stimme, sie spricht nur zu den Händen oder der Nase. Dann war der Patrone auf dem Weg zum Stall, um nach seinen Tieren zu sehen, die ihn mit Schnauben, Wiehern und lautem Stampfen empfingen, nach Art der Tiere eben. Und weißt du, wann wir am meisten auf der Hut sein mussten? Wenn die Treppe schwieg und die Dielen im Flur krack, krack zu den Zimmern sagten, wo wir Hirtenjungen schliefen.‹

Bei dieser Erinnerung lacht er leise.

›Manchmal kam ein Junge schnell durch das Fenster, durch das er zuvor hinausgeklettert war, um sein Mädchen zu besuchen, wenn er die Dielen rechtzeitig gehört hatte. Was für eine Schweinerei, vorzeitig die Flinte ins Korn werfen zu müssen! Und wenn der Patrone was merkte, hielt er die Laterne in der Tür hoch und sagte: Wir sprechen uns Morgen, Mutto oder Turiddu oder wer auch immer. Lange Nacht, schlapper Tag. Wie gesagt, das Haus war eine richtige Klatschtante. Nicht mal das Kratz-kratz-kratz-kratz des Ehebettes der Patroni, das immer schneller wurde, verschwieg es. Alles wurde verraten: böse Nächte, Lust, Krankheiten, Geburten … und der Tod natürlich. Nur war während der Totenwache alles umgekehrt: Dann schwieg das Haus, und wir murmelten durcheinander wie in einem Albtraum, als würden wir das Haus befragen, als wäre es eine Großmutter, die sich mit dem Leben auskennt.‹

Der Alte hält inne und denkt nach. Er hat gerade eine Wahrheit ausgesprochen, die ihm nie zuvor bewusst war. Nach jedem Todesfall schien das Haus ihnen mit seinem Schweigen zu sagen: Keine Angst, ich bin noch da, damit ihr weiter leben könnt.

›Das hat es gesagt und außerdem, außerdem … Weißt du was, mein Engel? Jetzt wird mir manches klar. Unsere Häuser klatschen nicht, wie ich dir vorhin sagte. Sie erzählen uns von den anderen, damit wir lernen, besser zusammenzuleben, wie Kameraden, wie Partisanen in diesem Krieg, aus dem das Leben besteht, denn ein Mensch allein ist nichts. Das lehren sie uns, und deshalb kann man in diesen toten Häusern in Mailand nicht lernen, wie man zusammenlebt. In den Wolkenkratzern, die Andrea so gefallen, voll gestopft mit Menschen, die sich nicht kennen, nicht miteinander sprechen, als hätten sie Streit! Was ist, wenn es brennt? Dann rette sich, wer kann! Genauso sind seine Bewohner: Egoisten!‹

Von einer plötzlichen Erkenntnis überwältigt, kniet der Alte neben dem Bett. Er ist so aufgeregt, dass sich seine Lippen bewegen und er halblaut flüstert:

»Jetzt weiß ich, warum ich des Nachts hierher komme, mein Junge! Um hier in diesem Haus unser eigenes Haus zu bauen, wo nur wir beide wohnen, du und ich, wie Kameraden. Auch wenn diese Menschen nicht wissen, wie man lebt, du wirst es wissen, weil ich es weiß. Deshalb, aber das war mir nie klar; erst jetzt bei dir habe ich es begriffen. An deiner Seite, Kumpel, lerne ich dazu. Verrückt, nicht wahr? Auch ich lerne, und zwar von dir. Ich weiß nicht, wie, aber du bringst es mir bei. Ach, mein Brunettino, meine Erleuchtung!«

Sein sechster Sinn lässt den Alten nicht im Stich, und er wacht auf. Was war das?

Ein leises Quietschen, ein Rascheln, kleine Schritte. Es kann doch nicht. Unsichere Schritte. Aber wer sonst …!

Mit einem Ruck setzt er sich im Bett auf. ›Brunettino ist im Flur!‹

Blitzschnell schlüpft er in die Hausschuhe; ein Vorteil gegenüber den Socken. ›Wo willst du hin, mein Engelchen?‹ Er hüllt sich in seine Decke und streckt den Kopf in den Flur, in den durch die offene Tür des Kinderzimmers das trübe Licht der Stadt dringt.

In dem kleinen weißen Kobold am Ende des Flurs erkennt der Alte Brunettino in seinem Strampelanzug wieder, der wackelig, aber entschlossen auf das Schlafzimmer seiner Eltern zugeht und dann darin verschwindet.

›Und nun?‹, denkt der Alte beunruhigt. ›O je, mein Junge, das war ein Fehler, du nimmst dir zu viel heraus! Die Stiefelchen haben dir das Laufen beigebracht, und jetzt fühlst du dich sicher! Aber nachts laufen Kinder nicht herum, und sie werden es nicht erlauben, sie wollen, dass du allein schläfst.‹

Er ist erstaunt und stolz zugleich auf den Jungen, der geschickt aus dem Bettchen geklettert ist und furchtlos durch die dunkle Welt streift. Ohne zu weinen, auf der Suche nach seinem Recht: seinen Eltern.

›Bravo, Brunettino!‹

Am anderen Ende der Wohnung hört man Geräusche, Flüstern, das Knarren des Bettes, Schritte eines Erwachsenen. Obwohl ihn die graubraune Decke in der Dunkelheit tarnt, geht der

Alte wieder in sein Zimmer und bleibt an der Tür stehen. Er hört, wie Andrea schulmeisterlich mit dem Kind redet, wie sie ins Kinderzimmer geht, er hört das Quietschen des Bettchens, die ersten Protestschreie, als Andrea wieder in ihr Zimmer geht und der Kleine hartnäckig zu weinen anfängt. Ein halb klagendes, halb forderndes Weinen, das immer lauter wird, als der Junge erneut in den Flur kommt.

»Geh wieder ins Bettchen, Brunettino! Geh zurück, hörst du? Du sollst schlafen, habe ich gesagt!«

Andreas Ermahnungen scheinen den Jungen nicht aufzuhalten.

»Hast du nicht verstanden? Ein böser Junge bist du, ein ungezogener Junge! Du hast alle aufgeweckt … mitten in der Nacht! Gleich wird Mama böse!«

Der Alte hört, wie sie ins Kinderzimmer geht und den Jungen in sein Bett legt. ›Sobald sie verschwindet, bin ich da, Kamerad!‹, schwört er.

Aber Andrea bleibt eine ganze Weile da. Und als sie endlich ins Schlafzimmer zurückkehrt, hat der Alte keine Zeit, um zu ihm zu gehen, weil er gleich wieder zu weinen anfängt, diesmal noch heftiger.

»Dieses Kind!«, schreit Andrea halb wütend und halb verzweifelt. »Wieso schreit es? Was will es? Es hat doch nichts! Wieso versteht es das nicht?«

Renato spricht leise auf seine Frau ein und geht anschließend ins Kinderzimmer, um den Jungen zu beruhigen.

Da er nicht herauskommt, geht der Alte wieder ins Bett, aber er kann nicht schlafen, so aufgebracht ist er.

›Versteht nicht, versteht nicht! Ihr versteht nichts, weil ihr so stur seid! Seid ihr nie klein gewesen? Habt ihr nachts nie Angst gehabt? Habt ihr nie einen Körper gebraucht, an den ihr euch kuscheln konntet?‹

Kurz darauf kehrt Renato ins Bett zurück, und eine Zeit lang herrscht Ruhe, bis der Kleine wieder aufwacht und erneut zu weinen beginnt. Jetzt hält es der Alte nicht länger aus und läuft hinüber, um ihn zu trösten. Im Kinderzimmer stößt er auf Renato.

»Geh ins Bett!«

»Nein, Vater, gehen Sie. Bitte.«

Der Kleine streckt hoffnungsvoll die Arme nach dem Alten aus, der jetzt seinem Ärger Luft macht.

»Siehst du!«, sagt er triumphierend. »Siehst du!«

»Nein Vater, das ist unsere Angelegenheit. Wir sind die Eltern.«

Der Alte bleibt hart, aber dann erkennt er, dass sein Sohn nicht nachgeben wird, und tritt den Rückzug an. Er muss die Schlacht auf andere Weise führen. Er weiß, dass sein Sohn auf Andrea hört. Auch er steht unter ihrem Einfluss. Und sogar ihn, Bruno, schüchtert sie ein. Verflixter Arzt, verflixte Bücher! Wenn sie nicht wären!

Wütend setzt er sich auf das Bett. Er kann sich nicht hinlegen, sein Körper würde hochspringen, als hätte man ihn auf einen heißen Rost gelegt. Er schlingt die Arme um die angezogenen Knie und denkt:

›Grausam ist das! Eine verkehrte Welt, in der man die Kinder vor den eigenen Eltern schützen muss. Schlimmer als die Wilden. Dabei lieben sie ihn ja. Ob sie verrückt sind? Andrea ist kein Henker, sie gehorcht nur. Der Henker ist diese Kanaille mit Ring und Bärtchen, der Hurensohn von *dottore* oder wie man sie hier nennt. Dieser Kerl hat hier das Sagen mit dem Spitzentuch in der Brusttasche und dem Gesetzbuch in der Hand, das vorschreibt, dass man Kinder nachts allein lassen soll! Umbringen sollte man den, jawohl!‹

Einen Augenblick lang spielt er mit dieser Vorstellung, dann gibt er sie wieder auf.

›Wäre zwecklos, es käme nur ein neuer.‹

Schließlich legt er sich hin, aber er wälzt sich im Bett herum und horcht, bereit einzuschreiten, falls sich die Lage verschlimmert. Nur die Gewissheit, dass er da ist, um dem Kerl mit dem Taschentuch, den Büchern und der ganzen Welt Paroli zu bieten, einschließlich Renato – kaum zu glauben, dass er sein Sohn ist! –, der jetzt versucht, das Kind in der Einsamkeit, in die sie es verbannt haben, zum Schlafen zu bringen, hält ihn davon ab. Gleichzeitig ist sein Herz voller Bewunderung für den Mut des Kleinen.

>So klein und schon so entschlossen! Genauso will ich dich haben! Du sollst aufsässig sein und fordern, was dir zusteht. Nein, die Stiefelchen waren nicht dein Unglück, weil sie dir das Laufen beibrachten; sie sind eine Waffe, um besser zu kämpfen. Wenn du neue brauchst, wirst du sie bekommen, ich werde sie dir geben, weil du bist wie ich, ein richtiger Widerstandskämpfer. Ein tapferer Krieger der Nacht. Oh, mein Brunettino, Kamerad: Du wirst siegen! Genau wie wir damals, ja, du wirst siegen!<

Erst bei Anbruch der Morgendämmerung ist Brunettino in den tiefen Schlaf der Erschöpfung gefallen. Im Moment scheinen die Vorbereitungen für Frühstück und Arbeit normal zu verlaufen, aber die Atmosphäre ist gespannt, die Blicke weichen sich aus, und das Paar flüstert heimlich.

>Sobald Anunziata kommt, verschwinde ich. Ich muss Hortensia davon erzählen<, beschließt der Alte. >Sie wird noch wütender sein als ich, schließlich ist sie auch Mutter!<

Außerdem will er dem stummen Vorwurf beim ersten Blick des Kleinen aus dem Weg gehen. Er wäre unfair, denn er hat ihn nicht im Stich gelassen. Der Gedanke erinnert ihn an eine vergessene Predigt, die er sich im Krieg hatte anhören müssen, als er sich in der Kuppel einer Kirche versteckte und seine ganze Welt nur aus dem Gotteshaus bestand, das er durch die Fensterluke im Blick hatte. Es war Ostern, und ein Dorfpriester gab in seiner Predigt bewegt die Worte Jesu am Kreuz wieder:

»Mein Gott, mein Gott! Warum hast du mich verlassen?«

Aber Gott hatte seinen Sohn gar nicht verlassen, erklärte der Priester, und auch nicht das besetzte Italien, obwohl die Deutschen es ans Kreuz schlugen. Jetzt rechtfertigt sich der Alte genauso: >Nein, mein Engel, ich habe dich nicht verlassen, auch wenn es so aussieht. Ich bin dein heiliger Christophorus, und eher würde ich mit dir untergehen. Ich bin da, und wir werden siegen!<

Während er die Treppe hinuntergeht, erinnert er sich an das junge Gesicht des Dorfpriesters. Niemand hätte gedacht, dass er beim Widerstand war und, wie der Alte, unter Einsatz seines Lebens viele Menschenleben rettete. Kurz danach hatte ihn die

Gestapo gefasst und erschossen. ›Wie hieß er noch? Mein Gedächtnis lässt nach. Sogar aus dieser Zeit vergesse ich Dinge. Und der Hundesohn will einfach nicht krepieren. Genießt die schöne Sonne da unten, während wir …‹

Der Himmel könnte grauer nicht sein, und bei dem eisigen Wind muss man den Hut im Gehen festhalten. Als er am Springbrunnen des heiligen Franziskus an der Piazza Moscova vorbeikommt, erinnert sich an die Silvesternacht mit Hortensia. Der Heilige hat ein gütiges Gesicht, aber …

»Statt dich um die Vögel zu kümmern, die mir die Pflaumen stibitzen«, schimpft er mit der Bronzestatue, »solltest du lieber mehr auf die Kinder achten. Schließlich bist du doch mit Hortensia befreundet.«

Da ruft hinter ihm jemand seinen Namen, und er dreht sich überrascht um. Als er Valerio erkennt, fällt ihm ein, dass sie sich nach dem Dreikönigsfest hatten treffen wollen. Der junge Mann nickt.

»Ich wollte Sie gerade anrufen. Übermorgen fangen wir mit den Aufnahmen an.« Er sieht den Ausdruck im Gesicht des Alten und fragt: »Haben Sie es vergessen? Wir werden Ihnen einen Terminkalender der Universität schenken.«

»Einen Terminkalender, wo drin steht, was die Mailänder vorhaben und wo sie eintragen, was sie im nächsten Monat machen werden? Nein, niemals, mein Junge! Lass den Unsinn!«

»Wenn Ihnen ein anderer Tag lieber ist, kann ich den Termin im Aufnahmestudio verschieben.«

»Roncone hält sein Wort. Übermorgen, wo du willst.«

»Ich hole Sie zu Hause ab.«

Sie verabschieden sich. ›Valerio bringt mir Glück‹, sagt sich der Alte, als er kurz darauf Hortensia trifft, die gerade aus dem Supermarkt kommt. Sie ist froh, ihn zu sehen.

»Du hast meinen Schal an.«

»Er ist wie eine Liebkosung von dir auf meinem Hals.«

Die Frau lächelt. Er traut sich nicht zu sagen, dass der Schal nach ihr duftet, und im gleichen Moment wirft er sich vor, es nicht gesagt zu haben. Was ist los mit ihm? Als wäre er nicht mehr er selbst! Er lädt sie zu einem Kaffee ein, und sobald sie sitzen, macht er seinem Ärger über die Eltern Luft:

»… aber es ist zwecklos! Sie sind störrischer als ein Maulesel, und man hat ihnen diese Ideen in den Kopf gesetzt. Heute Morgen habe ich gehört, wie sie sagte: ›Er wird sich noch daran gewöhnen, Renato, das sagt der *dottore*. Wir dürfen nicht zulassen, dass er uns tyrannisiert.‹ Siehst du, Hortensia? Ein Tyrann, dieser kleine Engel? Und was sie mit ihm machen, ist das keine Tyrannei? Barbaren!«

»Übertreib nicht, Bruno. Man kann den Kindern auch nicht alles durchgehen lassen. Man muss sie erziehen.«

Der Alte sieht sie ungläubig an. ›Wie kann sie so etwas sagen? Wahrscheinlich hat dieses Mailand sie angesteckt, weil sie schon so lange hier lebt!‹ Gekränkt antwortet er:

»Das sagst du mir? Nicht alles durchgehen lassen? Dann hätte er wenigstens nachts Eltern, wenn schon nicht am Tag! Er sucht doch nur Nähe, wenn er im Morgengrauen Angst bekommt. Hast du etwa deine Tochter so im Stich gelassen, Hortensia? Das kann ich mir nicht vorstellen!«

Die Frau lächelt beschwichtigend und legt ihre Hand auf die des Mannes.

»Im Stich lassen …«, murmelt sie. »Das ist nicht im Stich lassen.«

›Sie ist so gut‹, sagt sich der Alte. ›Sie denkt dasselbe wie ich, aber sie will kein Öl ins Feuer gießen. Das ist auch nicht nötig. Es brennt schon lichterloh!‹

»Nenn es, wie du willst. Hast du es so mit deiner Tochter gemacht? Antworte mir! Später werden sie sich beschweren, wenn die Kinder so schnell wie möglich aus dem Haus wollen!«

Sie antwortet versöhnlich:

»Ach, Bruno! Irgendwann verlassen einen die Kinder, egal was man für sie getan hat. Am Ende ist man immer allein.«

Ihre Stimme klingt so wehmütig, dass der Alte seine Wut vergisst. Außerdem denkt er an seine eigene Lage und sagt schließlich weich:

»Aber du hast es nicht so gemacht.«

»Nein, habe ich nicht. Aber meine Tochter schon, und meine Enkelin schläft bereits allein. So denken die Mütter von heute nun mal; sie finden, dass es so besser ist.«

»Besser als sich geborgen zu fühlen? Das sagt vielleicht dieser verfluchte Arzt, der schuld an all dem ist. Was bedeuten ihm schon Kinder? Je mehr krank werden, desto besser. Oder etwa nicht?«

Hortensia zuckt hilflos die Achseln.

»Wahrscheinlich hast du Recht, Bruno, aber du kannst die Welt nicht verändern. Oder willst du den Arzt umbringen?«

»Ich habe schon dran gedacht.«

Er hebt nicht die Stimme, aber sie klingt trotzdem so überzeugend und entschlossen, dass Hortensia zusammenzuckt, als sähe sie die Leiche bereits vor sich, und nervös lacht.

»Du glaubst mir nicht?«, fragt er aggressiv.

»Sei nicht böse, aber zutrauen tu ich's dir. Und trotzdem würde es nichts ändern.«

»Ich weiß. Sie würden einen neuen holen, der genauso ist, und der Junge hätte mich nicht mehr an seiner Seite. Nur das rettet diesen feinen Pinkel mit seinem Bärtchen.«

»Du darfst dich auch nicht mit deinen Kindern streiten, sonst kannst du nicht bei ihnen bleiben. Versteh doch: Man kann da nichts machen.«

»Ha, das werden wir noch sehen!«

Das verächtliche Lachen bewegt Hortensia, ihn näher zu betrachten. Sie sieht einen listigen, spöttischen und selbstsicheren Gesichtsausdruck. Die kleinen Augen blinzeln pfiffig unter den halbgeschlossenen Lidern, und die faltigen Züge scheinen wie aus Stein gemeißelt.

»Man kann sehr wohl etwas machen«, entgegnet er scharf. »Man muss nur wollen!«

Unter Hortensias Hand ballt er eine Faust, und sie spürt seine wilde Entschlossenheit.

»Sei vorsichtig. Sie sind die Eltern. Sie bestimmen, was mit ihrem Sohn passiert.«

»Die Deutschen haben auch bestimmt. Sie waren die Herren, hast du es vergessen? Sie hatten die Flugzeuge und die Panzer. Und? Wir konnten trotzdem was machen. Wir hatten den Mut, die Berge und die Nacht. Wir haben uns im Gebirge versteckt, und in der Nacht sind wir über sie hergefallen, wie Wölfe ... Mit dem Mut unserer Verzweiflung haben wir sie besiegt.«

Er zögert einen Augenblick und setzt dem entschlossen hinzu:

»Das ist die Wahrheit. Der Tag gehört denen, die das Sagen haben, aber die Nacht gehört uns.«

In der Totenstille der Wohnung hält nur der alte Partisan Wache.

Plötzlich dringen kleine Schritte an sein aufmerksames Ohr. Er setzt sich im Bett auf. Überraschung: Diesmal entfernen sie sich nicht zum Schlafzimmer der Eltern. Der Alte zieht die Beine unter der Decke hervor und greift mit zittrigen Händen nach den Hausschuhen. ›Bravo, Brunettino! Zu mir führt dich dein Weg!‹ Er schlüpft in die Hausschuhe, wirft die Decke über und wartet.

Die Erscheinung bewegt ihn zutiefst, obwohl er darauf gefasst war. Es ist nicht ein Kind im Strampelanzug, sondern ein leuchtender kleiner Nachtengel, der die Arme ausbreitet wie Flügel. Der Alte fällt auf die Knie, und der Kleine schmiegt sich in seine sehnigen Arme, die den warmen, süß duftenden kleinen Körper an sich drücken.

›Irgendeine Hexe muss Andrea gewarnt haben!‹ Urplötzlich taucht sie auf, kommt auf den Alten zu, der sie ansieht wie der Hirte den Wolf, und reißt das Kind an sich.

»Das geht nicht, Papa«, sagt sie entschieden. »Der Kleine muss sich daran gewöhnen.«

»Woran? Warum?«, entgegnet der Alte wütend. »Und nenn mich Großvater, verdammt noch mal!«

Aber sie trägt das weinende Kind davon und betet dabei den kinderärztlichen Vorschriftenkatalog herunter. Wenn der Alte nicht schon längst wüsste, was er tun wird, hätte er sich jetzt auf sie gestürzt. Aber in jedem Krieg gibt es Zeiten für den Rückzug und den Augenblick des Angriffs.

Er bleibt in seinem Zimmer, und sein Blut kocht vor Wut, als er hört, wie die Tür des Kleinen geschlossen wird. Genauso hat sich der Riegel vor vierzig Jahren im Gestapogefängnis von Rimini angehört.

>Petrone hat bezahlt. Ihn haben sie sich ausgesucht. Er war ein Mann und hat nicht gequatscht; das war meine Rettung. Es hätte genauso gut mich erwischen können<, sagt sich der Alte und denkt zurück an die Schreie und Erniedrigungen am Anfang und an das Stöhnen und Röcheln am Ende, als sein Kamerad in der Nebenzelle gefoltert wurde.

Jetzt herrscht wieder Ruhe in der Wohnung. Der Alte wartet nervös darauf, was passieren wird.

>Aber wir waren Männer, und es herrschte Krieg! Hier dagegen, warum? Weil eine Schwuchtel sich einmischt, die bestimmt nicht weiß, was Liebe ist. Für ihn sind Kinder doch nur ein Geschäft, bloß eine Möglichkeit, Geld zu verdienen!<

Obwohl er mit dem ersten Schrei des eingesperrten Jungen gerechnet hat, zuckt er zusammen. Er stellt sich vor, wie der Junge vor der geschlossenen Tür steht und die Klinke nicht erreichen kann. Der Schrei löst wie der erste Schuss bei einem Hinterhalt blinde Panik aus. Die Schreie des Gefangenen, Wutausbrüche, Fäustchen trommeln gegen die Tür … und die Schmerzensschreie des armen Petrone bei den ersten Schlägen und Verbrennungen. Die unglaubliche Anspannung der Stimme in dieser seidigen Kehle, die ohnmächtige Gewalt in den kleinen Lungen.

>Bringen sie es tatsächlich fertig, ihn einfach schreien zu lassen?<, fragt er sich und wälzt sich auf dem Bett wie auf einer Folterbank. Am liebsten würde er sich die Ohren verstopfen, aber er muss auf der Hut sein. Noch besser, er würde angreifen, stattdessen muss er hilflos ausharren. Die Hände, mit denen er das Kopfende umklammert, würden lieber mit dem Holz verschmelzen, um sich nicht zu gewalttätigen Fäusten zu ballen oder nach dem Horngriff des Messers zu greifen.

Die Schreie brennen wie Peitschenhiebe, doch bald gehen sie in ein stoßweises Schluchzen über, und die resignierten Schläge der Händchen drücken weniger Wut als fassungslose Traurigkeit aus, so als fragte er, »warum«? Selbst die Stille in der feindlichen Wohnung wirkt beklemmend.

Der Alte hockt in seinem Zimmer und könnte Bomben legen und mit Dynamit um sich werfen, bis ganz Mailand zerstört ist. Aber er kann dem Kind nur stumme Durchhalteparolen schicken. ›Beruhige dich, Brunettino, ich bin gleich da! Schrei nicht, das bringt nichts. Du wirst nur heiser, und dann quälen sie dich wieder! Sei still! Täusche sie, damit ich zu dir kommen kann! Gib nicht auf, ich bin ja da!‹

Aber der Kleine kennt noch keine Kriegslisten und verblutet aufrecht an vorderster Front, nur noch Schluchzen, eine verlorene Klage, Verzweiflung. Manchmal bricht ein Schrei oder ein Stöhnen aus ihm heraus, aber das ist bloß Petrones Todesröcheln, die Pausen dazwischen werden immer länger. Bis die Niederlage feststeht und vollkommene Stille einkehrt: eine unermessliche Leere, die das Haus zum Abgrund macht.

Die Qual des Alten erreicht im Schmerz dieser Stille ihren Höhepunkt; sie war vorauszusehen, aber sie zerreißt ihm trotzdem die Seele. Schweißgebadet stellt er sich das hilflose Opfer vor, den Kleinen, einsamer als je zuvor, der jetzt nicht mal mehr an diesen Alten glaubt, mit dem er einen Pakt geschlossen und in dessen Arme er sich geflüchtet hatte, bevor er von ihm verraten wurde. Ist er hinter der Tür ohnmächtig geworden? Vielleicht schlägt er in seiner Verzweiflung blind um sich wie ein gefangener Hirsch … Wer weiß, ob er auf der Suche nach einem Fluchtweg nicht einen Stuhl ans Fenster schiebt, hochklettert, das Fenster öffnet und … Madonna!

Der Gedanke an diese Gefahr macht ihn blind. Er vergisst die Eltern und alles Übrige. Wie ein Funke hat das Zuschlagen der Tür die Lage zum Explodieren gebracht. Die Stunde des Angriffs ist gekommen, und der Alte rückt lautlos vor, um den Gefangenen zu befreien und ihm seinen Glauben ans Leben zurückzugeben.

Staunend steht der Alte vor Valerios kleinem Wagen.

»Deiner? Hast du nicht Bäume beschnitten, weil du Geld brauchtest?«

»Er gehört meinem Vater, ist schon alt.«

»Und du bist der große Revoluzzer, was? Mit Papas Unterstützung, versteht sich.«

Diese Leute überraschen ihn auf Tritt und Schritt. Sogar Valerio! ›Das sind keine Italiener‹, denkt der Alte, der heute nicht besonders tolerant ist. Hätte er doch bloß vor Weihnachten nicht zugesagt! Das zum Gefängnis gewordene Kinderzimmer nimmt ihm jegliche Lust.

Sie betreten die Fakultät durch einen Seiteneingang. Schmale Gänge, dünne Wände, kleine Türen mit Namensschildern. Sie gehen in den Aufnahmeraum und begrüßen eine junge Frau im weißen Kittel. ›Sie sieht aus wie Simonetta, dieselbe Ausstrahlung.‹

»Hallo, Flavia. Das ist Signore Roncone, von dem wir Aufnahmen machen wollen.«

»Freut mich.«

›Sogar ihre Stimme erinnert mich an Simonetta.‹

»Was macht ihr denn sonst hier?«

»Wir erforschen Stimmen.«

»Aha, so was wie Gesangsunterricht, also?«

›Dieses Mädchen ist wie geschaffen für die Bühne.‹

»Nein. Wir analysieren sie«, lacht sie. »Wollen Sie Ihre Stimme mal sehen?«

»Kann man sie denn sehen?«

»Ja, in einem Spektrographen. Dauert nur einen Augenblick.«

Sie setzen ihn vor ein Mikrophon und einen Bildschirm. Die junge Frau tippt etwas ein, und der Bildschirm fängt an zu flimmern. Man hört ein leises Summen, dann läuft eine waagerechte Linie durch die Mitte des Schirmes wie ein Äquator.

»Sagen Sie irgendwas.«

Der Alte bereut immer mehr, sich auf dieses mailändische Spielchen eingelassen zu haben. Lächerlich! Er kann seine instinktive Abwehr nicht unterdrücken und schleudert ihnen den Ruf der Hirten in den Bergen entgegen:

»Heppa! Heppaaaaa!«

Im nächsten Augenblick bereut er es schon. Sie werden ihn für einen hergelaufenen Kerl halten, dabei ist er Salvatore Roncone. Aber die Wirkung des Schreis ist faszinierend: Die Äquatorlinie auf dem Bildschirm verwandelt sich in zuckende Schlangen oder in Wellenlinien, die wie Peitschenschnüre aussehen. Valerio lächelt zufrieden.

»Haben Sie gesehen? Ihre Stimme!«

Der Alte will aufstehen, aber das Mädchen hält ihn zurück.

»Entschuldigen Sie. Würden Sie das bitte wiederholen? Ich möchte die Stimme fotografieren.«

›Wollen die mich auf den Arm nehmen? Aber diese neue Simonetta ist wie ein kleines Kind! Wenn sie Spaß haben will, dann spielen wir eben, was soll's.‹

»Heppa! Heppaaaaa! Genügt das?«

»Ja, vielen Dank.«

»Interessant?«, fragt Valerio.

»Ja, sehr. Eine Stimme wie die eines Fünfzigjährigen.« Das Mädchen wendet sich dem Alten zu. »Und Sie werden älter als sechzig sein, nehme ich an?«

»Siebenundsechzig. Aber ich gebe langsam den Löffel ab.«

Sie sehen ihn erstaunt an, halten es dann aber für einen Scherz, einen weiteren jugendlichen Zug des Alten.

»Ich schicke dir ein Foto, Valerio, damit du es dem Signore

geben kannst«, erklärt das Mädchen zum Abschied, nachdem sie sich die persönlichen Daten des Alten für das Archiv notiert hat.

»Es ist also wahr?«, fragt der Alte auf dem Gang. »Es ist meine Stimme? Und man kann sie fotografieren?«

»Wie ein Gesicht. Oder haben Sie es für einen Scherz gehalten?«

›Großartig! Ich habe die Stimme eines Fünfzigjährigen! Sobald dieser Hurensohn abgekratzt ist und ich zurückgehe, werden sie den Mund nicht mehr zukriegen vor Staunen, wenn ich in Beppos Café das Foto zeige. Keinem da hat man die Stimme fotografiert, nicht mal in Catanzaro! Die wissen nicht mal, dass man das kann.‹

Valerio stellt in seinem kleinen Büro das Tonbandgerät auf.

»Fangen wir an? Was meinen Sie? Erzählen Sie etwas, damit ich es morgen Professor Buoncontoni vorspielen kann.«

»Was denn?«

»Irgendwas aus Kalabrien. Was Ihnen gerade einfällt.«

Aber dem Alten geht im Moment nur die eine Geschichte durch den Kopf, die sich Nacht für Nacht wiederholt.

»Was Ihnen gerade einfällt«, beharrt Valerio angesichts seines Schweigens und drückt auf die Taste. Jetzt läuft das Band von einer Spule zur anderen, aber der Alte fühlt sich unter Druck gesetzt. »Woran denken Sie gerade?«

»An ein Kind. Einen Jungen in einer Grube. Also eingesperrt.«

Es ist ihm so herausgerutscht! Er nimmt sich zusammen. ›Vorsicht mit diesen Leuten. Du kannst ihnen doch nicht alles erzählen. Wer weiß, was sie später daraus machen.‹

»Sehr schön. Ist es eine alte Geschichte? Wo hat man ihn eingesperrt?«

»Ja, es ist lange her ... in einer Art Höhle. Und es war kein Kind, sondern schon ein richtiger Junge, als sie ihn einsperrten und den Eingang zumauerten.«

Die Spulen drehen sich. Valerio bemerkt eine Veränderung im Alten: Jetzt konzentriert er sich. Die Worte sprudeln nur so aus ihm heraus. Der Alte ist erleichtert, dass er die Sorgen, die ihn plagen, loswerden kann.

»Die Eltern hatten ihn eingesperrt, die Könige des Landes. Sie waren nicht böse, sie liebten den Prinzen. Er war schön wie ein Engel! Aber nach seiner Geburt kam ein böser Zauberer und prophezeite, dass der Kleine als Erwachsener seine Eltern töten und das Reich untergehen würde. Was sollten sie tun? Ihm die Kehle durchschneiden? Ihn ins Meer werfen? Sie brachten es nicht fertig, also mauerten sie ihn in der Höhle ein. Und drei Tage und drei Nächte lang ...« (›Immer sind es drei Tage und drei Nächte. Oder sieben mal sieben‹, denkt Valerio und merkt sich diesen Punkt für seine Dissertation über die Überlieferung der alten Mythen im Mezzogiorno. ›Und das hier ist der Mythos von Ödipus und Laios, seinem Vater!‹) »... hörte man ihn von draußen. Am ersten Tag sang er:

> Eltern, holt mich hier heraus.
> Ich bin euch ein wahrer Sohn,
> Hab doch nicht verdient den Lohn,
> So zahlt sich meine Liebe aus.

Der Alte hat es im gleichen monotonen Tonfall vorgetragen wie *zia* Panganata, obwohl diese Verse aus einer anderen Geschichte stammen, wie er sich jetzt erinnert, von einem verstoßenen Mädchen, das man in einen Brunnen geworfen hatte. Valerio ist begeistert.

»Am zweiten Tag betete er nur noch, und am Ende des dritten Tages hörte man ihn nicht mehr. Da weinte die Königin, und der König nahm sie in die Arme, und sie gaben sich gegenseitig die Schuld. ›Du hast es so gewollt!‹ ›Das ist nicht wahr, du warst es ...‹ Die Menschen hatten Mitleid mit dem Prinzen und begannen, die Steine am Eingang abzutragen. Als sie bis zu dem Kind, ich meine, dem Jungen kamen, lag dieser auf dem Boden so schön wie immer, aber tot. Der Leibarzt des Königs stach ihn in den Finger, doch es floss kein Blut, und alle sagten: Es ist zu spät.«

›Mit welcher Sicherheit er erzählen kann‹, sagt sich Valerio. ›Er spricht wie ein Prophet, er ist ein lebender Mythos. *Dottoressa* Rossi wird begeistert sein.‹

»Da kam ein alter, sehr alter Mann von den Bergen herunter, mit einem weißen Bart und einem Hirtenstab. ›Ich werde den Prinzen erlösen‹, sagte er, und da sahen alle, dass er ein guter Zauberer war, weil er eine Stimme hatte wie Glas. So kam es. Der Mann schlitzte mit seinem Messer, das einen Griff aus Horn hatte, eine Herzschlagader am Arm des Jungen auf und schüttete aus seinem Hirtenhorn eine rote Flüssigkeit auf die Wunde. Die Menschen hielten es für Pflanzensaft, in Wirklichkeit aber war es sein eigenes Blut. Der Prinz erwachte zum Leben, stärker als je zuvor, erhob sich, umarmte seine Eltern und herrschte noch viele Jahre, ohne dass sich die Prophezeiung erfüllte. Und bis an sein Lebensende erinnerte er sich an den Alten aus den Bergen, der verschwunden war, sobald er sein Wort eingelöst hatte.«

Valerio drückt auf eine Taste, es knackt, und die Spulen bleiben stehen.

»Erzählt man das so in Kalabrien?«

›Was heißt hier erzählen? Das sind keine Märchen! Es ist wahrer als die Bücher – aber Vorsicht bei diesen Leuten!‹

»Ja natürlich! Wieso?«

»Weil es ein sehr altes Thema ist. Zweifellos eine Version des Frühjahrsmythos, das Wiedererwachen der Natur. Interessant ist, dass in den bekannten Mythologien immer die Frau das Leben spendet.«

»Wie? Du hast diese Geschichte schon mal gehört?«, fragt der Alte überrascht.

»Nicht genauso. Wie ich sagte, meistens ist es eine Frau: Ischtar rettet Tammuz, den Grünen, Isis erweckt Osiris wieder zum Leben und so weiter. Es ist ein sehr verbreiteter Mythos.«

»Mag sein!«, entgegnet der Alte energisch. »Aber von einer Frau ist keine Rede. Die Geschichte geht so, wie ich sie erzähle: Ein alter Mann aus den Bergen.«

›Ein echter, richtiger Mann‹, wiederholt der Alte für sich. ›Ich werde die Steine dieser Tür abtragen und dich zum Leben erwecken. Wie Torlonio unseren David, nur dass du leben wirst: Dich wird niemand erschießen.‹

In der Zwischenzeit hat Valerio das Band etwas zurückgespult und drückt auf eine andere Taste, um zu sehen, wie die Aufnahme geworden ist. Die Stimme des Alten wiederholt die letzten Worte:

»…und bis an sein Lebensende erinnerte er sich an den Alten aus den Bergen, der verschwunden war, sobald er sein Wort eingelöst hatte.«

»Nicht mehr und nicht weniger«, bekräftigt der Alte mit der jungen Stimme.

Den ganzen Tag hat es geschneit, und jetzt verstärkt die weiße Schneedecke die Reflexe der Straßenlaternen und Leuchtreklamen, die den Dunst aus Nebel und Rauch durchdringen. Das Kinderzimmer ist erfüllt von einem geheimnisvollen Licht, und in der tiefen, zeitlosen Stille hört man nur das Atmen des Alten, das den Atem des Kindes in dem durch einen magischen Pakt abgesteckten Reich begleitet.

Der Alte hält den in eine Decke gehüllten Jungen in den Armen. Das kleine, schläfrige Köpfchen ruht auf der knochigen linken Schulter, das Gewicht des kleinen Körpers dagegen auf dem rechten Unterarm. Kostbare Last! Von draußen umhüllt sie der Schnee mit einer weißen Decke, um sie zu schützen. Kein Wolf wagt sich auf diesen Neuschnee, wo er verräterische Spuren hinterlassen würde.

Für das Privileg dieser Last, für die Chance, den Geruch seines Lämmchens aus solcher Nähe einatmen zu können, schläft der Alte in ständiger Anspannung. Sogar durch die geschlossene Tür weckt ihn das erste Quietschen des Bettchens, wenn der Kleine unruhig wird. Schnell! Wenn er auch nur eine Sekunde zu spät kommt, ist Brunettino an der verfluchten Barriere und kämpft allein auf die einzige Art, die er kennt. Er weint und hämmert gegen die Tür. Der Alte springt aus dem Bett und öffnet gerade noch rechtzeitig die Tür, um den kleinen Engel aufzuhalten, der bereits aus dem Bettchen geklettert ist.

>Halt, mein kleiner Kamerad. Da ist kein Durchkommen. Und wenn man nicht vorrücken kann, gräbt man sich ein. Ich bin gekommen, um dein Gefängnis in eine Verteidigungsstellung zu verwandeln. Du bist zwar eingekesselt, aber ich weiß, wie man

die feindlichen Linien durchbricht. Es ist mir oft gelungen! Und jetzt sei still: Der Feind hört mit.‹

Mit dem Kleinen auf dem Arm tritt der Alte glücklich ans Fenster, als wollte er ganz Mailand seinen Triumph zeigen oder ihn seinem Freund, dem Schnee vorstellen. Danach wiegt er ihn hin und her, bis er einschläft und der Alte ihn ins Bettchen legt.

›Siehst du, Brunettino. Ich habe es versprochen, und hier bin ich und halte Wache. Schlaf, mein Engel; genieß deinen Frieden. Erschrockene Lämmchen beruhigen sich auch so, wenn man sie auf den Arm nimmt und mit ihnen spricht, und wenn du …‹

Eine Türangel quietscht, drüben im Schlafzimmer. Hastig geht der Alte unter dem Wickeltisch in Deckung, der mit einem Vorhang versehen ist. Die Tür öffnet sich, jemand dringt in ihr Gebiet ein. Unter dem Vorhang entdeckt der Alte Andreas nackte Füße in ihren Gummilatschen. Die Frau steht reglos da und nimmt Witterung auf wie eine vorsichtige Hirschkuh. ›Gut, dass ich nicht mehr rauche … und sie keine gute Nase hat.‹

Andrea tritt ans Bett. Als er ihre Fersen sieht, riskiert der Alte einen Blick aus seinem Versteck. Mit dem Rücken zu ihm beugt sie sich über den Kleinen, bringt ihn in eine bequemere Lage und deckt ihn liebevoll zu. ›Ja, die Gesten sind mütterlich‹, muss der Alte verwundert einräumen. ›Wer hätte das gedacht?‹

Drei stumme Wesen im unwirklichen Licht der verschneiten Stadt. Schließlich küsst Andrea den Kleinen sanft und geht aus dem Zimmer. Wieder hört der Alte die verbündete Türangel und kommt aus seinem Versteck. ›Ein Glück, dass es ihr nie einfallen würde, mich in meinem Zimmer zu besuchen‹, sagt er sich spöttisch.

Er setzt sich auf den Boden. Sein Gesicht reicht gerade noch über den Rand des Bettchens, so dass sich sein Gedankenstrom direkt über die Stirn des Kleinen ergießt.

›Du wirst nie wieder allein sein, mein Brunettino; alle meine

Nächte gehören dir. Ich habe dir viel zu erzählen, alles, was du wissen solltest, alles, wozu ich lange gebraucht habe, um es zu verstehen, weil ich ein Dickkopf bin, ja, und auch das, was ich erst durch dich erfahren habe. Du zeigst mir viel, du bist ein Zauberer, ein kleiner Zauberer, weil du unschuldig bist wie der dumme Borbella. Mit seinen fünfundfünfzig Jahren hatte er noch keine Frau angerührt, aber seine blauen Augen konnten einem bis auf den Grund des Herzens sehen und nahmen einem Sorgen und Krankheiten weg, wie man den Hühnern die Eier wegnimmt. Mit meiner Stimme wirst du einschlafen wie neben einem Bach im Schatten. Einen besseren Schlaf gibt es nicht. Und weißt du was? Ich habe eine sehr junge Stimme. Fast wie deine, wenn du vor diesem Bildschirm sprechen und all diese verrückten Schlangen aufscheuchen würdest. Wie gerne würde ich dich sprechen hören! Ich möchte so gerne erleben, dass du mit mir sprichst! Bestimmt ist deine Stimme wie meine. Die Stimme eines Kameraden, nicht wahr? Deshalb spreche ich wie ein Mann zu dir und erfinde nicht irgendwelche Märchen wie für die Professoren. Die bewahren sie nur in ihren Maschinen auf, du aber hörst mir zu, wie ein Eichhörnchen auf dem Ast. Sie verstehen mich nicht, du hingegen ja, die Worte bilden ein Nest in deiner kleinen Brust. Eines Tages wirst du dich plötzlich an sie erinnern. Du wirst nicht wissen, woher sie kommen, aber ich werde es sein, der sie wieder zum Vorschein bringt, so wie du jetzt längst vergangene Dinge in mir. Du bringst mir David, Dunka und die alten Hirten wieder; von David und Dunka werde ich dir noch mehr erzählen. Sie haben mir so viel im Leben geschenkt! Und ich verstand nichts, ich wusste einfach nicht, wie man ein Eichhörnchen ist. Jetzt käue ich dieses Leben wieder wie meine Schafe, weil du mich antreibst, mir Mut machst und weil sich mit dem Alter auch die Zügel lockern. Man wird durcheinander gewirbelt. Als wollten sie dich dreschen und im Wind zerstreuen, um die Spreu vom Weizen zu trennen. Als würden sie dich in der Kelter zerstampfen, um Wein aus dir zu machen. Das ist meine Weinlese, du verstehst mich. Ich werde dir vieles erzählen, damit du deinen Großvater kennen lernst und ihn dorthin mitnimmst, wohin ich nicht mehr gehen kann. Ich werde alles sein, was dir fehlt, dein Vater und sogar deine Mutter, Nacht für Nacht. Ja, sogar deine Mutter! Stell dir vor! Wann hätte ich das jemals gedacht? Du wirst nie allein schlafen; ich habe auch nie allein geschlafen, ich hatte dieses Glück. Jetzt schon, aber uns Alten leistet die Vergangenheit Gesellschaft. Ja, ich hatte Glück. Als Hirtenjunge verbrachte ich den Winter bei meiner Mutter, den Sommer bei Lambrino in den Bergen, dem armen Lämmchen, später unter den Hirten oder den Burschen oder bei den Kühen, bei ihnen hat man es schön warm. Noch später waren es die Partisanen. Und die Frauen natürlich! Ach, die Frauen, mein Junge! Wenn du eine neben dir hast, spürst du sie sogar im Schlaf, ihre Wärme, ihr Haar, ihre Haut. Was für ein Wunder! Frauen sind das Schönste im Leben, auch wenn sie dich später betrügen oder du sie satt hast. Sie in deiner Nähe zu haben ist das Größte. Du wirst meine Glücksbringer erben, ich werde sie dir rechtzeitig in diesem Beutelchen übergeben. Im Moment erweckst du mein Glück wieder zum Leben, du munterst mich auf, die Erinnerungen kehren zurück, Sehnsucht und Lust brennen in mir. Es ist die Liebe, mein Junge, dafür gibt es keine Worte, nein, nein, es gibt keine Worte …‹

Was hat sie bloß? Sie kann doch nicht böse sein wegen der Diskussion neulich<, sagt sich der Alte auf dem Weg in die Via Borgospesso. >Ich habe nichts Schlimmes gesagt, aber Frauen ärgern sich manchmal über Dinge, auf die unsereins nie kommen würde …<

Er zweifelt nicht an Hortensia, sie ist eine anständige Frau, auch wenn sie wie alle Frauen Flausen im Kopf hat, aber er hat sich seitdem nicht wieder mit ihr getroffen und muss ihr unbedingt von dem Erfolg seiner Taktik bei der Rettung des Kleinen berichten. Obwohl er immer noch eingesperrt wird, ist die Folter zu Ende. Der Kerker hat sich wieder in ein Kinderzimmer verwandelt. Der Alte hat die Einsamkeit besiegt; seine Gegenwart hebt die Verbannung auf. Und wenn der Kleine morgens lacht und Anunziata ihn »mein Prachtkerlchen« nennt, denkt der Alte: >Das haben sie mir zu verdanken … auch Andreas gute Laune, die sich damit brüstet, dass der Kleine sich endlich daran gewöhnt hat, allein zu schlafen, dabei bin ich es. Was mich nur wurmt, ist, dass auf diese Art der verdammte *dottore* Recht behält.<

Die Taktik funktioniert schon; der Kleine hat das Manöver verstanden. Der Alte hat es ihm bis ins kleinste Detail erklärt, während er ihn auf dem Arm hielt, so verstehen Kinder am besten. >Solltest du wach sein, wenn deine Mutter reinkommt und ich mich unter dem Wickeltisch verstecke, dann darfst du nicht mit dem Fingerchen auf mich zeigen! Es würde dir bestimmt Spaß machen, aber du darfst mich nicht verpfeifen, das ist kein Spiel! Wir sind im Krieg, und ich muss mich tarnen, verstehst du? Wir müssen den Feind überlisten. Einen Kameraden verrät man nicht!<

Der Kleine ist clever, er spielt das Spiel mit; Hortensia wird sich freuen. Sie ist unsere Verstärkung, die zweite Verteidigungslinie. Auch Signora Maddalena hilft, aber sie leistet bloß logistische Unterstützung, außerdem hat sie mit ihrem eigenen Krieg genug zu tun. Hortensia ist unsere Zuflucht, sie ist … genau, das Gebirge!‹ Deshalb sucht der Alte sie jetzt auf und klingelt unten am Eingang. Keine Reaktion, obwohl man die Klingel oben hören kann. ›Ob sie unerwartet verreisen musste? Sonst ist sie um diese Zeit immer zu Hause!‹

Das Tor geht auf, und eine Frau sieht den Mann misstrauisch an.

»Zu wem wollen Sie?«

»Zu Signora Hortensia. Linke Dachwohnung.«

Die Frau hält ihn für einen Verwandten aus dem Süden und wird sofort freundlich.

»Ach, die Arme. Sie ist seit ein paar Tagen krank! Wussten Sie das nicht? Sie muss das Bett hüten, glaube ich. Aber machen Sie doch nicht so ein Gesicht, guter Mann. Wenn es etwas Ernstes wäre, hätte man sie ins Krankenhaus gebracht. Kommen Sie herein, gehen Sie zu ihr hoch.«

›Wie langsam der verfluchte Aufzug ist! Na endlich!‹

Die Tür zur Dachwohnung ist nur angelehnt. Und nun? Er klopft leise. Keine Antwort. ›Ob sie allein ist? Was, wenn ihr etwas zugestoßen ist?‹ Er nimmt sich ein Herz und geht durch den Flur. Ein erschrockenes »Wer ist da?« hält ihn auf, und er nennt seinen Namen. Ein Aufschrei, und als er einen Blick ins Zimmer wirft, bewegt sich noch die zerwühlte Decke, unter der nur Hortensias Gesicht hervorlugt. Sie ist bis zum Hals zugedeckt.

»Um Gottes willen, komm bloß nicht rein!«

Der Alte bleibt eingeschüchtert stehen.

»Entschuldige, die Tür war nur angelehnt und da …«

»Geh weg, lass mich!«

Der Alte tritt einen Schritt in den Flur zurück und fragt erstaunt:

»Soll ich wieder gehen?«

Prompt kommt die Antwort.

»Wie könnte ich wollen, dass du gehst! Du Dummkopf, du Dummkopf.« Ein Schluchzen erstickt ihre Worte.

Jetzt ist der Alte vollends verwirrt. Was für eine verzwickte Lage. Soll er reingehen? Soll er im Wohnzimmer warten? Warum weint sie? Verflixte Weibsbilder!

Immer noch schluchzend sagt sie:

»Komm rein, komm rein! Steh nicht rum da!« Der Alte tritt in das Zimmer, und sie sagt: »Entschuldige, aber ich fühle mich so schwach. Und außerdem seid ihr Männer wirklich begriffsstutzig! Siehst du nicht, wie hässlich ich aussehe? Mein Haar ist sicher eine Katastrophe!« Dann lächelt sie schmeichelnd. »Aber du wirst dich nicht abschrecken lassen, oder?«

Bei diesem typisch weiblichen Satz gewinnt der Mann seine alte Sicherheit wieder. Gerührt nähert er sich dem Bett und betrachtet sie. Sie wischt sich mit dem Zipfel des Lakens die Tränen ab, ohne dass man ihre Hand sehen kann. Er sieht ein sauberes Taschentuch auf dem Nachttisch, greift danach und führt es zu dem von schwarzem, aufgelöstem Haar umrahmten Gesicht. Die Pranke, in Feinfühligkeit geübt durch das Zuknöpfen der kleinen Knöpfe, trocknet die restlichen Tränen. Das weibliche Lächeln zieht den Alten unwiderstehlich an.

»Bruno, Bruno, vielleicht ist es ansteckend«, murmelt sie nicht besonders überzeugend, als sie sieht, wie sich der Mund mit den Wolfszähnen zu einem Kuss verzieht. Angesichts der ausgesprochenen Gefahr weichen die Lippen von ihrem Weg zur Stirn ab und senken sich nur einen Augenblick lang auf ihren Mund. Dann richtet sich der Alte auf.

»Für alle Fälle, Hortensia!«

Fröhlich sehen sie sich an. Der Alte setzt sich ans Kopfende, und sie berichten einander. Sie wurde einen Tag nach dem Besuch im Café krank und konnte nicht mal mehr anrufen. Aber wie geht es dem Jungen? Ach, wie schön, das ist ja wunderbar! Die Leber; sie untersuchen gerade, ob es eine Hepatitis ist, und solange darf sie nicht aufstehen. Aber sie hat keine Schmerzen und kommt gut zurecht. Ihre Tochter bringt ihr Diätkost, schrecklich fade; hin und wieder schaut die Nachbarin von gegenüber herein, Donna Camila, eine gute Frau, auch wenn der Sohn missraten ist und sogar Drogen nimmt. Das Frühstück macht auch die Tochter, aber heute hat sie sich verspätet.

»Es ist doch schon zehn, Hortensia. Wie kann sie dich so vernachlässigen!«

»Ach, mein armes Mädchen, sie hat schon so viel am Hals!«

Böse denkt der Alte, dass alle Kinder gleich sind. Er fragt, was sie normalerweise frühstückt, und schon ist er auf dem Weg zur Tür.

»Halt, nicht so schnell! Eins nach dem anderen. Gib mir das Ding da vom Stuhl.«

»Das Ding da« ist etwas Gehäkeltes, Malvenfarbenes mit Bändern. Er legt es auf die Bettdecke, ohne dass sie die Hand unter der Decke hervorstreckt, um danach zu greifen.

»Und jetzt bring mir die Bürste mit den Kämmen aus dem Bad und den kleinen Spiegel daneben.«

Der Alte kommt zurück und stellt alles auf den Nachttisch neben die Medikamente und ein Fläschchen Eau de Cologne. Das vergnügte Lächeln der Frau verwandelt alles in ein Kinderspiel.

»So, und jetzt sieh zu, wie du in der Küche zurechtkommst, falls du etwas davon verstehst.«

»Ein Hirte kommt überall zurecht.«

»Ah, der gute Hirte! Aber mach nichts kaputt …« Als er aus dem Zimmer geht, ruft sie ihm nach: »Und komm bloß nicht ins Zimmer, bevor ich dich rufe!«

Aber es dauert keine Minute, bis sie nach ihm ruft. Er findet sie mit verzerrtem Gesicht sitzend, offenbar macht es ihr Mühe, sich aufzurichten.

»Hilf mir bitte … Ich bin so schwach!«

Ihre flehende Stimme rührt ihn. Mittlerweile deckt sie sich nicht mehr zu und versucht auch nicht, sich zurechtzumachen. Sie überlässt sich in ihrer Schwäche ganz den kräftigen Händen, die sie behutsam hochheben, verbirgt nicht den Ausschnitt ihres Nachthemdes und schenkt seinen aufmerksamen Ohren einen Seufzer der Erleichterung und des Wohlbefindens. Der Mann fühlt einen reifen fiebrigen Körper unter dem Stoff, aber zu seinem Erstaunen erweckt er keine sexuelle Lust, sondern nur tiefe Zärtlichkeit. Was ist los mit ihm? Er ist nicht mehr derselbe, seit er in Mailand ist, jeden Tag wird es ihm bewusster. Wird er alt, oder ist es die Schlange? Während er die Frau mit den Händen stützt, fallen ihm plötzlich die Krieger im Museum ein, und das bringt ihn noch mehr durcheinander. *Pietà* haben sie die Skulptur genannt, dann ist er also die Madonna. Oder gibt es *Pietà* auch für Männer? Er ist verwirrt.

»Sitzt du bequem?«

Wie ist es möglich, dass er so ruhig spricht, wenn ihm derart verrückte Gedanken durch den Kopf schießen? Der Bruno von früher hat nicht so viel nachgedacht.

»Ja, sehr, danke Bruno.«

Sie nimmt eine seiner Pranken in ihre Hände und drückt sie auf eine Art, die den armen Mann völlig verstört. Er flüchtet in die Küche, um das Frühstück vorzubereiten.

Als die Tochter kommt, unterhalten sich die beiden. Die Frau wirft dem Alten einen neugierigen Blick zu und schimpft mit ihrer Mutter, weil sie sich im Bett aufgerichtet hat, aber man merkt, dass sie froh ist, keine Zeit verlieren zu müssen und wieder gehen kann, nachdem sie sich aufgeschrieben hat, was sie beim nächsten Mal mitbringen soll.

Sie bleiben allein. Der Alte erlebt einen zauberhaften Vormittag, er genießt es, etwas für sie zu tun, und führt sogar Anweisungen aus, die er für völlig unnötig hält, wie den Staub von einem Möbelstück zu wischen, das wie die ganze übrige Wohnung vor Sauberkeit glänzt. Es ist, als sorge er für seinen Enkel, nur ist es diesmal eine hilflose Frau, die auf ihn angewiesen ist. Er bringt sie sogar zur Toilette, als sie muss, und holt sie wieder ab, um sie zum Bett zurückzuführen, das er in der Zwischenzeit gemacht hat. Als sie es sieht, sagt sie:

»Das auch noch, Bruno. Was bist du für ein wunderbarer Mann!«

›Was? Das soll männlich sein?‹, fragt sich der Alte auf dem Heimweg, nachdem sie sein Angebot abgelehnt hat, bei ihr zu bleiben. ›Aber was für ein großartiges Gefühl, jemanden zu pflegen! Die Frauen haben Glück, na ja, zumindest, was das angeht. Jetzt verstehe ich, warum Dunka meine Wunde pflegte und sich um mich kümmerte, als ich nicht gehen konnte! Dunka, so anders und ihr doch so ähnlich! Warum habe ich das nicht öfter gemacht und mich so um jemanden gekümmert? Aber wie hätte ich das wissen sollen? Niemand hat es mir beigebracht. Ich bin mit meinen Fäusten groß geworden. Allerdings ist es nie zu spät, was, Rusca? Ich habe mit Brunettino angefangen, und er hat mich zu Hortensia geführt. Rusca, ich bitte dich, denk an den Kleinen, er braucht mich noch. Drängel nicht so, hörst du? Sonst kriegt der Arzt morgen einen Schreck.‹

Signore Roncone, bitte«

Dieselbe junge Krankenschwester. Die Untersuchung beginnt wie letztes Mal. Am Morgen musste er wieder den Brei schlucken, vor Brunettinos verblüfften Augen, der lauthals nach seinem Anteil schrie. Der Alte hat sich mit Geduld gewappnet, um dieselbe Tortur auf sich zu nehmen, aber er hat sich geirrt. Die Ähnlichkeit mit der ersten Untersuchung hat ein Ende, sobald er durch die Tür tritt. Auf der anderen Seite des Sprechzimmers erwartet ihn Professor Dallanotte höchstpersönlich und streckt ihm die Hand entgegen.

»Wie geht es Ihnen, lieber Roncone? Wie fühlen Sie sich?«

Der Alte ist so überrumpelt, dass er die Höflichkeiten kaum erwidert.

»Kommen Sie … Dieses Mal werden wir Sie nicht quälen. Wir wollen nur sehen, wie sich Ihr Problem entwickelt.« Der Professor lächelt. »Die Schlange, nicht wahr? Wie hieß sie noch?«

»Rusca, Professor, Rusca«, erwidert der Alte das Lächeln. »Ich nehme an, dass sie immer fetter wird.«

»Ja, genau, Rusca. Wir werden es gleich sehen. Machen Sie sich bitte frei.«

Man führt den Alten in seinem grünen Kittel in den Röntgenraum, wo der Professor sich die alten Aufnahmen ansieht. Er legt den Alten unter das Gerät und untersucht ihn.

»Ach, da ist es ja«, ruft der Arzt. »Ihr Andenken an die Einnahme von Cosenza. Übrigens, kennen Sie den Senator Zambrini?«

»Den Kommunisten? Nein, nur vom Namen her.«

»Nun, er kennt Sie aber. Gut, ich bin fertig. Ich sehe Sie gleich.«

Der Professor geht, und ein Assistent macht noch einige Aufnahmen und schickt ihn in die Kabine, damit er sich wieder anzieht.

»Schon?«

»Der Professor braucht nicht mehr. Wir haben Sie im November gründlich untersucht. So schnell verändert sich da nichts, Signore Roncone«, lächelt der Assistent.

›O doch!‹, sagt sich der Alte, während er sich anzieht und seinen Brustbeutel berührt. ›Sonst würden sie es nicht schon wieder sehen wollen. Und der Hurensohn von Cantanotte gibt den Löffel immer noch nicht ab! Madonna!‹

Sie geleiten ihn nicht ins große Sprechzimmer, sondern in einen kleineren Raum, in dem der Professor an einem Schreibtisch sitzt. Der Alte setzt sich ihm gegenüber auf den einzigen anderen Stuhl. Die einfache Tischlampe mit dem schwenkbaren Arm, wie Schüler sie haben, überrascht ihn. Der Professor lächelt ihm zu.

»Oh ja, lieber Roncone. Senator Zambrini kennt Sie. Ein guter Freund von mir, obwohl ich kein Kommunist bin. Ich interessiere mich nicht mal für Politik. Sie kennen ihn auch. Sie haben gemeinsam in Cosenza gekämpft.«

»Tut mir Leid, ich komme nicht drauf, obwohl ich mich an die guten alten Zeiten sonst sehr gut erinnern kann.«

»Wahrscheinlich, weil er damals anders hieß. Man nannte ihn Mauro. Und Sie hießen Bruno, nicht wahr?«

Plötzlich durchfährt es den Alten wie ein Blitz.

»Mauro! Er hat den Widerstand in der Großen Sila angeführt, am Monte Sorbello und am Lago Arvo! Woher kennen Sie denn meinen Partisanennamen? Wie haben Sie mich mit ihm in Verbindung gebracht?«

»Zambrini war vor einer Woche in Mailand. Wir haben uns

über alte Zeiten unterhalten, und er kam auf Cosenza zu sprechen. Ich erzählte ihm, dass einer meiner Patienten immer noch eine Kugel im Körper hätte, und als ich Sie beschrieben habe, hat er Sie sofort erkannt. ›Das muss Bruno sein!‹, hat er gesagt. Er würde Sie gerne treffen, wenn er das nächste Mal nach Mailand kommt.«

»Hm, mich? Zambrini ist also Mauro … Männer wie ihn gibt es nicht viele, Professor!«

»Und dass es ihn noch gibt, hat er Ihnen zu verdanken. Wenn Sie in der Nacht nicht rechtzeitig gekommen wären, hätten die Deutschen Sie alle in die Pfanne gehauen. Das waren seine Worte, ›in die Pfanne gehauen‹!«

»Kann man wohl sagen«, schmunzelt der Alte. »Die Deutschen hatten Flammenwerfer bekommen und verbrannten uns bei lebendigem Leib. Aber meine Männer haben sie überrascht, ihnen zwei abgenommen und den Spieß umgedreht. Danach haben wir die Dinger in den Crati geworfen; wir hatten keinen Sprit dafür. Schade, eine großartige Erfindung! Wir haben mit leeren Händen gekämpft, nur mit den Waffen, die wir erbeuteten. Sieh einer an, der Mauro! Es heißt, er sei immer noch genauso unerschrocken wie früher, obwohl er in die Politik gegangen ist, wie alle anderen auch!«

»Zambrini hat mir so viel von ihren Heldentaten erzählt« – der Alte winkt bei dem Wort »Heldentaten« ab –, »dass ich Sie bitten muss, alles, was ich Ihnen neulich sagte, zu vergessen und mich als ihren Freund zu betrachten. Glauben Sie mir, nicht alle Kranken haben Ihren Charakter. Die meisten brauchen solche Worte. Also … Schwamm drüber?«

»Ist längst vergessen. Und wenn Sie Mauros Freund sind, dann erst recht.«

»Noch was. Ich selbst war zwar kein Hirte, dafür aber mein Großvater.«

»Wo?«, fragt der Alte neugierig.

»Im Norden, in den Dolomiten. Sehen Sie, es ist das einzige Foto, das ich noch habe.«

Es hängt vergilbt an der Wand. Dieselben hellen Augen wie der Enkel. Schnurrbärtig, in der Uniform der Gebirgsjäger des Ersten Weltkriegs, den spitzen Hut mit der aufgesteckten Feder stolz auf dem Kopf.

»Sehen Sie, lieber Freund Roncone. Wir haben einiges gemeinsam.«

Der Alte wird ernst.

»Dann können Sie mir den Gefallen tun, den sie mir letztes Mal verweigert haben. Sagen Sie mir, wie lange ich noch habe. Haben Sie heute etwas Neues entdeckt?«

»Nein, Rusca geht ihren Weg, aber Sie halten dagegen. Ich hatte Ihnen aber doch geantwortet, dass eine Prognose unmöglich ist. Ein anderer an Ihrer Stelle wäre längst tot, aber Sie sind hart wie Stahl, zum Glück.«

»Sagen Sie mir, wie viel bestenfalls. Ich muss es wissen.«

Der Professor fragt den Alten eingehend über seinen Zustand aus, über seine Schmerzen, seine Reaktion auf bestimmte Speisen, seinen Stuhlgang und Urin, und seine Fragen sind so präzise, dass der Alte schließlich erklärt:

»Meinen Glückwunsch, Professor. Sie fragen, als könnten Sie es am eigenen Leib fühlen.«

Der Professor blickt ihn ernst an. Das Licht der Tischlampe reicht nur bis zu seinem Kinn, doch die hellen blauen Augen funkeln in der Dunkelheit. Seine Antwort kommt langsam:

»Beglückwünschen Sie mich nicht. Ich leide an der gleichen Krankheit wie Sie.«

Damit hatte der Alte nicht gerechnet. Es macht ihn fast trauriger als sein eigenes Schicksal.

»Aber, Sie sind doch noch jung«, protestiert er.

Der Professor zuckt die Achseln. Der Alte bemerkt die Zigarettenstummel in einem Aschenbecher.

»Und Sie rauchen?«

Der Professor wiederholt seine Geste.

»Wenn Sie rauchen möchten ... Wir Ärzte müssen es verbieten.«

»Nein, ich habe aufgehört, wegen meines Enkels.«

Der Professor nickt und sagt wehmütig:

»Mein Sohn ist erst sechzehn.«

Sie schweigen und horchen auf die Stille, als erwarteten sie von einer unsichtbaren Gegenwart das letzte Wort.

»Ich habe immer noch nicht gehört, wie lange, Professor«, sagt der Alte schließlich.

»Ich werde es Ihnen sagen, weil Sie es verdienen, aber ohne Gewähr. Neun oder zehn Monate, wahrscheinlich kein Jahr. Und fragen Sie mich nicht, wie lange mindestens, weil die Antwort lautet: keinen Tag. Für Sie, für mich, für alle.«

»Neun oder zehn Monate!«, sagt der Alte überglücklich. »Sie schenken mir den ganzen Sommer! Danke Professor, das genügt mir!«

»Um mit dem gelähmten Nachbarn fertig zu werden?«, lächelt der Arzt verschmitzt. »Wie geht es ihm?«

»Miserabel! Er ist also auf dem besten Wege. Aber es ist nicht nur das. Ich muss noch erleben, wie mein Enkel mich *nonno* nennt oder *nonnu*, wie es bei uns heißt. Und diesen Sommer will ich ihn mit nach Roccasera nehmen, damit er sein Haus, sein Dorf, sein Land kennen lernt.«

Der Professor lächelt, und der Alte entdeckt plötzlich dasselbe Lächeln, das Don Gaetano, der Arzt in Catanzaro hatte, wenn er mit den Leuten vom Dorf sprach. Die Zigarette im Mundwinkel fehlt, aber das Lächeln ist das gleiche. Tapfer und schmerzerfüllt. Unendlich menschlich.

Der Alte hat den Kleinen ins Bett gebracht und setzt sich auf seinen harten Lehnstuhl vor dem Fenster. Das Telefon klingelt; Andrea hebt ab.

»Papa, ich meine, Großvater, es ist Rosetta.«

Leuchten Andreas Augen, nachdem sie die paar Worte gewechselt hat? ›Wenn es *das* wäre!‹, sagt sich der Alte und nimmt den Hörer. Es ist *das*.

»Wirklich? Wann wird er beerdigt?«

Er lauscht, ohne richtig zuzuhören. Von weit her dringt die Stimme in sein Ohr und erzählt ihm, was in seinen Träumen schon lange geschehen ist. In seiner Brust platzt ein Luftballon, trotzdem legt er mechanisch auf. Ohne dass er es gemerkt hat, sind Renato und Andrea zu ihm getreten. Er blickt sie an:

»Er ist verreckt«, erklärt er langsam. »Abgekratzt, krepiert.«

Die Kinder verblüfft seine Kälte. Auch er ist verblüfft, weil das, was er sich so gewünscht hat, ihm plötzlich wie etwas längst Vergessenes vorkommt. Gleichzeitig verspürt er eine große Leere, als hätte man ihm etwas gestohlen.

Schwerfällig geht er in sein Zimmer und legt sich aufs Bett, ohne das Licht anzuschalten. Er zieht die Decke bis zum Kinn hoch, taucht ein in die Gerüche von dort, die ihn sein ganzes Leben lang begleitet haben. Er starrt vor sich hin, aber er sieht nicht die Wand gegenüber, sondern die sonnenüberflutete Piazza, seine Freunde vor Beppos Tür oder an die Hauswände gelehnt. Aus Catanzaro sind einige Wagen gekommen, auch der Leichenwagen, der beste, den sie hatten. Er hört die Musikkapelle spielen. Er könnte genau sagen, wer in Trauerkleidung vorangeht und wer dem Trauerzug folgt. Er hört die Glocken läuten ... Er kann sogar den Leichnam im Sarg sehen, der durch die holprige Straße gerüttelt und geschüttelt wird, die schwarze Warze auf dem Ohrläppchen, das er ihm damals hätte abschneiden sollen. Er fragt sich, ob sie ihm die dunkle Faschistenbrille gelassen haben oder nicht. Er sieht alles vor sich, als wäre er selber dort, und kostet den Rhythmus seines eigenen Atems aus. Er berührt mit der Hand seine Brust, sein Geschlecht, seine Schenkel. ›Danke Rusca, gutes Mädchen; danke, Madonna, du kriegst deine Kerze‹, murmelt er. Aber jetzt, wo das Leben ihm diesen großartigen Sieg beschert, streckt er nicht einmal die Hand danach aus. Er versteht sich selber nicht.

»Verstehe einer deinen Vater«, sagt Andrea im Wohnzimmer, fast verärgert über das Schweigen des Alten. »Kannst du dich erinnern, wie sehr er sich gefreut hat, als ihm Rosetta erzählte, dass es dem anderen schlechter ging? Und jetzt? Was will er eigentlich? Es wird ihm doch jetzt nicht Leid tun!«

»Vielleicht denkt er daran, dass er ihm bald folgen wird«, erklärt Renato traurig. »Was hat Dallanotte gesagt, als ihr letztes Mal bei ihm wart?«

»Das habe ich dir doch schon alles erzählt. Er hat deinem Vater noch zehn Monate gegeben, und der war überglücklich. Er hat ihm gegenüber nichts von einer Operation erwähnt, bei mir aber schon. Diese Möglichkeit behält er sich noch vor, obwohl er nicht besonders zuversichtlich ist ... Übrigens«, fügt sie stolz hinzu, »der Professor war sehr nett und hat uns sogar bis zur Tür gebracht. Es macht eben doch etwas aus, dass wir Unikollegen sind.«

Andrea bleibt dabei, dass sie den Alten nicht versteht, und vergräbt sich wieder hinter ihren Büchern. Renato vermutet, dass sie nun hofft, der Alte würde bald in sein Dorf zurückkehren, um dort in seinem eigenen Bett zu sterben. Auch dieses Mal hat er sich an Mailand nicht gewöhnen können. Noch weniger sogar als letztes Mal wegen ihrer unterschiedlichen Auffassungen über die Erziehung des Jungen. Zum Glück hat Andrea von den nächtlichen Besuchen des Alten beim Kleinen nichts mitbekommen, die Renato selbst zufällig entdeckt hat. Nur widerstrebend hat er sie seiner Frau verschwiegen, und er bedauert, dass der Alte den Jungen auf diese Weise verzieht, aber was ist schon so schlimm daran, wenn er nur noch wenig Zeit zu leben hat? Andrea würde es allerdings nie verstehen, so genau, wie sie in der Erziehung der Kinder ist!

Als sie aufhört zu arbeiten und in die Küche geht, betritt er das Zimmer des Alten. Er liegt auf dem Bett, und das Licht ist immer noch ausgeschaltet.

»Gleich gibt's Essen, Großvater.«

»Ich habe keinen Hunger. Fangt schon mal ohne mich an. Ich komme nach.«

»Fehlt Ihnen etwas?«

»Aber nein, mir geht es gut.«

Sie sitzen schon am Tisch, als er mit einer Flasche in der Hand auftaucht. Wahrscheinlich wusste Andrea nichts von der Existenz des Rotweins, aber sie sagt nichts. Der Alte holt ein paar Oliven aus dem Kühlschrank. Er schenkt sich ein ordentliches Glas Wein ein und isst seine Oliven dazu.

»Auf das Wohl des Verstorbenen! Und des Arztes, der ihn behandelt hat, wie es sich gehört! Hoch lebe der *dottore*!«

Er trinkt genüsslich. In seinem dürren Hals tanzt der Adamsapfel, als triebe er in der hinabstürzenden Flüssigkeit.

Die Kinder schweigen. Was sollen sie sagen? Er spült den Wein hinunter und sieht sie an.

»So, das war's. Es lebe Marletta, die gute *magàra*!«

Andrea starrt ihn entgeistert an. ›Das gibt es doch nicht!‹, denkt sie. Zum Glück ist es Zeit für die Fernsehnachrichten.

Im Morgengrauen geht der Alte ins Kinderzimmer, noch ehe er das Quietschen des Bettchens hört.

Im schmutzigen Licht der Mailänder Nacht betrachtet er den

Kleinen. Der Schnee ist längst von den Räumfahrzeugen der Stadt entfernt worden. Er ist so gedankenversunken, dass er völlig überrascht ist, als der Kleine wach und stumm die Arme nach ihm ausstreckt. Er hebt ihn aus dem Bett und setzt sich mit ihm auf den Boden. Dann faltet er die Decke vorne so, dass sie beide darin eingehüllt sind.

»Stell dir vor, Brunettino. Der Kerl ist tot. Heute Morgen haben sie ihn beerdigt. Eines Tages wirst du wissen, was ›beerdigt‹ bedeutet. Freu dich, dein Großvater war stärker. Ich bin noch da und verdammt lebendig!«

Bevor der Kleine wieder einschläft, legt er sein Ärmchen um den dünnen Hals des Alten, den die weiche Hand rührt.

»Krieg keinen Schreck, mein Junge! Oder meinst du etwa, ich würde dich jetzt hier allein lassen? Wie kannst du nur so etwas denken? Gleich werde ich böse! Wie könnte ich dich verlassen? Sie würden dich wieder mit deinen Ängsten einsperren, die sich da drin festsetzen! Angst vor dem Unbekannten, das ist die schlimmste Angst von allen. Schlaf ruhig, mein Herz … Außerdem muss ich dir noch so vieles erzählen! Und du mir auch. Je schneller, desto besser. Wie gern würde ich dich sprechen hören!«

Er stößt einen tiefen Seufzer aus.

»Ich werde dir die Wahrheit sagen, weil ich dich nicht belügen will. Es stimmt, ich hatte daran gedacht zu gehen, sobald er krepiert ist. Was hast du denn erwartet? Mailand gefällt mir nicht … kein bisschen, aber solange der Cantanotte auf seinem Stuhl auf der Piazza hockte, konnte ich nicht zurück. Du kennst unsere Piazza noch nicht! Alles Wichtige im Dorf wird dort beschlossen. Außerdem sollte meine Rückkehr ein großer Tag werden! Ambrosio wollte von der Kapelle aus ein Feuerwerk entzünden, sobald er meinen Wagen den Hang hinaufkommen sah. Am liebsten würde er sein Maschinengewehr abfeuern, aber die Carabinieri würden es ihm abnehmen. Er hat es nicht abgegeben, sondern versteckt, weißt du? Mit Recht, denn er hat es mit seinem eigenen Blut erbeutet. Auch ich habe meins noch, weil ich ein anderes abgegeben habe, damit sie mich in Ruhe lassen. Ich werde es dir noch zeigen. Alle würden mich auf der Piazza erwarten, mehr Menschen als damals den englischen Unteroffizier und seine Männer. Meine Leute werden mich umarmen, lachen und Witze machen; die anderen werden vor Wut platzen und mich verfluchen. Aber der Fluch, den ich mit Marlettas Hilfe dem Cantanotte angehängt habe, war stärker, und der Brustbeutel hier, der bald dir gehören wird, schützt mich. Ja, das ganze Dorf wird auf der Piazza sein, weil ich komme und niemand Geringeres, weißt du? Du wirst schon sehen, was passiert, wenn du sagst, mein Großvater war der Salvatore aus Roccasera. Dann wirst du merken, was ein Name wert ist, und ich habe ihn mir gemacht. Und das, obwohl ich keinen Vater hatte, aber ich weiß, wer er war und dass er sich in den Bergen um mich gekümmert hat, auch wenn er es nie zugab. Auch meine Mutter sagte mir nichts, und so ein Vater zählte für die Jungen in der Schule nicht. Mit Schlägen musste ich ihnen das Maul stopfen, bis sie aufhörten, mich zu beleidigen. Deshalb wurde ich so hart, und ich will, dass auch du hart wirst wie ein richtiger Mann. Der Enkel von Bruno, von Salvatore aus Roccasera.«

Er hat den Eindruck, dass der Junge allein durch diese Worte ein Stück gewachsen ist.

»Zugegeben, ich wollte weg, aber jetzt bleibe ich. Jetzt macht es mir nichts mehr aus, in einer Kiste zurückzukehren, weil dieser Schweinhund es nicht mehr sehen kann. Es fällt mir nicht schwer zu bleiben, weil du mein Roccasera bist. Meine Knochen und das Blut von meinem Herzen … All das bist du, mein Lämmchen, und der alte Bruno gehört dir. Wo sollte ich schon hin? Jetzt steht nicht mal mehr die Rusca zwischen uns, stell dir vor! Na ja, irgendwie schon. Entschuldige Rusca, aber sie hat es nicht eilig. Das hat der Professor gesagt, stell dir vor, er ist fast ein Kamerad. Schade, dass er keine Kinder behandelt, sonst würde er sich um dich kümmern! Aber natürlich ist er nicht wie diese Idioten. Wie könnte er auch?«

Die Stimme des Alten wird ganz leise, fast unhörbar.

»Sieh mal, die Wahrheit ist, dass ich bleibe, weil ich dich brauche. Ohne dich würde ich jetzt zusammenbrechen. So ist es, ich verteidige dich, aber du verteidigst mich auch, und zusammen werden wir unseren Krieg schon gewinnen, das verspreche ich dir. Der alte Bruno und sein junger Kamerad: du mein Brunettino.«

Würde der Kleine nicht so fest schlafen, könnte er auf seinem duftenden Pausbäckchen die Träne spüren, die von der alten wettergegerbten Wange fällt.

Zwergenkopf‹ urteilt der Alte über den Professor, als er die glänzende Glatze, die von einer weißen Mähne wie ein Heiligenschein umrahmt wird, die runden Bäckchen und die wulstigen Lippen sieht. Hätte er nicht diese Augen, die vor Intelligenz blitzen, würde er lächerlich wirken. Neben ihm *dottoressa* Rossi, hoch gewachsen, flache Brust und sehr kurzes blondes Haar. Auf den Bänken ein Dutzend Studenten und natürlich Valerio am Tonbandgerät. Der Alte hatte nicht damit gerechnet, dass der Professor so großes Interesse an ihm haben würde, als Valerio ihn anrief. Später hatte er sich wegen der improvisierten Geschichte, die obendrein Teile einer anderen enthielt, ein wenig geschämt. ›Aber verdammt, die Spulen drehten und drehten sich, und ich wollte das Band nicht verschwenden.‹ Trotzdem wollen sie weitermachen und haben ihm dreißigtausend Lire pro Sitzung angeboten. Sie entschuldigen sich sogar, dass sie wegen des begrenzten Budgets nicht mehr bezahlen können. ›Was für komische Leute!‹, sagte sich der Alte, als Valerio ihn anrief. ›Nicht zu glauben, dass sie mit diesen Fantastereien ihr Geld verdienen, wenn andere wie verrückt schuften müssen!‹

»Sehr erfreut«, begrüßt ihn der Professor. »Die Aufnahme ist höchst interessant. Ihre Version des sumerischen Mythos von Tammuz kannte ich nicht. Ich bin sicher, dass Sie uns noch vieles mehr erzählen werden.«

›Nein, kein Zwerg‹, verbessert sich der Alte. ›Ein Kind. Alle sind Kinder hier. Deshalb gefallen ihnen auch die Geschichten.

»Deshalb bin ich hier. Interessieren Sie sich für Geschichten der Mauren? Wir haben Burgen und alles. Sie haben viele Spuren hinterlassen.«

»Aber ja, die Mauren«, nickt der Professor. »Und die Byzantiner.«

»Die wer? … Nein, die gab es nicht.«

»Catanzaro war eine byzantinische Stadt, lieber Roncone.«

»Wenn Sie es sagen … Aber dort erinnert sich niemand mehr an sie. Wahrscheinlich hatten wir nicht so viele Streitereien mit ihnen wie mit den Mauren.«

Schon läuft das Gerät, und die Spulen drehen sich unerbittlich.

»Streitereien? Warum denn?«

»Na darum. Sie waren Mauren und wir Christen. Wenn das kein Grund ist!«

Er bemerkt, dass die Zuhörer nicht verstehen und erklärt es.

»Wenn man sich streiten will, findet man immer einen Anlass, und wahrscheinlich haben wir ihn gesucht. Zum Beispiel haben wir ihre Frauen geraubt und sie unsere, schon gab es Krieg! Ha, heute noch werden Frauen entführt!«, sagt er stolz.

»Heute noch?«, fragt die *dottoressa* und macht sich Notizen.

»Aber ja! Wenn die Eltern mit dem Bräutigam nicht einverstanden sind, entführt er sie, und dann müssen sie heiraten. In manchen Dörfern genügt schon die *scapigliata*.«

»Wie bitte?«, fragen einzelne Studenten. Der Professor lächelt, er kennt den Brauch.

»Wenn sie aus der Kirche kommt, geht der Junge hin, reißt ihr das Kopftuch herunter und entblößt ihren Kopf. Klar, jetzt müssen sie das Mädchen mit dem Kerl verheiraten, weil er sie entehrt hat. Niemand würde sie noch haben wollen. Es sei denn, ihre Familie bringt den Jungen um. Dann wäre alles wieder im Lot.«

Sie diskutieren kurz über diese Sitte, und die *dottoressa* erklärt einige der Mythen, die das Haar oder den Bart mit Ehre in Verbindung bringen. Sie schließt mit der Frage an den Alten, ob der Raub von jungen Mädchen von den Leuten nicht als Gewaltakt betrachtet wird.

Der Alte wundert sich immer mehr.

»Im Gegenteil, wer das Mädchen nicht raubt, ist kein Mann. Dafür sind Frauen doch da. Sicher, sie werden von den Eltern erzogen, aber für jemand anders. Oder etwa nicht?«

Dottoressa Rossi will sich gerade auf eine Diskussion mit ihm einlassen, da greift der Professor erneut das Thema der Streitereien auf und fragt, ob es auch noch andere Gründe gegeben habe.

»Viele. Die Ländereien, die Bewässerung, die Mühlen ... Die Herden, wie im Fall vom Morrodentro zum Beispiel.«

»Wie?«

»Ein Hirte führte die Ziege eines Mauren zum Markt. Das Tier drang in das Saatfeld eines Christen ein, und der zeigte den Vorfall beim Bischof an.«

»Hat der Maure dem Bischof gehorcht?«

»Na ja, damals hat man die Bischöfe gefürchtet, weil sie strafen konnten, nicht wie heute, wo sich keiner mehr um sie schert. Der Maure stritt alles ab, der Christ beharrte jedoch darauf, also fragte der Bischof den Hirten, ob das Tier tatsächlich in das Saatfeld eingedrungen war. Der Mann antwortete: ›Das Maul war drin, die Beine draußen.‹ Da haben sie ihn Morrodentro genannt, und der Spitzname ging später auch auf seine Kinder über. Die Morrodentri leben bis heute in Roccasera. Der Bischof entschied, die Ziege dem Christen zu geben, weil der Kopf drinnen gewesen war und man das Vieh nach Köpfen zählt. Aber vorher musste der Christ die Taufe der Ziege bezahlen, denn er durfte sie nur zu Hause halten, wenn sie zum Christentum konvertiert war. Typisch Pfaffe, immer nur hinterm Geld her!«

Die Studenten beginnen, über das salomonische Urteil zu diskutieren, und einer erwähnt die *fabliaux* im Mittelalter und das *pantschatantra*, aber der Alte unterbricht:

»Moment mal! Die Geschichte ist noch nicht zu Ende. Der Maure schwor Rache, und seitdem streiten sich Mauren und

Christen und beleidigen sich gegenseitig. Der Maure tötete das beste Frettchen des Christen, ein Weibchen, eine ausgezeichnete Kaninchenjägerin; aber der Christ entehrte die Nichte des Mauren und schnitt dessen bestem Wachhund den Schwanz ab, sodass er nicht mehr richtig laufen konnte.«

»Wie?«, fragt jemand. »Nur weil er keinen Schwanz mehr hatte?«

»Nur deshalb!«, bestätigt der Alte verärgert über die Ignoranz dieser Experten. »Ein Wachhund ist ein edles Tier, aber ohne Schwanz kommt er sich vor wie kastriert und hat Angst. Wie ein Hahn ohne Kamm. Verstehen Sie?«

Niemand wagt es, ihm zu widersprechen. Jemand will wissen, wie dieser Krieg endete.

»Wie alle: mit dem Tod. Als der Christ alt war, wurde er krank, und der Maure war außer sich vor Freude. Den ganzen Tag verbrachte er mit den Seinigen auf seinem Aussichtsturm, um zu sehen, wie der Christ zum Arzt ging, um geheilt zu werden. Ah, aber am Ende hat sich der Christ gerettet!«

»Wie denn?«

»Jede Nacht erschien ihm ein Engel. Das ist das Problem bei den Mauren, dass sie keine Engel haben. Der Engel gab dem Christen bei seinen Besuchen Kraft. Es war ein kleiner Engel, aber man brauchte ihn bloß zu berühren oder seinen Duft einzuatmen, und schon war man geheilt. Als der Maure sah, dass es dem Christen besser ging, bekam er einen Herzschlag vor Wut und streckte alle viere von sich. Am Ende starb natürlich auch der Christ, aber vorher war er sehr, sehr glücklich. Na ja, ohne den Mauren, dafür aber mit seinem Engel war er im siebten Himmel, nicht wahr?«

Jetzt geht es um Engel in der christlichen und der islamischen Lehre, und der Professor stellt eine Frage:

»Den Engel berühren, sagten Sie. Sind denn Engel aus Fleisch und Blut?«

Der Alte wirft dem Zwerg einen nachsichtigen Blick zu.

»Natürlich! Wenn sie nicht aus Fleisch und Blut wären, dann wären sie eine Lüge, wie die Gespenster. Oder etwa nicht? Sie sind aus Fleisch und Blut, so wie Sie und ich. Na ja, vielleicht aus einem anderen Fleisch, aber es ist Fleisch. Und deshalb sind manche auch weiblich«, fügt der Alte hinzu, als ihm plötzlich Dunkas Körper einfällt.

»Entschuldigen Sie, Signore Roncone«, unterbricht ihn ein eifriger Student, Absolvent des Priesterseminars. »Engel sind geschlechtslos.«

Der Alte ist wieder einmal verblüfft:

»So ein Quatsch! Wer sagt das?«

»Die Bibel. Der Papst.«

Der Alte bricht in Gelächter aus.

»Was weiß der Papst schon vom Geschlecht! Außerdem, wie kann man lebendig sein, ohne Geschlecht? Wenn wir ein Geschlecht haben, wie sollen die Engel keins haben, die mehr als wir sind? Würde Gott sie bestrafen und ihnen keine weiblichen Engel zur Seite stellen? Ideen hat der Papst! Das würde ihm so passen!«

Höchst erfreut stellt der Alte fest, wie *dottoressa* Rossi zustimmend lächelt und der Professor den Studenten ermahnt, dass sie sich nicht in einem Seminar über Theologie befinden, sondern Volksmythen sammeln, worin Signore Roncone unbestreitbar eine Autorität sei.

Als Valerio den Alten nach Hause fährt, ist dieser sehr zufrieden, obwohl er genauso denkt wie vor der Sitzung.

›Wie die Kinder, aber leben tun sie ganz gut von den Geschichten.‹

Zärtlich betastet er die drei neuen Scheine in der Tasche. Sie kommen nicht ungelegen.

K omm rein, komm rein! Ich habe schon gar nicht mehr mit dir gerechnet«, ruft Hortensia vom Bett aus, als sie den Mann eintreten hört. »Und das?«, fügt sie hinzu und meint den Blumenstrauß, den er auf der Kommode ablegt. »Machst du schon wieder Dummheiten?«

»Das ist ein Geschenk der Universität, von der Märchenfakultät«, antwortet der Alte, dem es schwer fällt zu sprechen, weil er so rasch gegangen ist.

Er findet, dass sie schon besser aussieht, aber noch längst nicht wieder seine blühende Hortensia ist. Sie wiederum bemerkt seine Müdigkeit und seine zitternden Hände.

»Was hast du ihnen diesmal aufgetischt?«, lacht sie und fragt sich, ob er bemerkt, dass ihre Tochter die Frisur in Ordnung gebracht hat.

»Du siehst heute blendend aus, Hortensia! Und das ist kein Märchen. Das an der Universität schon, aber du wirst es nicht glauben, sie haben mir dreißigtausend Lire bezahlt!«

»Und was musstest du dafür tun?«

»Nichts. Sie sind ja so dumm. Ich erzähle, was mir gerade in den Sinn kommt, und sie saugen alles auf, als wäre es der Katechismus. Du müsstest hören, wie ernsthaft sie dann darüber diskutieren, in ihrem Radio-Italienisch! Ich könnte nie so reden, schrecklich! Einfach bescheuert … Jeder aus meinem Dorf könnte sie für dumm verkaufen.«

»Du hast nun mal ein schlagfertiges Mundwerk, du Schwindler!«, lacht sie, während sie sich im Bett aufrichtet und sich ein gehäkeltes Bettjäckchen über die Schultern legen lässt.

Der Alte lächelt geschmeichelt, geht in die Küche und kehrt

mit einem Wasserkrug zurück. Er packt den Strauß aus und versucht, die Blumen zu arrangieren, schüttelt jedoch unzufrieden den Kopf.

»Gib her, mein Lieber, lass mich das machen! Obwohl, ungeschickt bist du nicht für einen Mann!«

»Seit ich mich um Brunettino kümmere, habe ich viel gelernt. Knöpfchen hat er …! Aber es ist schön; jetzt verstehe ich, wie viel Spaß ihr Frauen daran habt. Heute mache ich sogar Dinge, für die ich mich früher geschämt hätte!«

Während er die Vase festhält und sie die Blumen anordnet, betrachtet sie ihn aus den Augenwinkeln.

»Geschämt, weil es Frauensache war, nicht wahr? Du hast gemeint, dass es erniedrigend ist?«

»Wir führen ein ganz anderes Leben, verstehst du? Männer gehen andere Wege als Frauen, auch wenn sie im gleichen Bett schlafen.«

»Sieh mal, wie hübsch sie sind! Stell die Vase dorthin, so. Das ist der schönste Strauß, den du mir je mitgebracht hast … Natürlich führt ihr ein anderes Leben, weil ihr uns links liegen lasst.«

»Links liegen lasst«, der Alte ist getroffen, »nun, das ist ein bisschen übertrieben, aber es stimmt, wir wissen ziemlich wenig über das Leben der Frauen. Dabei habe ich nicht wenige gekannt!«, lächelt der Alte stolz.

»Aber nicht wirklich, du Dummkopf. Du hast nur deinen Spaß gesucht, nichts weiter. Von oben herab.«

»Natürlich!«, lacht der Alte. »So ist es am besten!«

»Du bist unverschämt! Dabei gab es viel mehr zu genießen, aber das hast du nicht mal geahnt. Wie alle Männer. Die Frauen gefallen euch, aber sie interessieren euch nicht. So seid ihr.«

Der Alte stöbert nachdenklich in seinen Erinnerungen.

»Sie wollten es gar nicht anders, glaube ich. Nur eine hätte gern gehabt, dass ich … Ja, eine …«

»Ich weiß.« Ihr Ton wird schärfer. »Die tapfere kleine Partisanin.«

»Ja, Dunka. Sie wollte mich verändern, mich nach ihren Vorstellungen formen. Und sieh mal, vielleicht habe ich sie deshalb verlassen. Aber natürlich war der Krieg auch wie ein Sturm. Er wehte uns alle davon, jeden in eine andere Richtung. Nur Dunka wollte …«

»Dass du ihr näher kommst, natürlich.«

Der Mann schweigt und hört Hortensia aufmerksam zu.

»Und du hast die Flucht ergriffen. Armer Bruno, du hast dir das Beste entgehen lassen, das Schönste.«

»Von wegen! Das Schönste habe ich genossen, wann immer ich Lust dazu hatte!«

Sein fast rohes Gelächter kommt selbst ihm gezwungen vor. Reine Selbstverteidigung.

»O doch, du hast es dir entgehen lassen. Und erst jetzt wird dir das klar! Na ja, besser spät als nie.«

Der Alte sieht sie an, und plötzlich zeichnet sich eine Erkenntnis in seinem Kopf ab. Ja, erst jetzt wird ihm das klar, aber was? Er spürt es, aber er kann es nicht fassen.

»Woran denkst du?«, hakt sie nach.

Der Alte seufzt.

»Wenn ich dich früher kennen gelernt hätte …«

Sie lacht, um von der Wärme, die sie überwältigt, abzulenken.

»Du hättest mich nicht mal wahrgenommen, du Dummkopf. Ich war ziemlich unscheinbar. Du brauchst dich nicht lustig zu machen, es ist die Wahrheit. Manchmal habe ich deswegen sogar geweint.« Ihre Stimme wird leiser. »Aber ich sollte lieber den Mund halten, sonst suchst du noch das Weite wie bei dieser Dunka.«

»Ich, das Weite suchen? Jetzt, wo ich etwas habe, womit ich nie gerechnet hatte?«

Seine Finger zeichnen ein Kreuz auf ihre Lippen. Die Bewegung in seiner Stimme war so stark, dass sich nun Schweigen über sie herabsenkt.

Der Alte wirft einen Blick aus dem Fenster und setzt sich anschließend auf den Stuhl neben dem Bett.

»Du bist müde. Du schläfst ja nicht, bei all den Sorgen.«

»Ich habe noch nie viel Schlaf gebraucht.«

»Los, mach ein Nickerchen. Wie am ersten Tag.«

»Na ja, wenn es dir nichts ausmacht.«

»Doch nicht auf dem Stuhl. Hier ist noch viel Platz.«

Ihre Hand weist auf die leere Seite des großen Ehebettes. Dann wandert sie zur Bettdecke und schlägt sie auf.

Der Alte wird ganz steif.

»In deinem Bett? Hältst du mich für so alt?«

Sie lacht, weil er sich ziert.

»Komm schon, krank wie ich bin. Los, leg dich hin, wenn es sein muss, angezogen. Aber wenn du dich nicht zudeckst, wirst du dich erkälten.«

Der Alte zögert. Es passt ihm nicht, sich ohne Grund zu einem Weib ins Bett zu legen! Es ist so, als würde man das Messer zücken und nicht zustechen. Aber sie findet ein Argument, das ihn überzeugt.

»Du musst keine Angst haben, ich habe dir doch gesagt, dass der Befund in Ordnung war. Was ich habe, ist nicht ansteckend.«

»Und wenn schon! Du weißt ja …« Er nimmt die Herausforderung an und setzt sich aufs Bett, um die Schuhe auszuziehen. »Außerdem würden sich diese Viecher bei mir vergiften, wenn du welche hättest.«

Er steht auf und fängt an, mit dem Rücken zu ihr die Hose auszuziehen, während er lächelnd hinzufügt:

»Aber ich warne dich. Ich bin schon altes Fleisch, Hortensia. Zäh wie Leder.«

»Ich mag Dörrfleisch«, sagt sie und lacht. »Mach, ich werde schon nichts sehen, was ich nicht bereits kenne.«

Er legt die Hose ab und geht ins Badezimmer. Seine Socken sind aus der Wolle seines Dorfes, und er trägt Unterhosen wie Tomasso, nicht die so genannten »Slips« wie sein Schwiegersohn. Seine hageren Knie mit den hervorstehenden Knochen und die geschwollenen Adern erwecken ihre Zärtlichkeit.

»Ich kann mich ja nicht mit schmutzigen Füßen ins Bett legen«, erklärt er, als er zurückkommt.

Die Frau ist ihm dankbar. Andere Männer seines Schlages hätten nicht daran gedacht.

Endlich liegt der Alte neben ihr, das lockige graue Haar auf ihrem Kopfkissen. Als sie ihm die Decke bis zum Kinn hochzieht, streifen ihre Finger die rauen Bartstoppeln und ziehen sich zurück. Er merkt es.

»Seit ich kein Rasiermesser benutze, wird die Haut nicht mehr glatt. Aber ich habe mich geschnitten; meine Hand ...«

›Auch Tomasso hat sich am Ende geschnitten (aber da war er schon Alkoholiker), und auch ihn hat das bedrückt. Männer sind wirklich Gockel!‹, denkt sie. ›Aber was für ein gutes Gefühl es ist, einen Mann neben sich zu haben, was für ein Gefühl der Sicherheit, seinen Geruch einzuatmen!‹

Hortensia legt sich auf die Seite und stützt sich auf den Ellbogen. Sie muss sehen, wie er da liegt, muss von oben auf ihn herunterschauen.

Da fällt dem Alten eine Erinnerung ein.

»Wie die Etrusker! Sie lag genauso da wie du ... Und sie hat gelacht wie du jetzt!«

»Die Etrusker?«

»Italiener von früher, die noch als Tote wie Lebende aussahen. Wie lebendig müssen sie erst vor ihrem Tod gewesen sein!«

Ein Hauch von Neid schwingt in den letzten Worten mit, der aber sofort verfliegt, als er Hortensia ansieht. Ihren nackten Arm, ihre Brust dicht vor ihm ...

›Wie großartig das Leben sein kann!‹, sagt sich der Alte selig, als er spürt, wie ihre Augen ihn liebkosen. Seine Hand schiebt sich unter der Decke auf sie zu, erstarrt jedoch, als er ihre Wärme spürt, noch ehe er sie berührt. Dort bleibt sie liegen wie ein Pilger vor dem letzten Heiligtum und wiegt sich auf den sanften Wellen ihres weiblichen Duftes. Während ihm die Augen zufallen, erscheint ein Ausdruck reinen Entzückens auf seinem Gesicht.

Still und zärtlich betrachtet die Frau den Schlafenden und lächelt wie ein Mädchen, das den Mann entdeckt, wie eine Mutter, die ihr Kind in der Wiege betrachtet, mit der wohligen Entspannung einer Frau, die von ihrem Liebhaber zum Höhepunkt gebracht wurde.

Nicht zu fassen, dass so ein kleiner Mensch einen so auf Trab halten kann«, sagt Anunziata verzweifelt und zieht Brunettino vom Mülleimer fort.

Seit er durch die ganze Wohnung krabbelt, hält er alle in Atem. Der Alte aber blüht auf vor Glück. >Ja, mein Junge, mach nur! Wer nicht kämpft, kommt nicht weit!<

Das größte Opfer seiner kindlichen Eskapaden ist die von Anunziata aufgestellte Hausordnung. Der Kleine grapscht nach allem, was er findet, und lässt es an den unmöglichsten Orten liegen. Außerdem bewegt er schon richtig große Gegenstände. Seine neueste Lieblingsbeschäftigung besteht darin, Stühle durch die Zimmer zu schieben. Mit einem saust er durch den Flur, und wenn er hinfällt, protestiert er mit lautem Geschrei, doch es dauert nicht lange, bis er sein Spielchen begeistert wieder aufnimmt.

»Vorsicht, der Panzer kommt!«, ruft der Großvater, der mitten im Flur sitzt. »Hauptmann Brunettino überrollt den Feind! *Avanti!*«

Der Panzer stößt mit dem Alten zusammen und bleibt stehen. Der Hauptmann lässt einen schrillen, eindrucksvollen Schrei los, und der Alte muss so lachen, dass er sich zurückzieht, während der Panzer unaufhaltsam weiter gegen die hintere Wand vorrückt.

»Mein Gott, Signore Roncone! Sie sind ja noch kindischer als der Kleine!«

Aber der Alte hört gar nicht hin. Manchmal fragt sich Anunziata, wer von beiden schlimmer ist. Einen Augenblick vorher hat Brunettino ein Messer aus der Küche genommen und damit gespielt. Als Anunziata das sah, schrie sie so entsetzt auf, dass der Alte mit einem Satz an der Tür war, gerade als sie dem Kleinen das Messer aus der Hand riss und der zu schreien begann.

»Ja, schrei nur, das ist kein Spielzeug!«, wiederholte die Frau.

»Ach, bloß ein Messer«, erklärte der Alte beruhigt. »Aber hören Sie, Signora, Messer sind nun mal für Männer da. Statt es ihm wegzunehmen, sollten Sie ihm zeigen, wie man damit umgeht. Aber was verstehen Sie schon davon! Guck mal, Kleiner, man fasst es hier an, siehst du? Ja, so ist es gut … Der Rest schneidet und piekst und ist für den Kerl gegenüber bestimmt. Für dich ist der Griff. Der Griff.«

Der Kleine lachte mit dem Messer in der Hand, die, von der des Alten geführt, in die Luft stach. Anunziata floh entsetzt. Bestimmt wird sie es der Signora erzählen, wenn diese nach Hause kommt.

Genauso ist es. Andrea stößt einen tiefen Seufzer aus und verdreht die Augen gen Himmel, als wolle sie dort um Geduld bitten. Zum Glück entgeht der Alte dem mütterlichen Zorn, weil er gerade aus dem Haus gegangen ist, obwohl es Mittagszeit ist.

»Isst er denn nicht hier?«

»Das hat er gesagt … und es ist nicht das erste Mal«, erinnert sich Anunziata.

»Wissen Sie denn , wo er isst?«

Anunziata weiß es nicht, und Andrea wird neugierig. In letzter Zeit ist der Alte sehr komisch geworden. Mein Gott, nicht, dass er den Verstand verliert, das wäre schrecklich! Der Professor hat zwar versichert, dass dieser Krebs das Gehirn nicht angreift, dass sich aber in der Endphase der Krankheit die Persönlichkeit verändern kann. Mein Gott, mein Gott! Der Alte hat immer mehr Aussetzer. Er vergisst, was er zu tun hat, vermisst seinen Hut, obwohl er ihn in der Hand hält. Was er wohl jetzt auf der Straße zu suchen hat? Mitten im Winter, ohne irgendwelche

Verpflichtungen oder Geld, denn von dort schicken sie es ihm verspätet, und Hilfe von ihnen nimmt er nicht an. Oder hat er doch Geld? Denn gelegentlich taucht Brunettino plötzlich mit einem Spielzeug auf, das weder sie noch Renato ihm geschenkt haben. Es ist nur billiges Zeug, aber bis der Kleine es kaputt-kriegt, hat er seine Freude daran. Merkwürdig? Andrea ist ratlos.

Nachdem Anunziata gegangen ist, zieht Andrea ihren Morgenmantel an und will die Zeit zum Arbeiten nutzen, solange der Kleine schläft. Aber der Tag heute ist offenbar voller Tücken, denn in diesem Augenblick klingelt es an der Tür. Sie steht auf und öffnet, damit der Kleine nicht wach wird.

Es ist ein unbekannter junger Mann mit sympathischem Lächeln. Instinktiv zieht Andrea den Morgenmantel, der nur von einem Gürtel gehalten wird, enger über ihrer Brust zusammen.

»Signore Roncone?«, fragt eine angenehme Stimme.

»Er ist in der Fabrik. Bis fünf.«

»Ich suche den Vater. Don Salvatore.«

›Den Großvater? Was dieser gut erzogene junge Mann wohl von ihm will?‹

»Ich hatte mich um diese Zeit mit ihm am Eingang verabredet, aber da er nicht runterkommt … Fehlt ihm etwas?«

»Er ist ausgegangen. Aber wenn Sie verabredet waren, wird er sicherlich bald wieder da sein. Kommen Sie herein.«

Der Besucher tritt ein und nimmt die Mütze ab, eine von denen, wie die Studenten sie jetzt tragen. Das lockige Haar betont seinen römischen Kopf. Er ist jünger, als sie an der Tür angenommen hat.

Andrea deutet auf das Sofa im Wohnzimmer. Sie setzt sich in einen Sessel und deckt ihre Beine mit den Teilen des Morgenmantels zu, die immer wieder auseinander fallen.

Der junge Mann bemerkt die eingeschaltete Lampe und die aufgeschlagenen Bücher auf dem Schreibtisch.

»Lassen Sie sich nicht von ihrer Arbeit abhalten, Signora.«

Aber Andrea ist furchtbar neugierig.

»Nein, nein ... mein Schwiegervater muss jeden Augenblick kommen. Wollten Sie zusammen ausgehen?«

»Ich nehme ihn mit in die Universität, wie schon in den vergangenen Tagen.«

In die Universität! Der letzte Ort in Mailand, wo sie den Alten vermutet hätte. Der Großvater in der Universität!

»Nehmen Sie an einem Kurs teil?«

»Signore Roncone arbeitet im Seminar von Professor Buoncontoni mit.«

Andrea bekommt vor Staunen den Mund nicht mehr zu. Buoncontoni, der große Buoncontoni! Die Autorität für Ethnologie in Italien. Hemmungslos fragt sie nun den lächelnden Studenten aus. Er erzählt ihr bereitwillig von den Tonbandaufnahmen und den wissenschaftlichen Diskussionen. »Signore Roncone gehört zu den besten Mitarbeitern, die das Seminar je hatte. Vor allem *dottoressa* Rossi ist begeistert ...«

>Aha, Natalia!<, sagt sich Andrea, die kennt sie. >Ich werde sie fragen.<

»Seine Berichte erschließen uns ganz neue Horizonte, was die Überlieferung von Mythen im kalabrischen Volkstum angeht«, schließt der Student. »Wir entdecken, dass es im wenig erforschten Sila-Massiv Überlieferungen gibt, die in anderen Gegenden Kalabriens völlig ausgestorben sind. Vorgestern zum Beispiel hat er uns eine unbekannte, aber höchst spannende Version des großen mediterranen Mythos von der Jungfrau als Mutter erzählt.«

Andrea kommt aus dem Staunen gar nicht mehr heraus. Dieser ungebildete Bauer, der in ihrem Haus wohnt, hält Vorträge im Seminar von Professor Buoncontoni. Na ja, wenigstens weiß sie jetzt, woher er das Geld hat, und ist gerührt, dass er es für ihren Sohn ausgibt. Jetzt weiß sie auch, wo er seine Zeit verbringt, jedenfalls nicht im Seniorenclub, wie sie gehofft hat. Sie kann sich nur nicht erklären, wo er an manchen Tagen zu Mittag isst. Wahrscheinlich in irgendeiner Kneipe, wo sie ihm den Fraß vorsetzen, den er mag und der ihm schadet. Aber wer weiß! Vielleicht speist er mit dem Erzbischof zu Mittag. Nachdem sie von seiner Aufgabe in der Universität erfahren hat, kann sie sich alles Mögliche vorstellen. Sie lächelt bei diesem Gedanken.

Doch dann fühlt sie sich von dem jungen Mann beobachtet, und damit er ihr Lächeln nicht missversteht, schlägt sie erneut die Zipfel ihres Morgenmantels übereinander und richtet sich im Sessel auf. Sie will gerade etwas sagen, als man die Wohnungstür hört. Der Alte kommt mit einem mürrischen Gesicht ins Zimmer, das sich jedoch aufhellt, sobald er den jungen Mann sieht.

»Ach, Valerio. Gut, dass du daran gedacht hast, hochzukommen. Ich hatte völlig vergessen, dass es heute ist ... Wo habe ich bloß meinen Kopf! Los, los, lass uns aufbrechen! Was wird der Professor sagen! Beeil dich!«

Der Alte ist wie ein Wirbelwind, der Andrea nicht zu Wort kommen lässt und den jungen Mann mitreißt. Dieser hat gerade noch Zeit, Andreas ausgestreckte Hand zu schütteln und sich über sie zu beugen, nachdem er sich vorgestellt hat:

»Ferlini, Valerio ... Stets zu Diensten, Signora.«

Andrea ist froh, dass seine Lippen sie nicht berühren, weil sie das nicht mag, zugleich aber entzückt über das sanfte Streicheln seines Schnurrbarts. ›Ferlini, Ferlini ... Ob er der Sohn des bekannten Juristen ist?‹ Andrea erinnert sich an die Reportage neulich in einer Illustrierten über die großartige Villa, die diese Familie am Lago Maggiore besitzt.

Auf der Fahrt zur Universität schweigt der Alte und sorgt sich wegen seines schlechten Gedächtnisses. Ob sie ihm ein paar Lire abziehen werden wegen der Verspätung? Plötzlich hört er Valerio.

»Ihre Schwiegertochter ist sehr hübsch.«

»Hübsch?«, wiederholt der Alte verwundert und dreht sich abrupt zu dem jungen Mann am Steuer.

»Attraktiv, ja, und sympathisch!«

Der Alte verstummt. ›Und ich dachte, dass er vernünftig ist!‹

Der Alte beschließt, diesen Kindern in der Universität heute mehr Unsinn als sonst zu erzählen. ›Die haben ja doch keine Ahnung! Je verrückter die Geschichte, desto interessierter sind sie! Geschieht ihnen recht! Was für Idioten!‹, sagt er sich und ärgert sich über Valerios träumerischen Ausdruck.

Sieh dir diese Dächer an. Das einzig Gute an dieser Wohnung ist, dass sie so weit oben liegt. In den unteren Stockwerken fühle ich mich nicht wohl. Kein Wunder, Großvater, wirst du sagen, Sie kommen ja auch aus den Bergen. Und ich bin stolz darauf. Übrigens, wann wirst du mich endlich Großvater nennen? Eine Menge Eh, eh, eh und Ahhhhs, aber von *nonnu* keine Spur. Dabei würde ich so gern … Also, schau hinaus und lerne von oben herabzusehen, vor allem auf die Menschen, damit dich niemand unterbuttert. Natürlich bin ich ein Sohn der Berge. Wer sonst hat mich im Krieg gerettet, wenn nicht sie? Meine *Femminamorta*, die Mutter aller Partisanen, unsere Zuflucht bei Gefahr. Die Deutschen, diese Schweine, trauten sich nicht hoch. Sie besetzten die Abhänge und schauten ängstlich empor. Sie wussten, dass wir oben waren, aber ihnen fehlte der Mut. In den Bergen waren sie verloren. Und auch im Nebel, der hier immer schmutzig ist, aber dort ist er weiß und tanzt gemächlich vor sich hin. Sie konnten nichts sehen und schossen auf die Bäume, weil sie sie für Partisanen hielten, dafür trafen wir sie umso besser. Der Nebel ist ideal für einen Hinterhalt. Sieh mal. Wie gesagt, hier ist er schon schmutzig, wenn er sich erhebt. Sieh ihn dir an! Aber du bist ja eingeschlafen! Du hast Recht, es ist Zeit für die Ablösung. Jetzt übernehme ich die Wache. Schlaf du nur, mein kleiner Kamerad.‹

Er tritt vom Fenster zurück und legt den Kleinen in sein Bettchen. Danach setzt er sich mit dem Rücken an der Wand auf den Boden.

›Schlaf ruhig, ich bin ein guter Posten. Ich halte gern Wache, so habe ich Zeit zum Nachdenken. Ohne mich abzulenken, versteht sich, aber man kann sich so besser erinnern und die Dinge besser verstehen. Alles wiederkäuen wie die Ziegen. Siehst du, jetzt fällt mir David ein. Er kam in so einem Nebel zu uns. Ich hielt Wache und hörte Schritte. Ich habe ihn nur deshalb nicht durchsiebt, weil ich ihn lebend haben wollte. Wir haben vielleicht gestaunt! Der Kerl hatte uns gefunden, obwohl er die Gegend gar nicht kannte! Später hat er uns erzählt, er hätte sich verirrt. Er hat es einfach zugegeben, stell dir vor, so war der arme David mit seinen sanften, traurigen Augen eben. Warum sage ich der arme David? Wer weiß, wie es den anderen geht? Tja, kleiner Kamerad, du siehst, ich bin mir nicht mehr sicher, wo ich früher keine Zweifel hatte. Gott hat seine Arbeit nicht ordentlich gemacht. Wir müssten wie die Bäume leben. Nach einem schlechten Jahr bekommen sie neue Blätter und fangen von vorne an. Wir dagegen haben nur einen Frühling, nur einen Sommer und dann ab in die Grube. Deshalb musst du von Anfang an zusehen, dass deine Zweige ordentlich Triebe kriegen. Ich wurde auf steinigem Boden geboren, trotzdem beklage ich mich nicht, ich konnte von allein in die Höhe wachsen und gedeihen. Aber ich hätte auch besser blühen können …‹

Er stockt bei diesem letzten Gedanken.

›Ja genau, blühen. Ich glaubte, das wäre Frauensache, wir Männer wären nur aus Holz, und je härter, desto besser. Aber warum nicht Blüte? David mochte Blumen, er blieb während der Märsche stehen, um sie zu betrachten, und ständig fragte er, wie sie hießen. Zuerst haben wir ihn ausgelacht, aber dann wurde uns klar, aus welchem Holz er geschnitzt war und dass er unsere Hochachtung verdiente. Vielleicht hatte er Recht. Wie gesagt, über manches bin ich mir nicht mehr so sicher. Nie hätte ich gedacht, dass auch ein Mann blühen kann! Was für eine Überraschung! Er blüht mit der Frau, klar, sie ist sein wirklicher Frühling. Neben ihr blühen wir in der Nacht auf wie die Wunderblume, wenn man das Glück hat, sie zu finden. Ich hatte dieses Glück, und sie hat mich in ihr Bett gesteckt, wo ich dann gewachsen bin. So war meine Salvinia. Sie nahm sich die Männer und ließ sie wieder fallen, wie es ihr gerade passte. Sie war einzigartig in der ganzen Gegend. Sogar dem Grafen hat sie einen Korb gegeben, und der wollte ihr ein Haus in Catanzaro einrichten. Sie war so stark wie die Berge. In meiner Mühle bin ich Königin, hat sie ihm geantwortet. Ich werde mich nicht zur Gräfin erniedrigen. Sie ganz allein hat die Mühle geführt, Salvinia war wirklich eine Königin. Aus dem edelsten Holz! Wir badeten im Mühlgraben, ich half ihr, das Korn in den Mühlentrichter zu schütten, wir aßen zusammen. Was für ein Gefühl, dieses königliche Holz! Was für Nachmittage, was für Nächte! Den ganzen Tag ertönte das Klappern der Siebe, dass man kein Wort verstand, und das Mahlen der Mühlsteine ließ das ganze Haus erzittern. Und welche Stille, wenn wir dann bei Sonnenuntergang das Wasser abstellten, Madonna! Alles tanzte nach ihrer Pfeife. Das Haus, die Welt, die Vögel und die Frösche hatten ihre Ruhe, und wir unser Vergnügen. Wir sahen uns an, weiß vom Mehlstaub, und mussten lachen! Wir tranken etwas, aßen eine Kleinigkeit, Käse, einen Apfel, Salami, Brot, davon gab es jede Menge, wie du dir vorstellen kannst, und dann ab ins Bett. Oder zuerst auf den Haufen Säcke, um nicht die Treppe hochsteigen zu müssen. Wild war sie, meine Salvinia! Es ist, als ob ich sie hier im Dunkeln sehen könnte. Ach Salvinia, Salvinia!‹

Und wieder drängt sich ihm ein Gedanke auf, und der Alte unterdrückt einen Seufzer.

›Jetzt weiß ich, warum ich dir das erzähle. Jetzt wird mir klar, dass sie eher ein ungebrochener Stein war als ein Stück Holz. Damals dachte ich nicht großartig nach. Nur der Spaß zählte. Hortensia öffnet mir die Augen, und du auch, mein Junge. Ihr bringt mir etwas bei, ohne es auszusprechen, bis ich von selbst darauf komme. Hortensia ist nicht aus Stein, sondern weicher, wie Edelholz. Aber Salvinia war ein Stein, wie der Berg. Jetzt ist es mir klar. Ein Vollweib, das einem das Mark aus den Knochen saugte, aber nicht gebären konnte. Wie ein unfruchtbares Schaf. Wer weiß, vielleicht fraß gerade ihr Mut die Kraft auf. Ist auch egal, jedenfalls hat sie meine Heirat mit deiner Großmutter eingefädelt. Und das, obwohl sie verrückt nach mir war. Meinetwegen hatte sie allen anderen einen Korb gegeben, um mich anschließend in Rosas Bett zu bugsieren, damit ich den *zio* Martino beerbte ...‹

Der Kleine regt sich, und der Alte bekommt einen Schreck und kriecht über den Teppichboden bis an die geschlossene Tür.

›Ich dachte schon, du hättest was gehört. Du hörst genauso gut wie ich, aber im Moment bewegt sich niemand auf diesem Pfad, dem einzigen für den Feind. Unsere Stellung ist gut, und wir könnten sie noch verbessern. David spannte Schnüre über dem Boden und verband sie mit einer Handgranate. Wenn sie explodierte, wussten wir, dass die Deutschen kamen. Und Ambrosio hatte die Idee, in der Grotte von Mandrane einen zweiten Ausgang zu legen. Durch den sind wir dann den deutschen Flammenwerfern entkommen, als uns das Faschistenschwein aus Santinara verraten hat ... Ambrosio! Der wird jetzt denken, dass ich desertiert bin und nicht zurückkomme, um auf meinem Posten zu sterben. Nein, krieg keinen Schreck, mein Kleiner, ich gehe nicht! Aber Ambrosio wird das denken. Weil ich nicht schreibe und er kein Telefon hat! Aber ich lasse dich nicht allein, ich gehe nur nach Roccasera, wenn du mitkommst. Was für ein Einzug, wir beide! Du musst unseren Weg kennen, auf dem wir die Piazza überqueren. Man sieht ihn nicht, aber er ist da. Dein Vater wird ihn vergessen haben, aber du musst ihn kennen lernen, weil er dir gehört. Alle deine Vorfahren haben ihn genommen, meine zählen nicht, weil ich keine habe, außer meiner Mutter. Aber ich habe diesen Weg für dich erobert, dank Salvinia, die mich mit deiner Großmutter verheiratete.‹

Der Alte hält inne und horcht erneut.

>Heute Nacht gibt es aber oft Alarm …! Ach ja, der Weg. Sieh mal, eine Piazza überquert man nicht einfach so. In Roccasera ist das nicht so einfach. Es ist genauso schwer, wie im Wald durch die feindlichen Linien zu schleichen, allerdings genau umgekehrt. Denn auf der Piazza heißt die Devise gesehen werden. Nur die Habenichtse kleben an den Wänden. Du musst alle dazu bringen, dich anzusehen. Du fragst, wie? Mit aufrechtem Gang, erhobenen Hauptes, Augen geradeaus, Arme in Bewegung, nur du marschierst! So überquerst du die Piazza, weil du Brunettino bist. Damit die Alten in Beppos Café und die Frauen hinter den Gardinen (die anständigen lassen sich ja allein auf der Piazza nicht blicken) sagen: Man sieht, dass er Salvatores Enkel ist. Sie werden es sagen, weil sie beobachten werden, wie wir am ersten Tag gemeinsam diesen Weg nehmen, der dir gehört. Durch die Mitte, rechts am Brunnen vorbei, nie links, der Weg gehört den Cantanotti, hol sie der Teufel! Wir gehen unseren Weg, den ich Salvinia verdanke, wie gesagt. Weißt du, deine Großmutter Rosa war verrückt nach mir, ich war der Oberhirte auf ihrem Landgut. Ich ritt auf dem Pferd in die Berge, das brachte mir eine Menge Ansehen ein, weil damals nur wenige Hirten reiten konnten. Trotzdem wollte mich ihr Vater nicht zum Schwiegersohn, aber entlassen wollte er mich auch nicht, weil niemand so wie ich auf seine Tiere aufpasste. Er wusste, dass mir keiner das Wasser reichen konnte. Also warteten alle ab, um zu sehen, welche Wendung das Leben nehmen würde. Und die Cantanotti haben das Abwarten ausgenutzt, dem Martino Bewässerungszeiten geklaut, sind in seinen Kastanienhain eingedrungen, ja, wagten sich sogar auf die rechte Seite der Piazza! Der Martino war schon alt und ohne Sohn, weil er ein Weiberheld gewesen war und zu spät geheiratet hatte, aber mich wollte er nicht, weil ich nichts besaß. Rosa gab allen einen Korb und blieb stur, entweder ich

oder ins Kloster. Was für ein Unsinn, mein Junge! Typisch Frau! Mir war es egal, ich machte meine Arbeit, ritt auf dem Pferd zu den Herden hinauf, mit meiner *lupara*, falls mir ein Wildschwein über den Weg lief oder einer der Cantanotti auf mich lauerte. Gerne hätte sich der Genaro die Rosa geangelt. Alles hing in der Luft, wie ich dir sagte, bis zu dem Tag, an dem ich zur Mühle musste und Salvinia sah. Sie hatte ein weißes Gesicht und einen weißen Hals und große schwarze Augen. Ich saß noch auf dem Pferd, da streckte sie mir schon die Arme entgegen. Na ja, ich hab's dir ja schon erzählt. Viele Nächte lang bin ich dorthin zurückgekehrt! Ja, sie war es, Salvinia, die viel klarer sehen konnte als ich. Was für eine Frau! Siehst du? Vergiss nicht, was ich dir gesagt habe. Der Nebel in Mailand ist immer schmutzig, sieh ihn dir an! In den Bergen wäre er hell wie ein gut gebürstetes und an der Luft getrocknetes Schaffell.<

Angewidert wendet sich der Alte vom Fenster ab.

>Ja, meiner Salvinia habe ich meinen Wohlstand zu verdanken. Du ziehst das große Los, wenn du die Rosa heiratest, sagte sie mir immer wieder. Ich war böse, ich dachte, sie hätte mich satt. Aber das Gegenteil war der Fall, gerade weil sie mich so liebte. Und ich ging immer wieder zur Mühle. Deine Großmutter war schön, aber wie ein Garten, nur um Blumen zu pflücken, die Salvinia dagegen … Ein Wunder, ein Sturm, ein Rausch! Bis die Salvinia mich da packte, wo man mich immer packen kann. Sie forderte mich heraus, und ich kniff nicht. Wetten, dass du nicht mit mir abends über die Piazza gehst? Wetten, dass du vor den Leuten Angst hast? Stell dir vor, was ich geantwortet habe: jetzt sofort. Alles war mir egal, auch dass ich Rosa verlieren würde, ich war mir ganz sicher. Aber Salvinia kannte die Menschen besser, sie plante den großen Auftritt an einem Samstagabend. Als alle von der Arbeit kamen, und sich vor Beppos Lokal versammelten, andere standen Schlange, um sich bei Aldu rasieren zu lassen. Sogar der Pfaffe stand mit sei-

nen Betschwestern auf den Stufen der Kirche. Die große Stunde auf der Piazza. Dann war es so weit! Ich tauchte mit Salvinia auf. Sie hakte sich auch noch bei mir ein, ein Skandal, das tat man nämlich nur mit seinem Ehemann. Ganz langsam nahmen wir den weitesten Weg, von der Ecke von Ribbia bis zur Ecke des Rathauses. Was für eine Parade, mein Junge! Wie mit Pauken und Trompeten! Die Betschwestern drehten uns den Rücken zu, die Männer erstarrten zu Statuen. Alle, die, die sie um keinen Preis gewollt, und die, die sie sich genommen und dann wieder hatte fallen lassen, denn allen hatte sie das Herz gebrochen, entweder durch ein Nein oder ein Ja. Sie und ich sahen uns die Leute an, und ich dachte, gleich fällt der Kirchturm vor Schreck um, aber nicht mal die Glocke stürzte herunter. Die Uhr schlug sechs, als wollte sie uns ihr Geleit geben! Ganz langsam, wie gesagt, und am Ende grüßten uns sogar ein paar, so verwirrt waren sie. Was für ein Schlag ins Gesicht! Noch heute spricht man davon …‹

Der Alte legt die Hände auf den Bauch und sieht sich um.

›Und du Rusca, hörst du mir auch zu? Bestimmt verstehst du nichts. Brunettino natürlich auch nicht. Ihr wisst nicht, dass Salvinia die Piazza immer respektiert hatte. Seit ihr Mann im Mühlgraben ertrunken war, hatte sie gemacht, was sie wollte, und sich um niemanden gekümmert, aber die Piazza hatte sie immer respektiert, weil die Piazza das Herz des Dorfes ist. Oder vielleicht wegen der Kirche, denn selbst die tapferste Frau hat solche Weibergedanken. Abends ging sie nie allein dorthin und hatte auch mit keinem anderen Mann hingewollt, aus Respekt oder was weiß ich. Aber bei mir bestand sie darauf. Mit dir zeige ich im Sonnenlicht auf der Piazza meinen Arsch und meine Titten, erhobenen Hauptes, weil die Männer Schlappschwänze sind und keine von den Frauen das hat, was ich habe. Du wirst sehen, wie das dein Ansehen steigert und du die Rosa kriegst. Man muss die Welt bei den Hörnern packen. So kam es auch, die Leute sahen mich plötzlich mit anderen Augen. Der *zio* Martino sah ein, dass ich den Cantanotti und sogar seiner Tochter Paroli bieten würde. Rosa wollte anfangs Schluss machen. Als sie mich vom Fenster aus mit Salvinia sah, traf sie der Schlag. Das habe ich später erfahren. Sie heulte ein paar Tage und bereitete sich darauf vor, ins Kloster zu gehen. Aber da hatte ihr Vater bereits eingesehen, dass er mich brauchte und ich ihm sogar seinen Weg auf der Piazza retten würde, und so hat er uns schließlich verheiratet. Das hat sie für mich getan, die Salvinia. Stell dir diese Liebe vor, obwohl sie verrückt nach mir war! Ich ging weiter zur Mühle, aber sie machte die Tür nicht mehr auf. Dabei weiß ich, dass sie dahinter geweint hat. Sie war ein Stein, wie gesagt, ein Felsen, der Berg selbst … Ihretwegen wurde ich später Widerstandskämpfer, ansonsten … Was ging mich der Krieg an? Das Vaterland ist für die Soldaten da, die leben davon. Und die Politik ist was für die feinen Herren, zuerst Faschisten unter Mussolini, später Demokraten. Deshalb bin ich jedenfalls nicht zu den Partisanen gegangen, sondern weil die Deutschen Salvinia in ihrer Mühle ermordet hatten. Ja, mein Junge, sie haben diese einzigartige Frau ermordet. Und auf welche Art, mein Junge, auf welche Art! Kaltblütig, schlimmer als Tiere. Das waren keine Menschen, die verdienten nicht, eine Mutter zu haben. Töten, na schön, aber nicht so etwas. Einem unschuldigen Kerlchen wie dir kann man das gar nicht erzählen …<

Das Wort erstickt in seinen Gedanken wie seine Stimme in der Kehle.

>Ihretwegen ging ich zu den Partisanen … Sicher, wenn ich die Hurensöhne gekannt hätte, die sie gefoltert und getötet hatten, hätte ich sie auf eine noch schlimmere Art umgebracht und meinen Frieden gehabt. Aber man wusste es nicht, es hätte jeder Deutsche sein können. Also blieb mir nichts anderes übrig, als allen den Krieg zu erklären, verstehst du? Ich wollte sie alle umbringen und schloss mich den Partisanen an. Und ich habe nicht

wenige erledigt, jedenfalls mehr, als die, die sie gefoltert hatten, viel mehr. Damit Salvinia stolz auf ihren Salvatore ist. Es waren nicht dieselben, aber ich habe meine Pflicht getan. Ja, sie wird mit mir zufrieden sein.‹

W ie groß er geworden ist! Und so hübsch!«
Hortensias Ausruf erinnert den Alten an den Morgen damals: an den Wagen, der sie bespritzte, wie er hinterherlief und den Jungen allein ließ, an die mitfühlende Frau. Keine vier Monate sind vergangen, und schon sind es unvergessliche Erinnerungen.

Es ist ein milder Morgen an einem klaren, blauen Februartag. An den Bäumen, die Valerio beschnitten hat, brechen die ersten Knospen auf. Der Alte führt den Jungen im Park spazieren, als ihm plötzlich in den Sinn kommt, Hortensia zu besuchen, um ihr von Brunettinos letztem Abenteuer zu erzählen. Er hat auf der kleinen Piazza einem Hund Paroli geboten. Na ja, Hund ist zu viel gesagt, es war einer von diesen Pinschern mit Deckchen und Glöckchen am Halsband, den eine alte Frau ausführte. Aber er kläffte den Kleinen wütend an, und wie! Statt zu erschrecken, hatte Brunettino so kräftig er konnte auf den Boden gestampft und so laut geschrien, dass der Köter sich hinter dem Rock seines Frauchens verkroch.

Aber jetzt, als Hortensia ihnen die Tür aufmacht, verliert der Junge seinen ganzen Mut und drückt sich an die Beine seines Großvaters. Die Schüchternheit dauert nicht lange. Bevor Hortensia ihm die Arme entgegenstreckt – zur Freude des Alten, der die Silbergondel auf ihrer Brust entdeckt –, sieht der Junge sich um zu dem dunklen Treppenabsatz, blickt dann in den hellen Flur der Wohnung und zeigt gebieterisch auf das Licht. Die Erwachsenen lachen. Hortensia nimmt den Kleinen auf den Arm und geht mit ihm in das kleine Wohnzimmer voran. Erst hier wird ihr bewusst, wie groß er geworden ist, und sie sagt:

»Bruno, kannst du dich erinnern, dass seine Ärmchen nicht um meinen Hals reichten? Und sieh mal jetzt!«

»Und ob ich mich erinnere! Aber überanstreng dich nicht! Es ist das erste Mal, dass ich dich auf den Beinen sehe, seit du krank warst.«

»Ich bin nur aufgestanden, um euch aufzumachen«, antwortet sie, setzt den Jungen auf den Boden und lässt sich in ihren Sessel fallen. »Den ganzen Tag sitze ich hier.«

Brunettino schaut sich im Zimmer um.

›Der Kleine bräuchte irgendeine Beschäftigung, aber hier in einem Haushalt ohne Kinder!‹, denkt Hortensia. »Ach ja, Bruno, mach doch mal den Schrank auf, in der großen Schublade unten ist noch ein Dominospiel.«

Der Alte hat während Hortensias Krankheit schon öfter solche Aufträge erledigt, aber der Schrank beeindruckt ihn genauso sehr wie beim ersten Mal. Damals sollte er ihr ein Taschentuch holen, er erinnert sich genau. Auch diesmal zögert er etwas vor der Herausforderung: die fröhlichen Farben, die Kleider, die diesen Körper ahnen lassen, und vor allem der Duft, nein, die Düfte, die in seine Nase steigen. Dieser Schrank ist nicht nur ein riesiger Kasten, sondern viel mehr. Seine Türen öffnen sich zu einer Kammer, zu einem Tempel mit geheimnisvollen Schätzen. Die Stoffe erinnern ihn an die Netze, die man an den Bergpässen aufhängt, um Ringeltauben zu fangen. Wie eine Taube verfängt sich sein Herz in so viel Verheißung. ›Warum bin ich nie darauf gekommen?‹, sagt er sich. ›Bei den vielen Schränken, die ich in meinem Leben geöffnet habe, manche sogar, um mich vor den Müttern zu verstecken! Sie müssen so ähnlich gewesen sein, aber sie ließen mich kalt. Wozu Kleider? Weg damit, auf den Boden. Her mit dem Körper, der Haut für meine Hände! Und jetzt steh ich mit offenem Mund davor …‹

Unten, die Schublade. Als er sie jetzt öffnet, erregen ihn die intimen Enthüllungen wie ein nackter Körper. Es sind nicht nur die Strümpfe oder Wäsche, vielmehr die bedeutsamere Preisgabe ihrer Erinnerungen. Obwohl er die wirkliche Botschaft des Umschlags mit Fotos und die Geschichte der schlichten Schmuckstücke in ihren Etuis nicht kennt, ist ihm klar, dass er jetzt in Hortensias Leben eindringt. Wie ein Frettchen taucht seine Hand in die weichen Kostbarkeiten und schnappt sich seine Beute.

Für den Kleinen, der bereits auf dem Teppich unter dem Tisch sitzt, ist dieser Haufen von schwarzweißen Steinen wie ein Berg aus funkelnden Edelsteinen. Er riecht an einem und steckt ihn in den Mund. Da die Steine nicht essbar sind, fängt er an, alle durcheinander zu werfen, entzückt von ihrem Klappern.

»Mit diesem Dominospiel habe ich Tomasso in seinen letzten Wochen die Zeit vertrieben«, erklärt Hortensia.

›Und dieses Andenken gibt sie dem Jungen zum Spielen! Was für eine Frau! Und wie liebevoll sie das Kind anschaut!‹ Er unterdrückt einen Seufzer. ›Wenn die verdammte Rusca mich nicht auch schon da unten anknabbern würde!‹ Das erinnert ihn an etwas, und er holt Brunettino aus seiner Höhle.

»Nicht dass er auf den Teppich macht«, erklärt er. »Komm, mein Junge, wir gehen mal aufs Klo.«

Er bringt ihn in das Bad, knöpft die verflixte Hose auf, zieht ihm das Unterhöschen runter und hält ihn aufrecht. Hortensia ist ihnen leise gefolgt und beobachtet sie, ohne gesehen zu werden. Sie sitzt bereits wieder im Wohnzimmer, als der Alte zurückkommt und stolz erklärt:

»Er pinkelt schon wie ein Mann, nicht wahr, Brunettino? Einen Strahl hat er …!«

Der Junge vertieft sich wieder in sein Spiel. Eine Zeit lang hört man nur das Klappern der Steine, wie Kastagnetten.

»Woran denkst du, Bruno?«

»Keine Ahnung … An nichts.«

»Schwindler, du lügst, ich kenne dich. Also raus damit!«

»Als wir noch jung waren«, sagt er und lächelt, weil er sich ertappt fühlt, »gingen wir nach der Kneipe hinter der Schule pinkeln. Wir wussten, dass die Lehrerin uns zuschaute, und wir zeigten ihr, was wir hatten … Sie wurde langsam eine alte Jungfer und war auch willig, aber sich an einen Mann ranzumachen, das traute sie sich nicht. Es war vor dem Krieg. Außerdem taugte sie nicht für einen Hof, sie war zu fein. Ohne Geld und hässlich. Der Armen war nicht zu helfen.«

»Sie mag nichts getaugt haben, aber erinnern tust du dich an sie.«

»Nur jetzt, als ich den Kleinen beobachtet habe.«

»Als wärst du diese Lehrerin!«

Die harmlose Bemerkung trifft den Alten schwer, denn genau darum geht es. Wieder geraten seine Gedanken durcheinander: Einerseits braucht der Junge eine Großmutter, und er muss sie ersetzen und obendrein Großvater sein, andererseits entfacht diese Lehrerin mit ihren unterdrückten Wünschen aufs Neue seine eigene Begierde, die Ruscas Bissen im Unterleib ausgeliefert ist.

Hortensia spürt, dass den Mann etwas quält.

»Macht dir die Rusca zu schaffen? Hast du Schmerzen?«

›Diese Frau ist Hellseherin‹, wundert sich wieder der Alte. ›Nichts kann man ihr verheimlichen.‹

»Ach, Schmerzen! Wenn es nur das wäre …«

Aber die Augen vor ihm verdienen die Wahrheit, sie fordern sie stärker als ein Verhör. Er fasst sich ein Herz.

»Sieh mal, schlimmer wäre es, wenn du schlecht von mir denken würdest, weil ich neben dir geschlafen habe, ohne dich anzurühren. Es liegt daran, dass sich die Rusca da unten rumtreibt und ich mich nicht mehr so männlich fühle. Jetzt ist es raus.«

Er sieht sie herausfordernd an, seine Stimme ist rau vor Entschlossenheit und Pathos, und das Verlangen in seinem Blick verstärkt die Botschaft noch. Hortensia sagt nichts; es ist das

Beste. Könnte sie diesem Mann doch nur anvertrauen, dass es ihr nichts ausmacht, dass sie ihn gerade deshalb noch mehr liebt! Sie wird es ihm später sagen.

Die Steine klappern in den Händen des Jungen.

»Ja, so ist das … Und ich dachte immer, wenn ich die Alten sah, dass ihr Leben nichts mehr wert ist. Vor allem jetzt, nachdem der Cantanotte tot ist.«

»Was für ein Unsinn! Sag das nicht!«

»Nein, ich denke ja schon anders, weil der Junge sonst allein wäre in diesem Gestapogefängnis. Solange er sich nicht wehren kann, werde ich da sein …«

»Gott sei Dank«, antwortet Hortensia und fügt dann sanft hinzu: »Aber ist es nur der Junge, der dich braucht, du Dummkopf?«

Unwillkürlich zuckt der Mund des Alten. Nach einer Weile bildet sich ein Lächeln, das rasch in Lachen übergeht.

»Ach, das habe ich dir noch gar nicht erzählt! Gestern hat mich Rosetta angerufen. Stell dir vor, die Söhne vom Cantanotte streiten sich bereits um die Aufteilung der Ländereien. Dass ich das noch erleben darf! Was sie während der Agrarreform vermeiden konnten, weil sie die in Rom geschmiert haben, werden sie jetzt mit ihren Streitigkeiten verspielen, diese Idioten. Na ja, vermeiden konnten sie nur einen Teil, denn ich habe ihnen durch den Gemeinderat die Daumenschrauben angezogen. Das war noch in den guten alten Zeiten, damals konnte ich dem Dorf den Gemeindewald erhalten, denn noch hatten wir Widerstandskämpfer das Sagen. Aber dann kamen die Politiker, und ich zog mich zurück. Wozu? Stell dir vor: Jetzt werden sie sich gegenseitig übers Ohr hauen, und am Ende bekommen es die Anwälte zum Verkauf.«

»Am Ende kommt es, wie es kommen muss«, antwortet Hortensia einfach.

Erneut zwingen die Worte dieser Frau den Mann zum Nachdenken. Was muss denn kommen? Doch ehe er diese Frage beantworten kann, passiert es: Brunettino hat versucht, sich an einem Tischbein hochzuziehen, und ist dabei mit dem Kopf gegen die Tischplatte gestoßen. Er weint und reibt sich die schmerzende Stelle. Hortensia und der Großvater beeilen sich, ihn zu trösten.

Dem Alten gelingt es, die Ethnologen im Seminar immer wieder zum Staunen zu bringen, aber auch sie überraschen ihn mit ihren Enthüllungen. Wie sich herausstellt, ist die Rusca, die ihn langsam von innen auffrisst, nichts Neues; dasselbe hat es schon in der Antike gegeben. Ein Beispiel war – wie der Alte jetzt erfährt – ein Mann, den sie an einen Felsen fesselten, wo ihm die Leber weggefressen wurde, bloß nicht von einem Frettchen, sondern von einem Adler. »O je, der hat sie bestimmt im Nu verputzt!«, sagt der Alte mitleidig, aber sie erklären ihm, dass der Adler die Leber nie ganz verschlungen hat.

›Dann muss er entweder degeneriert oder krank gewesen sein‹, sagt sich der Alte und vermutet, dass diese Bücherwürmer nie gesehen haben, wie grausam ein Adler seine Beute mit dem Schnabel zerfetzt. ›Es könnte aber auch sein, dass der Kerl, dieser Permeteo oder wie er hieß, ein ziemlich schwerer Junge war, denn offensichtlich war es die Strafe dafür, dass er den Göttern das Feuer gestohlen hatte. Die Götter von damals waren noch richtige Götter, nicht wie der, den die heutigen Pfaffen uns andrehen wollen, obwohl er kein bisschen Rückgrat hat! Wie haben sie ihre Stellung ausgenutzt und das Leben genossen! Vor allem die Frauen!‹ Dem Alten entgeht nichts. Gerade deshalb kommt ihm die Geschichte von dem Adler, der eine Leber nicht in Sekundenschnelle in Stücke reißt, wenig glaubhaft vor, Permeteo hin, Permeteo her. So wie eins dieser Wunder, die die Pfaffen erzählen und die niemand gesehen hat, weil sie sich vor langer Zeit ereigneten.

Ein Wunder wie das, worüber man gerade im Seminar diskutiert: Es geht um einen Gott, der Gesicht und Körper eines im

Krieg weilenden Königs annimmt, um in seiner Abwesenheit die Königin zu verführen. Doch diese Tat löst alles andere als Begeisterung beim Alten aus.

»Das ist aber nicht göttlich!«, erklärt er verächtlich. »Das ist keine Heldentat. Die Kunst besteht darin, das Weib mit dem eigenen Gesicht rumzukriegen, und beide müssen Spaß daran haben, dem anderen ein paar stattliche Hörner aufzusetzen. Entschuldigen Sie, Signora ...«

Der Alte hat sich an *dottoressa* Rossi gewandt, die ihm zulächelt.

»Sie brauchen sich nicht zu entschuldigen, lieber Roncone. Oder darf ich Sie Salvatore nennen, ich heiße übrigens Natalia ... Sie brauchen sich nicht zu entschuldigen. Wer sich mit Mythologie beschäftigt, bekommt keinen Schreck, wenn von Hörnern die Rede ist. Außerdem haben Sie völlig Recht. Eine Frau so zu hintergehen ist nicht einmal männlich.« Das Lächeln verstärkt sich.

»Nicht wahr?«, antwortet der Alte entzückt.

›Sieh einer an!‹, sagt er sich. ›Diese Bohnenstange versteht trotz ihrer flachen Brust mehr von der Sache als die Männer.‹

»Im Übrigen stimmt da was nicht«, fährt er fort. »Wenn ein Gott den Körper des Ehemannes annimmt, dann spürt der Körper die Lust, würde ich sagen. Wer also hat etwas davon gehabt? Der Gott da drin oder der Körper des Ehemannes, der die Sache machte? Wetten, dass der Gott gar nichts davon mitgekriegt hat.«

Die *dottoressa* lacht zustimmend, während die anderen sich überrascht ansehen. ›Diesen Klugscheißern ist also nicht mal eingefallen, darüber nachzudenken, wer den Spaß an der Sache hatte. Dabei geht es doch bei der ganzen Sache nur darum!‹

Der Alte dreht sich wieder zur *dottoressa* um und sieht ihren amüsierten und komplizenhaften Blick. Er muss zugeben, dass sie zwar obenrum ziemlich wenig, dafür aber schöne lange Beine zu bieten hat. Verdammt noch mal! Und verführerisch straffe Schenkel unter dem gespannten Rock.

Die Diskussion verlagert sich auf ein anderes Thema, das in diesen Tagen auch den Alten beschäftigt, die Sache mit dem Holz und der Blüte, und ob auch Männer blühen können.

»Gibt es bei Ihnen Geschichten von Sirenen?«, fragt der Professor. »Sie wissen schon, Frauen mit Vogelköpfen oder Wesen, die halb Frau, halb Fisch sind … So in der Art.«

»Wenn sie halb Fisch sind, dann werden sie im Meer sein, und die Fischer werden sie kennen. In den Bergen gibt es keine. Aber dafür haben wir die Ziegenmenschen, *capruomi*.«

»Aha, und wie sahen die aus? Wo kamen sie her?«

»Wie sie aussahen? Männer von der Hüfte aufwärts und im Übrigen Ziege. So habe ich sie sogar auf Bildern gesehen. Und wo sie herkamen, tja …!«

Er hält inne. Was für eine Frage! Man könnte wirklich meinen, dass diese Professoren trotz all ihrer Bücher nicht wüssten, dass die kleinen Ziegen da herkommen, wo auch die Kinder herkommen. Er wird es ihnen erklären müssen. Die *dottoressa* hat ihm grünes Licht gegeben. Außerdem sieht man, dass sie zufrieden ist. Sie hört nicht auf, sich Notizen zu machen.

»Sie kommen daher, wo alle herkommen! Von der Ziegenmutter. Wenn ein Mann eine Ziege bumst, entschuldigen Sie, und die Ziege dann wirft, kommt ein Ziegenmensch raus. Aber ich glaube, dass die Ziegen von heute Fehlgeburten haben oder gar nicht erst trächtig werden, weil es nur noch ganz wenige Ziegenmenschen gibt, nicht so wie damals. Wenn sie aber immer noch so gut werfen würden, wären die Berge voll von Ziegenmenschen!«, schließt er mit einem Lächeln.

»Sie wollen uns wohl auf den Arm nehmen?«, rutscht es einem verdutzten Studenten heraus.

Der Alte wirft ihm einen abschätzigen Blick zu. Typisch. Diese Kinder haben keine Ahnung vom Leben.

»Fast alle Hirtenjungen machen das! So üben sie.«

Der Alte sieht in ungläubige Gesichter. ›Na großartig! Da erzähle ich ihnen ausnahmsweise keine Lüge, und die sehen mich an, als wäre ich ein Schwindler!‹

»Ob Sie es glauben oder nicht!«, antwortet er dem Studenten. »Ich habe meine erste Ziege mit zwölf gebumst. Und wenn Sie es nicht glauben ...«

»Ziege oder Schaf?«, will der Professor genau wissen. Einige kichern. Der Alte wird sauer.

»Ziege! Sie sind besser, weil ihre Knochen am Hintern stärker hervorspringen. Haben Sie das noch nie gesehen? Schafe lassen sich viel schlechter packen.«

Der herausfordernde Blick des Alten bringt alle zum Schweigen. Sie beginnen, auf ihre Art darüber zu diskutieren, sprechen von Satyren, Silenen, Tiermenschen und anderen Fällen aus den Büchern. Sie erwähnen einen Fall, der dem des Prometheus ähnlich ist: den des Riesen Tythios. Dann kommen sie auf ein Thema, das den Alten viel mehr interessiert: Es geht um ein Wesen, halb Mann, halb Weib, einen gewissen Tiresias.

»Und was war er unterhalb der Gürtellinie, halb Mann oder halb Weib?«

Die *dottoressa*, die in diesen Sachen besonders gut Bescheid weiß, erklärt ihm, dass er nicht zwei Körperhälften hatte, sondern den Körper wechselte. Tiresias war sieben Jahre Frau und wurde dann wieder Mann. Er war ein berühmter, weiser Seher.

»Mag sein, dass er alles wusste! Aber das ist nicht dasselbe.«

›Ein Doppelwesen könnte gleichzeitig Großvater und Großmutter sein‹, sagt er sich. Die *dottoressa* sieht, wie er grübelt, und um ihm zu helfen, erwähnt sie, dass es auch welche gab, die zur selben Zeit zwei Geschlechter hatten und nicht nur zwei Körperhälften.

Sie hat ihm sogar gesagt, wie sie heißen, aber jetzt zu Hause im Bett erinnert er sich nicht mehr. Der Name ist unwichtig, sicher ist nur, dass die alten Zeiten besser waren mit ihren Göttern und diesen Mann-Weibern. ›So konnten sie auch noch ihren Spaß haben, wenn sie alt waren, weil das Alter den Frauen nichts anhaben kann. Beine breit, und das war's. Verdammt gut ausgedacht! Und außerdem werden sie nicht mehr schwanger! In Wahrheit haben diese verflixten Weiber mehr Glück als wir!‹, sagt sich der Alte, als er plötzlich von der Rusca gebissen wird, wenn auch diesmal nicht allzu heftig.

›Aber mit dem Gott von heute sind wir geliefert‹, fügt er schon fast vom Schlaf überwältigt hinzu. ›Der schenkt uns bloß ein Leben und ist nicht mal darauf gekommen, den Männern Busen zu geben. Unten gut ausgestattet und oben Busen. Wie glücklich wären die Kinder!‹

In ihrem Schlafzimmer unterhalten sich die Kinder über den Großvater.

»Bestimmt kam er aus der Universität, das ist so seine Zeit«, meint Andrea, die schon im Bett liegt.

»Sonst wirkte er zufriedener«, entgegnet Renato, der gerade nach dem Kind geschaut hat und sich jetzt auch hinlegt.

»Vielleicht ist es heute nicht so gut gelaufen. Es ist doch merkwürdig, dass er in Buoncontonis Seminar referiert. Weißt du überhaupt, was das bedeutet? Seit dieser junge Mann mir das gesagt hat, komme ich aus dem Staunen gar nicht mehr raus. Übrigens ist er der Sohn des Commendatore Ferlini, Domenico Ferlini.«

»Zumindest wissen wir jetzt, wo er sich rumtreibt.«

»Nicht ganz. Was ist mit diesen Mittagessen draußen? Wozu achte ich auf seine Diät, wenn alles jeden Tag teurer wird und er dieses ungesunde Zeug da draußen isst. Aber wirklich, dein Vater in der Universität. Wer hätte das gedacht!«

»Warum nicht? Er kennt sich aus mit dem Land und den Bräuchen, die anderswo ausgestorben sind.«

»Weißt du denn nicht, dass sie sogar über klassische Mythologie diskutieren? Sie werden ihn doch nicht auf den Arm nehmen? Das würde einiges erklären.«

»Meinen Vater nimmt niemand auf den Arm. Jedenfalls hat er Spaß daran, und es bleibt ihm nicht mehr viel Zeit!«, setzt Renato traurig hinzu.

Auch Andrea ist bedrückt. Gerade weil ihm nur noch wenig Zeit bleibt, hat sie ihrem Mann nicht erzählt, dass sich der Alte nachts ins Kinderzimmer schleicht. Man muss ihn gewähren lassen, auch wenn er die Erziehung des Kindes durcheinander bringt! Es wird nicht mehr lange dauern, Professor Dallanotte hat keinen Zweifel daran gelassen. >Aber warum geht er nicht nach Roccasera zurück, jetzt, wo der andere gestorben ist?<, fragt sie sich, bevor sie sich selbst die Antwort gibt.

»Er ist zu widerspenstig.«

»Das ist, weil er immer seinen Mann stehen musste. Du hast ihn erst sehr spät kennen gelernt, aber wenn du wüsstest, wie er sich nach oben gekämpft hat in dem Dorf, wo er geboren wurde, und das ohne Vater! Wie er im Krieg seine Größe zeigte! Ein Patriot, der dreimal verwundet wurde. Sein Freund Ambrosio hat mir wahre Heldentaten von ihm erzählt. Er befreite das Dorf mit einer Hand voll Engländer, und nur ihm war es zu verdanken, dass die Deutschen bei ihrer Flucht weder Geiseln umbrachten noch irgendwas verwüsteten. Danach war er der beste Bürgermeister, den man sich vorstellen kann. Er setzte die Reform für das Volk durch, trotz des Widerstands der Cantanotti. Sie schmierten die Beamten und haben ihn sogar zweimal in einen Hinterhalt gelockt, aber er hat es den Verbrechern gezeigt. Und jetzt … mein armer Vater! Ich schwöre dir, manchmal habe ich ein schlechtes Gewissen, weil ich nicht bei ihm geblieben bin.«

Bedrückt lehnt Renato den Kopf an Andreas Brust, die er durch das durchsichtige Nachthemd fühlt, als wäre sie nackt. Sie streicht ihm durchs Haar, das genauso lockig ist wie das des Alten, aber noch tiefschwarz. Und dicht wie das des jungen Studenten mit dem römischen Kopf, der den Alten neulich nachmittags abholte.

»Wenn ich aber dort geblieben wäre«, rechtfertigt sich Renato, »dann wäre ich nie mehr gewesen als der Sohn von Salvatore. Ich musste fort! Verstehst du?«

»Natürlich Liebling, du hattest keine andere Wahl«, stimmt sie ihm zu, während sie denkt, dass Renato in Wirklichkeit nicht sehr weit gekommen ist, trotz seiner Flucht aus dem Dorf. Chemiker in einer Fabrik, weiter hat er es nicht gebracht. Nicht mal Laborleiter. Sie werden es nie nach Rom schaffen, wo ihre Zukunft liegt, wenn sie nicht die Zügel in die Hand nimmt. Im Museum soll eine Stelle frei werden, die des Leiters für Ausgrabungen. Eine gute Gelegenheit! Besser als in der Villa Giulia. Und der Chef der Abteilung ist ein alter Bekannter von Onkel Daniele, er war Staatssekretär unter De Gasperi und hat noch viel zu sagen. Sie muss die Sache in Rom vorantreiben.

Der Gedanke erregt sie. Vielleicht ist es aber auch der männliche Atem, die Berührung der Lippen, die ihre Brustwarze küssen. Langsam schiebt sich ihre freie Hand nach unten und streichelt Renatos Brust und Bauch, der auf Andreas Begierde reagiert, als wollte sich sein Körper vom Schatten des Todes lösen.

Brunettino kann nicht einschlafen. Der Alte bietet ihm in seinen Armen das weichste Bett, und der Junge kuschelt sich hinein, aber schon kurz darauf schreit er: »No!« – das ist seine neueste Entdeckung – und sucht eine andere Lage. Hin und wieder öffnet er die Augen, und im Halbdunkel der reflektierenden Straßenbeleuchtung sieht man, wie dunkel sie sind.

>Ob er was ausbrütet?<, sorgt sich der Alte. >Mit seinem Geschrei wird er noch die Eltern wecken. Zum Glück sind sie taub, mein Junge, sie sind keine Partisanen. Schlafen wie brave Bürger. Mach aber trotzdem keinen Lärm.<

Denn der Junge kräht dieses *no* – in Wirklichkeit eine Mischung zwischen No und Na – mit explosiver Energie. Der Alte ist hingerissen, denn es ist das erste Wort, das er gelernt hat, noch vor Mama, Papa oder gar *nonno*. Man muss lernen, Nein zu sagen. Ja, man muss sich wehren können.

Schließlich schläft der Kleine ein, und der Alte legt ihn in sein Bettchen und beginnt mit dem Rücken an die Wand gelehnt seine Wache. Wie jede Nacht führt er Selbstgespräche.

>Sagte ich, man muss sich wehren können? Noch etwas, wo ich mir in letzter Zeit nicht mehr so sicher bin, mein Junge. Wie beim Holz und der Blüte, bei Männern und Frauen. Früher waren sie Gegensätze, und jetzt, sieh mich an. Ein aufrechter Kerl wie ich denkt darüber nach, ob er mit Busen nicht ein besserer Großvater wäre. Was für ein Unsinn, nicht wahr? Aber so ist es. Jetzt wird mir bewusst, dass es keine Gegensätze sind. Viele Bäume blühen, und aus vielen Blüten wächst das Holz. Nein? Woher kommt dann ein Baum, wenn nicht aus dem Samen einer Blüte? Aber so lange brauchen wir gar nicht zu warten. Nimm

nur die Rosen! Ich habe mal einen uralten Rosenstock abgeschnitten, der Stamm war aus reinem Holz. Und was für ein Holz!<

Der Alte genießt die Erinnerung.

>Weißt du, welcher Rosenstock es war? Kein geringerer als der vor der Gruft der Cantanotti. Die waren so unverschämt, sich ein protziges Grab aus Marmor bauen zu lassen, und es wurde nur deshalb nicht noch größer, weil sie Angst hatten, die Grafen zu verärgern, die ihre Gruft auf dem gleichen Friedhof haben. Stell dir vor! Eine Faulkammer aus Marmor für diesen Abschaum! Na ja, jedenfalls wuchs der Rosenstock hinauf bis zum Torbogen, der oben spitz zulief wie bei einer Kirche. Mit dem Rosenstock gaben sie noch mehr an als mit ihrem Grab. Und weil ich sauer war wegen der Mörder, die sie auf mich angesetzt hatten, sagte ich mir: Dann werde ich ihren Toten eben die Blumen wegnehmen. Eines Nachts habe ich den Rosenstock mit zwei Axthieben abgehackt. Richtig hartes Holz, wie gesagt, reinste Faser. Übrigens geistern nachts keine Toten auf dem Friedhof herum, das sind Ammenmärchen! Jetzt fressen die Würmer den Schweinehund mit seiner Brille. Der kann lange an die Tür klopfen, die man ihm verschlossen hat. Ich jedenfalls werde ihn nicht erlösen …<

Der letzte Gedanke schockiert ihn. Empört über sich selbst, verwirft er ihn sofort wieder.

>Ihn erlösen? Nicht mal im Traum! Mitleid mit dieser Kanaille? Mausetot ist er, und er hat sich verdammt viel Zeit gelassen! Ob ich langsam schwul werde, weil ich wie ein Weib denke? Soll er schreien und sich alle Knochen brechen, wenn er gegen die Tür hämmert! Die bleibt gut verschlossen! Mitleid? Wie käme ich dazu? Hat sich da etwa jemand anders bei mir eingeschlichen? Davor muss man sich in Acht nehmen, mein Junge, und vor den Spitzeln auch. Wenn die sich irgendwo einschleichen, wie der Santinara, dann verliert man eine ganze Truppe.

Aber hier kommt mir keiner rein, auch nicht, wenn er bereits in mir steckt.<

Das Staunen über seine eigenen Gedanken lässt ihn nicht los.

>Mitleid! Kommt gar nicht in Frage! Ich bin nicht böse, Brunettino, aber der Kerl war mein Feind. Er hat das Volk ausgebeutet, und mich wollte er umbringen lassen, verstehst du? Wie könnte ich jetzt Mitleid empfinden? Aber nein, ich hatte keins, es ist schon vorbei ... Ich war nur einen Augenblick verwirrt, jetzt ist alles wieder klar. Sogar die Tiere wissen es, dem Stärksten gebührt die Beute! So ist die Natur. Man muss hart sein, mein Junge: Entweder du beißt, oder du wirst gebissen. Das hat mir der kleine Ziegenbock beigebracht, mit dem ich gespielt habe. Er war nicht zahm wie Lambrino, hat immer nur gestoßen. Deshalb haben sie ihn als Zuchtbock benutzt, und als er alt war, stolzierte er zwischen seinen Weibchen herum wie ein König. Ich habe meine Lektion gelernt, mich nie ergeben und auch nie aufgehört zu kämpfen. Weißt du, was das schönste Geschenk war, das ich als Kind bekam? Das ist mir neulich wieder eingefallen, als die Anunziata dir das Messer wegnahm. Ein Taschenmesser. Klein, aber ein Messer. Der alte Morrodentro hat es mir geschenkt, der Vater vom Jetzigen. Er wird sich verletzen, er ist noch ein Kind, protestierte der Oberhirte. Umso besser, dann lernt er es. Aber ich habe mich nicht verletzt, von wegen! Weißt du, wie ich es eingeweiht habe? Sie waren dabei, einem jungen Bock das Fell abzuziehen, der durch den Stoß eines anderen vom Felsen gestürzt war. Sie wollten ihn braten. Ich ging zum Koch, und er zeigte mir, wie man die Klinge zwischen die Sehnen und den langen Knochen des Hinterbeins stößt, da, wo man sie aufhängt, um ihnen das Fell abzuziehen. Wenn ich daran denke, kehrt wieder die ganze Kraft in meine Hand zurück. Aber, was ich heute Morgen gemacht habe, weiß ich schon nicht mehr! Verrückt was? Das Messer müsste noch in meinem Tornister sein, wenn der Kerl von meinem Schwiegersohn ihn nicht

weggeworfen hat, weil er mich so hasst. Na ja, nicht hasst; um zu hassen braucht man Mumm, der kann nur große Reden schwingen, dieser Schlappschwanz. Später hatte ich noch viele andere Messer! Das *scerraviglicu* des Bräutigams. Damals schenkten alle jungen Mädchen ihrem Auserwählten ein Messer, wenn sie sich verlobten. Das meiner Rosa hatte einen Griff mit Perlmutteinlagen, wie das eines Mafioso. Aber keines war so wie das erste, das ist wie mit der ersten Frau, verstehst du? Na, du wirst es schon noch verstehen. Warum bewegst du dich? Findest du es lustig, dass man es Nabelschneider nennt? Der Name trifft den Nagel auf dem Kopf, weil der Stoß in den Bauch am sichersten ist; da unten ist alles weich. Am besten schneidet man dem anderen natürlich die Kehle durch, aber von hinten. Oder wälzt du dich so herum, weil du krank bist?<

Der Alte tritt ans Bettchen des Kleinen und berührt die Stirn, aber sie ist nicht heiß. Dann hört er einen Pupser und lächelt. >Ach du kleiner Vielfraß, hast zu schnell gegessen, was? Ich werde dir helfen.<

Er kniet neben dem Bett nieder und legt seine Pranke auf das Bäuchlein. Seine verstorbene Frau hatte immer behauptet, er habe eine gute Hand zum Heilen. Sie hatte häufig Schmerzen, obwohl sie kaum aß. Vor allem nach der schweren Geburt von Renato.

>Ja, dem Feind stößt man das Messer am besten in den Bauch. Aber wer ist der Feind? Früher war ich mir sicher: die Deutschen! Aber nein. Hortensias Schwester ist glücklich mit einem aus München verheiratet, und sie haben – kaum zu glauben – sieben Kinder. Er ist ein guter Mann, während der Hitlerzeit haben sie ihn in ein Konzentrationslager gesteckt, stell dir vor. Aber wäre er mir in den Bergen über den Weg gelaufen in seiner verdammten Uniform, ich hätte ihn erledigt. Noch was war mir immer ganz klar, und zwar, dass man nicht leben kann, ohne zu kämpfen. Aber guck dir die Etrusker an. Das waren keine Krie-

ger. Andrea behauptet es, und ich nehme es ihr sogar ab. Deshalb konnten die Römer sie auch unterwerfen! Aber sie lebten wie die Könige. Wenn ich an dieses Pärchen denke, das sich auf seinem Sarg amüsierte, den sie Sarkophag nannten! Wetten, dass der Cantanotte nicht so grinst!‹

Einen Augenblick lang amüsiert sich der Alte bei der Vorstellung der dunklen Sonnenbrille auf einem Totenschädel.

›Und du, mein Junge? Kämpfst du denn? Na gut, du sagst *no*! und schlägst nach dem Löffel mit deinem Medikament, mit Recht, aber das ist nicht kämpfen. Dann lässt du dich in die Arme nehmen, kuschelst dich hinein und schon hast du mich eingewickelt, du Halunke, du machst mit mir, was du willst! Wahrscheinlich weißt du es nicht, aber jedes Mal, wenn jemand anders dich auf dem Arm hat und du mir die Ärmchen entgegenstreckst, damit ich dich nehme, habe ich einen Kloß im Hals.‹

Die Erinnerung an diese kindliche Geste unterbricht seine Gedanken mit unerwarteter Heftigkeit.

›Deshalb musst du mich lieb haben! Du weißt es nicht, aber dein Großvater wird dir nicht lange erhalten bleiben. Höchstens bis zur Kastanienernte, so heftig nagt die Rusca an mir! Sie ist auch so ein Nabelschneider. Ja, ich weiß, dass du mich liebst, aber du sollst es mir sagen! Sag es, bevor es zu spät ist! Du streckst die Ärmchen aus, schön und gut, aber du musst es aussprechen. Ja, natürlich, manchmal sagt man es, und es ist nicht wahr. Dunka hat es gespürt, und dann hat sie mir gesagt: Nein, du liebst mich nicht, ich gefalle dir, mehr nicht …, und dir gefallen alle! Ich schwor, dass ich sie liebte, weil man keinen Wortbruch begeht, wenn man einer Frau Liebe schwört und es nicht stimmt. Wie sollte ich sie auch nicht lieben, sie war so schön und rassig? Aber sie sah mich immer so traurig an, und die grünen Funken in ihren Honigaugen erloschen, wie am Lago Arvo, wenn eine Wolke die Sonne verdeckt. Arme Dunka! David war verrückt nach ihr, und sie kroch immer zu mir ins Bett. David kam nie zum Zug.

Aber warum arme Dunka? Sie wollte mich und hat mich auch bekommen, oder nicht? Hat sie mich wirklich bekommen? Jetzt denke ich, dass ich ihr nicht genug gegeben habe. Es gibt nämlich mehr. Hortensia hat Recht. Dunka spürte das und war sehr traurig. Und dann hat sie mich angesehen, heute noch sehe ich diese Augen vor mir. Sag mir, dass du mich liebst, auch wenn es nicht stimmt. Ich habe es ihr immer wieder gesagt und auch viele süße Worte, die sie gerne hörte. Dann lächelte sie, und ihre Augen haben wieder geleuchtet, als sei die Wolke weitergezogen. Bestimmt war sie glücklich, ja bestimmt. Das war schön, weißt du, jemanden glücklich zu machen, das ist schön. Das musst auch du lernen, komm schon, sag endlich, dass du mich liebst. Mal sehen, wann du mich *nonno* nennst; es ist leichter als Papa und Mama. Du bist ja schon ganz nah dran, du musst nur dein *no* wiederholen und schon hast du es, *no-no, no-no.* Am Tag, an dem du das sagst, bin ich erlöst, hörst du? Erlöst!‹

Der Kleine schläft tief und fest.

›Hm, ich kann also immer noch heilen‹, sagt sich der Alte und nimmt die Hand von dem Bäuchlein.

In diesem Augenblick spürt sein Partisaneninstinkt die Anwesenheit eines Menschen. Er dreht sich abrupt um, bereit zum Sprung wie ein Raubtier. In der offenen Tür steht eine Silhouette. Er verflucht seine Unaufmerksamkeit, die Deutschen haben ihn überrumpelt.

Es ist Renato. Reglos sehen sich Vater und Sohn an. Der Alte geht auf ihn zu und murmelt.

»Was ist? War ich zu laut?«

»Nein, Vater. Ich glaubte, dem Kleinen ginge es nicht gut, da habe ich Sie gesehen.«

»Hast du mich gesucht?«

Der Sohn lügt.

»Ich wollte nach Ihnen sehen, und als ich Sie nicht im Zimmer gefunden habe …«

Impulsiv umarmt der Vater seinen Sohn und flüstert ihm ins Ohr:

»Ich wusste, dass du ein Herz hast!«

Sein Sohn bekommt kein Wort heraus, und jetzt ist es der Alte, der lügt.

»Stell dir vor, und ich wollte nach dem Kleinen sehen, falls etwas ist. Er ist ja jede Nacht so allein ...!«

Dann bleiben auch dem Alten die Worte im Hals stecken. Er nimmt sich zusammen:

»Na schön, dann lass uns wieder schlafen gehen.«

»Ja, das wird das Beste sein. Gute Nacht, Vater!«

Auf dem Weg in sein Zimmer sagt sich der Alte: ›Früher hätte ich mich mit meinem Sohn gestritten. Ach, der Kämpfer ist immer allein! Er macht allen Angst, und sie gehen ihm aus dem Weg! Sogar die Frauen. Wenn der Spaß vorbei war, blieb ich wieder allein! Man braucht mehr, um nicht allein zu sein, Hortensia, mehr ...‹

Der Alte wartet noch etwas und geht dann den Flur zurück, ohne zu merken, dass sein Sohn von seiner Tür aus beobachtet, wie er wieder in das Kinderzimmer geht. Erst dann lächelt er mitfühlend und geht ins Bett, um Andrea nicht zu wecken und mit seiner Traurigkeit anzustecken.

Neben dem Jungen murmelt der Alte:

›Aber jetzt bin ich nicht mehr allein. Deine Ärmchen schlingen sich um meinen Hals, und du bist tief in mir. Kein Widerstand. Meine Arme wiegen dich und drücken dich an meine Brust, und du bist glücklich, das weiß ich. Du überlässt dich mir, mein Junge, bedingungslos. Und ich ergebe mich dir, so wie du es mir beigebracht hast. So bin ich nicht allein ...‹

Signore Roncone! Telefon!«

Renato dreht sich zu der Laborantin um.

»Wer ist es, Giovanna?«

»Es geht um Ihren Vater. Dringend.«

Renato läuft zum Telefon in Erwartung des Schlimmsten.

»Roncone, ja bitte!«

Eine angenehme Stimme.

»Ihr Vater hatte einen Schwächeanfall. Nichts Schlimmes, machen Sie sich keine Sorgen, aber es wäre besser, wenn Sie kommen würden.«

»Ja, sofort. Welches Krankenhaus, Schwester?«

»Er ist bei mir zu Hause. Ich bin eine Freundin Ihres Vaters. Melli, Hortensia, in der Via Borgospesso 51, linke Dachwohnung.«

Verblüfft bedankt sich Renato und hängt auf. Er entschuldigt sich bei seinem Chef, rennt zur Garage, stürzt sich in den dichten Verkehr und kämpft um jede gewonnene Minute. Die Fahrt erscheint ihm endlos.

Als er aus dem Aufzug tritt, öffnet sich die Wohnungstür in dem unbekannten Gebäude, das merkwürdigerweise in seinem Viertel liegt. Eine Frau, deren Gesicht er im Gegenlicht nicht erkennen kann, führt ihn zu einem bescheidenen, aber gemütlichen Schlafzimmer. Auf dem Ehebett liegt sein Vater, angezogen und bis zur Brust zugedeckt. In dem blassen Gesicht wirkt der Stoppelbart noch dunkler. Geschlossene, eingefallene Augen; aus den halb geöffneten Lippen dringt ein leises Röcheln. Renatos Herz zieht sich zusammen.

»Wann ist es passiert?«

»Vor einer Stunde«, antwortet die Frau, zeigt auf einen Stuhl im Zimmer und setzt sich ihm gegenüber. »Ich habe Sie sofort angerufen. Er ist zu Besuch gekommen, und während wir uns unterhielten, musste er plötzlich zur Toilette. Kurz danach habe ich gehört, wie er gestürzt ist. Zum Glück konnte er noch die Tür aufschließen. Ich bin rein und habe ihn auf mein Bett gelegt.«

»Er braucht einen Arzt. Dürfte ich Ihr Telefon benutzen?«

»Es war schon einer da, er wohnt nebenan. Ihr Vater hatte eine Blutung und ist schwach. Der Doktor hat ihm eine Spritze gegeben und meint, er würde bald wieder zu sich kommen. Dann können Sie ihn mit nach Hause nehmen. Wir können solange hier warten, wenn Sie nichts dagegen haben.«

Renato ist einverstanden. Er bedankt sich erneut bei der unbekannten Frau und versucht, seine Neugier zu zügeln, angesichts ihres sanften Gesichts, des geschmackvoll aufgesteckten schwarzen Haars und der leuchtend klaren Augen, die genauso beunruhigt sind wie seine. Er hätte so viele Fragen! Ohne darauf zu warten, gibt sie ihm bereitwillig Auskunft: die erste Begegnung im Park, die Freundschaft seitdem, die Zuneigung zwischen den beiden aus dem Süden, die Besuche des Alten, bis zum heutigen …

»Manchmal hat er auch bei Ihnen zu Mittag gegessen, nicht wahr?«, fragt er und ist beruhigt, es schließlich erfahren zu haben.

»Ja, er liebt es, unsere Gerichte aus dem Süden zuzubereiten.«

Sie spricht, als wäre nichts geschehen, als schliefe der Alte ganz friedlich.

»Mein Vater hat Krebs, in weit fortgeschrittenem Stadium.«

»Ich weiß.«

›Wie steht sie zu meinem Vater?‹, fragt sich Renato und sagt: »Wie haben Sie mich gefunden?«

»Er spricht so viel von Ihnen beiden. Kurz bevor er ohnmächtig wurde, hatte er mir noch eine Postkarte Ihres Bruders aus New York gezeigt.«

Ach, ja! Der Brief, den Rosetta aus dem Dorf nachgeschickt hat. Mit der Fotografie: Francesco und seine Familie, in Kleidern, die den Alten verärgerten: »Sie sehen aus wie vom Zirkus! Wie Clowns!«

›Sicher hat die Frau denselben Kommentar gehört‹, denkt Renato.

Sie fühlt sich beobachtet und erinnert sich daran, was der Alte tatsächlich gesagt hat, bevor er ins Badezimmer lief. Er sprach von dem Cantanotte, seit Tagen ließ ihn ein Gedanke nicht los, gegen den er sich wehrte.

»Nachts rumort es bei mir drinnen so stark«, hatte er gesagt, »dass mir ganz schlecht davon wird. Kannst du dir vorstellen, dass ich plötzlich Mitleid mit den Cantanotti gefühlt habe? Weil mit dem Streit diese Familie, die in Roccasera so viel galt, untergehen wird. Soll sie doch untergehen!«

»Ja, da kann man schon Mitleid kriegen.«

»Sag das nicht, Hortensia! Sie sind selber schuld, weil sie so habgierig sind und sich alles unter den Nagel gerissen haben, was sie konnten. Mitleid! Ich wäre nicht mehr ich selbst!«

»Und wenn es so wäre? Du hast dich doch verändert.«

»Ich bin ich. Bruno«, hatte der Alte entgegnet.

»Sicher. Aber dieser Bruno von heute kann die Dinge anders sehen.«

Der Alte hatte nachdenklich geschwiegen.

»Und weißt du, wer dir die Augen öffnet?« Sie ließ nicht locker.

»Du, bestimmt. Es sind immer die Frauen, die die Männer umkrempeln.«

»Das wäre schön«, antwortete sie. »Das würde mir gefallen. Aber Brunettino verändert dich mehr. Weil du ihn so liebst! Natürlich, ich habe dir auch einiges gesagt, aber du glaubst mir nur dank deines Engelchens. Ohne ihn hätten wir uns gar nicht kennen gelernt.«

Sein fröhliches Lächeln bestätigte Hortensia, dass er genauso denkt. ›Das Kind ist seine Wahrheit‹, sagte sie sich und bohrte weiter.

»Brunettino hat damit angefangen, und als du zu mir gekommen bist, warst du schon reif und sanft.«

»Sanft? Ich?«, schnaubte der Mann verächtlich.

Auf einmal konnte er nicht weiterreden. Er fasste sich mit der Hand an den Leib, entschuldigte sich und stürzte aus dem Zimmer. Dann die schonendere Wahrheit, die sie dem Sohn erzählt: Wie der Alte sie vom Bad aus gerufen hatte, sie noch rechtzeitig kam, um zu sehen, wie er ohnmächtig von der Toilette zu Boden stürzte, das rot gefärbte Wasser im Becken, der schlaffe entblößte Körper, wie sie mit Angst im Herzen und der Geistesgegenwart einer Hausfrau liebevoll den schwachen Körper gewaschen, wieder angezogen und aufgehoben hat, um ihn zum Bett zu tragen.

Als sie ins Schlafzimmer kam, hatte sie sich im Schrankspiegel gesehen: in ihren Armen der Alte, der Mann, das Kind. Sein Kopf ruhte kraftlos auf der weiblichen Schulter, die Hand baumelte herab, der Körper sah aus, als würde er zwischen ihren Armen zerfließen. Als sie ihn, sich selbst so sah, war ihr die Last so schwer geworden, dass sie um ein Haar zusammengebrochen wäre. Und als sie ihn auf das Bett legte und zudeckte, liefen ihr die Tränen über die Wangen. Sie hatte sich von diesem Schlag erst einmal erholen müssen, bevor sie telefonieren konnte. Was für ein Schock!

Und jetzt Renato, sein Sohn, der sie schweigend und verwirrt beobachtet mit einer deutlich sichtbaren Frage in den Augen. Sie sagt geradeheraus:

»Er kommt als Freund, wir unterhalten uns, essen zusammen, gehen ins Theater. Ich lebe allein, seit mein Mann gestorben ist.

Und er ist genau wie ich selbst von da unten aus dem Süden, verstehen Sie?« Dann fügt sie ganz leise hinzu: »Aber er ahnt nicht, wie sehr ich ihn liebe.« Sie sieht dem Sohn in die Augen. »So, jetzt sind Sie im Bilde.«

Die Worte klingen einfach, ohne Dramatik, aber in ihren hellen Augen erkennt Renato die tiefe Ruhe einer klaren Quelle. Bewegt antwortet er:

»Das ahnt er auch bei mir nicht, Signora.«

»Hortensia«, verbessert sie ihn mit einem Lächeln.

»Danke, Hortensia.«

Ihre Blicke umarmen sich wie Verbündete. Sie seufzt und lächelt:

»Man muss ihn einfach lieben! Was für ein Mann!« Ihr Lächeln vertieft sich, als sie wie zu sich selbst sagt: »Mein Kind, mein Brunettino.«

Kaum dass sie es ausgesprochen hat, hält sie inne, weil sie das so noch nie gedacht hat. Plötzlich wird ihr bewusst, dass ihr schon vorher, vorhin im Schrankspiegel diese Erkenntnis kam, als der Mann in ihren Armen lag. Entschlossen wiederholt sie:

»Ja, mein Brunettino.«

Das Schweigen des Sohnes zeigt ihr, dass er sie versteht. In diesem Augenblick regt sich der Alte, und Hortensia kehrt wieder in die Gegenwart zurück.

»Oh, sehen Sie, er kommt zu sich! Es wird ihm nicht gefallen, dass Sie ihn ohnmächtig gesehen haben. Gehen Sie in den Flur und tun Sie so, als wären Sie später gekommen. Warten Sie da draußen.«

Der Sohn nickt und verlässt rasch das Zimmer.

Kurz darauf öffnet der Alte die Augen, sieht Hortensia an und lächelt.

»Hat es lange gedauert?«, fragt er mit schwacher Stimme.

»Ein Weilchen. Ich habe deinen Sohn angerufen. Er muss gleich da sein.«

Der Mann verzieht resigniert das Gesicht. Er erinnert sich.

»Wer hat mich aus dem Badezimmer geholt?«

»Ich.«

»Du, allein?«

»Ganz allein … ich habe dich bis hierher getragen«, fügt sie hinzu, zugleich stolz und bescheiden, Herrin und Bedienstete zugleich.

Die schwielige Hand des Alten tastet nach der Hand der Frau, die ihm entgegenkommt. Er führt sie zu Tränen gerührt an seine Lippen, und als er sie küsst, stellt sich der Alte in diesen Armen vor und erinnert sich an Davids zerfetzten Körper, den Torlonio in jener Nacht in den Bergen stützte. In seiner Verwirrung überlagern sich die Bilder von David, von sich selbst, von Dunka; Hortensia und Dunka gehen ineinander über, und die Flammen des brennenden Zuges in der Tiefe des Tals verschmelzen mit dem Bild des leblosen Christus in den Armen der Muttergottes.

Sieg und Tod vereinen sich zu ein und derselben Wahrheit.

Es ist mir ein Rätsel, wie er so lange durchhält«, erklärt Renato. Andrea hat den Alten in die Praxis von Dallanotte begleitet und berichtet ihrem Mann von dem Befund, während sie seinen Kopf streichelt, der in ihrem Arm Trost sucht.

»Dallanotte ist auch überrascht, obwohl er ähnliche Fälle kennt. Ein anderer wäre da geblieben, im Bad von …, na ja, dieser Signora.«

»Hortensia. Sie hat sich fabelhaft verhalten, wie ich dir erzählt habe«, erklärt Renato, der ihr über alle Ereignisse detailliert Bericht erstattet hat, als er den Alten nach Hause brachte. »Vater ist nämlich …«

In seiner Erinnerung sieht er den kleinen Renato, wie er zu dem Titanen aufblickt, der hoch zu Ross von den Bergen herunterkam, im Hof absaß, ihn auf den Arm nahm, in Schwindel erregende Höhen hob und dabei lachte wie ein tosender Wasserfall. Die Erinnerung zerreißt ihm das Herz. Dass er seit langem weiß, dass dieser Wasserfall nun versiegt, ist kein Trost.

»Hat er ihm etwas verschrieben? Wenigstens soll er nicht leiden.«

»Er soll mit der Hormontherapie weitermachen. Für alle Fälle hat er ihm ein stärkeres Schmerzmittel verschrieben. Wir werden es in eine andere Flasche umfüllen müssen, du weißt ja, wie stolz er darauf ist, Schmerzen besser als jeder Mailänder aushalten zu können. Dallanotte hat mir auch gesagt, dass es jetzt zu spät für eine Operation ist, obwohl er deinem Vater davon erzählt hat, wahrscheinlich, um ihm Mut zu machen. Mein Gott! Aber dein Vater ist ja so was von kaltschnäuzig, dabei hätte der Professor nicht freundlicher sein können.«

»Was ist passiert?«

»Dallanotte behandelt deinen Vater wirklich sehr zuvorkommend und dann … Ach, stimmt, das habe ich dir noch gar nicht erzählt. Stell dir vor!!«

Aufgeregt richtet sich Andrea halb auf.

»Weißt du, wen dein Vater kennt und wem er sogar im Krieg das Leben gerettet hat? Wetten, du kommst nicht drauf? Pietro Zambrini!«

»Wer ist das?«

»Ich bitte dich, Renato! Außer für Chemie interessierst du dich wohl für gar nichts! Zambrini ist der kommunistische Abgeordnete und Präsident der Kommission für die Schönen Künste. Er soll so streng sein, dass ihn alle fürchten. Wenn ich das gewusst hätte, hätte mir niemand den Posten in der Villa Giulia weggeschnappt. Wenn ich wieder in Rom bin, und das wird bald sein, muss ich ihn aufsuchen und ihm meinen Fall darlegen. Dein Vater wird mich ihm doch vorstellen, oder? Ich will nur um etwas bitten, was mir zusteht.«

»Ja, bestimmt, aber willst du mir nicht endlich sagen, was bei Dallanotte passiert ist, Andrea? Wieso hast du gesagt, mein Vater hätte sich unmöglich benommen?«

»Weil es stimmt! Stell dir vor! Dallanotte war sehr zuvorkommend, hat ihm die Operation erklärt, ihn ermutigt. Sehr einfach, lieber Roncone, wir nähen nur ein bisschen was da drinnen, um weitere Blutungen zu vermeiden, hat er ihm erklärt. Natürlich warten wir noch etwas damit, bis Sie sich von dieser erholt haben. Wie ein Arzt, der sich wirklich um seine Patienten sorgt. Nun gut, und dein Vater war so abweisend, fast herablassend. Kannst du dir das erklären? Ich war außer mir!«

»Na ja, wenn das alles war.«

»Warte, warte. Weißt du, was dein Vater gemacht hat, als wir im Aufzug waren? So. Eine wirklich obszöne Geste! Verstehst du? Mein Gott, Renato, wie kannst du darüber lachen!«

Renato hat es sich nicht verkneifen können.

»Und dann hat er angefangen, komisches Zeug zu reden: Dallanotte sei ein Verräter, niemand werde ihn ins Krankenhaus locken … lauter Unsinn! Ich habe gar nicht mehr hingehört, weil ich auf hundertachtzig war, wie du dir denken kannst! Den ganzen Weg habe ich versucht, ihn davon zu überzeugen. Aber er hat immer nur das Gleiche wiederholt. Soll der Arzt an seinen eigenen Eingeweiden herumflicken. Was für eine Schimpfkanonade! Entschuldige, aber ich rege mich nur noch mehr auf, wenn ich daran denke. All das Mitleid, das ich für deinen Vater empfand, war auf einen Schlag verflogen, das kannst du mir glauben.«

»Er will gar kein Mitleid«, murmelt Renato.

»Ich war wirklich entsetzt. Armer Kerl, so dickköpfig und so ruppig! Ich habe es dir tausendmal gesagt, Renato. Solange wir den Süden nicht erziehen, gibt es keinen Fortschritt in Italien.«

Renato schweigt. Andrea hat sich beruhigt, und natürlich spürt sie nun doch wieder Mitleid. Zärtlich streichelt sie das Haar ihres Mannes. Ja, sie wird sanfter. Sie nähert ihren Mund seinem Ohr.

»Renato? Sei ehrlich, bin ich ein schlechter Mensch?«

Die Arme, die sie so mag, antworten mit einem festen Drücken.

»Was mache ich falsch, Renato?«, fährt sie unsicher fort. »Wieso mag mich dein Vater nicht?«

»Doch, er mag dich … Schon deswegen, weil du Brunettinos Mutter bist.«

»Das will ich auch hoffen. Es stimmt, er liebt den Jungen über alles; ich hatte keine Ahnung, was ein Großvater ist. Und der Kleine betet ihn an, man muss nur sehen, wie sie zusammen spielen!«

Jetzt ist sie es, die Trost sucht.

»Ich liebe deinen Vater, ich schwöre es. Ja, allein deshalb, weil er unseren Sohn so liebt, und natürlich, weil er dein Vater ist. Ich gehe auf ihn ein, ich versuche, es ihm recht zu machen, aber er macht es mir sehr schwer, gib es zu. Zum Beispiel der Wein, den er versteckt und der schlecht für ihn ist, ich halte den Mund und drücke beide Augen zu.«

»Jetzt schadet ihm nichts mehr«, entgegnet Renato traurig. »Jetzt kann ihm nur noch die Rusca schaden, wie er immer sagt.«

»Deshalb ertrage ich ja alles. Auch das Schlimmste, Renato, glaub ja nicht, ich wüsste es nicht, und das ärgert mich am meisten, weil er den Jungen verzieht. Ja, unterbrich mich nicht. Dass er sich jede Nacht ins Kinderzimmer schleicht und so verhindert, dass der Kleine sich daran gewöhnt, alleine zu schlafen. Streite es nicht ab, du selbst bist da gewesen und hast es mit eigenen Augen gesehen. Oder hältst du mich für blöd? Wir dürften es ihm nicht erlauben, aber dann denke ich daran, wie wenig er noch zu leben hat, und lasse es durchgehen. Aber ein bisschen leichter könnte er es uns schon machen!«

Renato setzt sich auf, bis er sie ganz umarmen kann, so dass sie vollkommen in diesen Armen geborgen ist, in denen sie Zuflucht gesucht hat. Mit brüchiger Stimme, aber ohne Tränen, sagt er:

»Andrea, meine Andrea!«

Sie umarmen sich leidenschaftlich, denn der Tod lauert am anderen Ende des Flurs, gleich um die Ecke des Lebens. Sie halten sich fest, heute vereint durch das Mitleid, so wie in anderen Nächten durch die Lust.

Während sie sich umarmen und gegenseitig trösten, hält der Alte Brunettino in den Armen, abseits des ehelichen Schlafzimmers, in der befestigten Stellung der beiden Widerstandskämpfer hoch in den Bergen. (Und heute Nacht denkt er es nicht nur.) Dort spricht er leise vor sich hin, damit seine Worte den Kleinen auch erreichen. Es treibt ihn nicht der Nebel seiner Grübeleien an, sondern der Eifer des Gefechts.

»Das war knapp, Kamerad! Sie haben mich erwischt, und ich habe viel Blut verloren, wie du bestimmt mitgekriegt hast, aber jetzt geht es mir wieder gut. Ich bin zu unserem Stützpunkt zurückgekommen, um Widerstand zu leisten. Keine Angst, ich habe schon Schlimmeres durchgemacht. Es dauert nicht mehr lange, sie verlieren an Boden. Wir werden siegen, wir werden Roccasera zurückerobern. Noch vor dem Sommer ziehen wir ein, das wird großartig. Du wirst schon sehen, sobald wir den Kastanienhain eingenommen haben, ist die Sache gelaufen, dann ist das Dorf unser. Die wissen es auch und haben Verstärkung angefordert. Aber helfen wird es ihnen nicht, auch kein Verrat, das Schlimmste überhaupt. Wie der von diesem Arzt. Deshalb war er so nett. Er wollte mich mit seiner Freundschaft zu Zambrini einwickeln! Alles Lüge! Er ist ein Verräter! Enkel eines Hirten, und jetzt ist er ein feiner Pinkel, ein Faschist, wie alle anderen auch. Versucht mit seinen miesen Tricks, mich wegzulocken, weil er mit seinem Latein am Ende ist! Ja, mein Junge, sie wollen mich evakuieren, in ein Krankenhaus. Die halten sich für sehr schlau, aber ich lasse mich nicht für dumm verkaufen! Ich weiß, dass du ihnen in die Hände fällst, kaum dass sie mich auf der Bahre hier weggetragen haben. Sie werden unsere Stellung einnehmen und die verdammte Tür wieder verriegeln. Du säßest in der Falle, Kamerad, und du weißt ja, was es heißt, von der Gestapo gefoltert zu werden. Erinnere dich an den armen Luciano, wie sie ihm die Fingernägel ausgerissen haben, oder an all die anderen armen Teufel, die nicht wiederkamen! An Petrone, der dicht hielt, um mich und die Kameraden zu retten, und der in der Zelle neben mir zu Tode geprügelt wurde. Seine Schreie werde ich nie vergessen, deine in der ersten Nacht an der Tür auch nicht. Sie waren sich so ähnlich. In hundert Jahren würde ich seinen Todeskampf nicht vergessen. Ich lasse dich nicht im Stich, ich halte die Stellung, wie ich dir versprochen habe. Und Bruno hält Wort, mein Junge, mein Engel, auf mich kannst du dich verlassen!«

Das Flüstern strengt ihn an, er schnappt nach Luft.

»Schade das mit der Klinik, glaub mir! Eine ordentliche Operation hätte ich mir mehr als verdient, und dieser Arzt ist der beste. Stell dir vor, seit vierzig Jahren bezahle ich meine Krankenversicherung, ohne dass sie für mich auch nur eine Lira ausgegeben hätten! Rausgeschmissenes Geld, nur um die gefräßigen Beamten zu mästen! In all der Zeit nie krank, nichts, nicht mal einen Backenzahn beim Zahnarzt oder ein Aspirin. Nur die Kugel der Cantanotti, aber das ist keine Sache der Versicherung, sondern der Justiz. Jetzt könnte ich es mir im Krankenhaus gut gehen lassen! Ärzte, die sich um mich scharen, Krankenschwestern, die mich pflegen. Diese Krankenschwestern, mein Junge, so sauber und mit weißen Strümpfen! Wie bei der Ersten Kommunion, aber was für Körper! Immer wenn ich einen verwundeten Kameraden besucht habe, schwirrten ein paar von ihnen um ihn herum, eine feine Sache! Sie beugten sich über das Bett, umarmten ihn, um ihn hochzuheben, sie gingen ihm zur Hand, ich kann dir sagen! Schade, dass ich mir das entgehen lassen muss, aber Krieg ist Krieg. Wir müssen unsere Stellung halten. Wenn sie um Verstärkung gebeten haben, dann soll sie kommen, aber mit Lügen werden sie mich hier nicht überrumpeln. Wir werden ja sehen, was sie zu Stande bringen. Diese Stellung kann noch verbessert werden, und wir könnten sogar den Rückzug antreten, so wie damals Ambrosio aus der Grotte von Mandrane entwischt ist. Wir brauchen nur eine Leiter an dem Fenster da und könnten ganz leicht absteigen. Die Höhe macht mich nicht schwindelig, ich habe genügend abgestürzte Ziegen im Leben geborgen. Glaub mir, weder dieser Arzt noch Gott bringen mich hier weg.«

Angesichts dieser entschiedenen Herausforderung wird seine Stimme lauter.

»Aber das sage ich nur für alle Fälle, damit du beruhigt bist. Ich habe noch jede Menge Trümpfe im Ärmel. Von Rückzug kann keine Rede sein. Im Gegenteil, zuerst halten wir die Stellung, dann gehen wir zum Gegenangriff über. Wir halten durch, ganz allein, ohne Krankenschwester oder sonstige Weiber. Ich habe auch meine Geheimwaffen, weißt du? Wenn du eine Großmutter brauchst, werde ich sie sein, ich bin dabei, mich zu verändern. Aber nur oben, klar? Unten bleibt alles wie gehabt! Aber oben. Hast du es nicht gemerkt? Fühle ich mich nicht weicher an, wenn ich dich halte? Ein bisschen, nicht wahr? Mir wachsen nämlich Brüste, und am Ende werde ich welche für dich haben, mein Junge. Ich habe es dem Arzt erzählt, es war das Einzige, was ich ihm gesagt habe, nicht dass er damit protzt, dass er von allein dahinter gekommen ist. Es hat ihn gefuchst, dass ich mit allem einverstanden bin, sogar dass mir Brüste wachsen. Wenn mir früher jemand so was gesagt hätte! Aber er ist ausgewichen, kein Wunder dieser Verräter! ›Machen Sie sich keine Sorgen‹, hat er gesagt und mir einen Vortrag über Hormone gehalten, die dazu da sind, die Rusca zu beruhigen, und dass das vorkommt, wenn Männer sie nehmen, weil es eigentlich eine Medizin für Frauen ist … Unsinn! Die Brüste wachsen für dich, mein Junge, es sind meine Blüten als Mann. Damit du und ich niemanden mehr brauchen. Damit wir vorrücken und alle Türen dieser Welt einreißen. Alle, hinter denen wehrlose Kinder und Ausgebeutete festgehalten werden. Wir werden sämtliche Spitzel und Verräter erledigen und siegreich in Roccasera einmarschieren. Du wirst sehen, was für ein schöner und fantastischer Sommer es wird!«

Hortensia schaut vom Balkon herunter. Zum Glück regnet es nicht mehr, der April fängt milde an, mit einem fast zärtlichen Wind. Die Frau beobachtet die Ecke Via della Spiga, von wo Bruno in Simonettas Begleitung kommen muss. Es ist sein erster Ausgang. Hortensia ist gespannt auf dieses Mädchen, von dem der Alte immer so begeistert erzählt hat.

Sie wird ungeduldig. Seit Renato anrief und den Besuch ankündigte, ist schon eine ganze Weile vergangen! Vor ein paar Tagen hatte er sie telefonisch eingeladen, den Alten am Krankenbett zu besuchen, weil er noch nicht aufstehen durfte. Aber auch Bruno hatte sie angerufen – wahrscheinlich, als die Kinder nicht da waren –, um sie zu bitten, nicht zu kommen.

»Ich erkläre dir alles später. Ich kann nicht sprechen. Nicht am Telefon, es könnte angezapft sein … Sei nicht ungeduldig, ich komme dich bald besuchen. Ich freue mich schon darauf!«

Auf dem Balkon erinnert sich Hortensia unruhig an diese merkwürdigen Worte. Endlich biegt das Pärchen um die Ecke.

Was für ein Stich im Herzen. Wie klein Bruno von oben aussieht! Wie grausam vom Leben, ihn so vorzuführen, neben diesem Mädchen mit dem leichtfüßigen Gang, der die unsicheren Schritte des kaum erholten Mannes nur noch deutlicher werden lässt! Aber er ist es, er ist es! Hortensia läuft in die Küche, um ihnen die Haustür zu öffnen, und dann geht sie im Flur auf und ab und horcht hinter der Wohnungstür auf das Geräusch des Aufzugs.

Jetzt! Als sie die Tür aufreißt, überrascht sie den Alten mit dem Finger in der Luft, auf dem Weg zur Klingel. Es ist eine komische Haltung, wie ein abrupter Schnitt in einem Film, und beide müssen lachen. Damit kann Hortensia ihre Traurigkeit verbergen, denn der Alte hat in den wenigen Tagen deutlich abgebaut. Als sie ihm ins Wohnzimmer folgt, betrachtet sie seine hängenden Schultern und die flatternden Hosen, die nicht mehr von Fleisch ausgefüllt sind. Wenigstens die stolze Haltung und der erhobene Kopf sind geblieben. ›Und Simonetta?‹, fragt sich Hortensia. Jetzt ist sie froh, dass sie nicht mit hochgekommen ist: Aus den Augen …

»Fabelhaft, Bruno. Die Bettruhe hat dir gut getan.«

»Du siehst wirklich wunderbar aus!« Wie um Hortensia zu trösten, blitzt das Leben in dem Blick des Mannes wieder auf. »Ich, na ja, ich schlage mich so durch. Die Rusca habe ich jetzt unter der Fuchtel, nachdem sie letztes Mal daneben gebissen hat! Keine Sorge, ich habe nicht vor, wieder ohnmächtig zu werden.«

»Umso besser«, geht sie auf seinen Scherz ein. »Ich habe keine Lust, Männer in mein Schlafzimmer zu tragen.«

»Du willst, dass die Männer dich tragen, nicht wahr? Fordere mich bloß nicht heraus …«

»Ach, Bruno, Bruno«, ruft sie glücklich. »Wie schön, dich wieder so kämpferisch zu sehen!«

»Und ob. Andrea hat darauf bestanden, dass mich Simonetta begleitet, aber ich habe sie zum Teufel geschickt! Ich brauche kein Kindermädchen, um zu dir zu kommen!«

Er hält inne und sieht sie prüfend an, ob sie ihm glaubt, und fährt dann beruhigt fort:

»Weißt du was, die wollen mich operieren; aber das lasse ich nicht zu!«

»Wenn der Arzt dazu rät …«, entgegnet Hortensia wenig überzeugt, da Renato ihr die Wahrheit erzählt hat.

Der Alte wirft ihr einen verächtlichen Blick zu. Sogar sie geht dem Feind in die Falle!

»Verstehst du denn nicht? Der Arzt hat sich kaufen lassen, Dummerchen! Die evakuieren mich und sperren Brunettino wieder ein! Aber Bruno ist ein alter Hase und verlässt seinen Posten nicht.«

Hortensia gibt ihm scheinbar Recht, aber jeden Tag bereiten ihr diese Entstellungen der Realität mehr Sorgen. Vor allem die Sache mit dem nächtlichen Posten.

»Bist du denn in den letzten Nächten auch bei dem Jungen gewesen?«

»Ich habe keine einzige ausgelassen!«, verkündet er stolz.

»Du bist ja verrückt, Bruno! Man hat dir strikte Bettruhe verordnet ...«

Sie hat Angst vor einer erneuten Blutung im Morgengrauen, wenn niemand etwas mitbekommen würde.

»Weder verrückt noch sonst was. Deshalb habe ich tagsüber geschlafen, ich bin doch ein erfahrener Widerstandskämpfer.«

»Verrückt bist du! Wenn ich dich hätte besuchen dürfen, hätte ich dich überzeugt.«

»Mich besuchen, im Bett wie einen Kranken? Niemals! Deshalb habe ich dich angerufen.«

»Willst du mich nicht als deine Krankenschwester?«

Die Augen des Alten leuchten auf.

»Hier ja, aber drüben mit Anunziata und Andrea ... auf keinen Fall. Jetzt kannst du kommen, sie sind entzückt von dir. Renato mag dich sehr gern. Außerdem könntest du mir helfen. Zu dir haben sie Vertrauen, und ich muss wissen, was sie im Schilde führen: Im Krieg zählt jede Information.«

Angesichts von Hortensias Zurückhaltung fügt er schnell hinzu:

»Und du könntest auch Brunettino sehen.«

Brunettino! Der magische Name bringt sie auf andere Gedanken. Sie feiern die Heldentaten des Kleinen und fallen sich gegenseitig ins Wort. Er begnügt sich nicht mehr mit Stühlerücken, berichtet der Alte. Er stellt alle, die er bekommen kann, sorgfältig hintereinander auf und schreit »Tüt tüüüüt!«, während er Zug spielt, so wie er es im Fernsehen gesehen hat. Die ganze Wohnung stellt er auf den Kopf, zur Verzweiflung Anunziatas, aber leider sagt er immer noch nicht *nonno*, obwohl er nah dran ist, jeden Tag plappert er mehr!

Da die Stimmung gut ist, nimmt der Alte ein Gläschen an.

»Aber Wein. Mit dem Grappa muss ich mich zurückhalten, falls harte Zeiten kommen. Er ist gut«, sagt er, nachdem er probiert hat, »aber nicht so wie meiner, der keine Chemie hat. Nur das, was reingehört: Trauben, Arbeit und Zeit.«

Er zögert und fügt dann hinzu:

»Du müsstest ihn da unten probieren, in Roccasera! Was für eine Kraft er einem gibt! Allein von Wein, Käse und Oliven kann man leben. Würdest du kommen? Aber mach dir keine falschen Vorstellungen. Es ist ein kleines Dorf, ohne das ganze Brimborium von hier, aber so schön! Man kann weit blicken, das Leben ist großartiger, und es fängt auch viel früher an, jeden Tag! Würdest du? Sag ja!«

»Von ganzem Herzen! Wann du willst!«

»Bravo! Was für ein Sommer! Du und ich und Brunettino. Ich werde ihm beibringen zu laufen, Steine zu schleudern, sich nicht vor einer bockigen Ziege zu erschrecken, na ja, ein Mann zu sein, ja! Und du …«

»Und ich, was? Frau zu sein?«, sagt sie und lacht vergnügt.

»Nicht im Traum! Das ist es nicht. Ich weiß, was ich denke, und du verstehst mich …«

»Stimmt, ich verstehe dich. Ich werde ihm beibringen, wie wir Frauen die Männer gerne hätten«, übersetzt Hortensia.

»Das war es! Siehst du? Immer weißt du genau, was ich meine!«

»Obwohl wir es nie zugeben, weil wir wollen, dass ihr selbst dahinter kommt, aber das schafft ihr ja nicht. Ja, ich werde ihm beibringen, wie man uns die Wünsche von den Augen abliest. So wird er zum Mann werden, zu einem richtigen Mann.«

»Ach, Hortensia, Hortensia! Warum hatte ich nicht das Glück, dass du mich unter deine Fittiche nimmst?«

Hortensia erinnert sich sehr gut an die Zeit, als sie noch jung war.

»Damals hatte ich selbst keine Ahnung. Wir sollten uns nicht beklagen, Bruno. Hätten wir uns früher kennen gelernt, wären wir nicht reif füreinander gewesen. Oder findest du das, was wir haben, zu wenig? So gut wie niemand erreicht das in diesem Leben. Weder in unserem Alter noch in der Jugend. Fast niemand.«

Sollte es ihm als zu wenig vorgekommen sein, so schmeckt dieses aufrichtig vorgetragene Wort »füreinander« nach sehr viel, weil er es auch als »Seite an Seite« versteht. Nicht gegenüber der Frau, wie er sich immer postiert hatte, sondern an ihrer Seite … ›Das etruskische Paar!‹, wird ihm plötzlich bewusst.

Sie redet weiter.

»… ich hätte dich nicht unter meine Fittiche nehmen können, ich hatte nämlich keine Ahnung. Wir Frauen wurden dumm gehalten, damals viel mehr als heute. Ich war ein unerfahrenes Ding, das Groschenromane im Haarsalon las, in dem ich arbeitete, und für die Weiberhelden im Kino schwärmte. Kein Wunder, dass ich auf den ersten Nichtsnutz reinfiel, der mir über den Weg lief. Tomasso.«

Der Alte ist fassungslos, als er das hört. Der starke Gondoliere ein Nichtsnutz?

»Ein Gauner, das ist die richtige Bezeichnung. Charmant und wortgewandt, das ja. Er verliebte sich in mich und verdrehte mir den Kopf, so leicht war das! Am Anfang war es das Paradies, die venezianische Dachterrasse, auf der ich wie ein Vögelchen sang, gegenüber der Campanile und die Lagune, aber es hielt nicht lange. Er war faul und eingebildet. Er holte mehr Geld aus den alten Amerikanerinnen heraus, als mit der Arbeit auf seiner Gondel, und später gab er es mit jüngeren Frauen aus. Schließlich, als es bergab ging, fing er zu trinken an, und ich musste Monate und Jahre für ihn sorgen. Und stell dir vor, wie verrückt das ist! Als er dann so hilflos war, tröstete es mich, ihn zu pflegen. Unerklärlich, aber so war es. Ich habe viel dabei gelernt. Ich verstehe es immer noch nicht, aber ich habe das Gefühl, dass es etwas Natürliches ist. Das hätte ich dir als unwissendes junges Ding damals nicht beibringen können.«

›Das junge Ding von damals nicht, aber du schon, und das tust du ja auch‹, sagt sich der Alte. ›Indem du mir dein wirkliches Leben erzählst. Indem du mir beibringst, wie man sich vollkommen ausliefert, ohne einen Trumpf im Ärmel zu behalten …‹ Dann antwortet er:

»Du hast Recht. Du hast immer Recht. Ich hatte mehr Glück. Ich bin nicht in diese Falle getappt, weil ich von den Tieren gelernt habe, die betrügen einen weniger. Aber ich wuchs ohne Lehrer auf.«

»Nicht einmal Dunka?«, fragt Hortensia herausfordernd.

»Nicht einmal Dunka«, gesteht der Alte zu ihrer Freude. »Obwohl das etwas anderes war.«

Der entscheidende Schritt ist getan, jetzt ist die Erinnerung nicht länger Sehnsucht, sondern wird zur Erlösung. Sie weiß, dass sie es schließlich hören wird, und sie wünscht es sich, auch wenn es ihr wehtun wird.

»Das war anders, weil sie Pianistin war, habe ich es dir nicht gesagt? Pianistin. Wozu? Das ist nicht mal gut, um auf einem Fest in einer Kapelle zu spielen. Aber sie lebte davon, da in ihrer Heimat in Kroatien. Auf der anderen Seite, sagte sie und zeigte auf das andere Ufer, das wir nicht sehen konnten. Rijeka und mein Haus, ob ich sie jemals wieder sehen werde, und dann weinte sie. Sie war aus Vaterlandsliebe zum Widerstand gestoßen, verstehst du das? Da muss man ziemlich unglücklich sein! Natürlich hat sie das gesagt. Aber in Wirklichkeit war sie zu den Partisanen gegangen, weil sie eine tolle Frau war, leidenschaftlich und mutig! Was haben wir uns gestritten! Sie nannte mich ihr Tier, ihr ›wunderbares Tier‹. Ja, sie war ein feines Mädchen und benutzte solche Wörter.«

Hortensia stellt sich das vor, was der Mann ihr nicht erzählt, weil es ihm nicht einmal aufgefallen war, obwohl er es erlebt hatte. Dieses großartige Geschenk des Lebens an die feine Klavierspielerin, durch das sie den Tiger in der Liebe entdeckte, den Wolf, den Hengst … Hortensia seufzt und betrachtet die knochigen Hände mit den hervorquellenden Adern, die ein Orkan waren und immer noch leidenschaftlich sind, wenn sie streicheln …

»Wie wütend sie wurde! Nur wegen des Klaviers halte ich es mit dir aus!, schrie sie mich an. Sie hatte lange nicht spielen können, und in dem Haus damals gab es ein Klavier, eins von diesen langen und schiefen. Den ganzen Tag spielte sie diese komische Musik. Wenn ich sie ließ, heißt das, wenn es mir nämlich auf den Wecker ging, nahm ich sie huckepack nach oben. Unser Zimmer ging auf die Terrasse, und auf der Treppe konnte sie mir auf den Rücken hämmern und mit den Beinen strampeln, so viel sie wollte. Es gab kein Entkommen, nein.«

Ja, Hortensia versteht Dunka und ihre Drohung, ihn zu verlassen. Sie war ernst gemeint, auch wenn sie es nicht tat. Sie wollte nicht wollen, oder umgekehrt, sie setzte sich ans Klavier, um ihn zu zwingen, sie zu zwingen. ›Bach, um sich zu erregen‹, denkt sie und überspielt die brennende Begierde, mit der sie zuhört, mit einem Lächeln.

»Verdammtes Klavier! Wenn es nicht so teuer gewesen wäre, hätte ich es auseinander genommen, Ehrenwort … Das mit dem Klavier wäre etwas für David gewesen, der auch so war. Aber für Dunka hätte er nicht getaugt, nicht mal zum Üben. Oben bekam sie nie genug und vergaß sogar ihr Klavier. Armer David … mutig wie kein anderer, das ja. Aber von einem Mann hatte er wenig, nie nahm er eine mit, wenn Gelegenheit dazu war. Ein richtiger Bücherwurm, vor allem las er die ganze Zeit in einem jüdischen Buch. Kein Wunder, dass er halb blind war. Als ich Dunka von seinem Tod erzählte, hat sie schrecklich geweint. Sie machte sich Vorwürfe, weil sie nichts für ihn hatte empfinden können. Als könnte man Liebe erzwingen! Und dann war sie auf mich wütend. Was hat sie mir nicht alles an den Kopf geworfen! Warum musste ich mich ausgerechnet in dich verlieben, einen dummen Bauern, der nicht mal badet? Noch so eine ihrer Manien. Baden, vorher und nachher. Sie sprang sogar nachts ins Meer, das dunkle Wasser machte ihr keine Angst. Wenn sie vorher ins Bad ging, konnte ich warten, bis ich schwarz wurde, also pflanzte ich mich vor ihr im Bad auf, das voller Spiegel war, und sagte: ›Komm endlich da raus! Sieh mal!‹ Sie sah, wie bereit ich war, lachte und zeigte mit dem Finger drauf. Was für ein Lachen und so viel Leben! Sie war … ich weiß nicht, wie ein Buschfeuer!«

Hortensia stellt sich ihren eigenen Mädchenkörper in der Badewanne vor, umgeben von Spiegeln, in denen sich die Männlichkeit des Tigers vervielfältigt und sie von seiner ungeduldigen Potenz geblendet wird …

Plötzlich bemerkt sie die spannungsgeladene Stille. Wo staut sich der Fluss der Erinnerungen? Welche Klippe müssen diese gebändigten Fluten noch überwinden, um sich von allem zu befreien? Als die Stimme wieder erklingt, ist sie langsam und ernst:

»Ich wurde gesund, und mit Rimini war es zu Ende. Sie schickten mich wieder in die Berge. Sie wurde von den Deutschen in der Stadt erwischt. Offensichtlich schickten sie sie nach Kroatien und übergaben sie der Ustascha. Man hat nie wieder von ihr gehört …«

Hortensia weigert sich, sie sich unter den Henkern vorzustellen. Die Pianistin mit der Maschinenpistole ist ihr lieber. Das Buschfeuer, wie er sie genannt hat. Dann fällt ihr Blick auf das halb volle Weinglas, und sie wird traurig. Wie schnell er sein Glas leeren konnte, bevor er die Blutung hatte!

Als hätte er gelernt, sie zu durchschauen, trinkt er den Rest in einem Schluck aus. Dann schweigt er.

»Damit du mich ganz kennen lernst, musst du nur noch mit nach Roccasera kommen«, sagt er schließlich. »In meiner Heimat bin ich ganz ich selbst! Im Sommer! Du hast es versprochen!«

»Natürlich komme ich mit! Ich bin auch aus dem Süden!«

»Pah, aber von der anderen Seite, vom anderen Meer!«

»Das besser ist als deins! Warte ab, bis du Amalfi gesehen hast. Was bildest du dir ein?«

Sie lachen, bis dem Alten plötzlich etwas einfällt.

»Hör mal, weißt du, warum mich die Rusca hier bei dir so übel gebissen hat? Weil sie eifersüchtig war, deshalb! Weil sie eifersüchtig war!«

Er sieht sie an, bemerkt einen Schatten in diesen Augen und sagt, als hätte er sie zum zweiten Mal durchschaut:

»Auf dich, Hortensia.«

›Dunka geht, Hortensia kommt‹, sagt sich die Frau, und ihre Hände greifen nach denen, die sich ihnen entgegenstrecken.

»Jetzt kann ich dir vieles beibringen. Möglich, dass du dich mit dem Krieg und Männertaten auskennst, aber damit nicht. Lass dich führen, davon verstehen wir Frauen mehr.«

»Wovon?«, flüstert der Alte.

Obwohl es dieses dritte Mal ein bisschen länger gedauert hat, bis er dahinter gekommen ist, braucht er die Antwort nicht zu hören, um das Gefühl zu haben, hoch über den Gipfeln seiner Berge zu schweben.

Andrea ruft Hortensia an.

»Wann können wir uns sehen? Wo immer es Ihnen recht ist. Ich würde Sie gerne persönlich kennen lernen und mich bei Ihnen bedanken!«

Hortensia hört Ehrlichkeit und Offenheit aus der angenehmen Stimme, auch wenn der schulmeisterliche Ton unverkennbar ist.

»Sie müssen sich für nichts bedanken, aber ich hätte Sie auch gerne kennen gelernt. Am liebsten käme ich zu Ihnen, so kann ich auch Brunettino sehen.«

»Wie wäre es mit heute Nachmittag? Mein Schwiegervater muss ins Seminar der Universität; es ist seine letzte Sitzung in diesem Semester. Dann sind wir unter uns und können überlegen, was wir mit ihm machen können.«

›Diese Frau meint es gut‹, sagt sich Hortensia, als sie auflegt. ›Bloß hätte ich ›für ihn‹ gesagt statt ›mit ihm‹. Aber natürlich bedeutet er ihr nicht dasselbe.‹

Andrea begrüßt Hortensia. Sie küssen sich, tauschen Höflichkeiten aus, gehen ins Wohnzimmer, und zwischen »Ich nehme ihnen den Mantel ab« und »Was für eine schöne Wohnung« mustern sich die beiden Frauen. Keine hatte sich die andere so vorgestellt, aber beiden ist klar, dass die »andere« genau so sein muss.

Kurz darauf erscheint der kleine Prinz des Hauses. Er geht jetzt ganz sicher und plappert vor sich hin. Hortensia findet ihn hinreißend in den Stiefelchen, die sie selbst mit ausgesucht hat, mit Hose und rotem Pulli. Aber, mein Gott! Was hat er getrunken? Er hat Schaum vor dem Mund!

Sie bekommen einen Schrecken, aber es ist nur Seife. Andrea

erzählt, dass er jetzt oft auf den Schemel neben dem Waschbecken klettert, den Hahn aufdreht und mit der Seife spielt. Bestimmt hat er den Hahn nicht zugedreht!

»Ah, du Halunke, du kleiner Halunke! Habe ich dir nicht gesagt, dass du das nicht darfst!«

Beide laufen ins Badezimmer, drehen den Hahn zu, und die Mutter schimpft mit Brunettino, der sie so spitzbübisch ansieht, als sei er über die schrecklichsten Drohungen erhaben. Schließlich müssen sie lachen, und für den Kleinen ist alles wieder im Lot. Die ganze Zeit aber mustern sich die beiden Frauen. Hortensia gefällt Andreas Frisur: individuell, einfach und auf ihr Gesicht zugeschnitten. Andrea bewundert Hortensias Kleid, nur die Silbergondel auf der Brust stört, leider! Erinnert an ein Souvenir für Touristen. Hortensia bemerkt ihren Blick.

»Er hat sie mir geschenkt«, sagt sie, als müsste sie sich verteidigen. Andrea versteht. Die Frau hat Taktgefühl.

Auf dem Weg zurück ins Wohnzimmer bleibt Hortensia vor einer offenen Tür stehen.

»Das ist sein Zimmer«, erklärt Andrea und entschuldigt sich. »Glauben Sie mir, er lässt nicht zu, dass wir es besser herrichten. Und die uralte Decke da muss immer auf seinem Bett liegen. Manien hat er!«

Bewegt tritt Hortensia ein. Bestimmt ist es die Decke, die das Zimmer mit ihrem Geruch schwängert. Sie beugt sich darüber und fährt mit dem Finger sanft über die Wolle, die so braun ist wie sein Hut. Sie sieht sich um. ›Dahinter versteckt er seinen Proviant‹, sagt sie sich, ›in dem Schrank hat er sein Klappmesser, unter dem Seidenpapier in der Schachtel auf dem Boden liegt das Foto, das wir am Nachmittag des Varietés auf der Straße von uns machen ließen ...‹ All das erfasst sie mit einem Blick, bevor sie nachdenklich das Zimmer verlässt. Die Zelle eines Mönchs, eines Partisanen, eines Mannes. Gerne hätte sie ihren weiblichen Duft hinterlassen.

Andrea erkennt, was die Liebkosung der Decke bedeutet. ›Renato hat es mir nicht richtig erklärt‹, sagt sie sich, ›oder er hat diese Frau nicht verstanden. Männer sind immer so schwerfällig!‹ Und im Flur greift sie mit weiblicher Solidarität nach Hortensias Arm, drückt ihn kurz und bietet ihr das Du an.

Sie unterhalten sich, während der Junge spielt, die Stühle verrückt und hintereinander aufstellt. Andrea versucht, Hortensia zu erklären, wie sehr sie sich bemüht, es dem Alten recht zu machen, aber …

»Egal, was ich tue, es ist immer falsch … Ich nehme es sogar hin, dass er sich nachts ins Kinderzimmer schleicht, gegen den Rat des besten Kinderarztes in ganz Mailand!«

Hortensia versucht, den Alten in Schutz zu nehmen.

»Du weißt doch sicher, dass wir im Süden ein ganz anderes Familienleben führen.«

Ihrem Tonfall ist zu entnehmen, dass sie Andrea versteht, obwohl sie selbst aus dem Süden ist. Andrea wiederum hört sich Hortensias Sorgen an.

»Bruno hat manchmal Augenblicke … ich weiß nicht, fast wie im Fieberwahn. Er redet, als wären wir noch im Krieg, als hätten wir dreiundvierzig.«

»Das musst du mir nicht sagen!«, platzt es aus Andrea heraus, der es irgendwie seltsam vorkommt, dass diese Frau ihren Schwiegervater Bruno nennt. »Was hatten wir gestern für ein Theater! Du musst wissen, Anunziata ist immer noch krank (die Frau hat irgendwas, aber die Ärzte finden es nicht), und Simonetta hatte Prüfungen, also musste ich meine Agentur anrufen. Sie schickten mir eine österreichische Studentin, die ihr Italienisch aufbessern will, um in der Gastronomie zu arbeiten. Das Mädchen hat mir gefallen, sehr gut erzogen und dezent gekleidet, denn heute laufen die jungen Mädchen ja herum, auch Simonetta manchmal … Also, wir saßen beide in der Küche, und ich erklärte ihr ihre Aufgaben, als plötzlich mein Schwiegervater hereinschaut und sofort wieder kehrt macht, kaum dass er sie sprechen hört. Ich habe mich gewundert, als ich hörte, wie er die Tür des Kinderzimmers schloss, aber ich habe mir keine weiteren Gedanken gemacht. Das Mädchen setzte sich hin, um die Stiefel gegen ein Paar Hausschuhe zu tauschen, die sie mitgebracht hatte, und ihren Kittel anzuziehen, und ich machte mich fertig, um zum Seminar zu fahren …«

Sie hält inne, weil sie gleich zum Höhepunkt ihrer Erzählung kommt.

»Ich sage dir, Hortensia, ein Glück, dass der Aufzug kaputt war und ich eine Weile vergeblich im Flur wartete, weil ich nichts davon wusste. Wenn ich die Treppe oder den Bedienstetenaufzug genommen hätte, wären wir noch alle auf dem Polizeirevier gelandet! Also, ich warte noch auf den Aufzug, als ich plötzlich höre, wie das Mädchen um Hilfe schreit und mein Schwiegervater ›Verräterin, Spitzel, na warte!‹ brüllt. Ich habe mich so erschrocken, dass ich den Schlüssel nicht ins Schloss bekam. ›Hilfe, ich werde vergewaltigt!‹, schreit das Mädchen unterdessen auf Deutsch. Schließlich kriege ich die Tür auf, und das Mädchen steht vor mir, völlig hysterisch, einen Stiefel angezogen, den anderen in der Hand, und mein Schwiegervater steht hinter ihr und brüllt wie wahnsinnig. Das Mädchen stürzt auf mich zu und schreit: ›Er war hinter mir her, Signora, mit hervorquellenden Augen, ein Lustmolch, ein Lustmolch!‹ Und mein Schwiegervater beschimpft mich, dass ich einen deutschen Spitzel ins Haus geholt hätte. Ich habe mich zwischen die beiden gestellt, um das Mädchen zu beruhigen, das an meiner Schulter weinte. Das ist schon das zweite Mal, alle Italiener sind gleich, sie haben nur eines im Kopf. Aber der Erste war wenigstens jünger!«

Hortensia muss lächeln, während Andrea Atem schöpft.

»Ja, jetzt ist es lustig, aber für mich war es die Hölle … Schließlich ist mein Schwiegervater im Flur verschwunden, und ich konnte das Mädchen beruhigen, indem ich Deutsch mit ihr sprach. Sie zog den anderen Stiefel an, und als sie die Wohnung mit dem vollen Tageslohn verließ, sagte sie noch, sie würde ihn nur meinetwegen nicht anzeigen. Also bin ich mit ihr in den Hausflur gegangen und habe versucht, ihr zu erklären, dass mein Schwiegervater krank sei, aber es nutzte nichts. Während sie auf den Aufzug wartete, sagte sie: ›Es sind meine Brüste, Signora, ich weiß es, sie stehen auf junge Frauen mit großem Busen, dann werden die ganz wild und können nichts dagegen tun.‹ Stell dir vor, Hortensia. Ich glaube, dass sie im Grunde genommen noch stolz darauf war. Was für verrückte Vorstellungen! Nicht wahr? Ich verstehe das nicht. Als ich in die Wohnung zurückkam und den Großvater überzeugen wollte, hat er mich nur verächtlich angesehen und gesagt: ›Du verstehst gar nichts, Andrea, du merkst nicht, was in diesem Land vor sich geht!‹ Und dann ist er in seinem Zimmer verschwunden.«

Andrea seufzt. Hortensia hat Mitleid mit ihr. ›Wie sollen diese beiden sich je verstehen?‹

»Und der Kleine?«, fragt sie.

»Du wirst es nicht glauben, aber trotz des Geschreis und des Lärms hat er ganz ruhig weitergeschlafen.« Andrea lächelt.

»Er ist ein Schatz«, sagt Hortensia hingerissen und sieht Brunettino an, der auf einen Stuhl geklettert ist und versucht, das Fenster aufzumachen.

»*No!* Das Fenster nicht!«, verbietet Andrea und steht auf, um ihn aus der Gefahrenzone zu bringen.

»*No, no!*«, plappert der Kleine ihr nach und stößt einen Schwall von unverständlichen Silben aus.

»Er ist ein Schatz, ja«, wiederholt Andrea, »aber er hat uns alle unter der Fuchtel.«

Hortensia erklärt, das sei so in dem Alter, und Andrea nickt und bietet ihr einen Kaffee an. Sie gehen mit dem Kind in die Küche, um dort frisch gebrühten Kaffee zu trinken, und preisen

die Vorzüge ihrer jeweiligen Kaffeemaschinen. Hortensia emp-
fiehlt ein billigeres Geschäft im Viertel, und Andrea bedankt
sich, auch wenn sie natürlich gar nicht daran denkt hinzugehen.
Brunettino klemmt sich das Fingerchen in der Tür der Speise-
kammer, wo er gespielt hat, und schreit so laut, dass ihnen das
Herz stehen bleibt. Sie bringen ihn ins Badezimmer, um den
eingeklemmten Finger unter kaltes Wasser zu halten, trösten
und verwöhnen ihn …

Die beiden so ungleichen Frauen verstehen sich auf Anhieb.
Und beide sind mit ihren Gedanken bei Bruno. Andrea denkt
daran, dass er trotz seines Alters in der Lage ist, für ein junges
Mädchen zu einer sexuellen Bedrohung zu werden und gleichzeitig die Zuneigung dieser Frau zu gewinnen, die so zärtlich
seine Decke gestreichelt hat. Und Hortensia denkt daran, dass
sein Körper die Decke geformt und zu seiner Lebensgefährtin
gemacht hat.

Als sie unten aus dem Aufzug steigt, grübelt sie immer noch
über Bruno. Sie sieht, dass er Recht hatte, und beklagt sich:

›Mein Gott, warum war ich nicht von Anfang an die Erste?
Warum habe nicht ich diese Tage in Rimini mit ihm erlebt? Warum habe nicht ich ihn damals kennen gelernt, als unser Leben
begann?‹

Doch als sie dann an dem Park vorbeikommt, wo sie sich kennen gelernt haben, erinnert sie sich wieder an den Zwischenfall.

›Ohne Brunettino wären wir aneinander vorbeigegangen und
hätten uns nicht beachtet‹, sagt sie sich lächelnd und dankt dem
heiligen Franziskus von ganzem Herzen, dass es Autos gibt, die
überheblich Passanten und Kinderwagen mit Wasser besprit-
zen.

Der Mann, an den beide denken, verfolgt unterdessen ein wissenschaftliches Streitgespräch zwischen Professor Buoncontoni und Bumberger, einem Gastprofessor aus München. Dieser vertritt die These, die Psychologie sei der Schlüssel zum Verständnis menschlichen Verhaltens, die Wissenschaft der Seele, die Quelle für Motivation, Urteilsvermögen, Gedächtnis und Persönlichkeit. Anfänglich widersprach Buoncontoni höflich, aber die Hartnäckigkeit des Deutschen hat ihn schließlich auf die Palme gebracht. Beide Gemüter sind schon ziemlich erhitzt, als Buoncontoni sagt:

»Sehen Sie, Doktor, diese Diskussion führt zu nichts, weil die Psychologie gar nicht existiert. Sie ist wie die Theologie, ein Widerspruch in sich, weil es absurd ist, die Existenz Gottes zu beweisen. Allein der Versuch erweist sich als eine klerikale Anmaßung.«

»Wie bitte? Die Psychologie existiert nicht?«, explodiert der Deutsche. »Was bilden Sie sich ein? Was für ein Professor bin ich denn dann?«

»Nun, sie existiert als intellektuelles Konstrukt, aber sie befasst sich mit nichts anderem als einer weiteren Einbildung, der Seele. Mit anderen Worten«, fährt er fort, da dem Deutschen das Blut dermaßen zu Kopf steigt, dass er nicht antworten kann, »das, was im menschlichen Verhalten nicht organisch bedingt ist, ist sozial bedingt. Was also weder die Genetik noch die Physiologie erklären können, erklärt die Soziologie. Ja, Signore«, fährt er nun ungebremst fort, »unser Verhalten wird bestimmt von Genen, Adrenalin und so weiter in Verbindung mit Erziehung und sozialer Konditionierung. Etwas anderes gibt es nicht, und wenn die Psychologen auch noch so viele Bücher schreiben.«

»Aber die Seele, Signore, die Seele …!« Bumberger gerät so in Rage, dass er nicht mehr in der Lage ist zu argumentieren. »Sie sind ein Ignorant, ein jämmerlicher Dummkopf!«

Es folgt ein Schwall von deutschen Ausdrücken, denn die italienischen Schimpfwörter beherrscht der Bayer nicht. Die Adern am Hals schwellen an, die Finger klammern sich um die Tischkante, und der ganze massige Körper des eingefleischten Biertrinkers zittert vor Wut. Buoncontoni dagegen, dessen wirres weißes Haar seinen Kopf wie ein Heiligenschein umrahmt, reckt den Hals und streckt seine kleine Statur in die Länge wie ein Kampfhahn.

Dem Alten macht es sichtlich Spaß, den Deutschen leiden zu sehen. ›Jetzt bringen sie sich gegenseitig um‹, sagt er sich und leckt sich freudig die Lippen. Da schlägt der Münchner mit der Faust auf den Tisch und brüllt ein langes zusammengesetztes Wort. Dann verlässt er wütend den Raum und schlägt die Tür hinter sich zu.

»Was hat er gesagt?«, fragt der Alte leise.

»Scheißitalienischeuniversität«, übersetzt Buoncontonis Assistent mit einem Lächeln. Und fügt bewundernd hinzu: »In einem einzigen Wort!«

›Und keiner geht hin und stopft ihm das Maul?‹, fragt sich der Alte verächtlich. ›Pah, mit diesen Mailändern ist wirklich nichts los!‹

Den Anlass für den Streit hatten die Äußerungen des Alten geliefert. Zuerst hatte er von Kindern erzählt, die von ihren Eltern auf dem Land ausgesetzt und von Ziegen großgezogen worden waren, die ein größeres Herz hatten, und die Studenten hatten diese Geschichten mit anderen Fällen aus der Antike in Verbindung gebracht, wie den der berühmten Ziege, die sie Amadea nannten, wie der Alte sich zu erinnern meint. Anschließend hatte er von den Festen und Wallfahrten in Roccasera berichtet, von den Streitereien darum, wer die Sänfte der heiligen Chiara tragen durfte. Sie interessierten sich besonders für den Namen des Messers, *scerraviglicu*. Darauf war eine heftige Diskussion über Aggressionen bei Mensch und Tier entbrannt, und schließlich hatten sich die beiden Professoren über die Wurzeln des menschlichen Verhaltens gestritten.

Aber weiter passiert nichts. Die Mailänder sind wie die Kinder, sie können sich einfach nicht wie Männer schlagen. Dem Alten tut Professor Buoncontoni Leid, weil er ihn sympathisch findet. Außerdem hat er bestimmt Recht. Der andere kann nur lügen, er ist ja Deutscher, und außerdem überzeugt den Alten die Ablehnung der Seele, dann haben die Pfaffen wenigstens nichts mehr zu tun. Aber Recht haben ist nicht dasselbe, wie die Beleidigung eines Deutschen einfach einzustecken. Der Alte ist außer sich vor Wut. Wäre *dottoressa* Rossi, die leider nicht an der Diskussion teilnehmen konnte, da gewesen, er wäre persönlich dem Deutschen hinterhergerannt und hätte vor der Frau die Ehre Italiens gerettet. Aber zumindest muss er ihnen das ins Gesicht sagen.

»Hat denn hier niemand Mumm in den Knochen?«, ruft er und sieht sich um. »Wie kann ein einziger Deutscher so viele kluge Köpfe einschüchtern? Euch hätte ich gern mal an der Front erlebt! Aber natürlich wäre niemand von hier hingegangen! Ihr hättet euch alle in der Nachhut verkrochen, hinter euren Büchern und Papieren!«

»Ich habe gekämpft«, entgegnet Buoncontoni gelassen.

»Sie?«, fragt der Alte und erinnert sich an den Lehrer in seiner Truppe in der Sila.

Buoncontoni nimmt seine Fliege ab, knöpft sein Hemd auf und zeigt ihm eine lange Narbe, die vom Hals bis zur Brustwarze reicht.

»Widerstandskämpfer, in Val d'Aosta. Mann gegen Mann.«

»Entschuldige, Kamerad. Das ist etwas anderes.«

Sie erklären ihm, dass der gedemütigte Deutsche eine Menge eingesteckt hat, und so endet die letzte Stunde des Seminars in Eintracht. Alle verabschieden sich liebevoll vom Alten. »Bis nächstes Semester, Kalabrier!«, wiederholen sie, weil er jetzt der Kalabrier der Fakultät ist. Stolz drückt der Alte allen die Hand.

Buoncontoni bittet ihn mit Valerio in sein Arbeitszimmer und zeigt ihnen Fotografien der Partisanen von Val d'Aosta.

›Sie waren wie wir‹, sagt sich der Alte, ›nur hatten sie mehr anzuziehen und bessere Waffen. Die aus dem Norden sind immer im Vorteil!‹ Aber der Anblick dieser Szenen steigt ihm zu Kopf. Seine Augen nehmen einen seltsamen Ausdruck an.

»Und wieso bist du hier? Wie kommt es, dass die Gestapo dich nicht erwischt hat?«

»Ich spielte ein doppeltes Spiel«, antwortet Buoncontoni geheimnisvoll, weil Valerio ihm von den geistigen Aussetzern des Alten erzählt hat. »Man muss den Feind hinters Licht führen, Kamerad.«

Der Satz beeindruckt den Alten, und auch er beschließt, etwas zu gestehen, das ihm schon länger auf der Seele brennt, um sein Gewissen zu erleichtern.

»Ja, das stimmt. Man muss den Feind hinters Licht führen, aber nicht den Freund. Ich muss gestehen … Ich war nicht fair, Kamerad, entschuldige bitte. Ich habe manchmal mit meinen Geschichten übertrieben. Na ja, nur ein bisschen. Nicht um euch zu belügen, nein, es war wie ein Scherz. Als hätte man einen über den Durst getrunken. Das wollte ich dir sagen. Nehmt nicht alles ernst, was ich euch erzählt habe.«

Buoncontoni sieht ihn voller Hochachtung an.

»Danke für deine Ehrlichkeit! Aber warum hast du dir etwas ausgedacht, doch nicht wegen der paar Lire?«

»Ich, wegen Geld? Ich besitze mehr Land und mehr Tiere als du!«

»Ganz bestimmt. Ich besitze gar nichts. Weshalb dann?«

»Ich wollte so gern von den Bergen und dem Land erzählen. In Mailand interessiert das sonst niemand. Und es hat mir bei euch so gut gefallen! Ich danke euch für diese Zeit. Wenn du willst, gebe ich dir das Geld zurück!«

»Aber nein, du hast es dir redlich verdient! Wirklich … Sieh mal, ich muss dir auch gestehen, dass ich manchmal Irrtümer vermutet oder gemerkt habe, wenn du übertrieben hast. Aber sogar deine Erfindungen sind anthropologische Zeugnisse, die uns helfen herauszufinden, wie jemand aus deiner Zeit und deiner Region denkt.«

Der Alte stutzt einen Augenblick, dann steht er wütend auf und geht zum Gegenangriff über.

»Der Deutsche hatte Recht! Scheißuniversität! Ihr habt mich also reden lassen, um euch über mich lustig zu machen? Das hast du einem Kameraden angetan? Jetzt verstehe ich dein Doppelspiel, du bist gegen mich, du bist auf der Seite der Faschisten!«

Auch Buoncontoni steht auf.

»Beruhige dich, Kamerad! Ich schwöre dir, du irrst dich! Wir haben dir zugehört, und wir werden dir weiter zuhören, um von dir zu lernen. Von den bekannten Überlieferungen interessieren uns deine persönlichen Interpretationen. Wenn du also von einem Schatz in einem Fluss gesprochen hast, haben wir es mit der Beisetzung des Alarich und seiner Truhen im Flussbett des Busento in Verbindung gebracht. Und weißt du, wer der Carrumangu aus deiner vorletzten Aufnahme war? Niemand Geringerer als Karl der Große, der Kaiser. Und was deine eigenen Erfindungen angeht, so spiegeln sie deine Kultur wider, und das ist bedeutsam für uns. Ja, Kamerad, wenn ein Mann deines Schlages spricht, reden die Wurzeln eines ganzen Volkes.«

Der Alte spürt, dass diese Worte etwas Großes ausdrücken wollen, aber so ganz traut er Mailand und seinen Bewohnern immer noch nicht.

»Ihr Schreiberlinge seid ganz groß im Reden. Bla, bla, bla, wie die Politiker. Aber mich nimmt niemand mehr auf den Arm!«

»Sollen wir dir beweisen, wie sehr wir deine Zeugnisse schätzen? Warte! Wo haben wir die Tonaufnahmen von Roncone archiviert, Ferlini?«

»Neben denen von Turiddu aus Calcinetto.«

Der Alte ist beeindruckt. Turiddu! Der berühmteste Volksdichter Kalabriens! Die Lieder und Verse dieses Mannes kennt jedes Dorf!

»Wirklich?«, lächelt der Alte stolz und schon halb überzeugt. Buoncontoni nickt.

»Im letzten Semester war er hier, für Aufnahmen. Außerdem, Kamerad, wer kann schon sicher zwischen Wahrheit und Dichtung unterscheiden?«

»Moment mal! Das trifft auf mich nicht zu. Ich kann sehr wohl unterscheiden, ich merke das. Ich sehe mir einen Wagen, den man mir andrehen will, oder die Augen des Verkäufers an, und schon weiß ich, ob er mich betrügen will oder nicht. Die Wahrheit spürt man. Ich jedenfalls spüre sie.«

Buoncontoni wirft ihm einen skeptischen Blick zu.

»Glaubst du das wirklich?«, fragt er ironisch. »Dann sag mir etwas, das mit Sicherheit wahr ist, etwas Unbestreitbares.«

Die Antwort kommt wie aus der Pistole geschossen.

»Ein Kind!«

Und dann noch einmal, ohne den Schatten eines Zweifels.

»Ja, ein Kind.«

Buoncontoni denkt einen Augenblick nach und gibt sich schließlich wehmütig geschlagen.

»Du hast Recht. Da ich selbst keine Kinder hatte … Ich freue mich, dass du das gesagt hast. So wird dir das Geschenk, das wir für dich ausgesucht haben, noch mehr gefallen.«

Er gibt Valerio ein Zeichen, und der überreicht ihm einen

Umschlag mit einem Band aus der Maschine, mit der sie ihre Aufnahmen machen.

»Es sind deine Worte vom ersten Tag, lieber Freund Roncone«, erklärt der Professor und reicht ihm den Umschlag. »Für deinen kleinen Enkel.«

›Für Brunettino!‹, sagt sich der Alte gerührt. ›Was für großartige Freunde …!‹

So werden seine Worte mit der Stimme eines Fünfzigjährigen noch zu hören sein, wenn der Junge ein Mann ist, lange nachdem er selbst für immer verstummt ist. Aber wird er den Dialekt auch verstehen? Diesen Leuten hat er seine Sätze manchmal erklären müssen. Ah, aber Brunettino wird in diesem Sommer sprechen lernen, und zwar in Roccasera, im dortigen Dialekt, bevor er das andere Italienisch lernt! In seinem Dialekt, in der Sprache der Männer!

Der Professor und der Student respektieren das gerührte Schweigen des Alten, der die Aufschrift auf der Plastikhülle betrachtet: »Roncone, Salvatore (Roccasera)«. Dann steckt er die Plastikhülle wieder in den Umschlag und liest: »Für Brunettino, von den Freunden seines Großvaters im Seminar von Professor Buoncontoni«.

Großartige Freunde! Wortlos umarmt der Alte den ehemaligen städtischen Baumgärtner und dann überschwänglich auch den Partisanen von Val d'Aosta und lädt sie ein, im Sommer nach Roccasera zu kommen. Scherze und freundliche Worte begleiten ihn auf dem Weg zum Ausgang. Buoncontoni übergibt ihm seine Visitenkarte, verspricht ihm jede Unterstützung und bringt ihn zum großen Portal und die Treppe hinunter bis zur Straße. Der Alte ist geschmeichelt, weil er begreift, dass der Professor auf diese Art dem würdigen Kollegen von Turiddu, dem Meistersänger aus Kalabrien, eine Ehre erweist.

Valerio hält die Tür des kleinen Wagens auf. Der Alte macht es sich auf seinem Platz bequem und tastet in der Jackentasche nach der Plastikhülle, aus der in ferner Zukunft die Worte erklingen werden, die Brunettino für immer gewidmet sind.

Diese Wahrheit für das Kind.

Leise Schritte, gedämpfte Laute, wie von einem Schäfchen, wecken den Alten auf, der sich mitten im Pferch wähnt. Im Halbdunkel erblicken seine Augen einen kleinen weißen Engel, der an der Tür gegenüber dem Bett die Arme ausstreckt. Der Alte richtet sich auf, springt aus dem Bett und läuft auf ihn zu. Er hebt ihn hoch, kuschelt ihn in seine Arme, und als das Köpfchen sich auf seine Schulter legt, überwältigt eine unbeschreibliche Zärtlichkeit sein Herz. Langsam fallen dem Kleinen die Augen wieder zu, während der Alte zuerst im Stehen, dann auf seinem Bett sitzend, über seine süße Last nachdenkt.

›Es stimmt, Kamerad, du hast mich im Schlaf ertappt. Aber glaub nicht, ich hätte die Wache vernachlässigt. Weißt du, der Feind hat den Rückzug angetreten. Wir sind dabei, den Krieg zu gewinnen, ja, viele haben sich schon ergeben! Du glaubst mir nicht? Siehst du es denn nicht selbst? Dann sag mir, wie du hierher gekommen bist! Musstest du schreien oder gegen die Tür hämmern wie früher? Nein, sie stand offen. Verstehst du, was ich meine? Genau das, mein Junge, jetzt sperren sie dich nicht mehr ein! Und sie werden es auch nie mehr tun! Dein Großvater hat gewonnen, Brunos Truppe. Wir siegen!‹

Er legt den Jungen einen Augenblick hin, dann nimmt er ihn wieder auf, nachdem er sich die Decke über die Schultern geworfen hat, um sie beide darin einzuhüllen.

›Willst du wissen, was passiert ist? Nun, Andrea hat kapituliert. Ja richtig, gestern. Sie kam mit einem weißen Taschentuch, um zu verhandeln, so ist es Brauch. Sie redete und redete und redete, du kennst sie ja. Aber sie war sehr nett. Das Fazit aus dem ganzen Blablabla: Die Tür gehört uns. Dieser Bergpass ist für immer in unserer Hand. Der Carrumangu, den mein Freund, der Professor, anders nennt. Sie hat es mir selbst gesagt: Sie brauchen nachts nicht mehr hinüberzugehen. Sie können beruhigt schlafen, wir werden die Tür nicht schließen. Der Junge soll tun, was er will. Das hat sie gesagt, und du bist natürlich zu mir gekommen, zu wem sonst! Zu deiner Truppe, die sich in dieser Stellung verschanzt hat. Sieh nur, wie viel Boden wir gewonnen haben, wir sind nicht mehr in der Defensive. Du bist zu deinem Großvater gekommen, mein Engel, mein kleiner Prinz! Wann wirst du mich endlich *nonno* nennen, denn gibt es ein besseres Losungswort? Es ist ganz leicht! Diese kleine rosa Zunge braucht nur zweimal hintereinander *no*! zu sagen, das du sonst immer schreist. Hörst du? So: *No-no…* Es ist so leicht, und du würdest mich so glücklich machen!

Ganz sicher, wir sind dabei zu siegen … Ja, ich weiß, es könnte eine Falle sein, das brauchst du mir nicht zu sagen. Daran habe ich längst gedacht, trotzdem rücken wir weiter vor. Deshalb sind wir hier, etwas weiter unten im Tal. Sieh mal aus dem Fenster – um den Himmel zu sehen, musst du dich nicht mehr weit hinauslehnen. Und das da gegenüber sind keine Felsen, sondern Häuser. Ja, und die Menschen darin können beruhigt schlafen, weil sie wissen, dass der Krieg zu Ende geht. Wir werden sie bald befreien. Ich habe dir doch gesagt, dass wir im Sommer dort unten sein werden. Und mit uns rückt auch das gute Wetter vor. Außerdem kann ich mich im Krankenhaus operieren lassen, jetzt, wo deine Tür auf ist. Sie werden die Rusca fangen, das tut mir Leid, aber es muss sein. Ich brauche Kraft für unseren letzten Angriff, für die Einnahme von Roccasera. Es dauert nicht mehr lange, sie ziehen sich auf breiter Front zurück, glaub einem Partisanen. Dort wirst du mit den Schafen spielen und mit mir reiten. Sonne und Mond werden dir gehören und die Berge, ja vor allem die Berge mit ihren Hängen und Kastanienhainen. Wir werden über die Piazza gehen, wie es sich gehört, auf unserem eigenen Weg. Die Menschen werden fragen: Wer ist dieser hübsche Junge? Alle, die Frauen im Laden, die Maultiertreiber, die Leute, die bei Aldu, dem Barbier, warten, die am Kiosk, die, in Beppos Café etwas trinken wollen und sogar die im Casino gegenüber, weil die Cantanotti niemand mehr sind, alle werden sagen: Da geht *zio* Roncone mit seinem Enkel Brunettino. Einen stolzen Gang hat er, und schau mal, wie der Kleine den Kopf hochhält, ganz der Großvater! Alle werden dich feiern. Die einen, weil sie meine Freunde sind, und die anderen, weil sie mich fürchten, ja. Du wirst Ambrosio kennen lernen, der mir mehr bedeutet als ein Bruder. Er wird dir alles zeigen, falls ich eines Tages nicht mehr kann. Du wirst sie alle auf eine bestimmte Art grüßen müssen. Das ist nicht schwer, ich werde es dir beibringen. Eine Frage des Gespürs, weißt du? Und davon hast du jede Menge, mein Junge. Gespür, wie man mit Männern umgeht; an meiner Seite wirst du alles lernen.

Und mit Frauen, wie man mit Frauen umgeht. Das kommt später, weil es schwieriger ist. Ich glaubte, ich wäre ein Meister darin, und sie wären bereits gut bedient, wenn ich ihnen Freude bereitete. Das ist nicht schwer, im Gegenteil, aber dann stellt sich heraus, dass es nicht stimmt. Dass sie mir noch viel mehr gegeben hätten, wenn ich es gewusst hätte! Selbst Dunka, die du nicht mehr kennen lernen wirst. Was für Honigaugen voller grüner Funken, die man manchmal sah und manchmal nicht, je nachdem, wie es ihr ging! Tja, ich habe sie auch nicht richtig gekannt, jetzt glaube ich das. Aber wenigstens habe ich von Hortensia etwas gelernt. Sie weiß es, sie ist von allen am wertvollsten. Ihre klaren blau-violetten Augen verändern sich nie. Welche Sicherheit! Wie die meiner Arme für dich. Was für eine Geborgenheit! Augen, die dich zunächst nicht beeindrucken, die dich aber beobachten und immer tiefer dringen, bis sie alles aus dir herausholen. Du sprichst, du beichtest, du ergibst dich. Und wem könnte man sich besser ergeben? Das mit den Frauen, mein Junge, ist auch ein Krieg, nur verkehrt herum. Es macht Spaß, Gefangener zu sein. Du bist noch so klein, aber eines Tages wirst auch du solchen Augen begegnen: ein Messerstich, der sich langsam, damit du ihn besser spüren kannst, bis in dein Herz bohrt. Jetzt, wo mir für dich Brüste wachsen, verstehe ich das Leben. Du wirst es auch verstehen, aber früher als ich. Was ich noch nicht weiß, wird sie dir beibringen. Sie ist so sicher und so zärtlich! So stark, dass sie mich auf den Armen getragen hat. Jedes Mal, wenn ich daran denke, wünschte ich, dass ich an diesem Tag bei Sinnen gewesen wäre! Aber dann hätte ich mich aufgerichtet, um sie zu packen. Besser so, zu wissen, dass es passiert ist und ich ihr so nah war wie noch nie. Diese Frau ist kein Buschfeuer, sondern eine nie versiegende Quelle. Kein Durst, den sie nicht löscht! Sie wird deine Lehrerin sein, denn sie kommt mit uns. Ich nehme sie mit nach Roccasera, sie wird deine Großmutter sein! Ja, mein Junge, sie wird uns begleiten. Nach Roccasera, das dir gehört, weil wir es einnehmen werden. Von da wirst du auf die ganze Welt pfeifen …

Schlaf ruhig, denn wir haben gesiegt. Sogar die Rusca hat sich ergeben, sie beißt kaum noch. Jetzt kann nicht mehr viel schief gehen. Schlaf an der Brust deines Großvaters, sie ist aus Stein, wie das Gebirge. Schlaf und bereite dich auf den letzten Vorstoß vor. Sobald ich aus dem Krankenhaus zurück bin, werden wir losschlagen. Endlich von der Rusca befreit. Und im Sommer sind wir in Roccasera! Morgens werden wir unsere Runden drehen und abends auf der Terrasse sitzen, wenn die Sterne nacheinander erscheinen und in der Ferne jemand singt, der von den Feldern zurückkommt. Die Luft riecht nach gemähtem Getreide, und es ist süß, süß, süß, zu atmen und zu leben …‹

W as ist das für eine Piazza?‹ Verwirrt sieht sich der Alte um.

›Wo bin ich? Wie bin ich hierher gekommen? Ich bin aus einem Bus gestiegen, aber aus welchem? Ich habe mir die Nummer nicht gemerkt, ich war abgelenkt ... Was hat mich auf der Strecke so alarmiert, dass ich plötzlich ausgestiegen bin? Da muss etwas gewesen sein, mein Instinkt lässt mich nie im Stich, bestimmt hat mich jemand verfolgt. Aber jetzt nicht mehr, ich würde es merken ...

Vor allem Ruhe bewahren. Zuerst, in welcher Stadt bin ich? Sie schicken einen ja überallhin! Fragen kann ich nicht, es würde Verdacht erregen. Bestimmt habe ich einen Auftrag. Oder ist das bloß eine Durchgangsstation, auf der Flucht, wie so oft? Nur die Ruhe, ich werde noch dahinter kommen, habe schon Schlimmeres durchgemacht. Verdammt, nicht dass ich mir wieder den Kopf aufschlage wie bei Oldera, als ich den Hang runtersprang, um der Umzingelung zu entkommen, vor ... Wie lange ist das her? Drei Monate oder so, den Schlag spüre ich heute noch.

Wäre nicht das erste Mal, dass ich den Kopf aus der Schlinge ziehe. Wie in Oldera, wo ich mich als Einziger gerettet habe. Mal sehen, ob ich an diesem Kiosk etwas herausfinden kann. Komisch! Keine Zeitung berichtet über den Krieg! Ach so, die Zensur, jetzt, da sie verlieren! Früher haben sie auf den Titelseiten geprotzt mit ihren Vormärschen, ihren Bombenangriffen und Kriegsgefangenen. Jetzt sind sie still, aber es wird ihnen nichts nützen. Ah, was hat der eben gesagt, der mit seinem Mädchen vorbeigegangen ist? Ich ziehe nicht von Rom weg, das hat

er gesagt, da gefällt es mir. Rom also. Aber was habe ich hier verloren? Es wird mir schon wieder einfallen. Mal sehen, ob der
Name der Piazza hier mir etwas sagt …‹

Ein Polizist kommt auf den Alten zu, weil er einen verlorenen
Eindruck macht.

»Suchen Sie etwas? Kann ich Ihnen helfen?«

›Vorsicht. Aber Fragen ist am unauffälligsten.‹

»Ja, danke, Wachtmeister. Was ist das für eine Piazza?«

»Piazza Lodovica.«

Angesichts seines verwirrten Ausdrucks fügt der Polizist hinzu:

»Wo wollen Sie denn hin?«

›Hältst du mich für blöd! Aus mir kriegt keiner was raus.‹

»Kann ich Ihnen helfen?«, beharrt der Polizist, dessen
Freundlichkeit das Misstrauen des Alten verstärkt.

»Machen Sie sich keine Umstände, danke, ich kenne mich in
Rom aus.«

›Rom?‹, denkt sich der Beamte und schaut sich den Alten näher an. Wie ein Verbrecher sieht er nicht aus, auch wenn er irgendwie aggressiv wirkt, aber wenn er meint, in Rom zu sein,
dann stimmt etwas nicht mit seinem Kopf. Was, wenn er aus einer Anstalt getürmt ist? Die psychiatrische Klinik liegt ganz in
der Nähe, am Corso Porta Romana.

»Fehlt Ihnen etwas, guter Mann? Wo wohnen Sie?«

»Warum sollte ich Ihnen das wohl sagen?«, antwortet der
Alte barsch.

Leider hören schon einige Passanten zu, und der Polizist fühlt
sich unter Druck. Er ist jung und duldet keine Provokationen,
weil er sich Respekt verschaffen muss. Seine Antwort ist energisch.

»Weil ich eine Autorität bin!«

›Für wen hält sich dieser Grünschnabel eigentlich? Er sollte
an der Front sein‹, sagt sich der Alte und antwortet sarkastisch:

»Autorität? Welcher Regierung?«

Der Beamte ist verwirrt, und seine Fragen werden hartnäckiger. Der Kreis der Neugierigen vergrößert sich, und der Beamte führt den Alten zu einer Telefonzelle, um seine Vorgesetzten um Rat zu fragen. Der Alte versucht nicht zu flüchten, denn das würde ihn verraten, und außerdem hat ihn der Blutverlust seiner letzten Verwundung stark geschwächt.

>Ich werde mich dumm stellen<, beschließt er, während sie auf den Streifenwagen warten. >Das ist nicht schwer, denn die Römer halten uns Bauern ohnehin für dumm. Jawohl, die Römer, auch wenn der hier behauptet, dies sei Mailand, um mich durcheinander zu bringen, damit ich singe. Aus mir kriegen sie nichts raus, und jetzt erst recht nicht.< Er ist zufrieden, weil er die Beweise vernichtet hat. Als der Beamte telefonierte, hat er seinen Personalausweis unauffällig in den Gulli geworfen.

Deshalb finden sie keine Papiere bei ihm, als er sich kurz darauf auf dem Polizeirevier weigert, seinen Namen zu nennen, und sie seine Brieftasche durchsuchen. Leider hat der Alte nicht die Geduld, die Rolle des Dummen durchzuhalten. Der Beamte, der ihn befragt, ist dermaßen eingebildet, dass er ihn auf die Palme bringt.

»Du machst mir nichts vor, du faschistischer Verräter …«, schreit er schließlich. »Ja, Verräter, auch wenn du eine italienische Uniform trägst. Los, sag deinem Chef Bescheid, dem Deutschen, der sich da versteckt. Er soll rauskommen! Nicht mal die Gestapo bringt mich zum Reden!«

>Offensichtlich ist er geistig verwirrt<, sagt sich der Beamte. >Oder tut er nur so, um etwas Schlimmeres zu verbergen?< Er lässt den Alten in einen Raum bringen und bespricht sich mit seiner Schreibkraft, denn der Kommissar ist gerade unterwegs. Was sollen sie machen? Wie üblich die psychiatrischen Anstalten, Kliniken und Krankenhäuser anrufen?

»Chef! Vielleicht kriegen wir etwas aus diesem Professor Buoncontoni raus?«, schlägt der Schreiber vor, der die Visitenkarte in der Tasche des Alten gefunden hat. »Ethnologe, vielleicht ist das der Spezialist, der ihn behandelt.«

Zum Glück ist der Professor zu Hause. Anhand der Beschreibung identifiziert er schnell den Alten. Nein, er ist weder ein Verbrecher noch ein Simulant, ja, er leidet an Gedächtnisstörungen. Wo er wohnt, kann er ihnen nicht sagen, aber Valerio Ferlini weiß es, der Sohn des Anwalts, und er gibt ihnen seine Telefonnummer. Im Fall, dass sie seine Familie nicht ausfindig machen können, ist der Professor gerne bereit, ihn vom Polizeirevier abzuholen und sich um ihn zu kümmern.

Dank Valerio gelingt es schließlich den Beamten, Renato in der Fabrik zu erreichen und ihn zu bitten, so rasch wie möglich zu kommen. Währenddessen bieten sie dem Alten Kaffee und ein paar Kekse an. Der Name des Staranwalts Domenico Ferlini hat auf den Polizeirevieren großes Gewicht, und der Sohn des Anwalts hat sich sehr für den Festgenommenen eingesetzt.

›Damit wollen die mich nur weich klopfen‹, denkt sich der Alte, als er das Tablett auf dem Tisch sieht, und fragt sich, ob der Kaffee wohl eine Droge enthält. Schließlich trinkt er ihn. ›So schlau sind die nicht. Es ist der übliche Trick: erst Höflichkeiten, dann Prügel. Das Einzige, was mich wurmt, ist, dass ich die Nacht hier verbringen muss. Denn irgendwie glaube ich, dass meine Mission etwas mit der Nacht zu tun hat. Ja, ganz bestimmt, mit einer Nacht, aber welcher? Wenn sie mich einsperren, sind mir die Hände gebunden. Könnte ich mich bloß daran erinnern! Bestimmt bin ich verraten worden, ja, ich habe nichts getan, um Verdacht zu wecken. Der Arzt muss dahinterstecken, weil ich mich nicht evakuieren lassen wollte. Nein, jetzt weiß ich, der Spitzel hat mich verraten! Genau, die deutsche Spionin mit den dicken Titten! Die, die sich mit dem Vorwand einschlich, sie müsse sich um … um Brunettino kümmern.‹

Der magische Name löst alle Verwirrungen und stellt die

Ordnung wieder her. Das ist sein nächtlicher Auftrag! Ihn zu beschützen! Er muss so schnell wie möglich hier raus, denn draußen geht der Frühlingstag allmählich zu Ende.

Der Alte erhebt sich, setzt seinen Hut auf und klopft an der Tür. Da niemand öffnet, ruft er:

»Machen Sie bitte auf, jetzt kann ich mich erinnern, ich werde alles sagen! Öffnen Sie bitte, mein Name ist Roncone, Salvatore, ich wohne bei meinem Sohn, Viale Piave, der Professor Buoncontoni kennt mich persönlich! Und der Senator Zambrini auch, Zambrini! Machen Sie auf, bitte, ich bin …«

Die Tür geht auf, und Renato umarmt seinen Vater. Der Beamte wartet an der Schwelle.

»Alles in Ordnung, Vater?«

»Natürlich! Du wirst doch keinen Schreck bekommen haben. Mir ist nichts passiert«, brummt er gerührt, aber fest. »So schnell passiert mir nichts! Die Leute hier sehen überall Gespenster und wollen sich aufspielen. Sie hätten mich sowieso irgendwann freilassen müssen.«

Der Beamte zieht sich diskret zurück. Renato widerspricht nicht und überreicht seinem Vater die Brieftasche, die man ihm eben zurückgegeben hat. Auf dem Weg hinaus entschuldigt sich Renato erneut bei dem Wachtmeister, der ihn, bevor er ihm den Alten übergab, für seine Nachlässigkeit mit einem psychisch Kranken zurechtgewiesen hat, der obendrein ohne Ausweis herumläuft. Zum Glück hatte der Name Ferlini, der nur am Rande erwähnt wurde, die Lösung erleichtert.

Die beiden treten auf die Straße. Der Polizist, der die Tür aufgehalten hat, sagt zu seinem Vorgesetzten:

»Haben Sie das mitgekriegt, Chef? Offensichtlich kennt er auch den Senator Zambrini. Der sah aber gar nicht wie ein hohes Tier aus.«

»Verlass dich nie auf das Äußere«, murmelt sein Vorgesetzter. »Der ist völlig übergeschnappt, genauso gut hätte er behaupten können, er sei der Sohn des Papstes. Den Typen, die hier landen, kann man einfach nicht über den Weg trauen.«

Auf der Fahrt spricht Renato nur von Nebensächlichkeiten, weil er Angst hat, seinen Vater noch mehr zu deprimieren. Aber er irrt sich: Der Alte ist alles andere als betrübt, im Gegenteil. Er genießt seinen Sieg ausgiebig, denn wieder einmal ist es ihm gelungen, aus einem Polizeirevier zu entwischen, ohne sich unterkriegen zu lassen. Nicht ein Wort haben sie aus ihm rausbekommen, und das Wichtigste, der Junge ist in Sicherheit, denn heute Nacht wird er wieder Wache schieben in der neuen, vorgelagerten Stellung.

Der aufragende Steinblock ist Geheimnis und stummer Aufschrei. Zwei Menschengestalten im Zustand des Geborenwerdens, im Zustand des Sterbens. Du hast sie mit dem Meißel nicht vollendet, deshalb erschaffen sie sich selbst weiter. Der nackte Mann stirbt, die Frau im Umhang stützt ihn. Mit liebevollen Armen und einem verzweifelten Gesicht. Wie gut Hortensia sie verstehen kann, als ihr Mann sie mit dieser Statue konfrontiert.

»Da sind sie. Schau dir meine Krieger an!«, ruft der Alte. »Nicht wahr, das ist keine Pietà? Aber was für Statuen! Was für ein Kerl, dieser Michelangelo!«

Ja, unter Pietà hat sich Hortensia immer etwas anderes vorgestellt, verletzte Liebe, schmerzliche Zärtlichkeit. Trotzdem erkennt sie zu ihrer Überraschung in der Skulptur ihr eigenes Verhältnis zum Alten wieder. Keine andere Darstellung hätte ihr so viel Leid zufügen können, denn genauso gehen sie durch das Leben, das ihnen bleibt, und genauso sah sie sich an dem Tag im Schrankspiegel, als sie ihn trug. Es bricht ihr das Herz, und zugleich tröstet sie das zärtliche Pathos der Statue, das der Alte als kriegerisches Heldentum deutet und als solches an diesem Gründonnerstag seiner Hortensia zeigen möchte. Seiner Hortensia, denn das ist sie nun. Er hat sie überredet, und sie werden heiraten, sobald die Papiere da sind.

»Da bist du sprachlos, was?«

»Das habe ich nicht erwartet. Außerdem glaubte ich, du wolltest mir die Etrusker zeigen, für die du so schwärmst.«

»Die haben sie doch hier in Mailand nicht! Aber das hier lohnt sich auch. Ein Teufelskerl, dieser Michelangelo!«

Mehr kann er nicht sagen, aber er ballt die Fäuste, runzelt die Stirn und konzentriert seinen Blick.

»Sind die Etrusker auch so?«

»Im Gegenteil! Die hier kämpfen, und die Etrusker lebten, aber mit genauso viel Mumm wie die hier.«

Als sie aus dem Museum treten, ist es schön, den Blick zu heben. Ein klarer blauer Himmel erfüllt die Augen; eine laue Brise fächelt das Gesicht. Die Sonne zeichnet tanzende Schatten unter den Bäumen; am Fuß der Fassaden hingegen sind sie erstarrt. Als er im Bus Hortensias Duft einatmet und ihre zarte Hand in seiner knochigen Faust spürt, erzählt der Alte fröhlich von seinem letzten Streich.

»Brunettino ist jetzt gerettet! Für immer! Ich habe dir doch erzählt, dass Andrea kapituliert hat; sie hat versprochen, ihn nicht mehr einzusperren. Aber ich wollte ganz sicher gehen, für alle Fälle. Ich habe Erlösern wie diesem Mussolini mit seinen Märchen nie über den Weg getraut! Nein. Jeder muss sich selbst retten. Deshalb habe ich Brunettino beigebracht, einen Stuhl an die Tür zu schieben und sie aufzumachen, weil er nicht bis zur Klinke reicht. Er klettert auf den Stuhl, und dann kommt er dran. Mein Engel! Er hat es beim ersten Mal geschafft. Er ist so gewitzt! Jetzt kann ich getrost ins Krankenhaus, der Junge fängt an, sich selbst zu helfen. Und du bist ja auch noch da.«

Später, als Hortensia in der Kapelle des heiligen Christophorus kniet, um zu beten, betrachtet sie das Bild und sieht in ihm das Foto des Alten mit Brunettino auf der erhobenen Hand, dieses bewegende Bild, das sie sorgfältig im Allerheiligsten ihres Schrankes aufbewahrt, weil sie es keinen fremden Blicken aussetzen will. Der Alte hingegen denkt daran, dass man zu zweit leichter ans andere Ufer gelangt: ›Hortensia und ich durchqueren den Fluss gemeinsam mit Brunettino, der auf unseren untergefassten Armen sitzt und seine Ärmchen um unsere Hälse legt.‹ Gerührt wiederholt er: ›So, ja so, Seite an Seite.‹

Hortensia dreht sich zu ihm um.

»Kannst du dich noch an das erste Mal erinnern, als wir herkamen?«

»Natürlich, nachdem wir deinen heiligen Franziskus besucht hatten. Wie könnte ich das vergessen? Deshalb werden wir hier heiraten. Aber der Priester soll jemand sein, der schon immer Antifaschist war, einer wie Don Giuseppe, der mich in der Kuppel versteckt hat, als er seine Predigt hielt. Armer Kerl!«

(Er hieß nämlich Don Giuseppe, gerade ist dem Alten der vergessene Name wieder eingefallen.)

Es ist beschlossen, auch wenn sich Hortensia am Anfang geziert hat. Außerdem werden die Papiere, um die der Alte Ambrosio gebeten hat, bald ankommen. Genüsslich stellt sich der Alte das Gesicht seines Schwiegersohnes vor, wenn er unerwartet mit der neuen Hausherrin konfrontiert wird. Voller Vorfreude denkt er an seine Ankunft im Dorf mit dieser prächtigen Frau. Aber das Wesentliche ist sie, Hortensia, die ihn zu leben lehrt und es auch Brunettino lehren wird, denn selbst wenn er sich jetzt selbst helfen kann, eine Frau wird er brauchen. Seine Eltern werden sich um ihn kümmern, natürlich, aber wie soll Andrea ihm etwas beibringen, das sie nicht einmal ahnt? Dem Jungen soll es nicht auch so gehen wie ihm! Er soll nichts verpassen und von Anfang an lernen, die Frauen zu verstehen!

»So wirst du seine Großmutter sein und ihm alles beibringen. Der Junge braucht dich!«, fährt er fort.

»Und du brauchst mich nicht?«, antwortet sie gespielt beleidigt.

»Das müsstest du langsam wissen!«, gibt er zurück.

»Natürlich weiß ich es, du Dummkopf, aber ich will es von dir hören!«

»Ich hab's doch schon gesagt!«

Hortensia kehrt zu ihrem Gebet zurück, nachdem sie die Worte des Alten ausgekostet hat: »Hier heiraten wir.« Ja, er hat es gesagt. Sie bräuchte nicht zu heiraten; sie ist auch so zufrieden. Was soll die Zeremonie schon bringen? Aber er freut sich so darauf!

Als sie wieder in der Wohnung sind – wie freundlich das kleine Wohnzimmer an einem so klaren Tag doch ist! –, gehen sie in die Küche, um Pasta nach Art des Südens zuzubereiten. Nach Art von Amalfi oder Kalabrien? Sie streiten sich im Spaß, welcher Wein besser dazu passt, ob er hinuntergeht, um einen Nachtisch zu kaufen, ob sie bei der Hochzeit den *concertu* tragen soll, den Brautschmuck von Roccasera, den Ring mit *brillocu*, Ohrringe, Halskette und Armbänder. Auf dem Dach gegenüber picken ein paar lebhafte Spatzen, und sie wirft ihnen Brotkrümel hin.

Als sie mit dem Essen fertig sind, sieht sich der Mann im Zimmer um. Der Blick auf Amalfi, die Mandoline, die herrlichen Pflanzen in den sauberen Töpfen. Was für ein Frieden! Wie am ersten Tag.

›Aber wo ist Tomassos Bild? Verschwunden, wie Dunka. Diese Frau denkt an alles. Ja, wie Dunka gehört er jetzt der Vergangenheit an‹, sagt sich der Alte. Ein Gefühl von Zärtlichkeit überwältigt ihn. Er steht auf und geht auf die Frau zu, die den Tisch abräumt.

»Aber Bruno! Was machst du?«, ruft sie, als sie seine Hände um ihre Taille spürt.

Sie lässt sich küssen, und diesmal erwachen bei ihr vergessene Gefühle. Sie lacht vergnügt und reißt sich los.

»Was bist du für ein Verrückter! Geh und mach deine Siesta, du bist viel zu übermütig und brauchst Ruhe.«

Ja, übermütig. Lange her, dass ein Kuss ein Kuss war. ›Wie schön wäre es, wenn auch der andere Feind kapituliert hätte, die Rusca! Aber das ist Wunschdenken! Gegen ihre Bisse ist jetzt kein Kraut mehr gewachsen.‹

»Na schön, aber nur, wenn du dich auch hinlegst!«

Hortensia ist angesichts seines nach wie vor männlichen Blicks beunruhigt und auch traurig. ›Ich kann doch nichts mehr bieten‹, sagt sie sich und denkt an ihren Körper. Aber der Alte lässt nichts gelten.

»Stell dich nicht so an! Es ist nicht das erste Mal!«

»An dem Tag war ich krank.«

»Traust du mir nicht?«

Bei diesem Gedanken verspürt er einen kurzen Anflug von Freude.

»Wir sind doch nicht mehr jung! Mach dir keine Illusionen, das hab ich dir doch schon gesagt. Und das Bett ist der beste Ort, an dem Mann und Frau zusammen sein können.«

Worte und Schweigen im frühlingshaften Halbdunkel des Schlafzimmers mit der bedruckten Tapete. Halb ausgezogen liegen sie unter der Decke nebeneinander, und ihre Worte sind Sterne in der Dämmerung eines jeden Tages, rote Funken in einem ruhigen Feuer, geteilte Geheimnisse. Das Schweigen sagt alles, es ist das ganze Leben der beiden, das wieder aufersteht, auflebt und nach dem des anderen verlangt, um sich zu vollenden. Zwei Wesen, deren Existenz ein Gewebe aus Sehnsucht und Hoffnung bildet. Deshalb folgen auf jedes Schweigen neue Geständnisse.

»Ich war bis neulich Nachmittag eifersüchtig auf Dunka«, beichtet Hortensia leise, »und bin es immer noch …«

»Und auf die anderen nicht?«, fragt der Alte großspurig.

»Ich weiß, dass du viele andere hattest, aber Dunka hatte auch dich. So weit du das überhaupt zugelassen hast.«

»Du jedenfalls hast mich ganz, ich kapituliere bedingungslos. Hier, und stell dir vor, ich schäme mich nicht mehr, eine Frau im Bett zu haben und sie nicht anzurühren. Siehst du, wie du mich verändert hast? Mit ihr war es genau umgekehrt: Ich habe sie genossen und nie daran gedacht, dass es mehr geben könnte!«

Hortensia richtet sich plötzlich auf, stützt den Ellbogen auf das Kopfkissen und legt all ihre Überzeugungskraft in ihren Blick.

»Es soll dir nicht Leid tun! Du hast ihr das gegeben, was sie wollte! Das wunderbare Tier, wie du es ausgedrückt hast. Etwas, das sie zuvor nie erlebt hatte.«

Sie lässt ihn einen Augenblick darüber nachdenken und fügt dann hinzu:

»Quäl dich nicht! Es war, wie es sein musste. Für Zärtlichkeiten war David da, und sie hat ihn abgewiesen. Ja, du hast alles gegeben, was du warst. Erst jetzt weißt du, dass du mehr bist.«

›Erst jetzt‹, sagt sich der Alte. ›Und was ist jetzt passiert? Na ja, Mailand. Das heißt, der Junge und sie. Mehr gibt es in Mailand ja nicht.‹

»Ja, jetzt weiß ich es, durch dich.«

»Und Brunettino.«

»Meine beiden Lieben.«

»Eine. Du bist die beiden Lieben. Du bist derjenige, der sie gibt.«

Ein weiteres langes Schweigen.

›Ich bin derjenige, der sich gibt!‹, sagt sich der Alte. Es ist etwas völlig Neues in seinem Denken, etwas, das erst vor ein paar Wochen entstanden ist.

Es gefällt ihm, wie er jetzt von oben betrachtet wird, was er früher nicht leiden konnte. Er genießt das Gesicht, das über dem seinen schwebt, den Körper, der ihn beherrscht, den offenen Ausschnitt mit der Wölbung der üppigen Brust, die sich über ihn neigt.

Fasziniert beobachtet er das Ganze. Ja, das hat er schon immer gedacht. ›Welche Macht hat der Körper einer Frau? Rund und weich wie der Mond, von dem es heißt, er hebe das Meer an.‹

»Welche Macht hat der Körper einer Frau?« Ohne es zu merken, hat er die Worte laut ausgesprochen.

»Dieselbe Macht wie der Körper eines Mannes«, flüstert sie

erregt, als sie die Hand fühlt, die ihren Busen umfasst und den tiefen Seufzer hört.

Wieder Schweigen, ja, jetzt sprechen die Sinne!

Und eine Klage, dieselbe, die einzige.

»Tut es dir nicht Leid, nur noch einen toten Körper neben dir zu haben?«

»Einen toten Körper?«, protestiert sie zärtlich. »Er lebt! Oder spürt er nicht, wie ich ihn streichele? Das dichte Haar auf deiner Brust, die rauen Locken, in denen sich meine Finger verfangen! Und darunter dein Herz, dein Herz, das mir zuruft: Ich lebe!«

Ein noch längeres und tieferes Schweigen folgt; es umhüllt ihre Stimmen, die zärtlichen Berührungen und das Erforschen zweier Liebender. Auf dem Höhepunkt der schmerzliche Stoßseufzer des Mannes.

»Was würde ich dafür geben, um dir zeigen zu können, wie ich früher war. Wenn ich nur könnte …!«

Die Frau zieht die Hand von der behaarten Brust zurück, und ihr ausgestreckter Finger versiegelt die allzu fordernden Lippen.

»Sei still! Verlange nicht zu viel vom Leben!«

Um ihre plötzliche Angst zu überspielen, wiederholt sie:

»Verlange nicht zu viel. Damit nichts zerbricht!«

Ja, es so lassen können und wissen, wie man es genießt. Sie stützt sich immer noch auf den Ellbogen. ›Die Etruskerin‹, erinnert sich der Alte. Aber nicht auf einem Sarkophag. Das Bett ist ein stilles Meer, wo sie auf der Flut der Liebenden treiben, und die höchste Freiheit liegt in der Hingabe! Jetzt hält Dunkas Schatten ihn nicht mehr gefangen, und dank Hortensia auch nicht der Schmerz darüber, was er bei Ruscas letztem starkem Biss eingebüßt hat. Gelassen steht er vor der Tür, durch die er bald treten wird, denn er weiß nun, wie man das Schicksal besiegt. Indem man sich hinter dem Unzerstörbaren verschanzt, dem gegenwärtigen Augenblick. Indem man das Jetzt in seiner ganzen Abgründigkeit auskostet.

Währenddessen spürt sie, wie die Tränen, die sie um ihn und um sich selbst weint, nach innen strömen und sie fast überschwemmen. Gern würde sie ihn wieder in den Armen halten, diese Pietà im Spiegel sein – ihr Brunettino ist ja schon so leicht! –, aber er würde Verdacht schöpfen.

Sie nimmt sich zusammen und flüchtet sich wie er in den Augenblick. ›Lass ihn nicht enden!‹, betet sie.

Mit einem geschickten Manöver weicht der kleine Wagen dem Zusammenstoß mit einem Laster aus, der ihm die Vorfahrt genommen hat.

»Du fährst gut, Andrea!«

Die Angesprochene dreht sich um und lächelt Hortensia an.

»Und du verstehst was vom Einkaufen!«

»Ich war Verkäuferin. Aber diese Mädchen von heute im Rinascenza haben keine Ahnung von ihrem Beruf. Sie bringen dich nur zum Bezahlen zur Kasse. Dabei macht es so viel Freude, sich bei der Auswahl von einer erfahrenen Verkäuferin beraten zu lassen! Oder umgekehrt, einer Kundin, die etwas davon versteht, Ware anzubieten. Mir jedenfalls hat es damals sehr viel Spaß gemacht.«

Das glaubt Andrea gern, denn an diesem Einkaufsnachmittag hat sie von Hortensias angeborenem guten Geschmack und ihrem Geschick profitiert, Qualität für wenig Geld zu erstehen. Wie eine Möwe ins Meer stürzt ihre Hand in die Sonderangebote der Wühltische und taucht mit einem echten Schnäppchen wieder auf.

Während sich Andrea auf den Verkehr konzentriert, fragt sie sich, wie sich eine so vernünftige und bei all ihrer Einfachheit auch feine Frau ausgerechnet in ihren Schwiegervater verlieben konnte. Sie streitet nicht ab, dass der Alte Qualitäten hat, aber er ist und bleibt ein Unruhestifter! Wie hat er in dieser Frau bloß so viel Zuneigung wecken können? Am Geld liegt es jedenfalls nicht, das muss Andrea zugeben, als sie daran denkt, wie kategorisch Hortensia jede Erbschaft abgelehnt hat, als sie beide zum ersten Mal über das Heiraten sprachen.

»Nicht eine Lira«, sagte sie. »Ich möchte nur die persönlichen Gegenstände, die ich bei ihm gesehen habe. Seine Decke, sein Klappmesser ...«

Hortensia hatte nicht weiter sprechen können, weil ein Schluchzen ihre Stimme erstickte.

›Nein, das Geld ist es nicht!‹, wiederholt Andrea für sich. ›Dafür regt sich ihre Tochter jetzt schon auf, weil sie auf das Erbe spekuliert hat. Was für eine vulgäre Frau! Ganz anders als ihre Mutter!‹

»Ich werde Trauzeugin sein, wenn sie es unbedingt wollen«, hatte sie verächtlich zu Andrea gesagt, als sie allein waren, »aber meine Mutter muss verrückt sein, sich jetzt mit einem Greis in einem gottverlassenen Kaff zu vergraben, ohne dass sie zumindest finanziell etwas davon hat.«

Andrea versteht die Enttäuschung der jungen Frau. Auch sie würde den Kürzeren ziehen, wenn Hortensia erben würde. Aber da »Kaff« sich mit ihren eigenen Erinnerungen deckt, hört Andrea nicht auf, sich zu fragen, was den Alten so anziehend macht. Er muss ein gut aussehender Mann gewesen sein, das steht außer Frage, aber das war einmal, und gebildet oder kultiviert ist er nicht gerade. Vielleicht liegt es an seiner Vitalität. In den letzten Tagen hat er sie alle überrascht. Ständig war er unterwegs, um den Papierkram zu regeln. Ambrosio, der vor kurzem aus dem Süden gekommen ist, um Trauzeuge zu sein, gibt unumwunden zu, wie erschöpft er ist, und ist des Lobes für den Alten voll, der sich unermüdlich mit den Behörden anlegt, vor allem mit dem Büro des Erzbistums. Der junge Priester an der Pforte hat mittlerweile schon Angst vor ihm.

Auch Dallanotte war überrascht, als Andrea allein zu ihm kam, um seine Meinung zu der geplanten Hochzeit einzuholen.

»In diesem fortgeschrittenen Stadium läge jeder andere im Bett, aber seine Kraft oder sein Charakter, wenn Sie so wollen, was immer es sein mag, ist stärker und hält ihn aufrecht. Lassen

Sie ihn heiraten, lassen Sie ihn; die Illusion treibt ihn an. Später ... wird sicherlich alles sehr schnell gehen, umso besser für ihn, ja, viel besser ...«

Andrea erinnert sich noch, wie sehr der schmerzliche, fast melancholische Tonfall seiner Stimme am Ende dieses ganz und gar nicht professionellen Satzes sie überraschte. Als ginge es ihm nah, aber warum?

Auf dem Weg in die Viale Piave kreuzt der kleine Wagen die Via della Spiga, und an der Ecke Via Borgospesso hört Hortensia auf, über die Veränderungen im Einzelhandel zu grübeln.

>Ich habe mich stärker verändert<, sagt sie sich, als sie unter ihrem Balkon herfahren. >Schon sah ich mich ganz allein in dieser Wohnung, und jetzt werde ich sie abschließen und in den Süden ziehen, obendrein mit einem Mann, einem Enkel, einer neuen Familie. Was für Überraschungen das Leben birgt! Vor einigen Wochen kannte ich diese Frau gar nicht, die mich jetzt in ihrem Wagen mitnimmt, und Renato hatte ich noch nie gesehen. Renato. Hätte mir Gott einen Sohn wie ihn geschenkt! Wie wir uns verstehen! Wie er sich mir anvertraut! Nachdem er mir so viel über seine Mutter erzählt hat, habe ich das Gefühl, seine Mutter gekannt zu haben wie eine Schwester. Ach, Bruno, wie viel Macht du hast! Wie sehr du uns alle miteinander verwebst! Keiner kommt gegen dich an, mein Dickkopf! Alle müssen dir folgen, du reißt uns einfach mit! Du und dein Brunettino, unser Brunettino ... Er hat dein Temperament. Wenn der erst erwachsen ist ...!<

Sie fahren die Via della Spiga bis zur Porta Venezia, und dann nimmt Andrea eine Abkürzung durch die Via Salvini nach Hause. Als sie an der Tür des Lebensmittelgeschäftes vorbeifahren, erinnert sich Hortensia an den Tag, als sie zum ersten Mal mit ihrem Mann dort war. Was für einen bohrenden Blick diese stattliche Signora Maddalena ihr zuwarf! Einen Blick, der Bände sprach. Hortensia beantwortete ihn nicht mit einem Lächeln, auch wenn sie über die Geschichten der Obsthändlerin im Bilde war, denn sie erkannte in den Augen den Neid und das Bedauern der Frau, nicht auch solch einen Bruno zu haben.

All das vergisst sie gleich wieder, als sie zum Haus kommen. Sie betritt es mit einem Lächeln, das von einem anderen Gedanken, einer Zukunftsvision, ausgelöst wird. Ein Junge wie Renato, aber mit der Lebenskraft und der männlichen Ausstrahlung des jungen Großvaters.

Als Andrea die Wohnungstür aufschließt, stürmt dieser Junge mit ausgestreckten Armen und laut kreischend durch den Flur auf sie zu.

»Er liebt dich mehr als mich«, sagt Andrea, aber sie freut sich trotzdem über die Zuneigung, denn sie verspricht sich von Hortensia eine große Hilfe bei der Erziehung.

»Wie kannst du so was sagen, das stimmt gar nicht«, entgegnet Hortensia und nimmt Brunettino auf den Arm. »Ich bin neu. Wenn er sich entscheiden müsste, würde er immer dich nehmen, die Mutter, das weißt du doch!«

»Nein, woher soll ich das wissen?«, antwortet Andrea ernst. »Meine starb, als ich drei Jahre alt war.«

Hortensia sieht sie an und versteht vieles.

Sie legt den freien Arm um Andreas Taille und spürt, wie der Kleine mit seinen Ärmchen ihren Hals umklammert.

›Mein Mann ist mein Brunettino‹, sagt sie sich bewegt, ›und du, mein Engel, bist bereits mein Bruno, so wie du mich umarmst. Seinetwegen liebe ich dich, und deinetwegen liebe ich ihn. Ich hoffe, dass ich dich einmal so sehen werde, wie er war, und du derjenige bist, der mir dann die Augen schließt!‹

Zambrini ist wegen der Partei für ein paar Tage in Mailand, und dank Dallanotte hat er mit dem Alten ein Mittagessen vereinbaren können, in einer Trattoria, wie sie dem Senator gefällt. Er war schon immer ein Feind der großen Hotels, in denen er heutzutage gezwungenermaßen absteigen muss. Auch Ambrosio ist erschienen, mit seinem grünen Grashalm im Mund, und nach dem Essen schwärmen die drei ehemaligen Partisanen bei einem Kaffee von den guten alten Zeiten.

Sie erinnern sich an gefährliche Missionen, an glückliche Zufälle und siegreiche Augenblicke. Sie streiten sich mit Zambrini über den Kommunismus, sind sich aber alle darin einig, dass Land und Jugend degeneriert sind, wenn man sie mit der Begeisterung vergleicht, die fünfundvierzig im Volk herrschte. Zum Schluss, wie auch anders, unterhalten sie sich über die bevorstehende Hochzeit, und Zambrini bedauert, dass er nicht dabei sein kann.

»Es ist fantastisch!«, erklärt Ambrosio. »Etwas, womit niemand im Dorf gerechnet hat, um diesen Triumph zu krönen. In Roccasera kommen die Leute aus dem Staunen gar nicht mehr heraus. Wegen dieser Geschichte und ihrer Streitereien um die Ländereien haben die Cantanotti keinen einzigen Freund mehr im Dorf. Du hast sie alle in der Tasche, Bruno, das kannst du dir nicht vorstellen! Sogar die Betschwestern fangen an zu glauben, du würdest dich endlich zu einem christlichen Leben bekehren! Ich wette, dass sie für dich beten! Vor allem die, die du als junge Dinger in den Feldern vernascht hast!«

Sie lachen.

»Weißt du, was sie jetzt bloß ärgert?«, fügt er hinzu. »Dass du nicht in Roccasera heiratest! So geht ihnen diese sagenhafte Hochzeit durch die Lappen!«

»Wenn ich in einer anderen Diözese heirate, verlangen sie noch mehr Papiere«, entschuldigt sich der Alte. Und dann entgegnet er. »Außerdem will ich nicht, dass dieser Pfaffe in Roccasera mir den Segen erteilt! Oder geht dir dieser Oberheilige etwa nicht auf den Wecker?«

Natürlich mag auch Ambrosio ihn nicht.

»Heirate so, wie du willst!«, mischt sich Zambrini ein. »Schließlich ist es deine Hochzeit. Nur um das Ständchen kommst du nicht rum.«

Der Alte lächelt, als würde man ihm ein besonders schönes Geschenk machen.

»Ich werde die *lupara* mit Schrot und notfalls mit Salz laden, falls sich einer daneben benimmt. Gegen ein Ständchen habe ich nichts, das gehört ja dazu, wenn ein Witwer heiratet, und das auch noch außerhalb des Dorfes. Aber ein Ständchen, wie es sich gehört. Nicht ein dummer Scherz über meine Frau!«

»Du wirst nicht schießen müssen, Bruno«, versichert Ambrosio. »Im Dorf bist du bei niemandem mehr schlecht angesehen.«

»Oder keiner traut sich, es zuzugeben«, entgegnet der Alte selbstbewusst.

»Stimmt, oder das.«

Der Alte zuckt verächtlich die Achseln. Dann wendet er sich mit ernster Miene an Zambrini:

»Du musst mich für verrückt halten, Mauro, weil mir nur noch so wenig Zeit bleibt. Bestimmt hat Dallanotte es dir erzählt. Übrigens, ein hochanständiger Kerl.«

»Ja, er hat es mir erklärt. Und er hat mir auch gesagt, dass er dich beneidet, weil er selbst sich keine Illusionen mehr macht. Du bist nicht verrückt, Bruno, sondern verdammt vernünftig. Ich verstehe dich.«

»Und ob er vernünftig ist!«, ruft Ambrosio dazwischen. »Und das sage ich, weil ich Hortensia kennen gelernt habe. Wenn du sie sehen würdest, Mauro …! Die ideale Frau für einen Mann. Wenn du sie nicht heiratest, nehme ich sie!«, schließt der Junggeselle Ambrosio und zieht seine berühmte Grimasse.

»Mach dir keine falschen Hoffnungen. Lieben tut sie nur mich!«, brüstet sich der Alte und wendet sich dann wieder an Zambrini. »Weißt du, diesen Sommer in Roccasera mit Hortensia und Brunettino werde ich jede Stunde intensiver leben als die Mailänder ein ganzes Jahr. Brunettino! Am Tag, an dem er mich *nonno* nennt, werde ich ein Fest geben. Ich kann es kaum abwarten! Es fehlt nicht mehr viel, und ich habe noch bis zur Kastanienernte Zeit.«

Er unterbricht sich und sagt dann sehr ernst:

»Ja, mir bleibt noch Zeit. Im Dorf wird er zu sprechen beginnen. Und außerdem, später … Später, du weißt, was ich meine, Mauro …«

Er senkt die Stimme, beugt sich zu seinen Kameraden vor und lächelt listig, stolz auf seine Lebensstrategie:

»Später wird Brunettino, mein Engel, mein Ein und Alles, die beste Großmutter der Welt haben, genau die richtige Frau, um einen Mann aus ihm zu machen.«

Der Alte schweigt, um sich Hortensia, die ihn ersetzen wird, besser vorzustellen. Ja, in seinem Zimmer auf der Bettcouch wird sie auf den nächtlichen Besuch des weißen Engelchens warten, ihn in die Arme nehmen und ihm von seinem Großvater Bruno erzählen. Wie er war, und wie sehr er sie beide anbetete.

Der strahlend weiße Engel steht an der dunklen Tür und hebt die Arme zum Himmel. Erstaunt, dass er nicht wie jede Nacht an die Brust des Alten zu fliegen scheint, murmelt er etwas in seiner Geheimsprache und geht ein paar Schritte, bis er das Bett berührt.

Der Alte öffnet die Augen und nimmt die strahlende Erscheinung wahr. Er richtet sich auf. Warum ist er heute so müde? Dann hebt er den Engel zu sich auf das Bett.

»Ich bin auf meinem Posten, mein Junge. Ich habe dich erwartet. Komm, steig ein, wir wollen losfahren. Der Wagen ist ein bisschen altersschwach, aber er fährt noch. Den Lancia haben wir vom Grafen beschlagnahmt! Stell dir vor, dabei war er immer so stolz auf seinen Wagen. Du hast eine Nachricht dabei, nicht wahr? Du brauchst sie mir nicht mitzuteilen. Ich weiß Bescheid, in den Bergen verbreiten sich die Nachrichten schnell wie ein Buschfeuer, vor allem die guten. Sie brechen ein, wir sind auf dem Vormarsch, mein Engel! Sie haben Mussolini einen Tritt in den Arsch gegeben, weil sie nicht mehr ein noch aus wissen. Wie die Ratten flüchten sie. Die in Cosenza haben die wehrlosen Deutschen ins Meer geworfen. David hat nämlich ihren Munitionszug in die Luft gesprengt. Glücklicher David, jetzt kuriert er seine Verletzungen in Rimini aus! Mit seiner Dunka, das haben die beiden sich redlich verdient! Großartig ist die Welt! Sieh mal, jetzt fahren wir sogar im Wagen wie die Generäle. Schluss mit den Märschen durchs Dornengebüsch. Schluss mit der Belagerung in unserer Stellung, kannst du dich erinnern? Nie mehr. Jetzt geht es auf Rädern vorwärts, den Berg hinunter! Natürlich wachsam wie immer; es könnten irgendwo noch ein paar verzweifelte Heckenschützen der Faschisten lauern. Aber das spielt keine Rolle mehr, sie sind besiegt!«

Der Kleine schmiegt sich an den Körper des Alten, auf der Suche nach den Armen, die ihn jede Nacht umfangen.

»Mein Engel, du stößt ja wie Lambrino! Und tapfer bist du! So klein und erstattest mir schon Bericht … Ist dir denn nicht kalt? Du musst dich vor der feuchten Nachtluft in Acht nehmen. Aber keine Sorge, ich werde dich gut einpacken.«

Der Alte nimmt die über seine Beine gebreitete Decke und hüllt den Kleinen darin ein, der protestiert und sich mit Händen und Füßen dagegen wehrt.

»*No, no*«, ruft er.

Der Alte lacht und drückt ihn an sich.

»Du hast Recht, so ist es besser, bei mir. In meine Armen gekuschelt, dafür hast du einen Großvater. Warum auch nicht? Ich fühle mich kräftig genug, werde nicht müde, und im Wagen erst recht nicht. Wenn das Krieg ist, dann sollen die Kugeln kommen! Aber halt die Augen offen, der Morgen dämmert. Das ist die beste Zeit für einen Überraschungsangriff. Der Ort ist wie geschaffen dafür, wir durchqueren den Kastanienhain. Erkennst du ihn wieder? Ja, nicht wahr? Ich habe dir so oft davon erzählt! Wie schön! Aber auch gefährlich, jemand könnte sich darin verstecken. Oder ein Hinterhalt: eine Schnur zwischen zwei Bäumen, an der eine Handgranate befestigt ist, und wenn du sie berührst, merkst du es nicht einmal. Endlich wird es hell, wir kommen aus dem Wald heraus. Sobald wir über den Hügel sind, werden wir das Dorf sehen. Jetzt! Siehst du es? Siehst du den Kirchturm links von meinem Haus? Siehst du die Terrasse? Roccasera, mein Roccasera! Es lebe Roccasera! Aha, das Zeichen!«

Im Hof ist ein Licht im Fenster gegenüber aufgeflammt. Müde, aber von seiner Aufregung aufrecht gehalten, stellt sich der Alte mit dem Kind im Arm auf das Bett.

»Das Zeichen! Vorwärts! Und die Trompete, hörst du sie? Lass uns alle singen! Das alte Partisanenlied!«

Die brüchige Stimme schmettert das Kampflied in die Stille.

Aus einem anderen unsichtbaren Fenster steigt ein Lichtsignal in die Luft. Der Alte verstummt und bricht dann in Jubel aus.

»Eine Rakete! Das ist Ambrosio! Er ist verrückt nach Raketen! Roccasera ist gefallen!«

Stummes Entzücken.

Doch mit einem Mal wird die süße Last unendlich schwer, und der Alte kann sie nicht mehr halten. ›Wie der heilige Christophorus‹, sagt er sich, während ein starker Schmerz durch seine Brust fährt, ein gewaltiger Krampf, der ihm den Arm ausreißt. Auf dem Bett bricht er in die Knie und lässt das Kind los.

»Ich bin getroffen, mein Junge, ein Heckenschütze der Faschisten. Aber keine Angst, Bruno ist bei dir … Bruno! Und ich habe immer Glück mit den Kugeln. Wir sind gleich da, und Hortensia erwartet uns. Sie wird auf dich aufpassen, während ich wieder gesund werde. Du liebst sie bereits, und jetzt ist sie deine Großmutter, weißt du? Die Beste der Welt! Keine Angst, mein Schatz, ich werde dich in ihre Obhut geben …«

Um den Schmerz loszuwerden, verpasst er sich einen so heftigen Schlag auf die Brust, dass die Schnur des Beutelchens reißt und seine Amulette auf das Bett fallen.

»Dieses Schwein von Heckenschütze!«, brüllt er, doch der Schrei erstickt in einem Klagelaut.

Er setzt sich hin, lehnt den Rücken ans Kopfende und murmelt:

»Ich kann nichts sehen … Die Sonne … Sie blendet mich, jetzt, da ich aus dem Schatten trete …«

Er hält inne, um Kraft zu sparen, aber sein Gehirn arbeitet weiter, und der Schmerz schließt sich um seine Brust wie eine unbarmherzige Zange.

›Nichts, es ist nichts. Wie schön die Raketen sind! So viele

Funken am Himmel! Hörst du? Ich kehre so zurück, wie ich es wollte, siegreich und mit dir. Mit dir, mein Engel!‹

Diese Nacht, die so anders ist als die anderen, verwirrt den Jungen, und so krabbelt er über das Bett langsam auf den Alten zu. Ängstlich klammert er sich an den bereits gelähmten Arm, stemmt sich hoch und legt sein kleines Gesicht an das des Alten. Er wartet, wartet ... Bis ihm sein Instinkt den Untergang der Welt enthüllt, die Leere der Finsternis. Wie ein Schlag übermannt ihn die Einsamkeit und entreißt ihm dieses so oft gehörte Wort:

»*No-no*«, sagt er vollkommen klar in dieses Gesicht, dessen Augen ihn bereits vergeblich suchen, dessen Ohren ihn jedoch voller Jubel hören. Und er wiederholt die Beschwörung, diesen Ruf eines verlassenen Tierkindes: »*Nonno, nonno, nonno*!«

Endlich dieser himmlische Gesang!

Farben einer anderen Welt, Funken von tausend Sternen entflammen das alte Herz und reißen es mit sich fort, zu dieser Gnade, dieser Herrlichkeit, diesem unergründlichen Wort:

NONNO!

Ihm gibt sich der Alte nun für immer hin, und seine Lippen formen den Namen des Jungen, den er schon nicht mehr aussprechen kann.

In seiner Einsamkeit fängt der Kleine an zu schluchzen, beruhigt sich jedoch, als er in der Decke den Geruch der Arme wahrnimmt, die ihn hielten. Er kuschelt sich vertrauensvoll in die Falten, in den Geruch, der ihm die Gegenwart seines Großvaters zurückgibt und die ganze Welt wieder zum Leben erweckt. Und während seine Händchen mit dem Amulett spielen, wiederholt er – stolz auf seine neueste Errungenschaft – ein ums andere Mal:

»*Nonno, nonno, nonno ...*!«

Im fleischfarbenen Ton des alten Gesichts blüht ein Lächeln auf, das unmerklich zu Stein erstarrt, vor dem roten Grund alter Terrakotta.

Renato, aufgeschreckt durch das Kampflied und die Stimme des Kindes, erkennt es sofort:

Das etruskische Lächeln.

Die kalabresischen Ausdrücke in meiner Erzählung stammen aus dem Werk »Catanzaro d'altri tempi« (E. P. per il Turismo di Catanzaro, 1982), dessen Autor Domenico Pitelli ich meinen Dank dafür aussprechen darf, nicht zuletzt auch für das Vergnügen, das er mir als seinem Leser bereitet hat. Denn dieses Buch, das mit Liebe und nicht nur mit Gelehrsamkeit geschrieben wurde, bewahrt auf seinen Seiten lebendig die Ausstrahlung einer edlen Stadt und ihrer Traditionen. Mögen die alten Götter Kalabriens dies dem Caballero Pitelli reichlich lohnen. J. L. S.)

PETER MAYLE

»Ein wunderbarer Schmöker, der einem das
Wasser im Munde zusammentreibt!«
Münchner Merkur
»Leicht geschrieben, mit englischem
Witz und französischem Charme!«
Stern

Peter Mayle
Cézanne
gesucht!
Roman

GOLDMANN

44568